我不追星，
只追她。

大鱼

有爱的青春陪伴者

恋恋晚风沉

千雪 著

LIANLIAN WANFENG CHEN

WORKS

花山文艺出版社
河北·石家庄

图书在版编目（ＣＩＰ）数据

恋恋晚风沉 / 千雪著. -- 石家庄 ： 花山文艺出版
社，2020.5
ISBN 978-7-5511-3546-7

Ⅰ．①恋… Ⅱ．①千… Ⅲ．①长篇小说－中国－当代
Ⅳ．①I247.5

中国版本图书馆CIP数据核字(2020)第042184号

书　　名：**恋恋晚风沉**
著　　者：千雪

策　　划：张采鑫
责任编辑：卢水淹
特约编辑：张　磊
美术编辑：胡彤亮
责任校对：董　舸
封面设计：Insect
内文设计：cain酱
封面绘制：天空安静
出版发行：花山文艺出版社（邮政编码：050061）
　　　　　（河北省石家庄市友谊北大街330号）
销售热线：0311-88643221/29/35/26
传　　真：0311-88643225
印　　刷：长沙鸿发印务实业有限公司
经　　销：新华书店
开　　本：880×1230　1/32
印　　张：10
字　　数：370千字
版　　次：2020年5月第1版
　　　　　2020年5月第1次印刷
书　　号：ISBN 978-7-5511-3546-7
定　　价：39.80元

目 录

CONTENTS

第一章
薄荷味沐浴乳

LIANLIAN
WANFENG CHEN

深夜，机场。

叶晚晚下了飞机，一边打着哈欠一边拖着行李往外走。

她刚才在飞机上没睡好，这会儿困得不行，藏在墨镜后的眼睛几乎眯得只剩下一条缝。

"啊——"

疯狂又激动的尖叫声从前方传来，叶晚晚猝不及防地被吓了一跳，整个人瞬间清醒过来。

前面堵了一群粉丝，人流正朝着她这个方向涌来，他们手中的应援手幅晃啊晃的，她也没能看清上面的字。

但是很自信的叶晚晚不疑有他，当即就认定这群人一定是自己的粉丝。

她心里还挺纳闷，自己今天这不是私人行程吗，他们从哪儿探来的消息？

不过既然有粉丝特地前来接机，叶晚晚作为一名圈内出名的宠粉狂魔自然不会冷落了他们，她摘下口罩，正想抬起手和自己的小宝贝们打招呼时，就发现这群人越过了她，直奔她身后而去。

被冷落的叶晚晚："？"

她花了三秒钟反应过来，哦，原来不是她的粉丝。

叶晚晚此时半抬着手也不觉得尴尬，胳膊顺势伸直，假装自己是要伸懒腰。

在娱乐圈待久了，这反应能力都要比以前好上不少，都是被锻炼出来的啊。

不过看粉丝这么大的阵仗，估计也是个名气不小的明星，叶晚晚怀着"是谁这么幸运竟然和本女神同一航班"的心理回过头，望向了那堆人群。

被粉丝簇拥在中间的是几个穿着黑蓝色运动服的男生，个子不算高，也说不上矮，目测过去一米七五左右。

叶晚晚有点讶异，这样的身高在娱乐圈可谓是一点儿也不出挑，对于男艺人而言，一米八几乎是最基础的“配置”了。

看来他们的脸一定巨帅。

叶晚晚这么想着，本着“有现成的鲜肉不欣赏是傻子”的心理，悄悄地把墨镜往下拉了拉。

入眼的是几张勉强称得上清秀的面容，看起来年纪挺小的，十八九岁的少年模样。他们被粉丝围得水泄不通，拍照的，要签名的，送礼物的……

周围的声音太过嘈杂，叶晚晚只能隐约听见什么“星辰”“冠军”之类的词语。

她瞧着这几人十分面生，像是刚出道的男团，人气竟然这么高吗？

看他们还穿着统一的队服，估计是刚参加完什么活动或者表演，还拿到了冠军？

也不知道是不是期望太高导致的失望过浓，叶晚晚总觉得这几人的脸其实真的挺普通的，扔学校里当个班草估计都悬。

他们怎么出道的？全靠才艺支撑吗？

现在难道不是一个看脸的时代吗？

听着耳边震耳欲聋的欢呼尖叫，叶晚晚觉得要不是她瞎了，要不就是粉丝瞎了。

就在叶晚晚怀疑自己是不是老了，看不懂现在年轻人的审美了的时候，就听见人群中又发出一阵比刚才还大声的尖叫。

“Chen 神啊！”

“星神我爱你！”

成神？心神？

这什么稀奇古怪的名字？

叶晚晚这一次没有回头，她欣赏小鲜肉的计划泡汤了，不想再多耽误时间，拿起手机呼叫自家那位可爱的小助理。

舒心在电话里说：“晚姐，车子已经快到机场了，大概还有五分钟左右。”

叶晚晚“嗯”了一声，不怎么高兴地噘了噘嘴：“说了不要喊晚姐，明明我们差不多大，你这么喊我总觉得我比你老好几岁似的。”

舒心笑了笑：“是，我错了大小姐，小的请求全世界最可爱最漂亮的仙女晚晚的原谅。”

这彩虹屁吹得叶晚晚相当满意，她当即就笑了出来，坐在行李上晃着腿，显然心情很好的样子。

舒心是在大学还没毕业时就来他们公司实习的，当时被分配给了还不算很红的叶晚晚。

两个女生年纪相仿，舒心热情活泼，叶晚晚也没什么明星架子，她们这些年相处得很愉快，比起上下级的关系，看上去倒更像一对好姐妹。

舒心有点担心地问了句："对了晚晚，你在机场没暴露吧，没被粉丝认出来吧？"

叶晚晚说："没有，好像有个新出道的男团和我一个航班，全机场的注意力都被他们吸引了，根本没人注意到我。"

舒心讶异道："排场这么大，难道是 TN 组合？可是没道理啊，TN 也出道一年多了，你肯定认识他们的……会是哪个新出道的男团人气这么高，竟然把你的风头都抢了？"

叶晚晚不乐意了："那是因为我伪装得好，而且今天是私人行程，我的粉丝们又没来接机，否则还不是分分钟挤爆机场。"

"是是是，好了我的小仙女，先不说了，我马上到了。"

挂了电话后，叶晚晚推了推脸上的墨镜，想着舒心刚才说的话，又有点在意地回过了头。

这群人……到底是谁？会不会不是娱乐圈的？

她的视线重新望了过去。

叶晚晚看见原先被粉丝包围的男生中多出了两个她刚才没看见的人，这两位大概就是刚才粉丝尖叫中喊的"成神"和"心神"？

他们两人的身高明显比其他人高出一截，那个看上去年纪稍小一些的大概一米八出头，另一个走在队伍末端的男人起码有一米八五了。

男人穿着和他们同款的队服，其他人穿起来就是青春活力的少年人，就他看起来像是个老干部。

他一边揉着后颈，一边迈着慢悠悠的步伐跟在队友身后。

他的表情很淡，脸部的轮廓冷硬锋利，哪怕他什么也没做，光是看着就令人很有压迫感。

所以哪怕他身边围聚的粉丝最多，却也无一人敢靠近他周身半米内，只能拿着灯牌眼巴巴地盯着他看。

叶晚晚看着这一幕，还觉得有些新鲜。

欣赏帅哥是她人生的一大乐趣，更何况这男人的脸蛋身材气质都很入她的眼，不免想多欣赏一会儿。

她站在距他们大概 20 米远的位置，双腿跨坐在行李箱上，双手扒着行李箱的拉杆，歪着头看向他们。

男人仿佛有所察觉一般，侧过头，一眼就看见了她。

在来来往往的人流中，她就那么安静地坐在那里。

一双白皙的长腿露在外面，上面是一件简单的 T 恤，头戴鸭舌帽，脸上架着一副大墨镜，遮住了大部分的面容。

很普通的打扮，可他还是认出了她。

那双冷淡得像是冰封的湖面的黑眸凝望着少女纤细的身影，眼底泛起浅浅的波澜，连脚步也顿住了。

叶晚晚身体一僵，她当然也发现了男人看向自己的视线。

而且，她总有种那道目光好像穿透了自己眼前那层薄薄的墨镜，直接与她的双眸对视的感觉。

暴露了？叶晚晚摸了摸脸，发现刚才拉下来的口罩还挂在下巴上，根本没有戴上去。

完蛋，肯定是被认出来了……

她暗恼自己的粗心大意，赶紧把这张脸重新全副武装好，压低鸭舌帽，收起心里的那抹好奇，不敢再继续围观下去，拎着行李急匆匆地溜走了。

男人久久凝视着她的背影。

虽然那副墨镜遮住了少女大半张脸，但她的美是很有特色的，哪怕只看她的下颚线条他也能认出来。

"沉哥怎么了？"前面的队友见他停在原地，也纷纷停住脚步等他。

"没事，走吧。"男人收回视线，重新迈出脚步。

窗外的夜色浓郁，星星闪烁着微光，他下意识地想看一眼时间。

按开手机，亮起的屏幕壁纸是一个穿着校服的少女趴在走廊上的身影，她微微侧着脸，露出半张漂亮的面容。

壁纸上的少女赫然就是叶晚晚。

手机上方显示此时的时间：

晚上 11：29。

男人看着这串数字，黑眸微微眯起，眼中闪过一抹笑意。

叶晚晚，11 月 29 号生日。

叶晚晚刚坐上车，舒心就很贴心地帮她卸去伪装。

把那副碍事的墨镜摘掉后，一对漂亮得仿佛黑曜石般的眸子露了出来。

叶晚晚的眼睛很有灵气，眼神清澈通透得看起来完全不像在娱乐圈摸爬滚打了多年，反倒像个涉世未深的小姑娘。

舒心知道她能保有这一份纯真，很大程度上和她的家世背景有关。

叶晚晚优渥的家境让她不用像其他艺人一样为了资源委屈自己，被逼着做出一些见不得光的事情；也不用参与那些钩心斗角，争得你死我活。

她虽然踏入了这个圈子，但本质上，她和其他人还是不同的。

这种先天的条件，再羡慕或者嫉妒都没用。

"晚晚，你的新家已经弄好了，不过有些东西还没收拾，你看今晚是去哪边？"舒心问她。

叶晚晚蹙着眉，毫不犹豫地道："去新家。"

她的旧房子地址也不知道怎么就暴露了，门口成天蹲着一些记者狗仔，她完全不想再回去住了。

新家距离机场不远，也就半个小时的路程。

叶晚晚抱着手机刷微博，她心里还惦记着刚才看见的那群人，想上网看看有什么最新出道的男团资料。

热搜前三分别是：

 # 星辰战队春季赛夺冠 #

#KPL 春季赛总决赛 #

 # 星辰战队绝地翻盘 #

叶晚晚表示一个都没看懂。

她一脸茫然地随便点了一个进去，就被眼花缭乱的游戏视频闪瞎了眼。

"这是什么，《王者荣耀》的比赛？"叶晚晚拿手肘碰了碰旁边的舒心，她对游戏不怎么了解，但作为一名引领新潮流的年轻人，好歹《王者荣耀》这么火热的手游还是知道的。

舒心看了一眼她的屏幕，点头道："对，KPL 职业联赛，你不知道啊？"

叶晚晚不愿承认自己的无知，轻哼了一声，不搭话了。

她看着"星辰战队夺冠"这六个字，突然想起在机场里听到的那些粉丝提到过的词语，没想到这误打误撞的还真被她知道了他们这个"男团"的来头。

叶晚晚没再继续刷下去，关上手机把头靠在舒心的肩膀上，感叹了一句："现在打个游戏都这么火了吗，霸占了热搜前三你敢信？"

舒心说："我不想嘲笑你，晚晚小仙女，你真该多了解一下我们凡人的世界。"

叶晚晚调整好一个舒服的姿势，闻言掀了掀眼皮，入戏很深地道："此话为何意？"

舒心边笑边和她科普："这是电子竞技，前些年就获得了官方认可，你可别瞧不起人家打游戏的，这可是正规的体育项目呢。"

"我没有瞧不起。"叶晚晚反驳道，"我就是觉得有些新奇，而且听你这么说好像还挺厉害的嘛……"

她想起刚刚在机场看见的那几个男生，怪不得他们会有那么多粉丝追捧呢，因为他们拿到了冠军，他们已经是他们圈内的顶尖了。

相比自己——

叶晚晚又摸了摸自己的脸，内心叹息一声。

这么多年来她好像也没拿到什么大奖傍身，全靠着这张脸混吃混喝。

她突然觉得自己好 low 啊……

前面的司机盯着后视镜，忽然说："晚姐，后面好像有辆车一直跟着我们。"

叶晚晚本来还有点睡意，听到这话立马清醒，她当即坐直身体，回头看了眼后面。

她新家的位置比较偏僻，这一路上的车辆并不多，只有一辆黑色保姆车不近不远地跟在他们车后。

仔细一看，和她的保姆车还是同款。

舒心的眉头皱了起来："晚晚，你不是说刚才在机场没被认出来吗？"

叶晚晚此时的表情也不好看，私生饭是所有明星都非常抵触的存在。

她想起自己在机场忘记戴上口罩这件事，除了那个男人，或许还有别人也发现了。

她问道："小刘，他们从什么时候开始跟的？"

司机小刘说："大概是从机场就开始了，起先我也没在意，也是后来才发现的。"

叶晚晚回头看了眼那辆黑色的保姆车，注意到不远处有一家二十四小时营业的便利店，忽然道："先靠边停下，假装要去买东西，看他们会往哪儿走。"

车子在路边缓缓停下，身后那辆跟了他们一路的保姆车与他们擦肩而过，朝着前方驶去。

舒心松了口气："看来真是顺路。"

不过等她注意到那辆车驶去的方向时，她的表情忽然有点怪异。

小刘重新启动车子，这一次换成了他们牢牢跟在人家车屁股后头，然后……还跟着人家开进了同一个小区。

哪怕是同一个小区也就算了——

等到两辆车先后停在两栋相邻的别墅前面面相觑时，两边的人都默默坐在座位上，感叹着这到底是什么惊天地泣鬼神的魔鬼缘分……

舒心忍不住嘀咕了一句："居然这么巧。"

她虽然猜到了他们会是同一个小区，但怎么也没想到竟然还是住对门的。

叶晚晚倒是不以为意，看着对面车上下来几个年轻的少年，她微微惊讶地瞪大了眼："是他们？"

舒心看她一眼："你不会刚好还认识人家吧？"

叶晚晚摇头："不认识，他们就是我跟你说的，把全机场的注意力都吸走的那个……呃，本以为是个新出道的男团，实际上是刚拿到冠军的星辰战队。"

听到这个名字，小刘比她们还惊讶："星辰战队？"

叶晚晚被他突然的大叫吓一跳，刚拉开车门迈出一步的脚一下子踏空，她赶紧扶住车门，跟跟跄跄地站好。

"你突然大叫什么，怎么，你是人家的粉丝啊？"

小刘赶紧笑嘻嘻地向叶晚晚道歉，然后讨好地说："我们集美貌与才华于一身的晚晚小仙女，请问我可以去找他们要一个签名吗？"

叶晚晚倒也没真因为这个生气，她拿手指理了理自己的长发，下巴朝那群人那边点了点，不甚在意道："喜欢人家你就去呗，这种小事问我干吗？"

小刘欢天喜地地跑过去，喊住对面正准备进屋的一行人。

小刘试探性地问："你好，我是星辰战队的粉丝，可以找选手们要一个签名吗，不会耽误你们太久的？"

战队经理秦哥看着来人，又看了看不远处还倚在车边的那道倩影。

这大晚上的还戴着墨镜口罩，身材纤细，玲珑有致，以他的阅历来看，不出意外肯定是哪位大明星了。

"当然可以。"秦哥笑了笑，示意战队的大家过来签名。

小刘把本子递给选手们挨个签完，最后轮到颜沉时，他看着眼前这个身高比他高出一截的男人，莫名有些畏惧地咽了咽口水。

"Chen 神，你要是不愿意的话……"小刘想说他要是不愿意也没关系，没想到这个男人径直接过小刘手中的本子，唰唰签下一个漂亮的"沉"字。

网络上传言 Chen 神从不轻易签名，甚至有不少粉丝为了求颜沉一个签名一掷千金。

小刘本来觉得今晚能拿到其他四人的签名就很满足了，没想到竟然还有这等惊喜，果然跟着仙女沾沾仙气也是好的，好运一下子就来了。

"恭喜你们获得了春季赛冠军，下个赛季一定要继续加油！"小刘兴奋地说。

"谢谢。"颜沉的声音冷淡，"如果可以的话，可以帮我……们要一张她的签名吗？"

小刘一愣，这方圆几十米内也没其他人了，他当然知道颜沉口中的那个"她"是指谁。

只是没想到，一向被粉丝吐槽说冷漠得丝毫不近人情的 Chen 神，竟然……

颜沉面无表情道："我的队友挺喜欢她的。"

小刘这才打断自己的脑补，他就说嘛，像 Chen 神这种人怎么会追星，明明就长了一张不食人间烟火的脸。

既然是为了队友要的那就再正常不过了，毕竟 Chen 神可是电竞圈公认的好队长。

小刘连忙应道："好的，我去问问。"

小刘跑回去看着叶晚晚捂得严严实实的脸，不由得暗暗咂舌，果然是真爱粉，裹成这样居然都认出来了。

叶晚晚作为和颜沉相反的宠粉狂魔，向来都会尽可能地满足粉丝们的要求。

听到小刘说他们战队有人想要她的签名，她有点诧异地往那边看了一眼，又一次和男人的目光撞上。

漆黑的眸，像是寂静的夜。

里面似乎蕴含着深沉的情绪，看得叶晚晚心头一跳。

她压下心中的异样，低头把名签完。

那边，星辰战队的几人都疑惑地看着自家队长，纷纷出言问道：

"沉哥，那人是谁啊？"

"你要她签名干吗，是个明星吗？"

"咱们队里谁喜欢她啊？"

几个少年叽叽喳喳地问着，听到最后那个问题，互相对视一眼，全都摇了摇头。

他们连人都没认出来，谈何喜欢？

舒心帮叶晚晚收拾完行李就走了。

这栋别墅挺大的，一共有三层。在 A 市这种寸土寸金的地方，哪怕是在郊区随便买幢房也是笔大数目，更何况是这样的独栋别墅。

房子是家里很早以前给叶晚晚买的，但是之前叶晚晚一直嫌这里太偏僻，她是个喜欢热闹的，所以一直没过来住。

不过想了想前段时间她每次回家被堵得寸步难行的记忆，那种"热闹"的感觉她真是不想再体验了。

前段时间火急火燎地叫人帮忙搬家收拾，终于赶在她今天回来时能住进来了。

叶晚晚的主卧旁有一个很大的阳台，被打造成了露天小花园的样子。

四周栽满了鲜花，中间放着一个白色的秋千吊椅，花藤勾勒着秋千，宛如精灵的住所一般，少女心满满。

舒心知道叶晚晚喜欢晚上看星星，所以这算是特地为她准备的一个小惊喜。

叶晚晚显然非常满意，这会儿就窝在吊椅上，一双大长腿盘着，她靠着身后的抱枕，抬头望着璀璨的夜空。

她的母亲过世得早，父亲怕她难过，就说妈妈会变成天上的星星一直守护着她，所以她才会养成喜欢看星星的习惯。

虽然她也知道是骗人的，但也算是一种情感上的寄托了。

微凉的夜风拂过，空气里弥漫着浅淡的花香。

眼下的气氛幽静美好，叶晚晚正觉得惬意，就听见对面传来鬼哭狼嚎的歌声。

"……"要死喔。

对面屋里。

因为今天夺得了冠军的缘故，战队的大家不免想庆祝一下。

烧烤啤酒准备好，甚至还有人专门租了一套麦克风设备回来，插上电源就开始唱"今天是个好日子"。

唱歌的是他们队里的上单选手，复姓上官，大家平常也就喊他上官了。

"哎，这位上官同学，我可求您快闭嘴吧。"抱着酒瓶喝得醉醺醺的是一个模样俊秀的少年，叫周宇星，是星辰战队的 ADC（物理输出型英雄）选手。

从名字上就能看出来，他和颜沉以及整个星辰战队的关联。

粉丝经常说他俩才是战队的双 C，让另一个真正的中单 C 位选手小浅几乎每天都在怀疑人生。

"今天是个好日子，心想的事儿都能成。明天……"上官不理他，还继续自顾自地唱着。

周宇星实在听不下去，一把扑过来夺走他手中的麦克风，切了他的歌，给自己来了首魔性十足的洗脑神曲《痒》。

"来啊，快活啊，反正有大把时光……来啊……"

"来个屁。"

然后，两个人开始为了争夺麦克风展开了一场激烈的肉搏战。

身为队长的颜沉坐在靠窗的位置上，拿着一瓶酒，表情冷淡地看着自家队友们发着疯，完全没有出手制止的意思。

月光从窗外照在男人乌黑的发上，泛出一圈浅浅的光晕。

在这底下是一张极为俊美的脸，但是因为他冷酷的气质，又显得很有男人味。

他的目光一直望着窗外，确切地说，是望着对面那栋别墅，二楼，那个小花园。

再精确一点——

他在看着她。

叶晚晚其实一开始就听见了对面的动静，但她也没在意，毕竟人家今晚拿到了冠军，开个 Party 庆祝一下多正常。

起先她还觉得他们热闹一点也没什么不好的，不然她一个人在这儿冷冷清清的，也太寂寞了点。

然而不到两分钟。

也许女人都是善变的，很快她就一改之前的想法，觉得对面真的吵！

"来啊，造作啊……"

那边的歌声传入叶晚晚的耳里，她被这魔音贯耳攻击了整整一首歌的时间后，听见新的伴奏声响起，终于忍无可忍地敲响了对面的大门。

她先是按了几下门铃，里面没有任何反应，还是继续鬼哭狼嚎着。

她又改为用手敲门，用力地"咚咚咚"了几下，就在她敲得指节都疼了想放弃时，大门终于被人打开。

首先闻到的是扑面而来的酒气。

带着少许的薄荷香，随着风钻入她的鼻尖。

叶晚晚抬起头，入眼的是一张俊美到令她想要叹息的脸，眼尾细长，高挑的鼻梁底下，是微抿的薄唇。

明明是可以称得上"美"这个形容词的五官，脸部的轮廓却又透露着棱角分明的冷峻。

这两种气质本该是很矛盾冲突的才对，可放在他身上却似乎莫名的和谐。

男人正垂眸看着她。

瞳孔是通透的黑，像是无边无际的夜空。

在看清男人的脸后，叶晚晚满腔的怒火像是被一场大雨浇灭，只余下一片带着热度的灰烬，还有蒙蒙的雨水缓慢飘着。

她心里滋生出一种很奇怪的感觉。

只是一个简单的对视，就把她刚才准备好的质问全部打乱，一时间竟然不知道该做些什么。

叶晚晚有些愣愣地看着男人，原本脸上略带烦躁的恼怒已经褪去，现在反而迷茫起来。

良久，还是他率先开了口："有什么事吗？"

大概是喝了酒，他的嗓音低哑，带着别样的魅惑。

叶晚晚从"我是谁我在哪儿我要做什么"的状态中回过神，往后退了一步，与男人保持了一定的距离。

他太高了，站得太近会让她产生压迫感。

颜沉看见她的动作，不动声色地皱了皱眉，没说什么，只是静静地等待着少女的回答。

叶晚晚清了清嗓子，因为刚才看着人家的脸失神，她这会儿没好意思和男人继续对视，眼神飘忽地说道："那个，可以麻烦你让他们小声点吗，有点吵到我休息了？"

其实不只是有点，是非常吵。

可是对着面前的这张脸，叶晚晚实在说不出太重的话。

这大概，就是颜控的悲哀？

叶晚晚觉得自己在娱乐圈这么多年可能是白混了，在看遍了各式各样的帅哥美男后，她竟然还会有因为别人的美色而失神的一天。

可问题是这男人，五官、身材、气质……反正全身上下，完全是她最心水的那款，根本挑不出任何毛病。

特别是那双手，此时随意地插在裤兜里，依然性感得不得了。

没听见男人的回应，叶晚晚重新扭头看向他，就见男人静默地注视着她，眼神却好像穿透了她，看到了更久远的东西。

叶晚晚没能发觉这点，她觉得可能自己也有点唐突，或者是没把话说清楚。

于是，她眨了眨眼，伸手指着自己自我介绍了一番："我是你们的邻居，我叫叶晚晚，你应该认识我……吧？"

她说得不是很确定。

因为这个男人看上去就像是不会去看那些什么狗血都市总裁剧，或者小清新校园恋爱剧的人，哪怕是看新闻肯定看的也是军事、财经，而不是娱乐。

可是没想到男人竟然点了点头，轻轻"嗯"了一声。

然后，他又说："我叫颜沉。"

叶晚晚暗暗感叹果然自己的人气还是很高的，闻言朝他友好地笑了笑："我知道你，你就是那个……嗯，成神对吧！"

颜沉的嗓音很淡，耐心地纠正她的错误："是 Chen，没有后鼻音。"

从小语文就不怎么样的叶晚晚："哦……我还听说有个叫心神？"

颜沉继续纠正："星。"

叶晚晚："……"

两人站在门口相顾无言了一会儿，直到楼上又传来一阵惊天动地的号叫，颜沉微微拧起眉毛，低低地向她道歉："很抱歉吵到你了，以后我们会注意。"

叶晚晚微笑着点了点头，还想说些什么，就听见男人语速飞快地说了声"再见"，然后就直接把门"啪"的一声关上。

被关在门外的叶晚晚："？"

她看着紧闭的大门无语半晌，掏出手机借着屏幕的反光看了看自己这张脸，开始怀疑人生："难道我的美貌已经开始退化了？"

以前不管是去哪儿，谁看见她不是一顿天花乱坠的猛夸，热热情情地招呼她，什么时候受到过这种待遇？

颜沉关上门后，背倚着门板，听着少女的脚步声逐渐远去。他抿着嘴，感觉到胸腔里的心跳慢慢归于平静，这才往楼上走去。

上官和周宇星大概是发现打是打不出结果的，这会儿竟然抱在一起共用一个麦合唱。

颜沉走过去直接拔掉电源插头，面对队友们投来的疑惑视线，面无表情道："太吵了，扰民。"

队友们："……"

"队霸"发话了，还能怎么办？

只好闭嘴了。

叶晚晚回去后，没一会儿就听见对面的吵闹声归于平静，甚至安静得连一点声音都没了。

鸦雀无声的，感觉还有那么一点吓人。

叶晚晚没想太多，眼下已经很晚了，她进了浴室准备洗个澡就上床睡觉。

然后，她发现了一个很严肃的问题——

没有沐浴乳！

这要是平常也就算了，关键她身上还抹了防晒霜，她总不能拿洗面奶去洗吧？

于是，三分钟后，叶晚晚又一次敲响了对面的大门。

来开门的依旧是颜沉。

他看着眼前的少女，乌发散落在背后，衬托得肌肤雪白，让他的嗓子微微发痒。

他刚刚才说完"再见"，没想到这个再见来得这么快，本以为至少得等到第二天。

叶晚晚看着他，双手合十，有点不好意思地说："请问可以借用一下沐浴乳？我今天才刚搬过来，这些东西忘记准备了，我用完就给你还回来。"

她问得小心翼翼，像是生怕男人会拒绝一般。

这要是换作别人，叶晚晚肯定不会有这样的担忧，基本上没有人可以拒绝得了她。可是眼前这个男人，她就是觉得他和别人不一样。

大概是因为……在这个看脸的世界里，他竟然不是颜控！他对自己的美貌竟然无动于衷！

直到后来，叶晚晚才发现自己这时候有多天真多单纯。

呵，无动于衷？

这个男人只是能忍，藏得深，其实根本就是条大尾巴狼！

眼下，颜沉在少女祈求的目光中，压抑着心口汹涌的情绪，维持着一贯的冷漠点了点头。

"你等我一下。"

颜沉很快就拿了东西回来，他把手中的瓶子递给她，淡声道："很晚了，明天还回来也可以。"

叶晚晚微笑着向他道谢："好的，谢谢你了。"

她正想转身回去，没想到男人又喊住了她。

回过头，颜沉手上拿着手机，表情寡淡地说了句："加个微信吧，以后如果有事联系也方便。"

也许是他说得太过自然，叶晚晚完全不觉得有什么问题，想着大家邻居一场，有事能互相照应一下也挺好的，便和他交换了联系方式。

"那我就先走啦。"叶晚晚朝他挥了挥手，笑容是一贯的甜美。

颜沉轻轻"嗯"了一声，目送着她回到自己的房子。

有晚风轻轻地吹过，他的嗓音隐没在风中，带着少见的温柔。

他说："晚晚，晚安。"

沐浴乳是清凉的薄荷味，夏天用正好。

叶晚晚裹着浴巾从浴室出来时，已经浑身沾满了薄荷的味道。明明味道很浓郁，却一点儿也不会刺鼻。

她洗的时候没想那么多，这会儿闻起来，才发现和颜沉身上的味道接近。

这应该是他自用的那款。

是他身上的味道……

想到这里，叶晚晚莫名觉得脸颊有些发烫。

这奇怪的感觉困扰着她，等到她把睡衣换上，钻进被窝时还在想，为什么她用起来，和他好像有点不一样呢？

第二天醒来时是早上 10 点。

叶晚晚因为忙于拍戏的缘故，作息说不上规律。不过现在是夏天，她也没有赖床的兴致，眼睛一睁就从床上爬起来了。

楼下的门铃声响了起来，叶晚晚随意披了件外套走到阳台，正好能看见楼下的大门。

敲门的是一个模样俊秀的少年，手中好像拎着一个袋子。

叶晚晚猜测他估计是对面邻居中的某一位，便趴在扶栏上喊了一声："有什么事吗？"

听见一道清甜的嗓音从头顶传来，周宇星抬起头，就看见穿着白色睡裙的少女趴在阳台，在看见自己望向她后，朝自己微微一笑。

她乌黑的长发披在背后，皮肤白得和身上的裙子一样，精致的锁骨若隐若现。

头顶是一片蔚蓝的晴天，而她就像洁白的云，圣洁又纯净。

这个年纪的少年容易躁动。

周宇星只看了她一眼，脸就开始烧了，结结巴巴地说道："那个，这是我们老大，啊不是，是我们队长让我来为昨晚的事情道歉的，因为之前这栋房子一直空着，我们大家也就没注意控制音量，昨晚打扰到你休息真的很抱歉。"

叶晚晚托着腮，看着少年一脸羞涩，一副想看她又不好意思的模样，觉得颇为有趣。

对嘛，这才是正常人看到她时该有的反应。

"没关系，你们队长昨晚已经向我道过歉了。"叶晚晚柔柔地笑着，想起昨晚的事情，忽然道，"你等我一下。"

周宇星在楼下等了不到两分钟，面前的大门被打开，刚才那个像云一样的少女出现在他面前，脸上还是柔和的笑。

她把一瓶沐浴乳递给少年，礼貌地说："可以麻烦你帮我把这个还给你们队长吗？"

周宇星愣愣地看着她，也没注意她说了什么话，下意识就应了声"好"。

半晌后回过神来，看着手中那瓶东西，他差点惊掉下巴。

天啦，他们那个一向以冷漠著称从来不接近任何异性惹得无数女粉为之泪目的冰山队长，竟然会把自己的私人用品借出去！

周宇星咽了咽口水，看了眼自己另一只手上拎着的袋子，想起早上队长交代的话，老老实实地照做。

他颤颤巍巍地把东西递给少女，念着串好的台词："这、这是粉丝送的一些吃的，太多了我们也吃不完，也不知道你爱不爱吃……"

他一边说一边在心里吐槽：什么粉丝送的，都是鬼话！这明明是队长亲自去买回来的！

明明昨晚三四点才睡，队长却大清早爬起来跑去市区就为了买这一袋他们都不爱吃的零食回来，还美其名曰是给对面邻居赔礼。

"对面邻居，谁啊？"当时有人问。

颜沉的声音冷冷淡淡："叶晚晚。"

提问的人明显一愣："谁？"

颜沉懒得重复，把零食放下后就径直上楼补觉，留下一群还处于发蒙状态的队友在原地面面相觑。

"队长说的叶晚晚……是我想的那个叶晚晚吗？"

"不会吧，真的假的？"

叶晚晚是谁？那可是真正的大明星啊！

而且还是无数宅男心中的女神！

"既然这是队长亲自交代的事，我一定幸不辱命！"

"滚一边去，队长刚刚是对我说的！"

最后几人采取了公平公正公开的猜拳游戏，以此决定究竟谁会是那个去给女神送吃的的幸运儿。

而此时，最终脱颖而出的幸运儿周宇星眉头一皱，觉得事情没有那么简单。

联想到昨晚队长先要了人家签名，并且还把自己的私人用品借出去，今天早上又特地去给人家买零食……

这一系列异常的行为举止，让他产生了一种听起来好像非常玄幻荒谬，但仔细想想又很有可能的想法——

队长该不会暗恋……叶晚晚吧？

周宇星悄悄地打量了一下眼前的少女，那张清纯的脸蛋不施粉黛，却漂亮得有些晃眼。

睫毛很长，眼睛弯弯的，好像永远都带着笑。

和镜头前的样子根本没什么差别。

似乎也只有这样像是天仙下凡的女孩，才能让颜沉那种冷漠得不食人间烟火的男人动心了。

叶晚晚的颜值是娱乐圈公认的绝色，而周宇星觉得自家队长的脸也不输任何小鲜肉。

他们都是"神仙"，"凡人"根本配不上。

叶晚晚此时当然不知道这位少年的内心戏有多丰富，把她和他家队长拉郎配不够，顺便还把两人的颜值吹上了天。

她接过那袋零食后，笑吟吟地说道："那就谢谢你们啦。"

周宇星连连说着不客气，心里还在思索颜沉是不是真的暗恋叶晚晚。

他越想越觉得可能性非常大。

而作为小弟，帮大哥追嫂子那是义不容辞的！

此时叶晚晚屋子的大门是敞开的，周宇星可以看见她的大厅里摆放着一堆杂物，想起这位女神是昨天才刚搬过来，东西肯定还没收拾好。

本着多给队长创造机会的目的，他主动请缨道："需要我们帮你整理吗？这么多东西你一个人收拾起来应该很累吧。"

叶晚晚客气地朝他笑了笑："没事不用了，我的助理很快就过来了。"

周宇星还是不死心："没关系啊，人多速度快嘛。"

叶晚晚说："真不用了，好意我心领了，就不麻烦你们了。"

周宇星显得有些遗憾："那好吧。"

等他走后，叶晚晚拎着那袋零食回到屋内，在经过一面镜子时忽然停住脚步。

她这人有个毛病，每次遇到镜子或者反光的东西时都会忍不住去照一照。

舒心吐槽过这点好多回，叶晚晚总是反驳她说这是每个漂亮的女生都会不由自主养成的习惯。

用空余的那只手撩了撩头发，叶晚晚欣赏着镜中自己那张盛世美颜。

想起刚才少年那副失落的样子，她内心感叹一声，啊，自己这张脸真是罪孽深重……

叶晚晚在沙发上坐下，把袋子打开，看着里面的无油薯片、无糖饮料等一系列低卡路里的零食，沉默许久。

昨天听小刘说星辰战队里有人喜欢她时，她还挺诧异的，也没往资深粉上想，只当是自己的美色太诱人。

而现在她敢肯定，这个人——百分之百是她的铁杆粉丝！

曾经有记者采访过叶晚晚，问她身材保持得这么好，平时是不是都不吃零食。

当时公司是想让叶晚晚走高端路线，但也想让她稍微接地气一点儿，所以才会让她回答这些低卡路里适合减肥时嘴馋吃的东西。

但是讲道理，其实叶晚晚真的一点儿也不爱吃这些玩意儿。

不过毕竟也算是粉丝的心意，叶晚晚还是拿出一瓶汽水，费力地拧开瓶盖，她只喝了一口就把脸皱成了包子。

呜，无糖的可乐是没有灵魂的。

她打开手机，点开舒心的微信，默默地让自家小助理过来时给自己带上一瓶"肥宅快乐水"。

周宇星回基地时，颜沉还没醒。

他们战队每个人都拥有单独的房间，周宇星走到颜沉的房间门口，试着转了转把手，没想到竟然直接打开了。

"竟然没锁？"周宇星还有点讶异。

男人侧躺在床上，阖着眼皮，俊美的五官有一半被发丝遮住，却依然掩盖不了那冷峻的气质。

他蹑手蹑脚地走进去，生怕把那位睡美男吵醒。

把那瓶沐浴乳放在桌上后，周宇星转身想走，衣摆却不小心钩住了桌角，走动时连带着桌子一起拖动，发出略微刺耳的摩擦声。

桌面上放着的手机随着这番动作往下滑落，在落地的前一秒被周宇星稳稳接住。

少年悬在嗓子眼的心放了下去，轻舒一口气。

大概是他的手不小心按到了锁屏键，手机的屏幕在这一刻亮了起来。

看着壁纸上那个女孩漂亮精致的侧脸，温柔安静的笑容，周宇星心里一惊：这这这……这难道是叶晚晚？

——暗恋证实了！

颜沉被周宇星吵醒，此时倚靠着床头，黑眸幽幽地盯着他。

"啊，队长！"周宇星大概是察觉到了房间内的气压骤然变低，一扭头，撞见自家队长那对幽深的黑眸时，手中的手机差点又要摔在地上。

因为刚睡醒的缘故，颜沉嗓音嘶哑地"嗯"了一声，朝他伸出一只手。

掌心向上，那意思很明显，是要周宇星把手机拿过去。

颜沉在战队里的威严是毋庸置疑的，本来平时面无表情的样子就足够慑人了，更别提此时还微微拧着眉头，就宛如地狱爬出来的修罗，吓得周宇星直哆嗦。

他跟颜沉认识的时间最长，严格来说还是被颜沉一手带进这个圈子里的。

所以这会儿，他非常清楚地知道自家队长这是不高兴了。

周宇星甚至不用颜沉开口，就非常自觉地不打自招了："啊啊啊……队长我真不是故意的，我错了，沉哥我错了，我什么都没看见，我发'四'！"

颜沉没去看他，而是低头按亮屏幕，看着壁纸上的少女若有所思。

"发'四'？"颜沉也不知是想起了什么，脸色竟然缓和了不少，"从哪儿学来的拼音？"

周宇星显然没能跟上自家队长的脑回路，他那番话里的重点是这个吗？

不过他的胆子显然还没有大到敢去质问颜沉，见男人冰冷的脸色回温了不少，他还是不太放心地问了句："哥，大哥，你没生气吧？"

他总算知道为什么颜沉从来不愿意被他们碰手机了，没想到颜沉竟然藏着这么一个惊天大秘密。

颜沉掀了掀眼皮，终于肯施舍他一个眼神："你说呢？"

周宇星差点"扑通"一声给他跪下，可怜兮兮地说道："我真不是故意的，表哥——"

颜沉一脸嫌弃："谁是你表哥，别乱攀亲戚。"

周宇星说："远房亲戚也是亲戚，反正我妈让我喊你表哥，叔叔阿姨都默认了。"

颜沉："……"

他俩是远房亲戚这事队里人都不知道，毕竟隔得太远，而且这也不是什么重要的事情。

平常周宇星喊他要么叫"队长"要么叫"沉哥"，偶尔喊一喊"老大"，"表哥"倒是一次也没喊过。

这会儿大概是一紧张，就脱口而出了。心想着这微薄的血缘关系也许能让颜沉大发慈悲，对他从轻发落。

颜沉最后果然也没说什么，只是冷漠地提醒周宇星以后再敢擅自进他房间或者碰他手机，等他退役后队长的位置就留给上官了。

这个威胁对周宇星而言比扣工资还惨重。

要知道他平日里和上官最不对付，两人当初从见面起就互看不顺眼，一路相爱相杀这么多年，粉丝们还硬把他俩凑了个 CP。

一想到将来他可能要低声下气地喊上官那个"孤儿"叫队长……不，他不接受！

再三保证绝对不会有下次后，周宇星小心翼翼地退出房间，就在刚刚迈出门口的一瞬间，他听见颜沉忽然喊住了他。

周宇星背后一凉，带着"完了队长不会反悔了吧那我岂不是死定了"的心回过头。

坐在床上的男人一下又一下地摆弄着手机，眼眸低垂。

他开了口，嗓音低沉得可怕："别说出去。"

周宇星一愣，很快反应过来，拍着胸脯保证自己绝对会把这个秘密烂在肚子里。

说得要多真有多真。

要不是第二天颜沉就被几个队友追着问八卦，他还真是信了他的邪。

舒心来的时候是中午，刚好帮叶晚晚带了午饭。

“我的肥宅快乐水呢？”叶晚晚蹙着眉毛，绕着舒心转了一圈，发现她没帮自己买后，不太高兴地噘起嘴。

她们待一起久了，撒娇任性起来都没什么顾虑。

在外人面前，叶晚晚是温柔清纯的“娱乐圈初恋”，妥妥的女神级人物。

外界对她的评价都是“温柔宠粉又礼貌”“性格独立且勇敢”……除了某些不良媒体会形容她是“花瓶”以外，大部分都是正面的评价。

不过熟悉叶晚晚的都知道，这姑娘其实特别喜欢撒娇，黏人到不行，偶尔还有一点大小姐脾气。

不过毕竟是被从小宠到大的，更何况她的性格其实相对那些贵族名媛、大牌明星已经要好上太多。

再加上这张脸的颜值加成，大部分时候大家都愿意迁就她宠着她。

舒心对叶晚晚这套撒娇技能已经算是中度免疫了，她伸手在叶晚晚的脸上轻轻捏了一把，没好气道：“你啊，看看你这脸，都这么多肉了还敢喝那些碳酸饮料，真是不怕胖死自己啊？”

叶晚晚揉着自己的脸，立刻反驳回去：“才不会，就喝一次而已嘛。”

舒心不为所动：“再这么纵着你，等你体重超过九十五斤，关姐该骂死我了。”

叶晚晚说：“不会的啦，关姐可是大忙人，她没空管我的。”

舒心说：“她那是懒得说你了，手底下那么多艺人，就你最不让她省心。”

叶晚晚说：“胡说，我可是最给她长脸的那个！”

关姐是他们公司的金牌经纪人，现在大红大紫的影帝影后有不少是她一手带出来的。

不过目前她手里只带着四位艺人，其中的确是叶晚晚的名气最大。

舒心发现自己每说一句，叶晚晚就能顶她好几句。

反正以她的口才是说不过这位大小姐的，于是她很果断地放弃了，走到沙发旁正想坐下来休息时，一下子眼尖地发现了那一袋零食。

她随手翻了翻袋子，脸上带着惊讶：“嗯？晚晚你终于学乖了，关姐要是知道你终于戒了那些高热量食物，而改吃这种低卡路里的一定很欣慰。”

叶晚晚“嘿嘿”笑了两声，告诉她实话：“这是我粉丝孝敬我的，你要喜欢你就拿去吧，反正我是吃不来，我爱炸鸡、薯片、可乐一辈子。"

舒心无语："早晚你得从娱乐圈最靓的那颗星，变成最胖的那颗。"

叶晚晚抱胸冷笑一声："呵，不可能。"

把东西整理完已经是下午三点了，看着整个房子终于变得温馨起来，不再是昨天那个冷冰冰的样板房，叶晚晚心里很是满意。

"对了，你去超市帮我买点儿生活用品，昨天我沐浴乳还是向对面借的呢。"说起这个，叶晚晚还和舒心强调了一下那个沐浴乳的牌子，让她千万别买错。

舒心狐疑地看着叶晚晚："你怎么不用你以前那款了？"

咳，这个嘛……

叶晚晚抬头望天花板，没吱声。

其实她还挺想亲自出门去逛一逛超市的，但是因为身份问题，不方便出现在那种人流量大的公共场所，所以这种事只能麻烦身为助理的舒心了。

一个人待家里也挺无聊，叶晚晚又跑到她那个阳台小花园窝在秋千上，悠闲地抱着 iPad 看着电影。

对面的别墅依旧热闹，偶尔能听见几声少年中气十足的怒骂：

"上官你这个垃圾，你居然敢抢爸爸红？"

"你这个废物，红给你有个屁用？"

用词不太文明，叶晚晚默默给自己戴上耳机。

她一边看着电影，一边却忍不住偷偷地瞄对面的窗户，心中的那点好奇被他们勾了起来。

那个游戏，真这么好玩？

两栋别墅离得不远不近，因为现在是白天，对面也没拉窗帘。星辰战队的训练室刚好也是在二楼，就在叶晚晚这个阳台的正对面，基本上一抬头就能大致看清里面的景象。

颜沉走到窗边，习惯性地掏出烟想点上时，视线无意间扫过对面，拿烟的动作陡然顿住。

少女此时正趴在扶栏上，隔着数十米的距离，与他遥遥相望。

四周忽然变得很安静。

连风都停息。

身后队友们叽叽喳喳的吵闹声都仿佛被过滤了一般，在这一刻，颜沉只能听见自己越来越快的心跳声。

似乎在下一秒，心脏就有可能负荷不了，在他的胸口爆炸。

叶晚晚似乎也没想到会这么巧和他撞上面，不过出于礼貌，她嘴角扬起一抹微笑，朝他挥了挥手。

男人的喉结上下滚动了一番，略微僵硬地抬起手，算是回应了她的招呼。

"队长，你干吗呢？"上官的声音突然从身后响起。

然后叶晚晚就看见有半颗毛茸茸的脑袋伸到了颜沉背后，似乎是因为身高不够，他还得踮起脚才能把自己的眼睛露出来。

在看见对面的叶晚晚后，上官当即就发出一道响亮的叫声。

颜沉皱了皱眉，侧头不悦地看向来人。

上官同学连忙捂住嘴，视线在对面的叶晚晚和自家队长之间来回扫了几遍，眼神从震惊到疑惑再到最后的"哦，原来如此"。

颜沉不关心上官同学脑补了些什么，把这碍事的队友赶走以后，他再回过头，对面的阳台上已经没有叶晚晚的身影了。

男人"啧"了一声，继而掏出刚才的烟给自己点上。

打火机清脆的声音淹没在训练室的吵闹中，颜沉熟练地吐出一个烟圈，白色的烟雾在空气里萦绕，遮住了男人深沉的眸色。

他倚着窗框，一根烟即将抽完时，他忽然看见对面的少女从自家门口走了出来。

少女头上只戴了一顶鸭舌帽，脸上没做任何伪装，看上去不像要去太远的地方……

五秒后，楼下的门铃响了起来。

按下门铃的那一瞬间，叶晚晚就后悔了。

她也不知道为什么，在和男人短暂的对视过后，居然就这么冲动地跑过来了。

果然美色误人啊。

心里还没想好该找个什么借口，面前纯白色的大门就已经被人从里面打开——

来给她开门的依旧是颜沉。

叶晚晚望着男人眨了眨眼，她甚至都快怀疑这人是不是一天二十四小时都守在门口，兼职基地开门员了。

扑面而来的烟味掩盖了原本的薄荷香，叶晚晚下意识地皱了皱鼻子，眼前的男人意识到这点后立刻往后退了一步，主动与她拉开距离。

在娱乐圈那种地方，烟酒都是不可避免会接触到的。

虽然说不上讨厌，但叶晚晚的确也不太喜欢。

"有事？"颜沉开了口，嗓音低沉。

"啊，就是……我想请教一下这个游戏怎么玩，会不会打扰到你们？"叶晚晚拿出手机晃了晃，屏幕上是刚刚下载好的《王者荣耀》应用APP。

她不由得为自己的机智点了一个大大的赞。

颜沉瞥了少女一眼，表情依旧是冷冷淡淡的样子，看不出心里在想什么。

他低声说了句"不会"，然后侧过身子问她："进来吗？"

叶晚晚应了声"好"，语调有些上扬，带着欢快的气息。

游戏的第一步是注册ID，叶晚晚本来是为自己取名为"夜晚"的，但是系统提示她这个昵称已经被人使用过了。

她其实对这个游戏还算有一定了解，毕竟没吃过猪肉也见过猪跑不是。

于是，她很快就敲定了自己的新名字——

晚晚想上王者！

她知道这个游戏的最高段位就是王者，而她向来也是争强好胜的性格，要玩就一定要玩到最好。

此时，"颜·王者大佬·沉"神色复杂地看了她一眼，没说什么。

新手教程很快就通过，叶晚晚看着商城里五花八门的英雄，忽然陷入了迷茫。

"颜沉……"她喊他名字时的声音软软的，仿佛有羽毛在他心尖上挠过，"我有点看不懂，这么多英雄，我该玩哪个呀？"

"玩肉。"怕她听不懂，颜沉还特地补充一句，"就是坦克。"

推荐新手坦克并没有错，但是叶晚晚看着坦克那栏的英雄，秀气的眉毛蹙得紧紧的。

"不要……"她当即就疯狂摇头，表情极度抗拒。

这些人物也太丑了吧，一点儿都不符合她的气质！

颜沉看着这姑娘一副"谁要让她玩这个她就跟谁去拼命"的表情，默默无语了半晌。

他忽然记起来好像有谁和他说过，女生玩游戏甭管那个英雄多厉害多强势，她们只会挑好看的玩。

于是，颜沉又给她推荐了个："那你玩妲己吧。"

这个法师英雄技能操作都很简单，十分适合新手。

可是没想到这回叶晚晚的反应比刚才还激烈，她整个人都抖了一下，手机差点没拿稳，闻言抬头诧异地看向他——

"你刚才说，大……什么？"

叶晚晚严重怀疑自己刚才可能是听错了，不，是肯定听错了！

颜沉似乎没想到她能联想到这个，表情凝固了一瞬，然后才解释："妲己，历史上那个。"

"噢……"

叶晚晚重新低下头，这次尴尬得真是让她不知该如何是好，她就是脸皮再厚，在这种情况下也还是羞红了脸颊。

救命，她清纯女神的形象啊！

要不要再抢救一下？

算了，估计是救不回来了，呜。

人设在顷刻间崩塌，叶晚晚借着余光偷偷瞄了颜沉一眼，见他神情没什

恋恋
晚
风
沉

么变化，心里暗自松了一口气。

还好只是在他一个人面前崩了，依这男人的性格也不会在网上乱说，应该不会有什么影响……吧？

因为一开始等级和英雄都不够，叶晚晚还打不了排位，于是默默去开了把匹配，选英雄时选择了颜沉刚才推荐的妲己。

英雄模型是一个身材精致的狐狸少女，背后有一条毛茸茸的大尾巴，看着还是很可爱的。

"走中间那条路。"颜沉在旁边指导着，"先学一技能，把左边跳出来的那个装备买了。"

在涉及游戏时，他的话明显变多了不少，就像个认真严格的老师，在细心教导着自己的学生。

叶晚晚听从着他的指挥，在中路老老实实地发育清线，很快就升到了四级。

在这过程中，她听见了妲己的语音台词，其中有一句让她纠结了很久——

"羁绊，是什么意思？"

特别是那个羁绊，第一次听到时，她的手就顿了顿，忍不住又往某不可描述的方向去联想。

但这一次她很明智的没有问出口，因为颜沉在发觉她走神了 N 次后，主动开口解释："说的是羁绊。"

他的发音很标准，吐字非常清晰。

叶晚晚终于听清了那个词，但还是嘴硬道："我、我知道。"

叶晚晚接下来一直保持着沉默，直到她操控着妲己一套技能乱摁后，系统提示她拿了个"Triple kill（三杀）"时，她再也憋不住地和旁边那人分享自己的兴奋。

"啊，三杀，我拿到三杀了！"少女激动地拉了拉他的袖子，一双黑瞳亮晶晶的，里面布满了喜悦。

颜沉低头看着她拉着自己袖子的手。她的皮肤很白，胳膊就像藕一样，想咬一口。

叶晚晚还沉浸在自己人生第一次三杀的欣喜中，没能注意到自己此时的动作略微有些失态。

"新手第一把匹配其实都是人机。"颜沉把这个残忍的真相告诉她，"对面是，你的队友也是。"

叶晚晚一听，兴奋的劲儿瞬间消了大半。

"哇,这个人怎么一直追着我不放啊。"小姐己拿完人头也已经残血,被敌方英雄追杀了小半个地图,最终还是没能避免躺尸凉凉的结果。

叶晚晚顺口就爆了一句粗话,然后飞快地反应过来这里不是家,颜沉还在旁边!

她能感觉到有一道高深莫测的视线落在自己身上,久久凝视,她身体一僵,硬着头皮继续玩着游戏。

毕竟只是人机,在颜沉的指挥下,这局游戏十分钟出头就结束了。

叶晚晚本来还跃跃欲试地想尝试第二局,手机屏幕忽然卡了一下,紧接着跳出一个电话——

来电人是关姐。

叶晚晚略带疑惑地接通了电话,她今天因为刚搬家请假了一天,行程都往后推了,不知道这时候关姐找她有什么事。

"晚晚,你昨晚在机场怎么回事?"关姐是个雷厉风行的女人,一开头就和她说起了正事。

叶晚晚一愣:"怎么了?"

她下意识地看了颜沉一眼,当时应该只有他发现了她的身份,除此之外,后来那个所谓的私生饭也发现只是误会,还会有什么问题?

关姐说:"你赶紧去看微博热搜,我先联系一下公关部那边看看要怎么处理。"

挂完电话,叶晚晚迅速退了游戏登上微博。

无数个艾特和私信消息几乎快把她淹没,她暂时也没空理会,径直点开热搜,只见第一条话题明晃晃地写着五个字——

 # 叶晚晚整容 #

叶晚晚现在心情很是暴躁,在心里怒骂一句,顶着一脸"让我看看又是哪个不长眼的狗东西在造谣本仙女"的表情点了进去。

【娱乐八卦了解一下 V:接到匿名投稿,娱乐圈初恋叶晚晚深夜现身机场,肤色暗沉脸部浮肿,疑似整容后遗症 [图片]】

图片是昨晚她在机场被偷拍的照片。

照片上的她肤色暗了一个度都不止,那张脸被 P 得也有些畸形。

反正叶晚晚是绝对不会承认自己有这么丑的。

这条微博底下的评论很热闹,信者有,不信者也有,但占比更多的还是一些吃瓜群众以及无脑键盘侠。

网络世界从来不缺乏喷子，借着这个机会，她那些黑粉更是把她 diss 得妈都不认识了。

【我早说她肯定整过容，还有那胸，一看就是人造的。】

【就这还娱乐圈初恋呢，问过大家的意见没？】

【要演技没演技，要才华没才华，唯一也就这张脸还好看点，现在被爆料出来是整容，我看她那群 NC 粉还能怎么洗。】

叶晚晚在娱乐圈混了这么多年，见惯了网络上的腥风血雨，心态还算良好。但也没人喜欢看着自己被骂。

她撇着嘴把那些评论点击了举报，然后干脆利落地退出了微博。

颜沉看了她几眼："你不生气吗？"

他就坐在她旁边，自然也把她手机里那些乱七八糟的评论看了个大概。

一般女生被这么误会冤枉，要么恼羞成怒气得想砸手机，要么委屈得要死哭得梨花带雨，这姑娘怎么看上去这么淡定？

叶晚晚听他这么问，转过头，鼓着一张脸反问他："难道我脸上没有写着'生气'两个字吗？"

少女的嘴巴微微翘起，脸蛋气鼓鼓的，配上一行字简直可以当气成"河豚 .JPG"表情包了。

颜沉喉结滚动着。

他想说，生气没有，倒是看见了"可爱"两个字。

不过发生了这种事，叶晚晚也没心情继续打游戏了，起身和颜沉道了别就回自己的别墅去了。

舒心差不多也正好在这时候回来。

一进门，舒心就把东西随意往旁边一放，急匆匆地跑到叶晚晚面前问："晚晚，微博上那是什么情况？你通知关姐了没啊？"

她刚刚在超市排队结账时抽空刷了会儿微博，本想看看有没有新鲜的瓜吃，没想到一登上去就被"叶晚晚整容"的话题给刷屏了。

当事人此刻跷着个二郎腿，看上去悠闲得不要不要的。叶晚晚一边低头剥着橘子，一边回道："准确来说是关姐通知我了。"

舒心着急地说："你怎么一点儿也不担心啊？整容可是大事，很影响你形象的！公司好不容易给你塑造成一个女神，唉，真是皇帝不急太监急。"

"总有刁民嫉妒朕朕的美貌，朕已经习以为常。"叶晚晚头也不抬，把橘子皮剥干净后，她掰成两半，先喂自己吃了一瓣。

酸酸甜甜的口感让她眯了眯眼睛，然后把另一半递给舒心，舔着唇问："要不要吃？还挺甜的。"想了想又把手收回来，"算了，难得吃到这么甜的橘子，还是不给你了，你想吃自己剥。"

"……"舒太监没被急死也快被气死。

叶晚晚最后把半个橘子吃完，然后便收起那副懒洋洋的样子，开口说起了正事："关姐办事咱们都放心，这会儿应该都让公关部拟好澄清稿了，发一下就没事了。网络上每天有那么多新闻发布，没几天他们就会忘了我这茬儿的。"

舒心一脸无奈："我的晚姐啊，你也太低估自己的人气了吧，这事估计能被一路说到明年也不见消停。"

叶晚晚满不在乎："他们就是闲得慌。"

其实在最开始，刚踏入这个圈子时，叶晚晚对于网络上那些流言蜚语还是很在意的。

叶父是叶氏集团的董事长，叶晚晚现在所属的经纪公司星光娱乐就是叶氏集团旗下的一家子公司。

她理所当然地享受着最好的资源待遇，却也因此惹来了不少非议。

叶晚晚出道的第一部戏就是知名导演的民国悬疑剧《破镜》，虽然只是饰演一个女二号，却完美地演绎了什么叫作"出道即巅峰"，这也算是叶晚晚这么多年来"唯二"的代表作之一了。

圈内只有极少数人知道她的真实身份，其他人看她这张脸，几乎是想当然地以为她是靠金主上位的。

在这之后，叶晚晚没靠叶父的人脉资源，她希望凭借自己的实力，但接的都是一些不入流的小制作，唯一爆了的只有一部青春校园励志剧《我在夏天等你》，也就是她的另一部代表作。

叶晚晚就是因为这部剧被封为"娱乐圈初恋"。

穿着干净的校服，黑发扎成马尾，面容柔和，眼带笑意……几乎是每个男生理想中初恋的样子了。

当初有一篇报道是这么形容她的：

在这个纷繁复杂的世界里，我在她的眼睛里看见了难得的清澈和干净。正如周敦颐先生所言：出淤泥而不染，濯清涟而不妖。她美好得仿佛不染俗世尘埃，清然纯洁的样子宛若天边的白云，你看得见她，却抓不住她。

这波彩虹屁吹得非常符合叶大小姐的心意，当时都想重金去挖人了，直到后来和这人联系上，她才发现他已经收了叶父一大笔钱……

哦，怪不得能昧着良心写出这种文章。

当时网络上对她的评价褒贬不一，在听了太多相似的夸奖和批评后，她也就变得没那么在乎别人的眼光了。

舒心最后还是成功地吃到了叶晚晚亲手为她剥的那个橘子。

"晚晚啊。"她忽然喊了一声，"其实我挺好奇，以你的身份，当初为什么会想当演员？"

好好的富家千金不当，非要来娱乐圈受这罪，她一直搞不懂。

叶晚晚听到这个问题，朝舒心眨了眨眼，忽然把身体朝那边靠过去，两人的脸挨得极近，几乎差一点儿就能亲上了。

舒心往后挪了挪屁股，一脸惊恐："晚晚你想干啥？"

"你跑什么。"叶晚晚莫名其妙地看着她，伸手指着自己的脸，"我是想凑近一些让你仔细瞧瞧我这张脸，你觉得我长得怎么样？"

少女的皮肤雪白，肤若凝脂，几乎看不见一丝瑕疵。

舒心还有点蒙："很、很好看啊。"回过神后还不忘继续吹彩虹屁，"简直就是仙女下凡。"

叶晚晚满意地点点头："没错，所以你想啊，我这张脸要是不在大荧幕上多霸占几个台，不能多给一些人欣赏，岂不是浪费了？"

舒心："……"

虽然没搞懂这位大小姐的逻辑，但她莫名觉得好像有点道理。

颜沉回到训练室时感受到了周宇星递来的暧昧视线。

后者按捺不住那颗蠢蠢欲动的八卦之心，他刚才可是看见叶晚晚来了他们基地，颜沉又过了这么久才回来，两人指不定干了些什么。

无视周宇星的挤眉弄眼，颜沉在自己的座位上坐下，掏出手机本来是想打几把游戏，却鬼使神差地登入了微博。

目前网络上那是吵了个天翻地覆。

叶晚晚的粉丝"叶子"们坚定地认为自家女神没有整容，黑粉以及一些历来跟叶晚晚不和的其他明星的粉丝则称证据都出来了，还有什么借口好抵赖。

这番话说得"叶子"们百口莫辩。

现在最要命的问题就是叶晚晚昨晚是私人行程，没有粉丝去接机，手中自然也没有她的机场图当作证据。

关于她的评论都是乌烟瘴气的，他越看眸色越冷。

握着手机的手指微微用力，指节泛白，周身的气压极低，害得在座的几人大气都不敢出。

颜沉本想退出微博，却手滑点到了粉丝的艾特消息。

都是一些日常表白的话语，他正想关闭，刚好看见了几张昨晚去接机的粉丝拍的照片。

手指一顿，颜沉的目光闪了闪，忽然想到了什么。

他在这些粉丝的微博里寻寻觅觅，大海捞针一般终于找到了他想要的东西。

【茜茜：昨晚在机场看见了星辰战队啊啊啊，Chen 神真的好帅好高，不说了，这颜值我先舔为敬。[视频]】

在视频第一分零三秒时，有叶晚晚出现的镜头。

他点击了转发，为了不显得太过刻意，还欲盖弥彰地说了句"谢谢支持"。

这条微博一转，电竞圈的粉丝几乎都炸了——

Chen 神竟然转发了除了官博之外的微博，这可是三年来头一次！

一下子无数粉丝涌到原博底下问那个茜茜是谁，是从哪儿冒出来的小妖精，和他们 Chen 神什么关系。还有人在颜沉微博底下哭诉他是不是在外面有狗了，说好的高冷禁欲系男神呢，怎么也开始对粉丝下手了……

那个被男神宠幸了的茜茜也很蒙，几乎不敢相信自己竟然被 Chen 神翻牌子了。

然而始作俑者此时却很无奈，这些粉丝怎么没能 get 到他的意思呢，看来还是得提醒一下才行。

"周宇星。"颜沉拿脚踢了踢旁边那人的椅子，"跟我出来一下。"

被点到名字的周同学浑身一个激灵，差点没从电竞椅上摔下来。

在一众队友幸灾乐祸的眼神下，周宇星迈着沉重的步伐，带着赴死的决心跟着颜沉走到了门口。

"沉哥……什么事啊？"他挠了挠头发，不明白自己是哪里惹到这位大佬了。

平常被队长单独喊出去，基本上就是训练时犯了错误要出去挨训。

可他们昨天才打完总决赛还拿了冠军，现在进入了休赛期，他怎么也想不通自己干了啥惹大哥不开心了。

明明那个秘密他也一直守口如瓶，哪怕快憋死了都没敢往外吐露一个字。

"没打算训你。"颜沉看他一眼，伸出手，"手机借我用一下。"

周宇星莫名其妙地看着自家队长，不明白他借个手机怎么还要特地出来一趟，不过还是把手机递了过去。

颜沉拿着周宇星的手机按了几下，用完往他怀里一丢，扔下一句"谢了"就扭头回了训练室。

周宇星还沉浸在队长竟然向他道谢的震惊中，半晌才低头看了眼自己的手机屏幕，是微博的界面，上面显示他转发了一条微博，时间为刚刚。

【星辰 StarV：前排提示一分零三秒有惊喜。】

转发的赫然就是颜沉刚才发的那条微博。

周宇星一脸蒙："啥玩意儿？"

他点进这个视频，快进到一分零三秒时，反复观看了好几遍。在视频画面的右上角，那个坐在行李箱上，戴着墨镜的少女……

怎么看上去那么像叶晚晚？

有了这么直接的提示，粉丝们终于找到了重点。

【我的天我眼花了吗？那是叶晚晚？那个娱乐圈初恋？】

【身形看上去很像啊……下巴也很像……】

【楼上都没看今天的热搜？那就是叶晚晚本人，看这视频应该没有作假的可能，热搜上的图片是 P 的无疑了，估计是有人想踩她上位故意黑她。】

【我差点就信了，幸好我刷到了星神的这条微博，娱乐圈水真深。】

【话说你们有没有觉得……视频里沉哥好像一直在看叶晚晚那个方向？】

有了这个视频，说叶晚晚整容的谣言便不攻自破。

那个娱乐八卦博主删博道歉，背地里偷拍叶晚晚还故意丑化照片的人也被查到，受到了一定处罚，整件事都进行得很顺利。

现在困扰叶晚晚的只有一个问题。

星辰战队里那位她的小粉丝，难道就是周宇星吗？

先是早上送吃的，然后临走时的失落，再加上现在这条微博……

绝对是她的迷弟没跑了！

叶晚晚对自己的粉丝向来是很好的，更别提人家还帮了她这么大一个忙。她特地挑了个时间端着一盘切好的西瓜和几杯果汁敲响了对面的门。

这一次来开门的终于不是颜沉。

一个叶晚晚觉得有些面生的少年穿着一条随性的大裤衩，大概是因为天气热，上面光着膀子，正愣愣地看着她。

似乎是不敢相信，他还揉了揉自己的眼睛。

"你好，我是……"叶晚晚保持着标准微笑，正想打个招呼，就见这个少年一副见鬼的表情，尖叫一声，飞快地把门关上，"砰"的一声巨响。

隐约还能听见透过门板传来的"啊啊啊啊啊居然是叶晚晚啊"的号叫。

叶晚晚的微笑逐渐凝固，然后换成了面无表情。

她有这么吓人吗？

"叮咚！叮咚——"

她又按了按门铃，等到两分钟后，面前的大门再一次被打开，露出里面几个衣冠楚楚、打扮整齐的少年。

上官这会儿已经穿好了T恤，有些尴尬地清了清嗓子，然后才开口："刚刚不好意思……咳，你来找我们有什么事吗？"

他虽然早就知道叶晚晚住在对门，但这还是第一次和女神这么近距离接触，难免会有些紧张。

叶晚晚重新露出微笑，把手中的托盘抬高了点儿，几块鲜红的西瓜在瓷盘上摆出好看的形状，旁边还有几杯颜色各异的鲜榨果汁。

上官受宠若惊地问："这是，给我们的吗？"

叶晚晚笑着点头："不请我进去坐坐吗？"

她这么一说，几个堵在门口的少年赶紧让开一条通道，纷纷邀请她进门。

叶晚晚把手中的果盘放到茶几上，视线从几个少年脸上扫过，最终落在了一脸激动的周宇星身上。

瞧瞧，见她来了开心成这样，果然是她的小粉丝。

叶晚晚拿起一杯果汁走到他面前，双手递给他，眉眼弯弯地问："这是我自己在家榨的，也不知道好不好喝，试试？"

女神亲手给他榨的果汁！

其他队友都用一脸羡慕嫉妒恨的表情盯着周宇星，后者蒙蒙地接过这杯果汁，一句"谢谢"卡在喉咙，硬是被他憋了回去。

此时颜沉正好从楼梯上下来，目光深沉地看着这边，没有要说话的意思。

周宇星感受到了那道落在自己身上凉飕飕的视线，下意识地回过头，就撞上了自家队长冰冷且带着敌意的眼神。

他看了看自己手中的果汁，又看了看面前冲他温柔地笑着的少女。

完蛋，这下他该怎么解释？

现在跪下来磕头认错以证清白能免死罪吗？

周宇星坐立不安地拿着这杯果汁，喝也不是，不喝也不是。

叶晚晚也看出了周宇星的不自然，还以为他是害羞，特地找了个借口："上次的事情真的非常感谢，如果不是你的那条微博，我可不知道要被那些人黑多久。"

前几天的微博热搜大家也略有耳闻，听见叶晚晚这么说，其他队友心里那点儿好奇和震惊总算平复了。

然而对于叶晚晚的这番道谢，周宇星简直心虚得不行。

他根本就没帮什么忙，那些都是队长的功劳，可队长又不让他告诉别人，周同学简直快纠结疯了，想了半天才冒出一句："其实……还是多亏了队长先转了那条微博，不然我也发现不了。"

听上去也有道理。

于是，叶晚晚顺势望向颜沉。

男人今天穿着一件黑色衬衣，把他的气质衬托得更加冷峻，这会儿正面无表情地看着这边，表情不怎么友好。

叶晚晚眨了眨眼，也端起一杯果汁给男人送过去，扬起一个笑脸："要不要尝尝看？"

基地的人都知道颜沉不爱喝甜的，平常也不怎么吃水果，可叶晚晚显然不知道这一点。

上官捂住眼，和身边人小声说道："我不忍心看女神被拒绝的样子。"

"希望队长不要太残忍……"

只有周宇星摇了摇头，感叹了一声"天真"。

就在大家以为颜沉会冷漠无情地拒绝，并为女神感到心痛的时候——

"谢谢。"男人的嗓音低沉，接过杯子后微抿了一口，"味道不错。"

队友们目瞪口呆地看着这一幕，自家队长不仅接过了那杯果汁，他还直接喝了一口！他还夸味道不错！

他们的队长怕不是被什么外星人给掉包了喔。

颜沉端着杯子走到沙发上坐下，余光扫过少女带着笑的眉眼，心情以肉眼可见的速度好转了不少，连同周身本来冰冷的气温都开始回暖。

"要玩游戏吗？"他忽然问，声音淡淡的，像是随口一提。

"要！"叶晚晚几乎是下意识就点头同意了。

她本来是打算送完水果就回去的，但听见男人的邀请，也没有思考，嘴比心快地就直接答应了。

好像在她的心里，似乎是希望能在这边多待一会儿的。

至于原因。

大概是因为……沉迷美色？

她悄悄抬眸打量了一下男人的侧颜，脸部的轮廓清晰，眼睛有些细长，右眼下还有一颗并不明显的泪痣，明明是多情的桃花眼，在他脸上却显得有些无情。

这个男人，实在是太冷了。

可又实在是太帅了！

叶晚晚几乎是迫不及待地在他旁边坐下，掏出自己的手机，利落地登上了《王者荣耀》。

"颜沉，你今天可以带我玩几局吗？"她一边登入账号一边问他。

少女的眼底带着明晃晃的期待，男人眸色动了动，"嗯"了一声算是同意。

自从前几天注册完账号后，叶晚晚在家里自己闲来无事也玩过几局，不过大部分都是以"Defeat（失败）"告终，偶尔赢了几次也是赢得稀里糊涂的。

"我也要来我也要来，带我一个啊。"上官见他们准备开黑，兴奋地也想加入队伍。

周宇星想拉住上官，没能来得及，只能朝自家队长露出一个"我有罪"的表情，顺便同情地看了上官一眼：老大撩妹也敢去凑热闹，真是活得不耐烦了。

没想到除了上官，其他人也纷纷开口：

"也加我一个嘛，我也想和妹子打游戏。"

"我也要来，我也要来！"

难得能和女神一起打游戏，大家都不想错过这个机会。

可是他们一共六个人，游戏组队最多只能五人，这就表示其中必须要有一个人可怜巴巴地在旁边观战。

周宇星正想说他在旁边看就好了，没想到颜沉已经把手机收了起来，淡淡瞥了他们一眼，然后对叶晚晚说："先让他们带你一局吧，我在旁边教你。"

叶晚晚眨了眨眼，说了声"好"。

他们都没上大号，但哪怕是小号他们的段位也都是钻石起步，只能和叶

恋恋晚风沉

晚晚这个小青铜一起打匹配。

一进游戏，其他人都没急着选英雄，就等着叶晚晚先选。

颜沉就看着这姑娘点开英雄列表，头像清一色的全是漂亮的女英雄，连某个土豪专属的 RMB 英雄她都有了，看上去是氪了不少金。

他微微挑了挑眉，没说什么。

叶晚晚纠结了一会儿，最后选了个杨玉环出来。

这个英雄的定位是辅助，不过大部分人都拿她走中路，在 KPL（王者荣耀职业联赛）上也算是出场率比较高的一个中单法师了。

不过颜沉还是特地问了句："你走哪条路？"

叶晚晚说："我想走两个人一起的那条，比较有安全感。"

意思就是打辅助了。

周宇星本就是他们队里的 ADC 选手，此时选了个射手英雄鲁班七号，迈着小短腿跟在她的旁边。

"鲁班大师，智商二百五……"

叶晚晚"扑哧"一声笑了："这语音台词有点好玩。"

碍于某人的视线，周宇星没敢吱声，只能附和地干笑了两声。

两个英雄一齐到了线上，清完一波兵线后，周宇星看着自己经验还不够到二级的小鲁班，"嘶"了一声，扭头问叶晚晚："你没出宝石啊？"

叶晚晚挺蒙的，下意识地去问颜沉："什么宝石？"

男人似乎也没想到她第一反应竟然是来问自己，顿了顿，伸手点了点她的屏幕，把商店的装备打开给她看。

"学识宝石，你以后玩辅助记得第一件装备就买这个。"

他们此刻的距离有些过近，肩膀碰在一起，男人俊美的侧脸近在眼前，连他身上的那股薄荷味都变得明显了许多。

他的睫毛很长，浓密又卷翘，看着莫名撩人。

每眨一下，就仿佛有一片羽毛在她心尖上挠过，微微的痒，也有微微的心动。

叶晚晚此时大脑一片空白，根本没能听清他说了什么，直到颜沉把手收了回去，她才及时回过神。

颜沉当然察觉到了她的走神，却也没说什么，只是问她："懂了？"

"懂了！"叶晚晚答得飞快，其实除了第一句剩下的她根本没认真听。

颜沉也没拆穿她，淡淡"嗯"了声，视线扫过她的屏幕，提醒了一句："开大，鲁班快死了。"

游戏画面里，只见小鲁班正被敌方上单摁在墙上疯狂输出，血条岌岌可危。

周宇星哀怨地看了两人一眼，心道你们可算是想起我了。

在四个职业大神的带领下，叶晚晚这局又是稀里糊涂地就躺赢了，全程只看见系统不停地提示谁谁谁"杀人如麻"，谁谁谁"天下无双"……

而她的"杨玉环"几乎零作用，输出低于10%，承受伤害也低，也就参团率因为跟着小鲁班到处跑还算比较高。

叶晚晚看着和别人比明显短了一大截的数据，鼓了鼓腮帮子，总觉得有些丢脸。

"颜沉，你别老不说话，你教教我呀。"结束了这把游戏后，叶晚晚看着屏幕上跳出的邀请，没有立刻点确认，而是扭头扯了扯颜沉的袖子，语气软软的，无意间带了点儿撒娇的口吻。

她拉着他的袖子，一双大眼睛眨呀眨的。

颜沉隐隐感到有些口干舌燥，他端起杯子把刚才剩下的果汁一饮而尽，清爽美味的冰镇西瓜汁在口腔漫延，这种在平常对他而言过甜的味道，在此刻竟然觉得好像有些偏淡了。

他看了看旁边歪着头眼巴巴盯着自己的少女。

她的皮肤很白，双颊带着浅浅的粉，看上去格外动人。

颜沉舔了舔唇。

总觉得，她的味道应该会更甜一些。

叶晚晚见他没有反应，忍不住又说："你刚才可是答应了要带我几局的，扔给队友可不算数。"

颜沉说了声"没有"，然后便拿出手机打开"王者"，找了一个几百年没用的小号登上去，向那位叫作"晚晚想上王者"的好友发出排位邀请。

他看着她的ID，淡声说："我可以带你上王者。"

叶晚晚一愣，然后笑着拒绝："不用不用，只要带几局就可以啦，我总不能天天跑来打扰你吧。"

颜沉看着她带笑的眼睛，想说的话终究还是憋了回去。

她的屏幕上还有来自其他人的邀请，她全部无视，选择了颜沉发来的那个确认接受。

那群少年此刻围在一起有说有笑，也没关注他们这边。

只有上官同学等了半天，结果发现叶晚晚的游戏状态从在线变成了游戏中，再到现在开局一分钟。

他忍不住探头过来一看，发现这两人竟然已经开始甜蜜双排了，大叫道："队长你不厚道啊！你怎么可以一声不吭地就带着小晚晚……"

他话未说完，就被周宇星一把捂住嘴，直接仗着身高优势架着人胳膊拖走了。

周宇星："你是智障吗？"

上官："你好好说话，没事骂人干吗？"

周宇星："你没看出队长对叶晚晚有兴趣吗，你还非要过去插一脚，当电灯泡使你快乐吗？"

上官闻言一惊，低低地骂了声脏话。

仔细想想，他加入战队这么久了，颜沉的性格脾性也算是了解得比较透彻。

他们队长向来冷酷无情，别说带妹带粉，连平时和他们一起排位有时都很嫌弃。

这会儿对叶晚晚这么热情，嗯，对于颜沉来说这已经是非常热情了。又是喝了人家亲手榨的果汁，又是手把手教人家打游戏，又是开小号带人上分……

这可不是单单"有兴趣"那么简单啊！

周宇星啧啧道："你刚刚还敢喊人家小晚晚，你说你是不是找死？"

上官生无可恋："我感觉我要凉了……"

周宇星说："应该不至于凉，最多也就是咱们星辰战队以后实行上路放养政策，你将成为真正的孤儿上单。"

上官咆哮："孤你大爷！那不就相当于凉了！"

周宇星："你好好说话，没事骂什么人。"

他们这边吵得不可开交，叶晚晚那边的游戏也进行得如火如荼。

四带一很简单，一带四却不容易。

但颜沉的技术是毋庸置疑的，他这把选了个李白打野，开局反野脚踩三个buff手握两个人头，肥得不要不要的。

叶晚晚这把依然是个小辅助，开局听从指挥买了个宝石就一路跟在李白哥哥的后头。

"辅助不是应该走下路，跟着射手吗？"叶晚晚好奇地问了句。

下路的后裔形单影只，刚刚还被花木兰拿了人头，这会儿刚从泉水复活一个人孤零零地来到线上，看起来凄凉极了。

颜沉说："这种青铜 AD 没有辅助的必要，你跟着我就行了。"

叶晚晚乖乖"噢"了一声，听从大佬的指挥，他打野她也打野，反正她出了宝石也不怕会抢经济。

叶晚晚这把玩的是庄周，骑着鲲拿脑袋一下一下地撞，放技能时还会抖一抖，她觉得有些好玩，一不小心就盯着自己的英雄人物走了神……

然后，她就听见颜沉突然"嘶"了一声。

叶晚晚回过神，发现庄周的脚下多出了一道不该在他身上出现的红色光圈。

这就很尴尬了。

"呜，我刚刚没看见，大哥我错了……"她赶紧道歉。

颜沉："没事……"

周宇星这会儿刚好从他们身后路过，顺势看了眼屏幕，撞见这一幕后整个人都惊呆了。

没事？队长竟然说没事？！

想他 Chen 神堂堂 KPL 最强打野，万千迷妹眼中的野王爸爸，看上的 buff 有谁敢碰一下？

这世上抢了颜沉的野怪还能安然无恙在这儿好好打游戏的估计也只有叶晚晚一了。

就连周宇星这个 ADC 想拿红还得问过他的意见，得到了首肯后才敢动手，更别提大部分时间还得不到首肯。

思及此，他有点忧伤地说了句："队长，你这样让我很心痛。"

队长理都不理他。

这时候如果有背景音乐，响起的一定是"我是不是你最疼爱的人，你为什么不说话"……

周宇星最后很识趣地走了，没打扰自家队长和叶晚晚的甜蜜双排。

"啊……我死了。"叶晚晚看着骤然灰掉的屏幕，委屈巴巴地看向颜沉，"那个猴子把我杀了。"

颜沉只是"嗯"了一声，没说什么。

等了三秒，叶晚晚略微有点失望地重新低头看向游戏画面，就见系统提示一句"李白 终结 孙悟空"。

然后她听见男人低沉的嗓音缓缓响起："给你报仇了。"

那一瞬间，叶晚晚也不知道该怎么形容自己的心情。

就仿佛干涸的沙漠忽然下了场大雨，枯萎的花朵重新绽放，结了冰的湖面融化成春水，而她的心湖，也在泛着一圈又一圈的涟漪。

叶晚晚脸一热，莫名有点害羞。

一局下来她光顾着欣赏李白哥哥的英姿，看着他十步杀一人，千里不留行，心跳怦怦怦加快。

"哇，颜沉你好厉害！"叶晚晚探着脑袋看他的屏幕，见他输出超过了50%，由衷地夸道。

少女的声音甜而软，轻轻松松地就撞进了他的心窝。

颜沉打电竞这么多年，年少成名，大大小小的冠军拿了无数，什么样称赞没听过，可她仅仅是说了一句"好厉害"，他一颗心就快要融化。

从来不带妹的颜沉今天头一回带妹，发现感觉似乎还不错。

打游戏的时间总是愉快而又短暂的，和颜沉道别后，叶晚晚依依不舍地回到了对门。

看这一步三回头的架势，不知道的人还以为是异地恋的小情侣在车站即将分别呢。

叶晚晚平日里工作忙，其实很少有时间能像这样放松一下。

而且，《王者荣耀》这个游戏就像有毒一般，让她有些上瘾，几乎是隔三岔五地就溜去对面和他们一起开黑。

或者再准确一点儿说，是和颜沉一起双排。

隐隐约约地，她也能感受到一点儿电子竞技的魅力了。

像这样悠闲的日子没有持续太久，前段时间关姐给叶晚晚接了一部新剧，明天就要进组了，舒心这会儿正在帮她收拾行李。

叶晚晚趴在床上看剧本，嘴里还啃着一个削好的苹果。

这部剧就是一般的言情偶像剧，她饰演的女一号是一朵单纯善良的小白花，靠着朴素温柔的性格打动了霸总男主的芳心，最后甜甜蜜蜜在一起了。

狗血是狗血了点儿，但架不住受众广，不管是上了年纪需要去跳广场舞的阿姨也好，还是在读书的祖国花朵也罢，女人总是抗拒不了这样又"苏"又甜又宠的剧情。

这种剧不需要多好的演技，基本上只要演员颜值在线就行了。

不是什么难拍的戏，内容也很"清水"，连个吻戏都没有，这也是叶晚晚会接这部戏的原因。

叶晚晚打从出道起就说得很明白，她不接吻戏，不管是多好多难得的资源，一律不接。

关姐对此倒是没什么异议，她知道这位大小姐的身份，和其他把这个当成饭碗的人不同，叶晚晚会进这个圈子不过是出于兴趣，叶晚晚完全没有必要为此牺牲自己什么。

正好叶晚晚走的也是清纯女神的人设，公司也就随着她了。

"晚晚，我发现一个问题。"舒心把叶晚晚的行李整理好，看着趴在床上的叶晚晚，忽然凑过去，表情有点八卦。

"讲。"叶晚晚咬一口苹果，掀起眼皮看向她。

"我发现你最近老是跑去对面，你和他们的关系什么时候那么好了？"要知道他们搬过来也不过十来天，叶晚晚有一半的时间都待在对门那儿。

叶晚晚回答得很快："打游戏呗，对面住了一群大神，放着大腿不抱，你当我傻啊？"

叶晚晚不傻，所以她选择了抱最粗的那条大腿——也就是颜沉。

舒心很震惊，她这两天和叶晚晚也开黑过几局，见识了这位女神的花样死法躺尸王者峡谷的每个角落后，心中对叶晚晚的实力有了深刻的认知。

"他们竟然愿意带你玩，不是说电子竞技没有爱情吗，你拿美色诱惑他们了？"

"诱你个大头鬼。"叶晚晚气得拿剧本砸她，"你这是在瞧不起我的技术？而且人家根本不看脸好吗，他才不是那种肤浅的人。"

舒心："嗯？他？谁啊？"

叶晚晚："颜沉。"

舒心："那个 Chen 神？网上不是说他从来不带妹吗？"

叶晚晚沉吟片刻："大概是我比较好看。"

舒心："你刚才还说人家不看脸，不肤浅的。"

叶晚晚："那可能是人家心地善良，看大家邻居一场，不忍心把我一个人抛弃在王者峡谷里孤军奋战，这才带着我一起上分，反正他肯定没有那么肤浅。"

"我就随便说说，你干吗这么护着他——"顿了顿，舒心用夸张的语气问，"你不会是喜欢上人家了吧？"

叶晚晚心一跳，板着脸回道："胡说，我才没有。我跟他才认识多久啊，怎么可能会喜欢上他，我又不是那种会一见钟情的人。"

这番话也不知道是说给舒心听，还是说给她自己听的。

舒心点了点头："说起颜沉，我听说他在电竞圈人气非常高，网上迷妹一大堆，那女友粉和太太团的数量都快堪比一线流量小鲜肉了。"

叶晚晚托着腮，下意识就道："这挺正常的啊，他那么帅又那么厉害，颜值和技术完全是呈正比，不管怎么看都很完美好不好。"

语气里带了点儿不自觉的崇拜。

舒心痛心疾首："呜，我的晚晚小仙女，你还说你不喜欢，这就开始花式夸人家了。"

叶晚晚反驳："我才夸了两句，这怎么能叫花式夸？"

舒心无语，重点是这个吗？你还想夸多少句？

叶晚晚没再说话，她咬着嘴里的果肉，细嚼慢咽着，同时思索起自己对于颜沉到底是什么感觉。

好感肯定有，但喜欢还谈不上。

大概就是和谐友爱互帮互助的最佳邻居，以及秀得头皮发麻的大哥和躺得明明白白的小弟这样的关系？

看叶晚晚在发呆，舒心拿手指戳了戳她的脸蛋，手感软绵绵的："想什么呢，这么认真……总不会在想颜沉吧？"

听见这个名字，叶晚晚猛地回过神，把苹果咽下去，一脸严肃："不可能，我没有想他，绝对没有！"

反应有点过于激烈，看上去格外可疑。

舒心盯着她，摆明了不信。

叶晚晚哼了一声，有点幼稚地说："这么看我干吗，说了没想就没想，骗人是小狗。"

舒心："这种话你说过太多次了，一点儿可信度都没有好吗。"

叶晚晚："为了区区美色折腰，我是这么肤浅的人吗？"

舒心点头："是的，你是。"

叶晚晚："不，我不是。"

然后两人就着这个问题争论了半天，直到晚上入睡前，叶晚晚被舒心害得满脑子都是颜沉的那张脸。

俊美冰冷的五官，眼底像是覆盖了一层雪，微凉，却意外的柔软。

一接触到他的眼神，她的心跳就会不受控制地加速。

就连现在，哪怕仅仅只是脑补一下，叶晚晚就发现自己脸颊有些烫，一闭上眼满脑子全是颜沉颜沉颜沉。

这样下去可不太妙啊……

第二天早上醒来时，叶晚晚眼底有一抹淡淡的乌青，在她白皙的皮肤上略微有些显眼。

舒心一脸担忧："我的晚晚小仙女啊，你昨晚是没睡好吗，怎么连黑眼圈都出来了？"

还好意思问呢？

叶晚晚一边给自己戴上墨镜一边翻了个白眼，很想告诉舒心自己失眠她也算半个罪魁祸首，不过最后还是忍住了。

这次的行程依然没有公开，叶晚晚一上飞机倒头就睡，两个小时后顺利抵达 C 市。

剧组派车过来接她们，关姐已经先到酒店等着了。

七月正值盛夏，天气热得让人心情都有些烦躁。

这次的行程很赶，到了酒店，把行李简单收拾完后，中午进行开机仪式，下午便正式开始拍摄了。

与叶晚晚合作的男一号是个新出道的小鲜肉，叫作李子文，是前段时间非常火热的一个综艺选秀的第一名，网上的迷妹人数可观。

李子文一看见她就主动打了个招呼："晚晚姐，你好。"

叶晚晚朝他礼貌地笑了笑，顺便打量了他几眼。

的确是个很帅气的男生，脸庞精致，是现在很多女生都喜欢的奶油小生的类型。

可惜叶晚晚对他这种类型并不感冒，几乎是下意识地，她又想起了颜沉。

男人俊美的容颜在脑海里一闪而过，叶晚晚低低"啧"了一声，自己怕是在短时间内都忘不掉他。

思及此，她有些迁怒地扭头凶巴巴地瞪了舒助理一眼。

正在喝水的舒心："？"

第一天的拍摄进行得十分顺利，本来这种剧也不需要什么演技，只要别念错台词，表情动作不要太尬基本都能一条过。

叶晚晚空闲时会打几局《王者荣耀》，李子文刚好也有玩，两人还约着晚上回酒店一起开黑。

上了线，她发现列表最前端是一个叫作"月落星沉"的人，段位为荣耀王者。

这是颜沉的大号。

"咦，他也在线。"叶晚晚盯着颜沉的头像看了半天，下意识就想邀请他，手指还没触碰到屏幕，李子文的邀请就跳了出来。

叶晚晚鼓了鼓脸，露出纠结的表情。

说实话，她其实是更想和颜沉一起玩的，但她白天又已经答应了李子文。

接受了那个 ID 为"李某人"的匹配邀请后，叶晚晚正想邀请颜沉进来一块玩，没想到她一进房间就已经开始匹配，而且几乎只用了一秒钟就成功匹配到对手。

叶晚晚有点遗憾，还是点了确认进入游戏。

她想了想，颜沉今天登的是大号，可能是要和他的队友一起排位冲分，应该也没空带自己吧。

殊不知，与此同时。

颜沉看着列表里那个"晚晚想上王者"的状态从在线变成组队，再变成游戏中，微微眯了眯眼。

周围的队友们感受到室温骤降，默默地离那位正在散发着冷气的天然冰山远了一点。

"队长……还来不来排位？"有人弱弱地问。

颜沉瞥了说话的人一眼，那人立马噤了声，缩回去找其他人一起排位了。

两分钟后，颜沉进游戏观战。

两人开了组队语音，李子文玩了个 ADC 孙尚香，叶晚晚这把是个小奶妈蔡文姬，她前些天跟颜沉打习惯了，开局下意识地跟着打野去了野区。

【开始撤退！】

【开始撤退！】

韩信疯狂发信号，还打字让她走开别来蹭经验。

叶晚晚很无辜地说她出了宝石的，可这个韩信就像听不懂一样，还是疯狂让她撤退。

李子文说："晚晚姐你来下路辅助我吧，这种铂金打野是不懂什么叫野辅双游的。"

他的段位是星耀，叶晚晚是黄金，匹配的三个队友都是铂金和钻石。

叶晚晚只好拿着小奶妈晃悠晃悠地来了下路，默默地蹲在草里。这也是颜沉教她的，可以为队友提供视野，以防敌方 gank（偷袭）。

眼看着对面达摩已经残血，叶晚晚想也不想地开着一技能进去准备越塔，李子文被吓一跳，愣了会儿才跟上。

然而因为他反应慢半拍，虽然最后成功地拿下达摩人头，叶晚晚也因为顶塔过久惨死在塔内。

叶晚晚下意识地抱怨："你干吗不快点啊。"

李子文无奈："姐啊，你上得太快了，也没有打个信号，我反应不过来啊。"

叶晚晚弱弱地"噢"了一声，想了想好像是自己太冲动了。

因为颜沉的打法风格比较凶猛暴力，每次都会带着叶晚晚去反野或者越塔杀人，久而久之，连带着她的习惯都变得和他一样了——

看见残血就按捺不住这颗蠢蠢欲动的杀心。

和李子文打了四五把，有输有赢。

都说年轻人的友谊全靠游戏维持，此话不假，这时候李子文对她的称呼已经从"晚晚姐"变成了"小晚晚"，而叶晚晚也开始喊他"小李子"了。

"Penta kill！五杀！怎么样小晚晚，我这波是不是天秀？"耳机里传来少年激动兴奋的声音。

"啧，不就是个五杀，激动成这样。"叶晚晚顶着自己"2/5"的战绩对此不屑一顾。

五杀她在颜沉那儿见多了好吗。

想起她第一次看见那五杀时，比现在的李子文还激动，然而颜沉却只是淡淡地说了四个字——

"常规操作。"

瞧瞧，什么叫大神？这就是啊！

回想起那时候，颜沉的表情一点波澜都没有，让叶晚晚觉得当时的自己这么不淡定的样子看起来挺像个智障。

在见识了颜沉那样出神入化的技术后，对于李子文这个侥幸才拿到的五杀，叶晚晚内心一点儿感觉也没有。

碍于明天早上的拍摄，两人都没敢玩得太晚，最后意犹未尽地下了线。

等到要退出游戏时，叶晚晚才发现左下角有个黄色的好友消息闪了好久，她之前一直没注意。

她点开一看——

月落星沉：一起玩吗？

时间是一个小时前。

叶晚晚表情一呆，脑袋直接磕在桌子上，一张漂亮的小脸完全皱成了包子——一半是因为头痛，一半是因为心痛。

呜，感觉自己好像错过了一个亿……

叶晚晚躺在床上，心里一直惦记着这事，在床上辗转反侧了半天才睡着。

她做了一个梦，梦里是颜沉那张俊美的脸。

背景大概是在星辰战队的基地里，她坐在沙发上，男人就在她旁边，温柔地指导着她。

他们靠得很近，她甚至能闻到那股清凉的薄荷味，好像一侧头就能亲到一般。

他嘴边噙着笑，还温声喊她"晚晚"。

这笑容太过虚幻，像是一触就破的泡沫，她眯了眯眼，正试图看清一些，男人却倏然回过头，黑眸幽幽地看着她，然后问：

"叶晚晚，你为什么背着我去和别人玩游戏？"

再然后她就被吓醒了。

醒来时是六点三十七分，叶晚晚蒙在床上，还在想昨晚那个稀奇古怪的梦。

七点整的时候，舒心进来准备喊她起床，就见叶大小姐穿着睡衣头发凌乱地坐在化妆台前，一副正在思考人生谁也别打扰的模样。

"晚晚？"舒心走过去，伸手在她眼前晃了晃，"你咋了这是，今天怎么醒这么早？"

叶晚晚没吱声，脑子里还在回味梦里颜沉的那个笑。

噢上帝啊，耶稣啊，圣母玛利亚啊，这是何等毁天灭地的盛世美颜啊。

那精致的五官，那完美的轮廓，那修长的双手……

她有罪，她忏悔，她不该在梦里肖想此等绝色尤物的。

自从舒心前天和叶晚晚聊了对面邻居这个话题后，现在好了，她满脑子全是颜沉的那张脸。

这也导致了她拍戏时的心不在焉、频频失误。

好不容易熬到晚上，最后一场戏是女主有事请求男主帮忙，专程去他的别墅找他，但男主这会儿误会女主和男二有一腿，看见是她后，直接把门就关了，小白花女主就站在门外等了一整夜，最后成功打动了男主。

叶晚晚看剧本时，总觉得这关门的场景好像有那么一丢丢的眼熟。

不算是很难的戏，重点都在眼神和面部表情上，要体现出男主角的挣扎和女主角的失落。

叶晚晚演技还行，稍微酝酿了一下感情，一双漂亮的杏眼开始氤氲雾气，微微咬着唇，看起来楚楚动人的同时，又表现出了女主角骨子里的坚强。

本来导演很满意，只要等叶晚晚最后念出台词，这条基本上就可以过了。

"对不起……"叶晚晚看着紧闭的大门，似是痛苦地闭上眼。

男主角的名字叫秦夜，可她张了张嘴，不知怎么却是喊出了另外两个字——

"颜沉。"

"Cut！"

叶晚晚很快反应过来，表情闪过一丝古怪。

她总觉得自己最近是不是中了一种名为"颜沉"的诅咒，不然怎么会无时无刻地想起这个人？

打游戏时想，梦里也想，现在拍戏时还在想……

导演看着机子里叶晚晚刚才的表演，各方面都很满意，想着算了，反正只是一句台词，后期重新配下音就行了，也没叫重拍。

不过叶晚晚还是挺自责的，连连道歉，晚上的工作结束后还请大家吃了夜宵。

夏天吃烧烤配冰啤酒是很幸福的一件事，叶晚晚一个没忍住就喝多了，她酒量并不怎么好，这会儿脑袋已经晕乎乎的了。

少女白皙的皮肤上染着浅浅的粉色，原本清澈的双眸覆盖了一层醉意，她穿着白色的吊带裙，黑发散在背后，本该是清纯的扮相，却因为醉酒而显得有些妩媚。

舒心见状想送她回去，没想到李子文也跟了过来，出于绅士风度地说道："我送你们回去吧。"

"不用麻烦了。"舒心扶着摇摇晃晃的叶晚晚，才刚刚说完，这姑娘就一个没站稳，眼看着马上要摔在地上，舒心赶紧拉住她，与此同时李子文也伸出了手，稳稳地扶住叶晚晚的胳膊。

李子文说："我还是和你们一起吧，看她这个样子，你一个人也很难把她安全送回酒店。"

舒心犹豫了一下，还是点头同意了。

回去的途中路过一家药店，舒心跑进去买醒酒药，李子文就扶着叶晚晚在树下等她。

大概是因为喝多了酒，叶晚晚觉得有些热，把舒心给她戴上去的口罩摘了下来，一张精致酡红的脸蛋直接暴露在街道上。

李子文吓了一跳，赶紧帮她把口罩戴了回去。

他们离得有些近，从侧面看就像是在接吻一样，路灯的光线昏暗，渲染着暧昧的气息。

躲在暗处的男人悄悄举起相机，对准了不远处的两人。

一道清脆的咔嚓声响起，却模糊在街市的喧嚣中。

颜沉坐在电竞椅上，目光时不时扫过窗外。

对面那栋房子沉寂在漆黑的夜色里，小花园里的那个秋千安安静静地立在那里，晃也不晃。

他低头看了眼屏幕，游戏列表上那个熟悉的头像一直是灰色的，她今晚没有上线。

打开叶晚晚的微信，五分钟后，一片空白的聊天页面上多出了一句他刚发送的"在吗"。

久久没有收到回复。

他的表情还是一如既往的冷漠，只是紧紧抿着的嘴唇充分表现出了他此刻的不开心。

现在是凌晨两点半，他开始打排位转移注意力。

Chen大魔王不开心的后果就代表着遇见他的对手要倒大霉了，仅仅是一个晚上的时间，贴吧里就冒出了无数个和他有关的帖子，有人喜也有人悲。

【昨晚匹配到Chen神，被带飞了，爽啊！】

【呜呜呜Chen神对待粉丝也这么不手下留情的吗，昨晚简直被虐到怀疑人生……】

【职业选手和普通人的差距实在太大了，不说了我要去卸游戏了。】

天渐渐地亮了。

颜沉终于放下手机，揉着手腕站起身，习惯性地走到窗边，看着那栋安静无人的房子。

屋外的天空灰沉沉的，是个阴天，和他的心情一样。

整整一个晚上，叶晚晚都没有回复他的消息。

虽然知道她肯定是睡着了，但颜沉就是有一种莫名不好的感觉，让他有些不舒服。

他回到房间补眠，一直睡到下午，房门被"咚咚咚"地敲响。

男人黑着脸从床上起来，正想看看是哪个不要命的家伙敢来打扰他睡觉，才刚把门拉开一条空隙，屋外的人就像只灵活的兔子一样直接钻了进来。

颜沉冷着脸："滚出去。"

周宇星无暇顾及队长大人阴郁的脸色，火急火燎地把屏幕递到他面前。

"你快看——"

颜沉低下头，顺势看向他手机里的那条八卦新闻。

【娱乐圈初恋疑似恋情曝光？两人深夜亲密 kiss……】

看着男人越蹙越深的眉头，周宇星害怕地咽了咽口水，试探地喊了声："沉哥？"

颜沉盯着这条新闻，良久，冷笑一声："呵。"

那条新闻一出，叶晚晚成功地又上了一次微博热搜。

除了照片以外，还有一小段视频也被放了出来。

经过故意剪辑后，视频里没有出现舒心的身影，再加上视频的模糊，反而给了网友们更大的脑补空间。

叶子们纷纷扒着照片研究男方究竟是谁，想看看是谁这么有魅力竟然神不知鬼不觉地撩走了他们的小仙女，结果发现是新晋偶像李子文后，两边的粉丝都炸了。

叶晚晚看到这条新闻时很是头疼，她不过喝了个酒，睡一觉醒来怎么世界就变成这样了？

她和舒心一起挨了关姐一顿骂，另一个当事人李子文也不知道在和经纪人聊些什么。

叶晚晚这会儿终于有空看了眼手机，微信有几条未读消息，其中一条赫然是颜沉发来的。

只是简简单单的一句"在吗"，叶晚晚就心头一跳，赶紧打字回复。

夜晚：不好意思昨晚没看见，有什么事吗？

颜沉回复得很快。

Chen：昨晚在约会？

夜晚：……

叶晚晚高兴的脸蛋瞬间耷拉下来，怎么连颜沉也会看这种不切实际的八卦新闻，她本来就因为这件事很郁闷了，这人竟然还哪壶不开提哪壶。

Chen：？

叶晚晚一气，直接回道：约个屁！

刚发送出去，她立马反应过来，她的形象啊！

火急火燎地点了撤回，她又重新发送了一句：没有约会，是误会。

Chen：哦。

哦你个大头鬼。

叶晚晚在内心吐槽一句，同时也有点担忧，也不知道自己刚刚那句话有没有被颜沉看见……

Chen：你前天就是在和那个男的打游戏？

叶晚晚回了个"是啊"，然后那边就没动静了。

右上角的正在输入中持续了大半天，叶晚晚抱着手机等啊等，终于收到了颜沉新发来的消息——

我比他厉害，你为什么不找我玩？

看着这句话，叶晚晚微微张了张嘴，表情有点吃惊和意外，又有点暗暗的开心，一种说不清道不明的感觉在心底滋生，然后慢慢地发酵。

她低头看着屏幕，一时竟不知道该怎么回答。

就在这时，她听见旁边传来的某些交谈声，皱了皱眉毛。

关于她和李子文的这条绯闻，李子文的经纪人林哥是希望迟一点儿再发布澄清声明，正好借此机会炒作。这种事在娱乐圈很常见，为了一部剧的流量和热度，一起拍戏的男女主角很多都会传出绯闻。

林哥问道："关姐，你看这事怎么样？"

炒绯闻这事有利有弊，关姐沉吟了一会儿，没有立即给出回复。

叶晚晚拿着手机走了过来，看了林哥一眼，露出一个笑："不怎么样，我拒绝。"

林哥看她一眼，没说话，而是看向了关姐，见后者耸了耸肩表示那没办法后，直接愣住。

他本以为像关姐这种金牌经纪人应该在公司非常有话语权的才对，没想到竟然还得看自家艺人的意思……这个叶晚晚究竟是什么来头？

叶晚晚不知道他心里在想什么，通知公关部发了澄清声明，自己也上号转发。

【夜晚V：感谢大家对我的关注，我和李子文只是单纯的合作关系啦，目前暂时没有恋爱的打算，我的心里只有我的宝贝们。】

颜沉看到这条微博，阴沉的心情终于转晴，眉头舒展开来，让训练室的其他人都纷纷松了口气。

天然冰山终于停止了制冷，可喜可贺。

颜沉又打开微信，问了她一句：宝贝们是指？

夜晚：就是我的粉丝啊。

看到这句话，男人嘴角微微勾了勾，眼底闪过一抹显而易见的笑意。

外面天空的乌云也正好散去，本以为即将来临的暴雨没有降下，反而是一片阳光明媚。

颜沉习惯性地走到窗边，咬着根烟，微微眯起眼看着对面那栋空荡荡的房子。

他又打字问：你这部戏什么时候才拍完？

夜晚：我这才刚进组几天呢，哪有那么快啊，不过这部剧比较短，大概要一两个月吧。

颜沉伸手夹住烟，抖了抖烟灰，吐出一口烟雾。他看着手机壁纸，有点不耐烦地"啧"了一声。

一两个月，还有好久。

经过了这次绯闻事件后，为了避嫌，叶晚晚在剧组和李子文保持了一定的距离。

除了拍戏的时候，凡是李子文出现的地方，半径十米内绝不会有叶晚晚的身影。

就连在私底下，叶晚晚也不和他一起开黑了，基本上每天都抱着颜沉的大腿愉快上分，日子过得美滋滋。

"颜沉，其实我一直很好奇一个问题。"他们这会儿连麦打着游戏，在游戏英雄死亡后，叶晚晚把视线挪到己方打野身上，看着颜沉是怎么一挑三成功拿下人头，帅得不要不要的。

"嗯？"耳机里传来颜沉低沉的嗓音。

他的声音很"苏"，是那种女生都会喜欢的低音炮，但又有点不太一样。

具体叶晚晚也说不出来，反正每次和他语音对她而言就是一种享受，只可惜颜沉的话太少了，根本听不够。

"就是我很想知道，你当初为什么会选择打职业啊？"叶晚晚上网查过颜沉的资料，在好几年前，他刚刚踏入这个圈子时，社会对于电竞选手还没有像现在这么包容。

玩物丧志、不学无术……一大堆的贬义词都是用来形容他们的，可颜沉明明自身条件这么优秀，为什么会选择做这一行？

耳机里忽然沉默了，只剩下游戏里的微弱音效。

"如果不方便说也没关系，我就是随便问……"

"没有不方便。"颜沉打断她，顿了顿，回答了她的问题，"是出于梦想和热爱。"

这个答案其实在她的意料之中，但同时又很意外。

"我很喜欢电子竞技，以前的梦想就是能自己组建一支战队，打进

KPL，拿到冠军。高中的时候家里人不同意，我一边瞒着他们，一边偷偷找人，在私底下去参加比赛。到大学时已经打出了成绩，逃了不少课去训练打比赛。"

他说得很缓慢，慢慢地把这些故事说给叶晚晚听。

这是他的回忆，他的青春。

叶晚晚安静地听着。

在听完颜沉的故事以后，她实在很难想象，像颜沉这种外表那么冷漠的人，曾经竟然也有着一腔热血，做出过这样疯狂的事情。

"那后来呢？"她忍不住问。

"如你所见，电子竞技得到了认可，而我也成功了。"

男人的声音一如既往的低沉，语气却难得上扬了几分。

叶晚晚可以想象得到，他此时的眼中一定是带着笑的，可能还会有一些骄傲和自信，也可能没有，但一定比平常冷冰冰的样子生动不少。

这么想着，连她也跟着露出一个微笑。

她捧着手机，笑容从嘴角向上蔓延，哪怕她半咬着唇，那笑意都会从眼睛里冒出来。

她在为他高兴。

"颜沉，你真的好厉害啊。"

叶晚晚坐在酒店的阳台上，穿顶的星星闪烁着光亮，这微弱的星光却在繁华街市的霓虹灯下黯然失色。

她忽然这么感叹，语气里是羡慕，也是发自内心的赞扬。

他真的很厉害，比任何人都要厉害。

他已经实现了他的梦想，可她还是一条连梦想都没有的咸鱼……

颜沉靠在窗边，晚风轻轻地拂过他的脸颊，轻柔得就像她的声音。

像羽毛一样，轻轻扫过他的心扉。

"叶晚晚。"他忽然念出了她的名字。

少女温柔的嗓音在耳边响起："怎么啦？"

颜沉顿了顿，嗓子有些发痒，有什么话压抑在喉咙里，最终还是被他咽了回去。

他忽然想起她之前在微博上说暂时不想谈恋爱。

一时不知道是庆幸，还是失落。

灰白色的烟雾从口中吐出，他看着外面那栋寂静的别墅，忽然想起了她刚来的那天晚上。

从来不曾想过，天边的云朵有一天会降临在地面。

本该遥远的她，怎么会出现在自己面前？

是上天在眷顾他吗？

颜沉叼着烟，低低地笑了一声。很淡，几乎是一闪而过。

"其实我还有一个梦想没实现。"

"嗯？是什么？"

"不告诉你。"

"哼……"

少女不满地发出一声轻哼，隔着几百公里的距离，通过手机传入他的耳里。

声音甜软，像小奶猫的爪子挠在了他的心上。

"那个……"旁边忽然响起少年有些尴尬的声音。

周宇星指着他的屏幕，提醒道："队长，家！家要没了！"

颜沉低头看向游戏，只见敌人都快把高地塔拆完了，队友已牺牲，而他和叶晚晚还并肩在泉水边看着风景。

"……"

看来爱情什么的，真的很耽误游戏。

他们也不是每天都有时间一起开黑，这段时间夏季冠军杯正好开始，颜沉要忙着训练，而叶晚晚也忙于拍戏，前段时间刚换个拍摄地点，从C市飞到了H市。

而巧合的是，冠军杯的决赛场地就是在H市。

大概是每一天都很忙碌充实，时间过得飞快，冠军杯已经进行到半决赛，而叶晚晚这部戏也临近尾声。

这段时间叶晚晚不敢去打扰颜沉，只是在网络上偷偷关注着他们的比赛，默默地为他们加油打气。

刚刚结束了今天的拍摄，叶晚晚舒舒服服地洗了个澡，边拿浴巾擦着湿漉漉的头发边走到阳台。

H市是个临海的城市，空气湿润，有风拂过的时候，隐隐还能闻到微咸的海水味道。

她坐在椅子上，一双修长的腿不怎么淑女地架在桌面，悠闲地玩着手机。

明天就是冠军杯半决赛的日子了，她在微博上刷着关于星辰战队相关的资讯时，一不小心，手抖地给某条微博点了个赞。

是一条祝福星辰战队能拿下半决赛胜利，并且想成为Chen神老婆的微博。

叶晚晚："……"这就很尴尬了。

虽然她立马点了取消，但还是没能逃脱过粉丝们的火眼金睛，他们飞速地截了屏，现在已经在网上传开了。

她头一次开始痛恨自己的宝贝们手速那么快。

大家都跑来她的微博底下问她，无奈之下叶晚晚只能发声解释——

【夜晚 V：我就是手滑了一下，大家无视我吧，不要去打扰别人啊。】

【啊啊啊啊晚晚你是怎么手滑点到那条微博的？？？你肯定是主动去搜了关于星辰战队的话题吧？！本叶子以及星辰粉现在激动得快爆炸了啊啊啊！】

【我才是 Chen 神的老婆，我还是晚晚的老公！】

【女神该不会也关注电竞吧？】

【我有一个大胆的想法，晚晚你该不会是个网瘾少女吧？】

【大家还记不记得之前星神和 Chen 神都转过的微博，那个视频！所以晚晚你到底和他们是什么关系啊？】

【看之前剧组放出来的花絮和照片，晚晚就是在玩"农药"啊，果然是个网瘾少女！】

不过既然都被发现了，她索性也不遮掩，大大方方地留下六个字"星辰战队加油"。

很快粉丝们就把她这条评论点赞到最上面，与此同时，又有一条和她有关的话题上了热搜——

叶晚晚网瘾少女

她面无表情。

叶晚晚回到房间内去把头发吹干，放在床头的手机正好亮了起来，上面显示着一条刚刚收到的微信消息。

Chen：为什么不直接和我说加油？

夜晚：这不是怕打扰你训练嘛。

Chen：不会。

夜晚：那你加油 Fighting！

颜沉靠在窗边，微湿的发梢还在滴水，看着她发送过来两国语言的加油，眼中有很浅的笑意闪过。

他最后也没有让她失望，直接带领星辰战队 4 比 0 拿下了半决赛的胜利，获得了第一个确认出线决赛的资格。

网络上引起了一场不小的轰动，这样绝对碾压的局面在职业赛场上是极为少见的，更不用说星辰战队的对手还是一个实力稳定的老牌战队。

虽然 KCC 冠军杯的含金量不如 KPL 职业联赛，但关注度依然不容小觑。

当叶晚晚看到这条消息时，飞快地送去了自己的恭喜。

她之前只和颜沉说自己拍戏的地点换了，但没说是 H 市，就是想着到时候能给他一个惊喜。

叶晚晚早就在网上查好了决赛的时间和地点，同时也托舒心帮她抢到了前排的门票。

如果不出意外的话，剧组在那之前应该能顺利杀青，她便可以直接过去现场观看他的比赛了。

唔，想想都好期待呢！

计划一切完美，然而意外来得太快。

最后几场戏是在海边拍，叶晚晚身体比较弱，下了几次水竟然就感冒了，耽误了一点时间，原定的杀青时间自然也就延后了。

不早不晚，正好和决赛日是同一天。

晚晚小仙女的内心很崩溃。

杀青宴会又不好不去，叶晚晚本来想敷衍地喝几杯就走，但到了宴会厅架不住导演以及制片人的热情，一圈喝下来，没醉也快晕得差不多了。

叶晚晚抽空看了眼时间，本来以为没过去多久，没想到竟然已经超过开场时间半小时了！

她内心"轰"的一声，也顾不上给导演他们面子，抓起随身携带的帽子、口罩、墨镜三件套，匆匆拎着包就出门了。

舒心也喝了酒，没办法开车送叶晚晚去，叶晚晚只能自己叫了一辆出租车。

她把自己的脸包裹得严严实实，压低嗓音和司机说了地点。

司机奇怪地看了眼后面这个大晚上还戴着墨镜的少女，心里直嘀咕"现在的年轻人是不是有什么心理疾病"，不过还是开车把她载到了目的地。

叶晚晚踩着高跟鞋一路狂奔到会场入口，累得气喘吁吁。

门口的保安打量着眼前这个打扮奇怪的少女，看了眼她手里的票，遗憾地告诉她现在已经不让进场了。

"好吧……谢谢。"叶晚晚藏在墨镜后面的眼眸里是浓浓的失望。

她失魂落魄地走到一旁的花圃边，高跟鞋穿久了脚疼，她默默抱膝蹲下，咬着唇，莫名有点委屈。

因为酒精的作用，她的大脑此刻还是晕乎乎的，再加上刚刚坐车，胃里翻涌得厉害。

最重要的是，她这么辛苦这么折腾自己跑过来，竟然还没办法看到他的比赛！

叶晚晚越想越委屈，生理和心理上的双重难受让她忍不住红了眼眶，连鼻子都微微发酸。

她觉得自己现在有些奇怪，就像是异地恋买了车票却错过时间，没办法及时看见男朋友的女朋友一样。

可车票还能改签，她这个门票上哪儿改去啊。

呜，她怎么这么惨。

颜沉还在比赛，她也不敢打扰他。

她在这里等了一会儿，直到听见会场里爆发出惊人的尖叫和掌声，甚至穿透了建筑，传入了她耳里的时候，她蒙了一下。

结束了吗？

叶晚晚掏出手机，已经快十点了，好像是该差不多了。

巨大的屏幕上跳出"Victory（胜利）"的字样，最终星辰战队取得了比赛的胜利，成功拿下 KCC 的冠军。

领完奖杯后，颜沉回到休息室，拿出手机，看见了叶晚晚的消息。

夜晚：比赛结束了？

Chen：嗯。

他以为她是在看网络上的直播，所以也没怎么意外，只是对于她忽然又发送过来的"我在"两个字感到有些疑惑。

她在？在哪儿？

颜沉心底浮现出一个猜测，有点不是很确信地问她：你在现场？

等了半天也没有等到叶晚晚的回复。

他又回去找了个偏僻的位置，扫了眼台下的那群观众，没有发现那道熟悉的身影。

他不可能会看漏她的。

颜沉略微有些自嘲地笑了，看来是他自作多情了。

之后的赛后采访他没什么兴趣，扔给周宇星后，他点了根烟，打算出去透透气。

观众们还没退场，只有零零散散的一些路人。

外面的空气要比场内清凉多了，晚风一吹，让他那颗有点烦躁的心也平静了不少。

风把升腾的烟雾吹散，颜沉倚着墙，抬眸看着深蓝的夜色。

一根烟很快完，他的烟瘾其实不算大，大多是在心情烦躁的时候才会抽。

把烟头在垃圾桶上按灭，丢进去，颜沉本想转身回到会场内，视线无意间一瞥，却忽然发现右前方的花圃边上蹲了个人，远远看过去小小的一团。

头发长长的，脸上好像还戴着墨镜和口罩。

看着这熟悉的扮相，颜沉莫名心头一跳，等他反应过来时，自己已经走到了她的身前。

"叶晚晚？"

叶晚晚这会儿已经从蹲着变成了坐着，她把头埋在膝盖里，对着地板发呆。

猝不及防听见头顶有人喊自己的名字，还是那么熟悉的嗓音，她猛地抬起头，连墨镜掉了都没在意。

"颜沉！"

他看见了她微红的眼眶，眼睛湿漉漉的，覆盖着一层水汽。

眼神却透露着欣喜。

他蹲下身子，皱着眉头问："你怎么会在这里？"

一听见这个问题，叶晚晚耷拉着脑袋，看起来可怜巴巴地说："我本来想给你一个惊喜的，没想到出了点儿意外来迟了，就不给进了。后来手机又没电，给你发的消息好像也只发了一半，我就在这儿等你了。"

颜沉听她说完，静静地看着她，说："你工作很忙，不用专程来看现场的。"

叶晚晚摇头："可是我想来。

"颜沉，我都快两个月没看见你了……"

少女睁着一双氤氲着雾气的眸子望着他，也许是因为还戴着口罩的缘故，她的声音有些闷，一副委屈极了的样子。

几乎是下意识地，他帮她把口罩摘下，指尖蹭到少女光洁的皮肤，又顺势把她耳边的碎发别在耳后。

颜沉看着少女完全露在外面的精致面容，视线交织了几秒后，嘴边勾起一抹很浅的笑容。

他忽然问："你是想我了吗？"

不管是他的动作、眼神，还是这句话，都有些暧昧了。

叶晚晚眨了眨眼，还没来得及开始脸红，男人就已经收回手，连带着刚才那抹浅笑，都无影无踪。

他又恢复成冷淡的样子，几乎让叶晚晚误以为刚才那一幕是错觉。

颜沉重新站了起来，他的身高很高，气场又强，让人有些不敢靠近。

可是因为那张和气质不符的脸，又格外吸引人。

叶晚晚仰着头望向他，忽然有些恍神，大脑里什么也没想，只是凭借着内心最真实的感觉，轻声说："是啊……"

她想他了。

少女的声音软软的，也轻飘飘的。

颜沉微微一怔，眼底闪过轻微的诧色，他垂下视线，少女还抱着双膝眼巴巴地望着他，仿佛被主人抛弃在街边的小狗，可怜极了。

"想我？"他弯下腰，凑近她的脸，嗓音低得令她心醉。

叶晚晚看着男人近在眼前的面容，睫毛轻轻颤抖了一下，好像有一瞬间愣神，眼底闪过迷茫。

她觉得脑袋有些昏昏沉沉，但意识还是清醒的。

颜沉在问她想不想他……

她拍戏时在想，打游戏时也在想，看见什么都能想起他，连梦里都是他，她好想他啊。

可是为什么会这么想他呢？

叶晚晚迟疑了一下，她记得自己还没回答颜沉的问题，下意识地点了点头，说出一个"想"字。

注意到男人目光灼灼的眼神，她呆了一秒，大脑一瞬间反应过来，然后脸蛋爆红。

"不不不……不是！"叶晚晚把脑袋往后缩了缩，支支吾吾地解释，"我是觉得吧，我们也很久没见了，就是朋友之间的思念，你懂吧？"

颜沉点头。

快两个月了，是很久。

他都快没耐心了。

"这段时间大家都忙也没什么空一起打游戏，我还等着你带我冲上钻石呢，这不就跑来找你了，顺便看一看电竞比赛到底是什么样的。"

也许是演员当久了的好处，到后面叶晚晚已经可以很镇定自若地补充借口，提高自己这番话的可信度。

颜沉站直身体，意味不明地"嗯"了一声。

少女把慌乱的神情掩盖得很好，但双颊上的热度却没办法遮掩，可能是因为害羞，也可能是因为别的。

他很早就发现她原本清澈的眼眸这会儿染着一层雾，蒙蒙眬眬的，有一种微醺的感觉。

刚才靠近她的时候，有一股很淡的酒味萦绕在他鼻尖。

颜沉问："你喝酒了？"

叶晚晚乖巧地点了点脑袋。

难怪。

颜沉又看了少女一眼，她的眼神还算清明，没喝醉，至少意识是清醒的。

只不过酒精还是让她的思想变得迟钝，反应慢半拍，整个人都有点傻乎乎的样子。

对上他的视线，叶晚晚歪了歪脑袋。

颜沉的嘴角没忍住又勾起细小的弧度。呆呆的，还挺可爱。

"走吧，别坐这儿了。"他说道。

叶晚晚点点头，想起身，但坐久了发麻的双腿使不上劲。她只好把求助的目光递向颜沉，伸出小手，语气有点像在撒娇："你拉我一把嘛。"

颜沉的喉结上下滚动了一下，微凉的手接触到少女柔软的掌心时，他只有一个想法，完全不想再放开。

虽然借助颜沉的力站了起来，但她双腿还是有些发软，膝盖一弯就要往地上跪。

叶晚晚"嗷呜"地号了一声，下意识地抓紧了男人的手臂，身体往他身上靠，几乎把重量都挂在了颜沉身上。

勉强站稳后，她心里刚松一口气，倏地又意识到一个新的问题。

他们现在的距离……太近了！

叶晚晚被他半搂在怀里，身体紧紧贴合，她能感受到那层轻薄衣料下结实的肌肉，也感到他的身体似乎有些僵硬。

熟悉的薄荷味混杂着淡淡烟味，钻入她的鼻腔，她的心绪一下子就缭乱了。

心跳的声音越来越大，在这寂静的夜晚显得格外清晰。

几乎分不清究竟是谁的。

颜沉背脊绷直，属于少女柔软的娇躯依偎在他胸膛，他眼底似乎涌起了什么东西，却被死死压抑。

扶着少女纤细腰肢的手很快就松开了。

可身体还是不可避免地起了反应。

滚烫的、炽烈的情绪几乎要吞灭他的理智，他双手不自觉用力攥紧，试图克制住这失控的欲望。

"叶晚晚……"他的声音很哑，手臂动了动，狠心把她推开，"放手。"

过分冷硬的语气让叶晚晚一愣，她被动地从他的怀抱中脱离，踉踉跄跄地退开了几步。

她抬眸看着他，男人冰冷的表情令她有些意外。拧起的眉心，眼底的抗拒和隐忍，还有抿得平直的唇线……

一切的一切都在告诉叶晚晚，他讨厌他们刚才的触碰。

原本还在心头乱撞的小鹿一头撞在了树上，瞬间没气了。

叶晚晚看着他，忽然想起之前在网上的资料上看到过，他有轻度洁癖，不喜欢和别人肢体接触。

别人。

她抿了抿嘴，心情莫名有些烦躁。

可她本来就是别人啊，她到底在烦什么呢？

叶晚晚揉了揉太阳穴，本来脑袋就挺晕，现在还装满了乱七八糟的东西，一下子更疼了。

"我送你回去吧。"颜沉看出了她的头痛，以为是酒精作用还没过去，也不想让她在外面多待。

叶晚晚却没仔细想那么多，一听这话，差点就炸了："我在这里等你这么久，刚见面你就说要送我回去？"

"我……"

不等颜沉说些什么，他们后面的会场中心忽然传来喧嚣声，回头一看，原来是出口有观众陆陆续续地退场了。

见有人把视线投向他们这边，叶晚晚急急忙忙地把口罩戴回脸上，动作熟练得一看就没少干这事。

她把帽子往下压低了些，下意识就往颜沉后面躲。

路口有两个女生好奇地盯着他们，窃窃私语着：

"哎，你看那边，那是不是 Chen 神？"

"是吧？他旁边那个女生是谁啊？"

"刚刚连采访都没去，难道所谓的有事就是来找这个妹子吗？总不会是女朋友吧……Chen 神不是不爱女人吗？"

"别乱说，沉哥虽然一直单身，但性取向可是正常的。"

"我好想要个签名啊，我们过去试试，走吧走吧……"

两个女生互相推搡着过来，颜沉不动声色地用身体遮住叶晚晚，挡住了她们探究好奇的目光。

"有事？"男人眉眼冷淡，低头看着她们。

语气也冷漠，整个人都散发着一股生人勿近的气场，丝毫没有因他们是自己的粉丝而有所动容。

强大的压迫感成功使两个女生的脚步顿住了。

其中一个有点害怕，拉着好友的衣角小声地说："我们走吧，沉哥一般都不给签名的。"

另一个女生胆子比较大，本着试一试的心态，把手中的手幅递给颜沉："Chen 神，我们都是你的粉丝，能不能签个名啊？"

颜沉依旧冷淡："没笔。"

言下之意其实就是拒绝了。

女生有些失望，正想离开，就见男人的背后伸出一只白嫩嫩的胳膊，手腕很细，手中还握着一支黑色签字笔。

然后那只手用笔帽戳了戳颜沉的腰。

女生："？"

颜沉："……"

他沉默地回过头看向叶晚晚，这姑娘把帽子压得极低，一个眼神都没给他，只是又拿笔帽戳了戳他，有点催促的意味。

叶晚晚藏在帽檐下的脸蛋有点着急，这男人怎么回事，签个名怎么磨磨叽叽的，可别害得她暴露了呀。

颜沉无奈地接过那支笔，眉头微挑，转过身朝那个女生伸出手："拿来。"

这突如其来的发展让女生有点蒙，下意识地把手幅递给他，等颜沉签完名重新回到她手上的时候，她才后知后觉地发出惊喜的感叹：

"天啊，我真的拿到 Chen 神的签名了啊！"

这时候颜沉已经拉着叶晚晚走远了。

叶晚晚任由他牵着，眼帘垂着，目光投注在他握着自己手腕的手上。男人的手臂比她粗上一圈，肌肉线条流畅，可那双手却生得很精致秀气，骨节分明。

就是这样一双手，在电竞圈创造了无数的传奇。

也就是因为这双手，让他成功地实现了自己的梦想。

感受到他手心的热度，她又想起先前那个意外的拥抱，他那张带着抗拒又冷淡如冰的脸。

他既然不喜欢被别人触碰，那为什么还要拉着她走？

叶晚晚脚步忽地一停，有点想问问他。

颜沉随着她的动作回过头，眸光带着询问，见她的目光停留在他们紧握的手上，下一秒就很自觉地松开了。

"……"

叶晚晚看着空荡荡的手腕，却抿紧了唇，不说话了。

他果然是嫌弃她吧？拉着她走也不过是想快点离开这里，避免粉丝越聚越多，到时候想走也走不掉。

肯定是这样的，所以现在一到没人的地方，他立马就松手了。

明明其他人想牵她还不给呢，这人占了这么大便宜竟然还——不乐意！

虽然其他人可能在他这里也是同样的待遇，可她还是很不开心。

她晚晚小仙女何时受过这等委屈？

颜沉问："怎么了？"

叶晚晚傲娇地别过头："哼！"

颜沉："？"

听周宇星说，女孩子说哼多半都是在撒娇，"颜·直男·沉"想了想，觉得她应该没什么事，便说道："没事就走吧。"

然后，他就真的转过身，迈开步子，头也不回地走了……

叶晚晚："……"

这人是想气死她？

颜沉最后带着叶晚晚从特殊通道返回了会场后台，彼时战队的人还没离去，休息室里传出阵阵哄闹声，洋溢着年轻活力的气息。

叶晚晚问他："你带我来这儿干吗？"

颜沉说："你不是不想回去吗。"

叶晚晚还在气刚才的事，她已经单方面宣布和他绝交了，这会儿不太想理他。不过听着里面热闹的气氛，她还是问了句："你们赢了啊？"

颜沉："嗯。"

语调淡淡的，一点儿也听不出有拿了冠军的喜悦。

叶晚晚硬是把一句祝贺的话吞回了肚子里。

她也学着颜沉式的一脸"冷漠.JPG"，不过没学到精髓，一张漂亮的小脸故意板着，那眼神却是凶巴巴的，但因为这张纯纯的脸蛋，看起来一点儿威慑力都没有。

这导致她落在颜沉眼底，整个人都是奶凶奶凶的样子。

她好可爱。

这个想法一从心底里冒出来，颜沉就忍不住地伸出手，在她脸上捏了一把。

叶晚晚："你干吗？"

她后退半步，双手捂脸，露出一双乌溜溜的大眼睛防备地看着他。

颜沉面不改色地摊开手心，只见他的食指和拇指上，沾着淡淡的米白色的东西。

罪魁祸首还一脸无辜："脏了。"

叶晚晚："……"那是她的粉底！

在仙女爆发之前，休息室的门正好在这时被拉开，解救了某位直男于水火之中。

里面的人看见外面并肩而站的两个人时，嘴巴张开，表情是大写的震惊。

"队、队、队……队长！"周宇星有点结巴地喊了一声，然后目光投向旁边的叶晚晚，露出有点纠结的表情，"呃，叶小姐，你怎么来了？"

叶晚晚瞬间切换形象，朝他露出标准的礼貌微笑："来看你们比赛呀，恭喜拿了冠军。还有叫'叶小姐'太生疏了，喊我'晚晚'就好。"

喊"晚晚"……

周宇星默默瞅了眼自家队长，他哪有那个胆子喔。

颜沉这会儿没空理他，只是盯着叶晚晚带着笑的侧脸，心里不太爽，连带着看向他的目光也很不爽。

周宇星："……"哥，我是无辜的啊。

星辰战队今天拿下KCC冠军，这会儿正在商量待会儿该上哪儿庆祝去，既然叶晚晚来了，他们也没有不邀请的道理。

最后几个人七嘴八舌的，也没商量出结果。

他们都对H市不太熟悉。星辰战队的人昨天才刚过来，叶晚晚好歹在这儿拍戏拍了半个多月，总是比他们了解一些。

叶晚晚提议："去'海之光'怎么样，一家海边烧烤店。"

H市最有名的就是它的海，大家很快就全票通过，收拾好东西出发了。

海边的风很大，咸涩微凉，海面倒映着穿顶的圆月和星星，放眼望去满是星光，美不胜收。

叶晚晚最近都是在海边拍戏，所以对于沙滩大海没什么向往，那几个年轻的小伙子倒是兴奋得不行。

A市没有海，而他们一个个又都是网瘾少年不爱出门，能来海边的机会少之又少。

吃饱喝足以后，周宇星和上官跑去比赛堆沙子，两个童心未泯的小朋友打算建造一座城堡出来。如果不是顾及会涨潮，他们可能还会去蹚水。

叶晚晚过去围观了一下，也想动手玩玩，但是瞅了眼他们弄得脏兮兮的"爪子"，爱美的小仙女立马又打消了这个念头。

她最后只是坐在沙滩上，仰望着天上的星星。

颜沉过来的时候，就看见了这样一幕：柔和的月色下，漫天的星辰落入她的眼眸，嘴边勾勒着浅浅的笑容，整个人都像在发光。

余光瞟见男人的身影，她歪头朝他笑了笑："颜沉。"

下一秒想起自己跟他已经单方面绝交，她马上又收敛笑容，冷着一张小脸别过头，只给他留了一个残酷无情的后脑勺。

颜沉看着有点想笑，衬得整张脸都柔和了几分。

叶晚晚又偷偷用余光瞟了眼男人，见他停在原地，好像没有要过来的意思，心里有些乱糟糟的。

想他靠近，又不想他靠近……他靠近了她也不想搭理他，但他不靠近，她又盼着他靠近一点儿……

啊啊啊啊……烦死了。

颜沉最后还是抬脚走到她面前，垂着眼，喊了一声："叶晚晚。"

被叫到名字的少女不理他，把脸埋进双膝间，嘴里发出一声不满的轻哼。

每次都是这样，每次都是连名带姓地喊她，好歹也是朋友一场，弄得这么生分客气干什么嘛。

"你讨厌我了？"

听见头顶传来的问题，叶晚晚双手抱膝，声音闷闷的："没有。"

她其实很想说气话，说讨厌他，最讨厌他了。可她没办法欺骗自己的心，她明明就……

颜沉半蹲下来，看着她，眼神闪了闪："那是喜欢？"

听见那两个字，她心下一惊，有一种秘密被看破的慌乱和羞涩。

叶晚晚半咬着唇，疯狂摇头，死不承认："没有，绝对没有！"

好吧，她还是欺骗了自己的心，那么就姑且当作没有吧。

颜沉挑了挑眉，倒是没想到她反应会这么大。

沉默了片刻，他又问了句："叶晚晚，女人都像你这么善变吗？"

同样的姿势，先前她在会场门口时就用一双雾蒙蒙的眼睛望着他，像一条被抛弃的小狗，委屈得要死。

而现在，连头都不抬，一个眼神都不愿给他。

叶晚晚就不抬头："你管我呢。"

"……"

颜沉没说话，她也不说话，气氛就这么沉默着。

海边的风总是一阵一阵地吹，这次吹得稍微剧烈了点儿，连带着叶晚晚头上的帽子都被掀起，身后乌黑的长发在那瞬间散落下来，在空中飞舞。

落入颜沉的眼中，宛如一幅绝美的画。

帽子在被吹飞的一刹那，就被颜沉抓在了手中，等风停后，叶晚晚伸手想拿回来，颜沉却没给她。

对上少女疑惑的视线，颜沉的眼眸深邃，里面的情绪看不真切，只有声音是清晰的——

"这样比较好看。"

叶晚晚眨眼，花了一秒钟的时间反应过来他是在夸自己后，努力维持的冷漠终于绷不住了，嘴角微微弯了弯。

她一把拽回自己的帽子，却没有戴在头上，嘴里嘟囔了一句："我不管哪样都好看好不好。"

然后得到了男人一声，也不知道是赞同还是敷衍的"嗯"。

他顺势在她旁边坐下，屈着一条腿，手随意地搭在膝盖上，抬起头，陪她一起看这满天星光。

颜沉忽然问她："为什么这么喜欢看星星？"

"这个嘛……"

叶晚晚双手撑在背后，下巴微抬，银亮的月光洒落在她面容上，模糊了那精致的轮廓。

她保持着仰望的动作，想起温柔的母亲，嘴边的弧度弯得更加明显，却带了一丝狡黠："秘密，不告诉你。"

"……"

时间久了，脖子有些发酸，叶晚晚重新低下头，余光无意间瞥见男人黑色的 T 恤上有一块灰白色的痕迹，像是在哪里蹭到了。

她下意识地想帮他拍一拍，才刚伸出手，大概是想起了什么，表情变了变，胳膊停在半空中，蓦地又垂了下去。

这就算了，她还赌气似的朝旁边挪了挪，刻意远离他。

把少女这番动作收入眼底，颜沉眼中的微光有一瞬间暗了下去，眼中的情绪并不浓烈，像是沉寂在夜色中的冰凉海水。

"叶晚晚。"他喊她，声音有点哑，"你今晚很奇怪……"

"是我表现得还不够明显吗？"叶晚晚闻言鼓着脸看向他，一字一顿地说，"我在生气！"

颜沉问她："为什么？"

叶晚晚嘴巴一扁，开始指控他："我之前不就是让你扶了一下吗，你做什么一脸抗拒得要死的表情？还推开我，这么嫌弃我？"

回想起当时的情况，颜沉眼中闪过一抹恍然，但紧接着又是一阵绝望——这他要怎么解释？

"不是嫌弃你……"他只能这么说。

叶晚晚嘟着嘴，问了句："真的？"

小眼神委屈巴巴的，好像他要是否认的话，下一秒眼眶里就会溢出泪水。

见男人点头，她表情好转了不少，但是又想起一点："还有就是你一见面就说要送我回去！我在门口等了你快一个小时，哪有人一见面就要赶人走的啊？"

这个他能解释了："我以为你不舒服，想让你回去休息。"

男人眼睫低垂地看着她，薄唇抿着，看起来莫名也带了点儿委屈。

叶晚晚的气焰一下子就弱了下来，有点不太自然地别过头，声音小得几乎微不可闻："可是我想见你啊……"

好不容易见到了，想多待一会儿都不行吗？

她真是生怕这人会冒出一句"那你现在见到了不就可以走了"。

好在颜沉只是直男，并不是智障，没有说出这种能让叶晚晚吐血三升的话。

他听见她用软软的嗓音，说着想见他的话，只觉得心里仿佛有什么东西在融化。

颜沉的眼神一阵动容，刚刚暗淡的光又重新亮了起来，甚至比先前光芒更盛。

"你想的话，随时都可以见。"

只要你说想我了，不管是漫天飞雪的寒冬，抑或是热浪滔天的盛夏，不论何时何地，我一定会出现在你面前。

你不用再等待，以后换我来走向你。

第四章
他好像喜欢她

LIANLIAN
WANFENG CHEN

回到酒店时已经是凌晨了，因为手机没电，她借用颜沉的手机给关姐和舒心说了声，让她们不用担心。

疲劳了一天，叶晚晚有些困，沾了床就直接睡着了。

梦里不出意外的又是男人那张俊美的脸。

沉沉冷冷的海水，微凉的月色，他看向她的眼眸似翻涌的海浪，里面的情愫几乎要把她淹没。

有点呼吸不过来。

叶晚晚挣扎了几下，蹙着眉毛睁开眼，才发现自己不知道怎么把脸埋进了被子里，硬生生被闷醒了。

想起梦里他那个眼神，叶晚晚咽了咽口水，心跳有些不受控制。

她其实是个很少做梦的人，这寥寥无几的几场梦还基本都和颜沉有关。

"我这该不会是在……思春？"叶晚晚表情有点别扭，想到这个可能性，浑身都抖了一下。

她觉得这不能怪她，都怪颜沉的美色太过诱人。

叶晚晚出道这么多年，帅气的男星见过不少，漂亮得跨越性别的也有，但"漂亮"这个词和男性挂上钩时，总免不了有些人会说过于女气。

但颜沉不一样。

他的五官可以用"美"来形容，特别是那双招人的桃花眼，漂亮归漂亮，眼中却盛满了冷然。

他的气质冷酷凛冽，给人一种十分不好相处的感觉。

粉丝们隔着屏幕可以吹捧乱夸什么话都说，但一到现实中，他们却是怂得连靠近都不敢。

对于这点，叶晚晚想了想，觉得可以用一句话来解释——

只可远观而不可亵玩。

用来形容颜沉真是再适合不过了。

"也不知道他以后会找个什么样的女朋友……唔，说不准还有可能是男朋友？"叶晚晚开玩笑地想着，好奇着究竟会是谁有那个本领，能把颜沉这朵"高岭之花"摘走呢？

唔，说起来她自己的终身大事都还没解决，居然有空操心别人的事……

于是，叶晚晚重新换了个思考的方向，想着自己以后该找个什么样的男朋友。

舒心进来时叶晚晚还赖在床上琢磨着这个问题，她顶着个鸡窝头，完全没有一丝身为女神的自觉，粉丝看见这一幕都不知道该有多幻灭。

然而舒助理早已习惯，她端了一盘早餐走过来，问道："晚晚，你昨晚几点回来的啊？"

"好像是一两点吧。"叶晚晚有点忘了，也没在意。她靠在床头，看着自家小助理年轻可爱的面容，眼中闪过一抹光。

"小甜心，问你个事儿。"

听见这三个字，舒心身体一抖，手中的牛奶差点倒在地上，她脚步往后退了退，防备地看着叶晚晚："你好好说话。"

这姑娘每次这么喊她都没有什么好事，她都快有心理阴影了。

"怕什么，你过来呀。"叶晚晚朝她招了招手，眯起眼，笑得一脸和蔼可亲。

这模样落在舒心眼底却像是易容的老巫婆，她瑟瑟发抖："要问什么就问，你别笑成不？"

叶晚晚收起假笑："我就是有点好奇，你有没有谈过恋爱？"

舒心："这年头哪个成年人还没谈过恋爱？"

"……"

她的语气过于理所当然，让叶晚晚这个一直处于单身的成年人不禁陷入了沉默。

舒心很快反应过来："哦，你不一样，你是仙女，不能和凡人谈恋爱。"

毕竟当了叶晚晚多年的助理，早就练就了一身吹彩虹屁的本领。

晚晚小仙女果然满意了，眼眸一弯，嘴边的笑容灿烂了几分："就喜欢你说这种大实话的样子……那我问你啊，如果仙女想谈恋爱，你觉得应该和谁比较适合？"

舒心目光诧异："你问这个做什么——你该不会想恋爱了吧？"

叶晚晚："我就是好奇问问，可以为以后做打算，你先回答我嘛。"

舒心狐疑地看了她几眼，见这姑娘目光坦然，成功地被她这副表面现象欺骗，托着下巴开始思考："让我想想啊……"

叶晚晚拿起她餐盘上的牛奶，边喝边等，心底有隐隐的期待——到底是什么样的男人，能配得上本仙女呢？

然后就见舒心张了张嘴，说出了"颜沉"两个字。

"咳咳……"叶晚晚差点被牛奶呛死。

舒心赶紧给她拍背递纸巾。

叶晚晚擦了擦嘴角，表情有点古怪："为什么是他啊？"

舒心说："你之前不是还花痴人家那张脸，怎么我说是他你还不乐意了？"

叶晚晚反驳："我哪有。"

有也不承认。

舒心又看了她两眼，然后才回答："大概是气质吧，沉哥看上去就长了一张不食人间烟火也不会爱人类的脸，而你是仙女，你俩简直绝配。"

叶晚晚："……"

听起来，还真像天造地设的一对？

有时候巧合的次数多了，可能就不是巧合，而是所谓的命运。

叶晚晚刚刚坐上回 A 市的航班，没一会儿，一群眼熟的人也跟着上来了。

他们之间可能还不只是魔鬼缘分，这得是神仙魔鬼缘分。

叶晚晚这会儿依旧是全副武装，星辰战队那些人没注意到，只有颜沉的视线隔着墨镜在她脸上停留了几秒，显然是认了出来。

叶晚晚本来还想抬手跟他打声招呼，没想到那人已经转过身，在自己的位置上坐下了。

竟然无视她？

她半抬着手臂哼了一声，想起早上舒心说他俩简直绝配的事，有点生气地想：配个鬼，呸！

把头上的帽子往下压了压，叶晚晚眼睛一闭，睡觉去了。

两个小时的飞行时间很快结束，顺利抵达 A 市。

星辰战队的经理秦哥最后还是认出了她们，很热心地问她们要不要一起回去，反正大家都顺路，还是顺得不能再顺的那种。

叶晚晚用余光瞟着颜沉，男人站在不远不近的位置，侧着头也不知道在看什么，反正不是在看她。

她有点赌气地拒绝了他们的邀请："不用了，谢谢。"

这时候颜沉的目光才看了过来，却也只是淡淡从她身上扫过，表情没什么变化，跟着战队的人一起走了。

盯着他的背影，叶晚晚在原地气得想跺脚，她心里又气又委屈，好歹也挽留一下嘛。

"拒绝的是你，现在不高兴的也是你。"舒心摇了摇头，感叹，"你说你这是何必呢？"

叶晚晚拖着箱子扭头就走："你管我！"

她一边走一边思考，自己最近好像真的挺奇怪的，总是会生一些莫名其妙的气，而且全部的事情都和颜沉有关……明明只是朋友而已，她干吗要那么在意他啊？

叶晚晚扯了扯头发，心情有点烦躁。

"走，舒心，我们去 Shopping ！"

等叶大小姐和她的舒小助理回到别墅时，天色还很早。

有钱人买东西就是快，价格问都不用问，看见喜欢的就直接刷卡，五位数的衣服买起来眼都不眨。

舒心对此已经习以为常。

两个人手上拎着十多个袋子，还有一部分因为拿不下了，就留了地址让人明天送过来。

半天下来少说六位数，舒心一年的薪资都没那么多。

"怎么样？我的小仙女，心情好点儿没？"她知道叶晚晚每次不开心就喜欢去疯狂败家，也知道叶家的家产丰厚到不管怎么败也败不光。

叶晚晚点点头，漫不经心地哼着歌，一抬头看见对面那栋别墅二楼窗边的某道身影，脸上的悠闲立即没影。

男人手扶着窗框，嘴里咬着根烟，黑眸淡淡地望向她们。

撞上颜沉的视线，叶晚晚倏地低下头，心里好不容易摆脱了的那些乱七八糟的感觉又回来了，烦得很。

她快步进到屋内，"砰"地关上门，隔绝了他的目光——同时也隔绝了她的小助理。

被关在门口的舒心："？"

三秒钟之后，叶大小姐想起了自家这位可怜的小助理，把门打开后一把拉她进来，又一次"砰"地关上门，一气呵成不带半点儿停顿，就像对门住了什么可怕的洪水猛兽一样。

对面的颜沉："……"

叶晚晚今天一整天心情都很烦闷。

前段时间和颜沉分开那么久，她真的超级想见他一面，但现在见到了，她又开始逃避他。

自己这是什么毛病？

叶晚晚趴在床上，唉声叹气：别是脑子坏了吧。

她用余光瞥了眼旁边堆成一座小山的衣服，内心一点儿波澜也没有，下午会买下来纯粹是觉得看着顺眼，但这会儿她看着又不太顺眼了。

于是，叶大小姐朝她的小助理努了努嘴："哎，就那些，你要不要？"

舒心一脸惶恐："全、全部给我？"

叶晚晚把脸在抱枕上蹭了蹭，无所谓地点了点头，语气心不在焉："嗯，你要是不喜欢就扔了吧。"

反正这堆衣服她越看越觉得丑。

舒心倒吸一口凉气：几十万的东西说不要就不要？有钱也不是这么花的吧？

不过叶大小姐还算没有丧失理智，想了想也觉得这样不太好，翻了个身，又对舒心说："要不你随便挑几件吧，剩下的还是拿去送人好了，谁喜欢就送谁。"

疯了吧这是！舒心权当叶晚晚在说胡话，默默把那堆衣服叠好，塞进她衣帽间某个隐蔽的角落，全部压箱底了。

叶晚晚见状也没说什么，随舒心去。

她在床上滚来滚去，手里抱着个海马玩偶，时不时把目光投向窗外。

看着对面二楼的窗帘一点一点地被拉上，就好像心爱的东西被人从自己手中一点一点地扯走，她有点心痛，这下什么也看不见了。

去见他，不去见他，去见他，不……不行，还是想去见他。

说见就见，叶晚晚是个行动派，连借口都为自己找好了——

"舒心，你饿不饿？"

舒心看了看时间，已经六点多了，便问："我去做饭？还是点外卖？"

"不。"叶晚晚摇头，一脸严肃地提议，"我们去对面蹭饭怎样？"

管他什么只可远观而不可亵玩，她就是想靠近他。

舒心被叶晚晚拖着去对面的时候一脸郁闷，这位大小姐下午还不愿意跟他们一起坐车回来，怎么晚上就跑人家这边来蹭饭了？

来开门的是周宇星，听了她们的来意后，他非常热情地把两位女士请进了门。

他们基地有专门的生活阿姨煮饭，本来叶晚晚也想请一个，但想想她平时也不怎么在家，也就没那个必要了。

她们来得很巧，饭刚做好。

秦哥现在不在基地，几个小伙子各自抱着一部手机，看页面不是《王者荣耀》，好像是在联机打着格斗游戏。

这会儿不是训练时间，所以对玩的游戏没有硬性要求。

叶晚晚看了一圈，没看见那道熟悉的身影，下意识就问："颜沉呢？"

上官回答："在楼上呢。"

叶晚晚："不喊他一起下来吃饭吗？"

周宇星看了她一眼，脑子转得飞快："喊啊！吃饭怎么能不喊队长呢，可是你看我们游戏还没结束，就麻烦你上楼帮我们喊一下啦。"

"可是队长不是……"上官似乎想说些什么，周宇星拿脚踢了踢他，眼带警告让他闭嘴。

叶晚晚奇怪地看了他们一眼，也没多想，说了声"好"，就上楼了。

见她走了，上官反手一巴掌拍在周宇星身上，骂道："你踢得老子痛死了。队长不是说今晚没心情吃饭吗，干吗还让叶女神上去喊？"

周宇星一脸嫌弃："就你这傻子单身八辈子都不过分，也不动动你猪脑子想想，女神都来了，队长还会没心情，可能吗？"

当然不可能。

"滚，你才猪脑子，你才单身八辈子！"

叶晚晚来他们基地也来过好多次了，这还是第一次上二楼，不免有些新鲜。

他们基地的装修风格很简约，基本上以白灰色调为主，和叶晚晚那边有着鲜明的对比。

左右瞧了瞧，没走几步，她就发现有扇门上挂着"训练室"的牌子，门是虚掩着的，隐隐还能听见里面传来的游戏音效。

"颜沉——"她一边喊一边推门而入。

声音不是很大，但在空旷的训练室里格外清晰，这一声"颜沉"成功地被麦克风捕捉，传到了每个此时蹲在直播间的观众的耳朵里。

颜沉抬眸看向她，表情少见地带着错愕："你怎么来了？"

他眼中闪过一丝诧异，哪怕第一时间就把麦关闭，也没办法阻止直播间弹幕的爆炸。

【我听到了女人的声音！！！】

【这是在基地，工作人员吧？】

【哪个工作人员敢直呼 Chen 神大名？他不只是选手队长也算是老板好吧。】

【那声音好甜啊啊啊！不会是女朋友吧？】

【怎么听起来有点耳熟的感觉……】

叶晚晚歪头朝他笑："我过来蹭饭。"顺便来看看你。

后半句她默默在心里补充。

颜沉的表情恢复正常，对于叶晚晚而言他只是变成了平常的模样，但对于直播间里的粉丝们却不是这样。

【啊啊啊……Chen 神的表情好温柔，我是不是眼花了？】

【刚才那个凶残大魔王呢？不是心情不好要屠杀吗？沉哥你给我把你嘴角扬起的弧度憋回去啊啊啊我要吃醋了！】

颜沉坐在电竞椅上，训练室的白炽灯光打在他脸上，把他的轮廓勾勒得更加明显。

五官俊美得像是被精雕细琢出来的一样，一眼望过去很惊艳，多看几眼又觉得很有味道，反正就是一张百看不厌的脸。

"你打完没呀？"

看见叶晚晚朝这边走来，颜沉顾不上手中的游戏正在团战，空出一只手，一把将摄像头的插头给拔了，惹得直播间的粉丝嗷嗷叫。

"马上。"他回应道，操作着娜可露露凶残无比地切着后排，没一会儿就把对面的水晶拆了。

随后直接退出游戏，颜沉活动了一下手腕，然后挪着鼠标点了几下。

叶晚晚这时候才发现他的电脑是开着的，界面全是密密麻麻的弹幕，她呆了一秒，然后尖叫了一声："啊——"

他竟然在直播！

不等颜沉问她怎么了，少女已经一个跨步躲进旁边的窗帘后面，娇小的身体全部藏进了窗帘的褶皱里，只露出一双踩着拖鞋的白嫩脚丫。

颜沉有点无语，又有点想笑，有个词怎么说的来着，掩耳盗铃？

他走过去伸手掀开一片窗帘，看着这个缩成一团，顶着"我完蛋了"表情的少女，忍不住想逗逗她："都被看见了，还躲什么躲？"

叶晚晚迁怒地瞪他，龇牙咧嘴："你一开始怎么不说一声？"

颜沉："你也没问我。"

"……"

叶晚晚心如死灰，都做好了又要上一次热搜的准备了，就听见这人忽然说："骗你的，我关麦关摄像了。"

"骗子！"

叶晚晚气呼呼地骂道，愤怒地打了他手臂一下，嘴里还抱怨着："颜沉，你怎么这么坏。"

她力气小，打人就像奶猫挠人一样，不痛，却有些痒。

怎么看都像在撒娇，颜沉喉咙动了动，眼中漾着温柔的光，连眉梢都染着一丝笑意，嘴角的弧度微扬，和她说了句"抱歉"。

叶晚晚哼了一声，就着他这个姿势，顺势从他胳膊底下钻了出来。

"下楼吃饭啦。"

颜沉想起她刚刚的动作，眸光意味不明，只是嘴边的笑意更深："好。"

蹭完饭还打了会儿游戏，叶晚晚美滋滋地从铂金躺上钻石，从今以后，她也是要打征召模式的人了！

她忍不住发了朋友圈炫耀，配上一张段位晋级的截图。

李子文评论她：这才刚杀青一天你就上钻石了，哪位大神这么厉害？

因为之前的绯闻原因，她和李子文在剧组交流得少，但私底下关系还是可以的。

叶晚晚回复：人家是神仙。

想起那人带着她在王者峡谷里屠杀，以一敌五的场面，可不就是神仙嘛。

然而这条朋友圈最后也不知道是被谁暴露了，微博上"叶晚晚网瘾少女"的话题又上了一次热搜。

叶晚晚心态好，热搜这种东西，上着上着就习惯了。

【呜呜呜……女神都钻石了，而我还在铂金徘徊QAQ】

【我准备回归"农药"了，期待能在峡谷里与晚晚碰面，我一定会手下留情的。】

【七连胜，妲己评分第五名……躺上去的吧？】

【人家就不能偶尔失误一次吗，你玩游戏难道就没有评分最低的时候

了？】

叶晚晚：其实，我还真是躺上去的……

这个话题底下热热闹闹，还有一些叶子约着一起开黑，有些不爱玩游戏的也本着"说不准就能偶遇女神了呢"的想法入了坑，没想到就再也爬不上来了。

游戏真是个罪恶的东西……

第二天，关姐打来了一个电话，说是这周末有个活动，问叶晚晚有没有兴趣。

叶晚晚本来以为会是一些商演什么的，有点兴致缺缺："什么活动啊？"

关姐说："是绿江直播邀请你参加他们周末举办的《王者荣耀》明星娱乐表演赛。"

叶晚晚呆了一会儿："什么？"

她怀疑自己是不是最近打游戏打出幻听了，不然怎么会从关姐嘴里听见"王者荣耀"四个字。

关姐重复了一遍："《王者荣耀》明星娱乐表演赛，就你平时总玩的那个游戏的比赛，我看你好像挺喜欢的，怎么样，要不要接？"

说实话，叶晚晚倒是真挺感兴趣的，不过想了想自己的技术……

表面钻石实际白银的"叶选手"露出了迟疑的表情。

平时在颜沉面前丢脸就算了，他也没嫌弃过，可要在那么多观众面前展示自己的花样死法，她脸蛋有些挂不住。

关姐告诉她："娱乐表演嘛，其实主要目的是宣传，拉拉人气什么的，听他们说也就是打着玩玩，不用太认真的。"

这下叶晚晚放心了："那行。"

绿江这次一共邀请了五位明星选手，还有五位职业选手，届时他们将会抽签分成两组，展开 5V5 对战，还有 1V1solo 赛。

一听说有职业选手，叶晚晚立马想到了颜沉，当即就掏出手机点开微信。

夜晚：颜沉！

Chen：？

夜晚：你有没有参加周末那个娱乐表演赛，就是绿江 TV 举办的那个。

与此同时，对面训练室里。

星辰战队正好在叽叽喳喳地讨论着这个比赛，绿江也邀请了他们，因为是冠军队，还给了他们两个名额。

"哎，那个比赛很无聊的，你们谁去啊，我是不想去。"

"说得人家多想你去似的。绿江想邀请的不就咱们队长嘛，哦，小宇星勉强也算。"

"什么叫勉强，我的人气可是仅次于队长的好不好！"

"反正队长肯定是不会去这种表演性质的比赛的，上官，你要去不？"

"听说这次邀请的明星很大牌呢，不知道有没有我女神啊……"

——明星。

颜沉捕捉到这番话里的关键词，结合叶晚晚发来的问题，很快就得出一种猜想。

Chen：你参加了？

夜晚：对呀。

Chen：嗯，我也参加了。

发送完这行字，听见其他人还在聊除了周宇星外剩下那个名额该给谁时，颜沉淡淡开口："我参加。"

冷漠的三个字，一瞬间让哄闹的气氛变得寂静。

队友们："！！！"

活动当天，外面天气晴朗，八月盛夏，空气里都好像涌动着热流。

叶晚晚戴着墨镜，身上穿着松松垮垮的防晒衣，一出门，脚步就顿住了。

在她的面前，有两辆款式和颜色都一样的保姆车停在门口，本该是低调的黑色，在阳光下却泛着金。

叶晚晚眉毛挑了一下，咕哝一句："差点忘了和他们是同款车来着。"

她走到靠近自己这边的那辆车旁边，探着脑袋瞄了眼车牌，13××8，确认没错后就放心地上了车。

几乎是同一时间，对面房子里也走出来两个人。

他们穿着简单的白色上衣，稍微高点的男人表情冷淡，俊美的五官像是海水一样冰凉。而旁边的少年则洋溢着灿烂的笑，像海上的焰火。

一个是冷漠的冰，一个是热情的火。

叶晚晚透过车窗看着男人挺拔的身姿，他微微侧着头，大概是在听少年说话，也不知道他们聊到了什么，他嘴边竟然漫出一抹笑。

叶晚晚简直心塞，这两人看着莫名登对是什么情况？

她又想起了星辰战队的战队名，星辰，周宇星和颜沉，这要说没一腿她打死都不信！

她托着下巴纠结着这个问题，没注意到男人望来的目光。

颜沉单手握着车门把手，没有立马拉开，而是侧着头看向不远处的另一辆车，入眼的是一片黑色的玻璃，里面什么也看不见。

但他知道，她就在那个位置。

颜沉只看了一眼，很快就收回视线："确定了吗？"

周宇星点头："我办事你还不放心吗，和主办方打过招呼了，保准你俩一个队。"

只是在抽签上动点儿小手脚，不是什么大事，绿江TV也想讨好颜沉，除去他本身的人气外，还因为他的背景。

两辆车先后出发，又先后停在了活动地点。

他们走专属通道进去，有工作人员过来迎接，把他们带到后台的休息室。

里面此时已经坐了五个人了，好像是其他战队的职业选手，叶晚晚一一打量过去，没想到竟然看见了一个熟人。

"小李子！"她喊了一声，露出惊讶的表情，"这么巧，你竟然也参加了这个活动？"

李子文走过来和她打招呼："这两天刚好来A市，就顺便接了这个活动，没想到你也来了，到时候可要手下留情呀小晚晚。"

叶晚晚笑道："你这话可就说反了，是我该求你让让我才对。"

他们这边的交流气氛和谐，然而颜沉一张脸却是越来越冷，黑眸微眯，眼神很沉，周身的气温骤降。

周小弟觉得为了自己的人身安全着想，他有必要为大哥做些什么。

他走过去尬笑两声，插入那两人的对话中："哈哈哈，分组还没定下来呢，说不准你们就分到了一组——"

此言一出，他明显感觉身后那座人型制冷机的温度又低上了几度。

哦，该死，他说错话了。

不过好巧不巧的是，李子文竟然是星辰战队的粉丝，看见周宇星后，要不是还顾及自己的身份，估计能直接抱上去。

他激动地问："星神，能不能给个签名啊？"

这倒是个小意思，周宇星唰唰签完递给李子文，李子文道了声谢接过，竟然不怕死地把目光投向了颜沉。

"那个，Chen神……"

他话未说完，男人就冷着一张脸和他擦肩而过，看都不看他一眼："不签。"

好在李子文也知道自己这位偶像的性格，虽然有些遗憾，但也不好勉强。

颜沉找了个角落的位置坐下，阖上眼，脸部的轮廓冷硬，眉心微蹙，整个人都散发着一股名为"别来惹我"的低气压。

其他人聚在一起三三两两地聊着天，就他一个人不合群地坐那儿。

主要是大家都怂，不敢过去。

叶晚晚一边给人签名，一边抬眸朝颜沉那边看，把最后一个找她要签名的人打发后，她迎着所有人的注目礼，伴随着齐齐倒吸的一口冷气，在颜沉旁边坐下了。

不仅如此，她还拿手指戳他的胳膊："颜沉。"

微凉的指尖触碰到皮肤，有点软，颜沉睁开眼，深邃的黑眸看向她。

他的心情才刚稍微好转了一点儿，余光瞥见不远处的李子文后，顿时又冷了下去。

少女像是毫无察觉，歪着头问他："心情不好啊？"

颜沉没吭声，不过这冷漠如冰的表情已经可以代替他回答了。

叶晚晚从他这个表情中提炼出"废话"两个字，她眨巴几下眼睛，又问："你是不是不喜欢参加这种活动？"

她在资料上了解过，颜沉以前是从来不参加这种表演赛的，因为他不喜欢这种娱乐性质太强的东西。

颜沉冷淡地"嗯"了一声。

"那你干吗还来？"叶晚晚觉得自己问得理所当然。

不喜欢还来参加，结果弄得自己心情不好，这不是"作"吗？

周宇星在旁边听着他们的对话，忍不住摇头，边叹息边为自家队长痛心。

为什么要来？还不是因为你啊傻姑娘！

如果不是叶晚晚，颜沉肯定不会出现在这里。然而这位姑娘，却当着他的面和别的男人谈笑风生，啧啧，他想想都觉得自家队长真可怜。

暗恋不容易，单恋更是惨。

气氛一度沉默下去，有几个人在交头接耳，时不时把目光投向叶晚晚和颜沉那边，眼神里带了点儿惊讶和好奇。

有和周宇星关系好的人过来打探消息，问他俩什么关系。

"就……纯洁的邻居关系？"周宇星说得自己都不太信。

其实他也不知道到底纯不纯洁，毕竟这种私密的事情大哥是不会告诉小弟的。

"邻居？叶晚晚搬到你们对面了？"有个平头男生说，"你们小区还有没有空房子？"

周宇星乜斜他一眼："当初嫌我们小区地理位置太偏僻的是谁？"

在他们聊天的间隙，门口先后进来了两位女生，一个是 KPL 的解说凝凝，一个是绿江 TV 的游戏主播荔荔。

叶晚晚看见她们的第一眼还以为是双胞胎，愣是没分清哪个是哪个。要不是看她俩之间气场不合，一见面就互相翻了个白眼，她可能还真要误会。

大概是天气炎热，她们穿得特别清凉，肩膀、肚子、背……基本上是哪里能露露哪里。

特别是胸前那条事业线，简直是呼之欲出。

叶晚晚下意识地低头看了看自己的，莫名有点尴尬，她以前也没觉得自己有多小啊，果然没有对比就没有伤害。

凝凝因为是解说的缘故，和在场几位职业选手都比较熟悉，大家纷纷和她打着招呼。

然而她从一进门起，目光很直接，毫不掩饰地就锁定在了颜沉的身上。

看着颜沉旁边坐了个漂亮的少女，她眼底闪过一抹妒色，很快又堆上一副笑脸。

凝凝走过去，停在颜沉面前："沉哥，我看见的第一眼差点还以为看错了呢，你不是一向不参加这种活动的吗？"

她微微弯下腰，低领的上衣遮不住她胸前的春光，这波涛汹涌……

别说男人了，连叶晚晚看着都觉得刺激，没忍住"哇"了一声。

小声的，但还是被凝凝捕捉到了，她心底带了点儿骄傲和得意，也不知是有意炫耀还是什么，她又往下弯了弯腰，堆上一脸媚笑："沉哥？"

虽然颜沉看上去不像禁不住诱惑的人，但万一他就喜欢这款呢，叶晚晚还是有点好奇他的反应，侧过头，然后她没绷住，"噗"的一声笑了出来。

颜沉已经把眼皮阖上了，别说看凝凝一眼，连理都没理一下，眉宇间的嫌弃之色一点儿也不掩饰。

真的是"一点儿也不"的那种。

凝凝尴尬地直起身，不怎么情愿地收回视线，看了眼旁边正在进行表情管理忍住笑的叶晚晚，眼中的妒意加深了几分。

"呵呵，是叶晚晚吧，我挺喜欢你的，从小看你的戏长大的呢。"凝凝皮笑肉不笑地打了声招呼。

话里意思就是说她老，叶晚晚在娱乐圈混了这么多年，又怎么会听不出来？但这种段位太低，她都懒得和对方撕。

叶晚晚只是微微一笑："谢谢，你审美还挺不错的。"

说是这么说，但凝凝总觉得从她的眼睛里读出了点儿别的，比如说"年轻人，晚姐不和你计较"什么的。

其实叶晚晚这话也有一语双关的意思，审美不错，不只是说她看自己的戏，还有她对颜沉的那点心思。

瞧瞧，那眼中毫不掩饰的爱意，多么浓烈啊！

就跟颜沉对她的嫌弃一样。

唉，多么惨的姑娘。

一想到这里，叶晚晚就更不忍心和她撕了。

大概是从叶晚晚的表情里看出了同情，凝凝脸色一黑，看了看旁边正在闭目养神的男人，故作体贴地说："沉哥他不喜欢别人靠他太近，我们去别的位置坐吧，也别打扰他休息了。"

声音刻意放得柔和，有点嗲，还腻。

颜沉感觉自己眼皮似乎跳了一下，他差点没控制住露出比嫌弃更深层次的厌恶。

这番话听起来，就好像他们之间有多么熟悉一样，实际上这么多场比赛下来，颜沉就没和她说过几句话。

但叶晚晚不知道。

她的视线落在颜沉冷淡的侧脸上，见他眉心微微拧着，也许是真的觉得她们吵所以不耐烦了，便打算起身。

然而她屁股才刚刚抬起来，手腕就被男人抓住了。

他没有用力，叶晚晚还是停住了动作，侧头看向他："颜沉？"

男人黑眸幽深，直直地望着她。

少女的嗓音也是轻柔的，用的就是平常说话的语调，也没刻意放软，但他就是听着舒服多了。

叶晚晚眨了眨眼，等了半晌，才听见他开口说："你就坐这里。"

这五个字一出，凝凝的表情顿时就难看起来，指甲深深地嵌进掌心的肉里，她也想在颜沉旁边坐下，却收到了一道带着警告的冰冷视线。

"沉哥，我……"

颜沉重新闭上眼，声音冷漠："你别来吵我。"

态度很明显，同样是五个字，怎么待遇差别就这么大呢。

凝凝只好识趣地走了，一个人找了个位置坐下。荔荔看她吃瘪，忍不住过来嘲讽了几句："还没对 Chen 神死心呢？"

她们认识挺多年的了，凝凝也是绿江 TV 的主播出身，当初她俩之间竞争得非常激烈，只是后来凝凝为了颜沉去了 KPL 当解说，不过梁子还是一直结到了现在。

凝凝没好气道："关你什么事啊？"

荔荔朝角落的位置抬了抬下巴，嘲笑道："叶晚晚就在旁边，你到底哪儿来的自信过去勾搭人家啊，是个有眼睛的都不会选你好吧。"

"你！"这话听着就很毒了，凝凝愤怒地瞪她，美瞳差点都瞪出来了。

她被说得心里窝火，连带着叶晚晚都恨上了，什么"娱乐圈初恋"啊，不就靠着一张脸吗？

凝凝想，脸她也有啊，虽然是整的……可她还有胸呢，虽然是隆的……

算了算了，人造的打不过人家天然的，她认输。

"不过说起来，Chen 神和叶晚晚的关系，好像真的有点不一般呢？"话是对凝凝说的，但荔荔的目光却若有所思地盯着那边的两人。

和颜大佬坐一块有个好处，那就是基本没人敢来打扰，哦，刚才那个不长眼的不算。

叶晚晚悠闲地玩着手机，要不是顾及形象，她这会儿脚都架桌子上了。

而颜沉手肘靠在沙发上，支着脸，那双桃花眼不知道在什么时候重新睁开，黑眸里映着少女恬静的侧脸，眼中有什么情愫在缓缓流淌。

看着，很温柔。

这样的颜沉，对于她们而言都是陌生的。

在大多数人的眼里，Chen 神冷酷无情，气场贼强，光是看一眼就忍不住让人跪下叫爸爸。明明长了一张生来就该去撩人的脸，气质却那么冷，眼神里无波无澜，淡漠又冰凉。

总之，"温柔"这个词不该在他身上出现。

荔荔把这一幕收入眼底，对着凝凝勾唇一笑："你不觉得，Chen 神好像喜欢她吗？"

好像，喜欢她。

听起来有点刺耳，凝凝下意识想反驳，可她悲哀地发现自己如果要反驳的话，只能反驳"好像"这两个字。

没有好像，他喜欢她。

这么一想，凝凝觉得自己更心塞了。

她比不过叶晚晚她心里还是有点数的，但她就是嫉妒啊！

"我劝你别搞什么小动作。"荔荔大概是见她可怜，看在这么多年的"情谊"分上，好心提醒了一句，"叶晚晚毕竟是混娱乐圈的，别看她表面清纯好像什么都不懂，内心估计精明着呢。"

说到最后，她还摇了摇头："就你那点儿手段，你玩不过人家的。"

凝凝："……"

人到齐之后，有工作人员抱着盒子进来给他们抽签，后面还跟了个摄像。

现场的观众早已经入座，他们这次的活动是在绿江 TV 全程直播的，除去本身爱好电竞的观众外，也有很多是被明星艺人吸引过来的。

抽签盒是不透明的，上面有个圆形的洞，第一个抽签的是 LR 战队的职业选手，他从里面抓了个蓝色塑料小球出来，紧接着是李子文，他掏了个红色的。

叶晚晚对这种抽签方法有点疑惑："这样不是不公平吗，万一你们职业选手全抽到一个队里，那结果不是没悬念了吗？"

周宇星解释："这种比赛也就是图个乐子，娱乐赛嘛，大家还就喜欢看这种戏剧性的一幕。不过要是毫无悬念也没意思，所以对于职业选手多的那边，也是有要求的，比如说不能玩个人的拿手英雄，不能玩 C 位什么的。"

抽签很快轮到了他们这边，周宇星拿到了红球，叶晚晚是个蓝球。

"呀，好可惜。"叶晚晚眨了眨眼，露出惋惜的表情。

他俩抽完后就是颜沉了，叶晚晚眼巴巴地盯着男人的手，看着他伸进去时还屏住了呼吸，紧张得不行，嘴里还小声念叨着"蓝色蓝色蓝色"……

除了她，拿到红球的凝凝也紧紧盯着颜沉的动作，荔荔的样子看起来就比较无所谓了。

男人的胳膊很快从抽签箱里拿出，大手包裹着塑料球，第一眼还看不清抓到了什么颜色。前后不过两三秒的时间，却搞得所有人都紧张兮兮。

掌心摊开，一个蓝色小球安静地躺在他手中。

"Yeah！"叶晚晚欢呼一声。

少女的脸上是明晃晃的开心，笑得眼睛都弯了："太好了颜沉，我们是一个队欸！"

长长的黑发今天被她扎成了马尾，耳边有几缕碎发贴在脸上，颜沉的手指动了一下，没抬起来。

看着少女明艳的笑容，他压下内心的波动，表面却是淡淡的："嗯，所以你不用求人让，我会带你赢。"

叶晚晚愣了一秒，想起自己刚才和李子文说的那些开玩笑的话，脸上的笑容更灿烂了："好啊，那就靠你了——"

她顿了顿，然后喊他："沉哥。"

笑意布满眸子，连眉梢都带着笑。

"不敢当。"颜沉嘴角微扬，学着她，"晚姐。"

叶晚晚挑了挑眉毛。

把他们的互动收入眼底，凝凝只觉得自己快被气死了。

恋慕已久的男神不理她就算了，还和别的女生说说笑笑！关键那个女生还是个女神，他们看起来竟然很般配！

这么一想简直更气了。

抽签结束，叶晚晚和颜沉、荔荔，还有两个职业选手一组。

周宇星和另一个职业选手带着李子文、凝凝，还有一个小歌手为一组。

两队的人被分开，从左右两边分别入场，台下的观众一看见他们就开始欢呼，手中的灯牌晃啊晃的，让叶晚晚不禁感叹起现在的电竞圈发展真的越来越好了。

其实前几次的活动远不如这次热闹，原因无他，因为颜沉。

在绿江 TV 放出的邀请选手名单中有出现"Chen"这个名字后，门票立马一扫而空，一票简直千金难求。

至于邀请的明星则是没有公开宣布的，所以大家看见李子文时都很惊讶，等叶晚晚出现后，尖叫更是一声比一声大。

毕竟叶晚晚怎么说也是个"娱乐圈初恋"，这个知名度还是不容小觑的。

网络直播观看人数瞬间破了百万，弹幕一片沸腾。

【我为什么没有抢到票啊啊啊！有生之年竟然能看到男女神同台，我要疯了啊啊啊啊啊！】

【老子激动得都快不会说话了，叶晚晚是我的理想型女神啊，Chen 神是我视为目标的偶像，完全没想到他们会有一起参加活动的一天！】

【从出尘仙女沦落到网瘾少女，这究竟是人性的扭曲，还是道德的沦丧？！请关注本次明星表演赛，绿江 TV 带你走进女神的真实世界……】

【没人关注李子文吗？？？他不是之前和叶晚晚传过绯闻，现在竟然还

一起参加活动？】

【哥哥本来就喜欢打游戏，粉丝都知道啊，参加这个活动又不奇怪。倒是那个叶晚晚，一直缠着哥哥，看着好烦。】

【前面的说话注意点儿，蹭热度的还有脸在这儿说。】

节奏被带起来了，后面的掐架也无可避免，当然这一切在台上的几人却是不知道的。

主持人先让他们简单地自我介绍了一下，因为被邀请来的都是有一定人气的，所以这也就是走个流程。

不过台下的观众还是很给面子的，特别是叶晚晚朝他们挥手时，台下那群雄性生物的咆哮简直震耳欲聋。

"女神啊！晚晚我爱你一辈子！"

听见某个男粉丝这番爱的宣言，颜沉不动声色地皱了皱眉，眸色微沉。

比赛开始前，主持人在介绍规则："双方在5V5地图进行对决，职业选手统一不允许玩本职业位置，其中人气最高的三位选手还将由粉丝指定位置。人气投票的结果已经在我手上，第三名LR的布布，指定位置是中单。"

叶晚晚看见那个叫"布布"的选手表情很是无奈，看起来是对中单这个位置并不擅长，然而粉丝正是知道这一点，所以才故意选了这个位置。

"第二名是星辰的Star，指定位置是……上单！"

一听见自己要玩上单，周宇星脸都白了。

叶晚晚捂着嘴笑，这人的上单水平她是见识过的，送一血专业户，平时总被上官嘲笑。

"第一名毫无悬念，是星辰的Chen！"主持人笑得像朵太阳花，"为了回报粉丝们的爱意，除去指定位置外，他们还专门指定了一个英雄哦，Chen神要不要猜猜看？"

颜沉一脸冷漠。

主持人已经自己回答出来了："那就是辅助——蔡文姬！"

"颜·野区霸主·全能选手·除了辅助啥都会·沉"："……"

因为颜沉和布布被指定了位置，那么只剩上单、打野和AD这三个位置。

叶晚晚整个人看起来都蔫了吧唧的，她就只会辅助和法师啊，谁能想到这还没开局呢，这两个位置都没了。

游戏很快开始，采用的是征召模式，首先进入Ban&Pick（禁用和挑选）环节。

叶晚晚坐在选手席上，一脸的生无可恋。

看着颜沉锁定了她心爱的小奶妈，叶晚晚心痛啊，一句"放着让我来"都快要脱口而出了，但还是被她憋了回去。

剩下的位置也就射手她还勉强会一点儿，但被荔荔先选了，她也不好意思和人家抢，毕竟她的"会一点儿"跟"不会"也没差了。

轮到她选英雄时，她看着战士和刺客那栏的英雄欲哭无泪，真是一个都不会。

颜沉的声音从耳机里淡淡传来："你打野。"

叶晚晚："可我不会啊……"

颜沉："没事，随便选一个。"

眼看着倒计时快要结束，叶晚晚手忙脚乱，真听他的话随便挑了个好看的头像就锁了。

等她定睛一看——

月光之女，露娜。

颜沉："……"

叶晚晚："……"

她视死如归地为自己带上召唤师技能惩戒，简直想为自己唱一首《凉凉》。

露娜是一个难度很高，非常吃操作，在大神手里可以秀得飞起，但绝对不适合新手玩的英雄。

布布笑了："你这随便一选，怎么选了个这么花里胡哨的出来。"

叶晚晚自我安慰道："算了，不是元歌或者玄策就不错了，再说了我们还有沉哥呢，有他教我玩打野，没在怕的。"

颜沉："你先把打野刀买了。"

叶晚晚："哦……"

游戏一开局，蔡文姬跟在露娜后面，一起进了蓝 buff 野区。

荔荔玩着虞姬走到下路，问了句："Chen 神不来辅助我吗？"

"啊……"叶晚晚被她一说才意识到了这个问题，在一般情况下辅助都是跟着 ADC 的，但他们平时双排习惯了野辅，所以她一时也没发现有哪里不对。

"颜沉你去下路吧，我一个人可以的。"

说完，叶晚晚顿了顿，总觉得这话听起来好像有点怪，怎么莫名一股绿茶味？

"你不可以。"颜沉的声音很淡,"虞姬对线的是杨戬,她打得过,你没我不行。"

叶晚晚好感动,感动的同时还是觉得哪里怪怪的……

这不就是渣男的经典台词吗,什么"你很坚强,你可以没有我,但她不行"之类的。

她在这段故事里扮演的还是绿茶小三的角色,而荔荔就是那个被"三"了的可怜原配……

叶晚晚下意识地骂了句:"颜沉你个渣男。"

颜沉:"???"

开局还算顺利,对面没有人来反野,叶晚晚安安心心地刷完了自家野区,成功升到四级。

颜沉:"去抓杨戬。"

他们蹲在下路草丛里,虞姬故意上前勾引,但周宇星毕竟是职业选手,并没有中招。

叶晚晚:"他不出来啊,怎么办?"

荔荔:"要不然你们还是去 gank(偷袭)别的路吧。"

颜沉没说话,已经操作着蔡文姬冲了出去,扔下冷漠的两个字"越塔"。

荔荔的虞姬很快跟上,叶晚晚也紧随其后,杨戬没挣扎几下,还是死在了露娜的剑下。

"First blood!(一血)"

【哇,女神拿到一血了!】

【这人头是抢的吧,虞姬打了那么多伤害,她就一个一技能收割?】

【虞姬最后一下怎么没平 A 啊,不会故意让人头吧?】

【娱乐赛嘛,不要吵,看着玩玩就好了。】

【Chen 神竟然带着两个妹子去杀自己的兄弟,心疼星神三秒钟。】

【心疼 +1】

虽然侥幸拿了一血,但露娜这个英雄是真的很难玩,特别是对于叶晚晚这种手残小菜鸡而言,人家月下无限连,她月下无限空。

一波团战爆发,叶晚晚手指在屏幕上划来划去,表情认真得不行。

然而一顿操作如猛虎,一看战绩零杠五。

哦不,一杠五,她还是有一个人头的。

叶晚晚:"啊,我又死了……"

颜沉无奈地教她："标记，看到月亮了你再大。"

叶晚晚委屈："我就是看到了才大过去的啊，谁知道一过去标记就没了。"

同样的场景发生了无数次后，颜沉终于放弃了。

颜沉抬头看着她："因为天上只有一个月亮，所以你的露娜也只有一个大？"

叶晚晚气得不想理他。

这一局最后还是无可避免地输了，叶晚晚背了全部的锅。

【玩得这么菜，那些粉丝先前怎么好意思吹？】

【玩的菜怎么了，人家长得好看啊！】

【粉丝也没吹她多厉害吧，就是普普通通的水平啊，怎么，难道技术差连玩游戏的资格都没有了？】

【记得之前有人说叶晚晚是被演戏耽误的电竞少女，现在我觉得不耽误，一点也不耽误！她还是好好在娱乐圈待着吧，认真演戏少打游戏，求别来坑害我们这些无辜的路人！！！】

【我发现 Chen 神对叶晚晚好像很照顾，全程都在保护她。】

【打游戏对女孩子多照顾点也很正常吧。】

【可那人是 Chen 啊！是 Chen 神！这就不正常了，而且荔荔也是女生啊，玩的还是 AD 呢，也没见他去照顾人家。】

【可能沉哥也看脸吧……】

下一局很快开始，这回颜沉虽然还是玩的辅助位，但终于不是蔡文姬了。

叶晚晚死活不肯再打野，和荔荔换了个位置，她这把玩了个大小姐。颜沉这把是明世隐，开局就牵着叶晚晚一起往下路走。

荔荔："……"

好吧，她继续孤身一人。

这一局战况良好，叶晚晚玩孙尚香玩得肯定是比露娜要好的，而且还不用打野抓人，只负责在下路欺负和她对线的周宇星。

周同学心里苦啊，大哥大嫂就在对面，联起手来压着他打，偏偏他还不敢反抗，灰溜溜地让出了一塔。

塔没了还不算，他们连他的人头都不放过！

眼看着明世隐一条紫红色的线牵到了他身上，周宇星反身想跑，但被减速，血量在缓慢下降，最后随着明世隐一个大招，屏幕灰了。

周宇星："……"

哥，红绳子牵着你旁边那位就行了，别来牵我了成吗？

另一边，叶晚晚惊叹地"哇"了一声，然后就夸道："不愧是沉哥，果然好厉害。"

听起来真情实意也不像敷衍，声音脆生生的，还软。

颜沉微微弯起唇，看起来心情不错。

得到了她的夸奖，就仿佛受到了什么鼓舞，颜沉接下来硬生生把明世隐玩成了刺客，逮着对面的就杀。

那条绳子角度极其刁钻，总是能连到对面的输出位身上，每次都还专门等他们没闪现没位移的时候，一连到就等于判了死刑。

而叶晚晚的大小姐就负责在旁边打酱油，偶尔补上几枪。

【是我的错觉吗，这两人是不是位置反了？】

【AD 成辅助，辅助成输出？】

【这不是我认识的核心装备明世隐……】

5V5 的对战很快结束，后面的几把都是叶晚晚他们这队赢了，她的战绩还算不错，除了颜沉一直在保护她，她发现那个荔荔对她也挺照顾的，经常为了救她牺牲，还让她先走。

虽然叶晚晚总觉得有哪里不太对。

5V5 结束还有 1V1，叶晚晚没参加，不过颜沉倒是被好多人挑战了，但是一个能打的都没有。

看着李子文被颜沉在游戏中血虐，叶晚晚捂住眼，不忍心再看下去了。

"Chen 神，下手不用这么狠吧。"李子文下场时，脸上简直是大写的郁闷。他知道自己肯定打不过颜沉，但没想到差距会这么大，而且还被虐得那么惨，总觉得有些丢人。

颜沉看他一眼，淡淡地说："是你开场说不用手下留情的。"

李子文摸了摸鼻子："好吧，我其实就那么随口一说……"

颜沉望着李子文，眼眸黑漆漆的，让人看着有些发寒，他故意说："虽然我还是留了点儿情。"

李子文："……"

第五章
灰姑娘水晶鞋

LIANLIAN
WANFENG CHEN

活动结束后已经很晚了，夜色渐浓，缀着明亮的星星。

这次活动的负责人还为他们准备了晚餐，订的是御园的包厢。

一行人都有些诧异，只有周宇星拿胳膊捅了捅颜沉，贴着他耳边问："欸，沉哥，你说他们这是不是打定主意要讨好你啊？"

颜沉的目光却落在不远处的少女身上，闻言也不甚在意："谁知道呢。"

像这种饭局上不喝酒是不可能的，绿江 TV 的几个管理人都在，酒过三巡，多少都有了些醉意。

叶晚晚喝得不多，但这酒度数高，她脑子发晕，借口去洗手间离了场。

水龙头的水哗啦啦地流着，她洗完手，想拿水拍一拍发烫的脸，可是想起自己还带着妆，只能作罢。

镜中的少女双颊酡红，眼神迷蒙，像是染着雾气。

"我没醉，嗯，没醉。"叶晚晚晃了两下脑袋，微眯起眼，视野终于清晰了一点。

意识是清醒的，就是大脑晕乎乎的，还有点疼。

回去时餐桌上还在说说笑笑，叶晚晚视线扫了一圈，落在那张俊美的脸上。

颜沉旁边有个管理人正在低着头和他说话，是个中年女人，笑得有点谄媚。

"啧。"叶晚晚撇了撇嘴，莫名有些不爽。

颜沉始终是一脸冷淡，拿着酒杯和她碰了碰，连敷衍的笑都没有。

室内的灯光很亮，打在他身上显得轮廓很立体，大概是感觉到了被注视，他侧头，和叶晚晚的视线撞上。

少女的眼神直勾勾的，盯着他，一动不动。

颜沉忽然笑了。

在门口盯了十多秒，叶晚晚忽然感到背部一阵推力，往前踉跄了一下，她扶着墙勉强站稳，忍着火回头："你干什么？"

凝凝毫不畏惧地迎着她的目光，语气比她还凶："你挡路了！"

看两人剑拔弩张的气势，旁边的荔荔开口劝道："晚姐你别生气，她喝多了，我们就是想进来，看你在门口站得太久想叫你让一下。"

叶晚晚蹙着眉毛，视线从凝凝那张通红的脸移到荔荔那儿，和荔荔对视了几秒，眼神渐渐明晰了几分，目光有些意味深长。

人家都这么说了，她自然也不好发火，拎着包向在座的人打了声招呼，直接就走了。

李子文起身追上去，想要送她。

走廊上，叶晚晚平静地看着李子文，脸很红，一双眼睛却很透彻，声音还有点冷："李子文，我不想再传一次绯闻了。"

李子文停住脚步，张了张嘴："不是，我……"

看着少女逐渐远去的背影，他有点颓地叹了口气，表情无奈又郁闷。

身后有脚步声响起，不重，但是很快。

李子文回过头，看见了颜沉那张冷漠的脸，本以为自己又将迎来一场擦肩而过，没想到颜沉竟然在他旁边停下了。

男人要比他高一点儿，此时微微垂着眼，明明也没做什么凶狠的表情，却让他感到了莫名的危险。

颜沉扫他一眼，好像带着某种警示的意味，声音是一贯的冷淡："我建议，你最好和她保持一定的距离。"

说完，也不等他回答，颜沉朝着叶晚晚离开的方向追上去，高大的身影很快在走廊消失。

李子文愣在原地，表情有些古怪："他什么意思？是我想的那样吗……"

他回到包厢时，脑子里还在想颜沉那句话。虽然说的话还算客气，但他听着怎么感觉那么像霸总的专用台词，让人听起来就是"离我女人远点儿"什么的。

"喂。"旁边有人拿手肘撞了撞他。

李子文回过神，侧头，周宇星脸上还戴着口罩，一边摘一边问："你看见沉哥了吗？"

他刚才去车上拿了耳机，前后不过五六分钟的时间，结果一回来就发现自家队长不见了。

李子文说："他走了。"

周宇星有点奇怪，颜沉走了没道理不和他说一声啊。他环顾了一圈包厢，又问："那叶晚晚呢？"

李子文："也走了……"

周宇星："噢。"

他丝毫不意外。

叶晚晚从包里摸出口罩给自己戴上，帽子也没忘，小心翼翼地避开路人的视线，晃晃悠悠地来到了停车场。

灯光很暗，她的头越来越晕，凭着记忆走到了先前停车的位置，扫了眼车牌，模模糊糊地看见了几个熟悉的数字。

"13……唔，没错。"

通知了小刘过来后，她钻进车里，这时候视野已经完全模糊了，又晕又困，她隐约感觉到有哪里不太一样，却没工夫细想，睡意很快吞噬了她的意识。

也不知道睡了多久，好像才眯了几分钟？

有点闷，还有点透不过气。

叶晚晚感觉到有人在碰自己，秀气的眉毛拧着，露出不太耐烦的表情。

"别碰我……"她语气很凶，嗓音却是软绵绵的，可能是因为喝多了酒，还有一丝撩人的沙哑。

脸上的口罩被人摘了下来，她一下子呼吸到更多的空气，刚才那点儿不耐烦也没有了，眉头舒展开来，脸蛋红扑扑的，表情变乖了不少。

隐隐感觉到有什么冰凉的东西碰到脸颊，那丝丝凉意让她身上的燥热缓解了不少，下意识想渴求更多，她往那边靠近了些。

"叶晚晚。"

她听见有人在喊她的名字。

低低沉沉的嗓音，磁性又迷人，好像比她喝的那些酒更醉人。

好熟悉啊。

叶晚晚迷迷糊糊地睁开眼，车里太暗，她什么也看不清，只能依稀看见旁边有个人影，连轮廓都很模糊。

"颜沉……"

但她还是认出他了。

她嗅到了混杂在浓浓酒气里的，微凉的薄荷味。

颜沉的手掌被她抓住，紧紧地贴在脸上，少女的脸颊滚烫，连带着他身上的温度都在升高。

叶晚晚的眼睛只睁开了一条缝，她仰起头，试图靠近他，想要看得更清楚一些。

头发上的皮圈不知道什么时候滑落的，乌黑的长发凌乱地披着，她揉了揉眼，眼眸睁大了一些。

男人俊美的容颜近在咫尺，连眼下的那颗泪痣都很清晰。

"颜沉。"她又喊了一遍他的名字，比起刚才那声呢喃，这回咬字清晰多了，但语调依旧甜软。

少女眨了几下眼，用全然不设防的眼神看着他，歪了歪脑袋："你怎么在这里呀？"

颜沉眼眸微眯，长长的睫毛覆盖下来，遮住了眼中的情绪。

他没说话，抬手为她整理凌乱的发丝，弄整齐后，他没忍住在她脑袋上揉了一把，一下子又乱了。

自己是智障吗？

颜沉挑了挑眉毛，却发现自己的心情出乎意料的好，想笑，也真的笑了出来，浅浅地勾起了嘴角，弧度并不大。

他们现在的距离有些近，是叶晚晚主动靠过来的，他没躲，也不想躲。

"颜沉，我觉得你应该多笑一笑。"叶晚晚盯着他的眼睛，那双漂亮的桃花眼隐匿在黑暗中，眼中的情绪看不真切，但她感觉应该是带着笑的。

因为他嘴角是翘着的，薄薄的唇，看着可真性感。

她好奇地伸出手，指尖在他的下唇上轻轻点了点，是柔软的，温热的触感。

有点想亲一亲，不知道会是什么感觉。

在叶晚晚准备把手收回去的时候，颜沉忽然抓住了她的手，掌心包裹着她的小手，他又往前靠近了一点儿。

近到鼻尖都快触碰到一起的距离，连对方的呼吸都能感受到的那种，叶晚晚却没有退开，而是看着他眨了眨眼。

颜沉垂眸看着她，眼底似乎燃烧着火焰，炽热的，像要把她吞噬。

"叶晚晚，你一点儿防狼意识都没有吗？"他学着她刚才的样子，伸出拇指触碰着她柔软的唇瓣，一边细细地摩挲着，又一边恶意地用指腹往下压了压。

"你知道你现在这个样子，正常的男人会想对你做什么吗？"

他的嗓音又低又哑，一连抛出两个问题，像是在问她，又像是在对自己说。

男人的喉结滚动着，他想亲下去，想就这么把她按在身下，脑海里有太多想法，让他的动作越来越粗鲁。

可他还在克制着自己。

叶晚晚觉得唇上传来了微微的疼，眉毛皱了皱，开始挣脱他的桎梏。

她瞪大了眼睛看着他，就在颜沉以为她可能是准备骂他的时候，少女却问出了一个他意想不到的问题。

"颜沉，你是不是喜欢我啊？"

心脏在这瞬间停止，半秒后恢复跳动，接着，越跳越快。

他看着少女萦绕着雾气的双眸，半晌，低低地笑了，承认道："是啊。"

喝醉了的叶晚晚脑回路比较奇特："那你也是我的粉丝喽？"

空气里的酒味浓烈，闻着都醉人，颜沉看着少女绯红的双颊，撩起她耳边一缕发丝，在指尖缠绕着，漫不经心地点头："嗯，我是。"

然后他听见，少女小心翼翼地问："那我可以……吗？"

中间那两个字被她念得极轻，可颜沉还是听见了，身体猛然一顿。

叶晚晚不太记得最后发生了什么，混乱无序的记忆里，只有颜沉那对漆黑的眼眸。

微微眯起的桃花眼，无声地看着她，里面蕴含了太多的情绪，浓郁的、炽烈的，也是压抑的。

他后来说了什么？

好像是说了可以，还说只有他可以，其他人都不行。

可是叶晚晚记不清自己问了他什么问题，她没办法细想下去，因为脑袋疼得快爆炸，让她有些崩溃。

她靠在颜沉的肩上，驾驶位上男人的侧脸看着面生，不是小刘，但她也没在意。

叶晚晚很快就沉沉地睡了过去，一觉醒来已经是第二天了，是在一间陌生的房子里。

灰白色的装修，风格有些熟悉。

深色的窗帘把屋外的阳光遮了个严实，屋子里很暗，叶晚晚慢悠悠地从床上爬起来。

按理说一觉醒来出现在陌生的地方，她应该感到惶恐或者害怕，可是她心里只有一点点茫然，其余的情绪都没有。

哦，还有该死的宿醉造成的头痛。

她拉开窗帘，刺眼的阳光一下子照射进来，她抬手遮了遮，微微眯起眼，看清了窗外的景物。

对面的那栋房子，看起来真是眼熟呢。

这下，她身处何地这个问题已经找到了答案。叶晚晚揉着太阳穴打开房门，站在门口恍惚了一会儿，才顺着楼梯慢慢下楼。

楼下大厅空荡荡的，没有人，叶晚晚并不意外，现在这个点还没到那群网瘾少年起床活动的时间。

她记得昨晚是颜沉送她回来的，但记忆只停留在车上。他低头看着她，额前的发丝半遮着眼，漂亮狭长的桃花眼，眼角微挑，看上去冷漠又多情。

眼底的情绪深沉，像是藏在浓雾下，翻涌的海浪。

他的眼神，他的面容，他身上的味道，他掌心的温度，他唇瓣的柔软，他低低的笑声……

昨晚的记忆逐一在脑海里闪过，模糊的片段画面里，只有他是清晰的。

叶晚晚越回想，脸就越红，这会儿脸烧得都快炸开了。

记忆停留在最后一幕，她听见自己的嗓音，带着期待，又小心翼翼地问他那个问题。

叶晚晚要崩溃了，当即就拉开大门直接一口气冲了回去，输入密码后反手"啪"地关上门，背靠着门板，轻舒一口气。

身体贴着门板慢慢滑下，最后坐在地上，脑子还是蒙的。

地板是大理石的，有点凉，她很快就从地上爬起来，脚底的触感还是冰的。

叶晚晚低头，看着自己白嫩赤裸的脚丫子，沉默两秒，低低骂了一句。

颜沉醒来时已经是中午了，旁边的周宇星还睡得很沉，他从床上翻身下来，动作很轻，走到自己的房间门口，房门是虚掩着的，看来她已经走了。

打开门，窗帘被拉开了，强烈的光线有些刺眼，他眯起眼，看见了被睡得皱巴巴的床铺。

颜沉走过去，掌心按在柔软的被褥上，上面似乎还残留着她的温度，以及混杂在酒气里的一点儿奶香。

他记得昨天晚上，少女睁着一双乌溜溜的大眼睛望着他，整张脸看起来纯洁又无害，问出的话却那么刺激，让他大脑里的某根弦差点断开。

抬手捏住少女的下巴，他嗓音低缓："你想怎么来？嗯？"

面前的少女露出茫然又苦恼的表情，像是在思考，秀气的鼻子皱了皱，无意识地舔了舔唇，嫣红的唇瓣立马沾上一层水光，又清纯又艳丽。

"怎么样都可以吗？"叶晚晚看着他有点紧张地问。

他嘴角微勾，笑容带了一丝暧昧，俯在她耳边低语："只要你想的话。"

"唔……"叶晚晚眨了眨眼，大概是真的喝多了，也没听清他说了什么，困意很快袭来，嘟囔了几声后，就钻进他怀里睡了。

少女的睡姿意外的老实，乖乖靠在他身上，也不闹腾，呼吸均匀绵长，对他充满了信任。

颜沉摸了摸她的长发，垂着眸，眼神复杂又深沉。

良久，他叹了口气。

有一种强烈的负罪感在心里蔓延，像是乘人之危，可他也只有在她喝醉了的时候，才敢说出这样的话。

被压抑克制了太久的感情，终会有爆发的一天。

等到那时候，她会不会害怕？

黑沉沉的夜里，男人的脸色有些沉郁。

周宇星从床上爬起来，揉了揉僵硬的肩膀，昨晚和大哥一起睡，他几乎整晚都没怎么敢动，就怕人一个不高兴把他扔下床。

但这明明是他的床啊！

周小弟觉得自己真是太怂了，可他就是怕颜沉，从小就怕。

昨天他回去的时候别提多惨了，自家队长走了不叫他就算了，连车和司机都不留下！

周宇星无可恋地站在停车场里，和被对面邻居抛下的司机小刘面面相觑，最后还是小刘看他可怜把他送了回来。

一下楼，他就听见上官的大嗓门在喊："我们基地怎么会出现高跟鞋了？你们谁脱单了，哪条狗昨晚带女人回来了？"

颜沉眯起眼，凉凉的视线扫过去："你说什么？"

上官脑袋比较迟钝，完全没有感知到危险，还听话地重复了一遍："我说哪条……"

作为知情人士，周宇星三步并作两步飞快地奔向那个大喇叭，一手捂上他的嘴，直接从颜沉面前拖走。

"沉哥别生气哈，我把这逆子带下去狠狠教育一顿。"

颜沉微微昂首，看着两个队友消失在大厅，他走到玄关处，若有所思地盯着那双高跟鞋。

叶晚晚在家里洗了个澡，把身上那股酒味冲干净后，坐在化妆台前一边擦头发一边发呆。

楼下的门铃声忽然响了起来，叶晚晚手上的动作一顿，她吃痛地"嘶"了一声，一不小心扯了几根头发下来。

她其实大概猜得到来人是谁，又是因为什么。只是一想到昨晚的事情，特别是男人那对漆黑的桃花眼，她脸上的温度腾地就升高了。

她莫名有点心虚，有种想要逃避的冲动。

"怕什么？我不就是说说而已嘛，又不是真的做了。"叶晚晚深呼吸一口气，抬眸看向窗外，起身，猫着腰，踮着脚偷偷摸摸地跑到阳台上。

她躲在花盆后面，悄悄探出半个脑袋。

门口果然站着一道熟悉的身影，男人穿着深灰色的上衣，领口很宽，从她这个角度看过去能看见精致性感的锁骨，再往上是微微凸起的喉结，以及好看的侧颜。

也许是她的目光太过炽热，门口的男人似乎有所察觉，抬起头，那对令她记忆深刻的眼眸就直直地望了过来。

视线相对的那一瞬间，叶晚晚怔在原地，连躲藏都忘了。

对视了不知道有多久，颜沉微微挑起眉，好整以暇地看着她，眼神淡淡的，带着点似笑非笑的感觉。

"叶晚晚。"他开了口，语气和他的神色一样，悠闲自若，"还不来给我开门？"

花盆后面的脑袋瞬间缩了回去。

磨蹭了大概有三四分钟，她才不怎么情愿地打开门，眼神躲躲闪闪，没敢和男人对上。

颜沉凝眸看着眼前的少女，身上是一件白色睡裙，有荷叶边的装饰，细细的肩带松松垮垮地搭在她的肩上，看上去可爱又性感。

身后的长发微湿，他知道叶晚晚不喜欢用吹风机，只是把头发擦到半干不再滴水的状态。

几缕几缕地贴在她纤细的手臂上，乌发衬得皮肤白到发光。

"你来干什么呀？"叶晚晚还是没敢抬头，双手绞在背后，余光无意间瞥到他手上的鞋子，明知故问。

没想到男人往前靠近一步，身体微微前倾，低沉缓慢的语调仿佛把她带回了昨晚："来找你负责。"

叶晚晚的脸一下子就红透了，轻轻"啊"了一声，才想起来解释："我、我昨晚那是喝醉了，胡言乱语开玩笑的。"

"我也是开玩笑的。"颜沉勾起嘴角，看着她害羞紧张的样子，没再继续逗她。

他重新站直身体，右手胳膊抬起，修长的手指拎着一双漂亮的高跟鞋，鞋尖上镶嵌的钻石在阳光下闪闪发光，折射出令人眩晕的光芒，就像他的眼眸。

"灰姑娘，你的水晶鞋忘了。"

叶晚晚坐在沙发上，表情呆呆地看着墙纸，还有点没回过神来。

颜沉在说那句话时的嘴角是扬着的，眼中也带着笑，轻轻浅浅的并不明显，却足以撩拨得她心绪缭乱。

他送回鞋子后就走了，只留下叶晚晚一个人在原地一颗少女心扑通扑通地乱跳。

灰姑娘……水晶鞋……

这是个耳熟能详的童话故事，灰姑娘仙度瑞拉在舞会上丢了一只水晶鞋，最后王子凭借着这只水晶鞋找到了那个他命中注定的女孩儿，水晶鞋成了他们爱情的见证，也是王子向仙度瑞拉求婚的信物。

所、所、所、所……所以，他这句话的意思，该不会……

叶晚晚双手捂住脸，红色从她的脸颊开始蔓延，很快，连颈部那一片白皙的肌肤也染上了淡淡的粉色。

呜，要死了，好热啊。

明明都开了空调，明明已经调到了最低温度。

她感觉自己脸颊烫得可怕，虽然知道这一切只不过是自己的脑补，但还是羞得浑身发热，几乎要冒烟了。

微凉的手掌都被捂热，叶晚晚从沙发上跳下来，光着脚冲进了浴室，打开水龙头双手捧着水就往脸上扑，反反复复不知道多少次以后，她才感觉到温度终于降了下来。

水滴顺着少女脸部的轮廓往下，滑落进衣襟，胸口有一大片布料被水打湿，湿漉漉地贴在她的身上。

叶晚晚却好像毫无察觉，愣愣地看着镜子里的自己。

心跳已经恢复了正常，一下又一下地跳动着，清晰的、有力的。

在这一刹那，心里闪过一个想法，有什么模糊不清的东西渐渐变得明晰了起来。

叶晚晚换了身衣服，随手拿起手机开始刷微博。

本来只是想随便看看，分散一下自己的注意力，没想到还真被她发现了"有趣"的东西。

昨天的表演只能算一个小型活动，但话题量却非同一般，直播平台的观看人数突破百万，现在还有不少人在各大论坛上聊着这件事。

其中，她被多次点名。

本来以她的人气，讨论度高也没什么问题，但关键是这些话题全是负面的。

喷她菜的她也就认了，这莫名其妙"叶晚晚耍大牌"又是什么鬼？

叶晚晚靠在沙发上，脚尖在地面上一点一点的，眉毛微微挑起，点进了相关的话题。

【喜欢吃荔枝：讲道理，叶晚晚这样有点过分了吧？［视频］】

视频就是他们昨天的游戏剪辑，长达十分钟，全是叶晚晚操作着英雄人物拿下人头，以及她残血逃生的画面。

除了她，还有荔荔的英雄人物也在视频里。

叶晚晚第一眼还没觉得哪里不对，直到点开评论才反应过来。

【真的心疼荔荔，人气没人家高，连个人头都不能拿。】

【算下来也抢了十多个了吧，明明自己玩得菜，还非要人家让人头，不就是仗着自己名气大，欺负我们家荔荔吗？】

【别乱说可以吗，我们家晚晚都是凭本事杀的人，凭啥说她抢人头？】

【是，她没抢人头，没看见那都是荔荔故意让的吗？明明有技能却捏着不放，把人头全部给了叶晚晚，打野的时候buff资源也都给她，凭什么啊？就凭她是大明星？关键是她还那么菜，给她有什么用？？？】

【那也是人家自愿给的，关我们晚晚什么事？】

【抢人头不说，荔荔救了她那么多次，她倒好，每次遇见危险就直接走，都不会留下来帮一下吗？有好多次她哪怕回头放个技能也好，荔荔都不会死。】

【一个娱乐表演赛你们吵成这样，真是醉了。】

【真的替我们荔荔委屈，人家也就一刚上大学的小姑娘，平时直播赚赚零花钱，和叶晚晚那种大明星没得比。本来开开心心地来参加个活动，还得被压迫，连个游戏都不能好好打。】

【路人粉转黑了，本来还挺喜欢叶晚晚的，但这次真的挺失望的。】

叶晚晚一条条看下去，觉得好像打开了新世界的大门，原来打个游戏竟然也能有这么多弯弯绕绕钩心斗角。

"我最近是不是太佛系了，竟然掉进一个小丫头片子挖的坑里了？"叶晚晚托着下巴，开始认真思考是不是该给自己接一部宫斗剧锻炼一下，现在可是连一个十八九岁的姑娘心思都比她深了，她以后还怎么混？

叶晚晚当然不觉得荔荔是无意的，比起巧合，她更相信这是故意的。

看这视频剪辑得这么快，再联系到荔荔在游戏里的那番举动，怕是一场早有预谋的计划。

至于目的嘛，大概就是蹭热度了，也可能刚好看她不爽，顺便再泼点儿脏水。

这件事对叶晚晚的影响不算大，也没有闹出粉丝脱粉的现象，只是让一些路人对她的好感变差。

而荔荔倒是得偿所愿，猛增了不少粉丝。

她们俩都没有出面解释这件事，网友们把荔荔的沉默当作了默认，把叶晚晚的当成了心虚。

这件事解释不清，叶晚晚要是出面还会白送人家一波热度，不划算。

她想着反正她们以后也不会有什么交集，也就没在意了。

某个工作日，上午。

叶晚晚坐在车内昏昏欲睡，脸上没带妆，她被关姐的夺命连环 call 从床上叫醒，不情不愿地从床上爬起来，被舒心连拖带拽地带来公司。

星光娱乐的办公大楼就在市中心，繁华的街道立着一栋雄伟建筑，广告牌上挂着一张巨大的写真照片，那是现下最火的影帝叶覆冰，街上车来人往，只要一抬头，就可以看见叶影帝那张放大了无数倍的俊脸。

叶影帝和叶晚晚一个姓，两人当然也有着不为人知的亲情关系。

车子停进公司的地下车库，叶晚晚和舒心进了电梯，因为叶大小姐的起床气严重，舒小助理不敢招惹她，两人一路无言，封闭空间里的气压有点低。

电梯在一楼停住，电梯门缓缓打开，迎面进来一个穿着时尚的少女。黑色的背心小吊带、牛仔短裤，标准的网红脸，漂亮是漂亮，却没什么辨识度。

叶晚晚眯了眯眼，"啊"了一声，感觉有点眼熟。

"晚姐，这么巧。"少女朝她微微倾了倾身子以示礼貌，笑得一脸无害。

叶晚晚想起来了，也朝她笑了一下："是你啊，好巧哦。"

少女不是别人，正是她本以为以后都不会再有交集的荔荔。

舒心往角落里缩了缩，总觉得四周的气压好像在荔荔进来后变得更低了些。

前几天网络上闹的事她当然也知道，本以为这两人见面应该是剑拔弩张的气氛，结果双方都客客气气的。

不，也不能这么说，客气的只有荔荔，叶晚晚则是纯粹的敷衍。

荔荔在七楼就下了，电梯门再度关上。叶晚晚只是轻飘飘地扫了她一眼，然后就捂着嘴打了个哈欠，看起来并不怎么在乎。

舒心终于能皱起眉毛，问道："这个荔荔为什么会在这儿啊？"

叶晚晚懒洋洋地说："还能为什么，跟公司签约了呗。"

舒心不明白："她不就是个人气稍微高点的网红女主播嘛，咱们星光签人的条件什么时候放得这么低了？"

叶晚晚又打了个哈欠，连嗓音都带着困意："啊，谁知道呢。"

电梯到了二十五楼，叶晚晚抬脚走了出去，舒心紧随其后，先后进了一间宽敞明亮的办公室。

进来时关姐正端着一杯咖啡在喝，听见门口的动静后，抬眸看了眼她们，声音很平静："来啦。"

叶晚晚"嗯"了一声，一进来就直奔沙发而去，眼睛一闭倒头就要睡。

"别睡，别睡。"舒心扶着她肩膀晃了几下，看这架势不把她晃到睁开眼誓不罢休。

叶晚晚被舒心摇得头晕，上身歪来歪去，像是迎着风摆动的小树苗。

"没睡没睡……"她赶紧出声，黑眸勉强睁开了一点，眼底还泛着水汽，"快饶了我吧。"

舒心终于放开了自己的魔爪，叶晚晚拿了个抱枕过来抱着，下巴压在抱枕上方，眯着眼看着桌面上的合同。

"笔。"

舒心立马给她递上一支签字笔。

叶晚晚也没看合同内容，唰唰唰地在底下签上了自己的大名。

"你说你要是前几天肯抽空跑一趟，我何必在今天大早上把你叫过来。"关姐走过来把她签完字的合同抽走，没走两步，又回头看了看这个眼皮子马上又要阖上的少女。

她无奈失笑道："要是特别困就先在这里睡一会儿吧。覆冰现在在开会，等开完估计你差不多也醒了，刚好中午还能一起吃个饭。"

"我才不要和他一起吃饭呢……"叶晚晚嘟囔一声，把脚上的鞋子踢掉，直接就躺在沙发上了。

她昨晚打游戏到半夜，又大早上的被叫过来，困得不行，现在根本不想动弹一下，就想舒舒服服地睡上一觉。

"退下吧小舒子，朕要就寝了。"

"遵命。"舒心很配合地应了声，临走前还帮她把办公室的窗帘拉上，空间一下子暗了下来，提供了良好的睡眠环境。

叶晚晚很快就陷入了梦乡。

这一次的梦境有些奇怪，富丽堂皇的城堡，纷繁华丽的礼服，还有漂亮精致的南瓜车和水晶鞋……

一觉醒来，她瞄见旁边的单人沙发坐着一个男人，看轮廓有些熟悉，她睡得迷糊，下意识地喊了声："颜沉……"

"嗯？"男人慵懒的嗓音响起。

不是颜沉的声音。

叶晚晚一下子清醒了过来，一个激灵坐起身紧张地望向来人，眼神满是戒备。

男人的五官英俊深邃，这会儿懒洋洋地靠在沙发上，单手支着下巴，腿上放了一本杂志，他随意地翻阅着。

注意到少女的动作后，他闲闲地抬起眸，浅色的眼瞳在昏暗的室内依旧明亮。

"叶覆冰！"

叶晚晚在看清男人的脸后松了口气，一下子卸下了防备。

"叫哥哥。"叶覆冰纠正她。

"我不，你刚才吓了我一跳。"她瞪着他，表情气鼓鼓的。

叶覆冰没有说话，"啪"的一声合上杂志，支着下巴的手往上移了些，改为撑着侧脸，他斜着脑袋看向沙发上的少女，视线在她身上来回扫了一下，表情有点似笑非笑。

叶晚晚瞬间又露出防备的表情："你想干吗？"

叶覆冰问："你刚才在喊谁的名字？"

叶晚晚磕磕绊绊地说："没、没有啊，你听错了吧。"

叶覆冰的瞳色很淡，浅浅的琉璃色，像是能看透人心。这会儿，他直勾勾地盯着她，让叶晚晚总有那么一点儿心虚，强撑了几秒后，最后还是败下阵来。

叶晚晚不自然地避开了他的视线，脑海里那奇怪荒诞的梦境还历历在目，俊美的男人穿着王子服饰，单膝跪地，修长的手握着她的脚踝，为她穿上水晶鞋……

啊，脸要烧起来了。

叶覆冰瞥了眼少女通红的脸，一下子就猜到了："男朋友？还是喜欢的人？"

"才不是……"否认过后，叶晚晚的声音逐渐小了下去，一声"嗯"简直微不可闻。

叶覆冰来了点儿兴趣："谁啊，什么时候让我见一下未来妹夫呗？"

叶覆冰和叶晚晚虽然有血缘关系，但不是亲生兄妹，叶晚晚的父亲是他的叔叔，他只是叶晚晚的堂兄。

两个人相差四岁，也算是从小一起长大，关系一直很好，这会儿妹妹有了喜欢的人，他这个当哥哥的还是该为她把把关。

叶晚晚瞪他一眼，明明脸红得不像话，却还是强装镇定："什么妹夫，你不要乱说。"

对于自家妹妹的五毛钱演技，叶覆冰非常不给面子地笑出了声，不过他也知道女孩子脸皮薄，容易害羞，于是配合地说："哦，那就没有吧。"

他看了看手腕的表，十二点刚过几分，正好是午饭时间。

"既然醒了就走吧，哥哥带你去吃饭。"

叶晚晚的表情很是抗拒："我拒绝，我打死也不和你一起出去吃饭。"

叶覆冰挑了挑眉："为什么？"

闻言，叶晚晚也不知是想起了什么糟糕的回忆，整张脸都皱巴着，语气完全是崩溃的："跟你出去不管去哪儿都会被拍，我不想再和你传绯闻啦，'骨科'一点儿都不萌！"

听见"骨科"两个字，叶覆冰"噗"的一声笑了出来，眉眼一弯，琉璃色的眼瞳霎时布满笑意。

这对于万千少女来说堪称是绝杀的笑容，落入叶晚晚眼里就像是嘲笑一般，她愤怒地砸了一个抱枕过去以表示自己的不满。

叶覆冰侧头避了一下，伸手接住那个飞来的抱枕，顺势抱在手中，微微挑起的眉梢满是笑意："你这么凶是没有男孩子会喜欢的。"

叶晚晚下意识就想反驳，怼人的话都到了嘴边了，却还是被她咽了回去，只能用一双大眼睛凶巴巴地干瞪着，又憋屈又愤怒。

叶覆冰也饶有兴致地看着她。

两人视线相对持续了大概十来秒，直到一道"咕咕咕"的声音响起。

叶晚晚收起凶狠的眼神，委屈巴巴地捂着肚子。

"哈哈哈哈哈哈哈……"

叶覆冰笑得前仰后合，一点儿男神形象都没有，笑了老半天，看着自家妹妹郁闷又委屈的表情，笑声终于收敛了一点儿："那什么，走吧，带你去吃风阁？"

风阁是一家湘菜餐厅，叶晚晚一直很喜欢吃。

只是没想到听到这句话，叶晚晚的表情反而更加绝望了，想起当年和叶覆冰一起去风阁被偷拍挂上新闻头条的经历，她呜咽道："呜呜呜……我不要去，哥，求你放过我吧，我真是怕了你那群女友粉了，我还想活命，我还这么年轻，我连恋爱都还没谈过……"

叶覆冰："……"

最后两个人的午饭是叫了外卖，助理都不在，他们只能亲力亲为下去拿。

石头剪刀布输给了叶覆冰后，对上男人得意的眼神，叶晚晚哼了一声，也没耍赖，拿起手机就出去了。

电梯缓缓下降，在十九楼时停了一下。

叶晚晚本来没有在意，但是看着迎面走来的人，嘴角还是不受控制地抽了一下。就这一个上午的工夫，她竟然碰见了荔荔两次，还都是在电梯里！

荔荔的旁边还站着一个中年男人，穿着西装打着领带，是个地中海。

"地中海"的手还搂在旁边少女纤细的腰上，似乎没想到电梯里会有人，愣了一下，连忙把手放下。

"地中海"打了个招呼："叶小姐。"

叶晚晚朝他笑了一下算是回应，然后看向旁边脸色阴翳的荔荔，嘴角的弧度扬得更大了："呀，又见面了，真巧呢。"

荔荔这回的笑容不像早上那么温和，脸部的肌肉略有些僵硬。

某些事在娱乐圈是很普遍的现象，虽然大家心知肚明，但这么当面被撞见还是很尴尬的。

哪怕他们现在没做什么逾越的举动，只是年轻漂亮的女大学生和公司的中年高管站在一起，大部分人都不会往好的方面去想。

荔荔暗暗捏紧拳头，心中闪过懊恼，她刚才就不该答应他上来。

叶晚晚的反应倒是很平静，只是打了个招呼后就自顾自地看手机去了。

少女靠在角落，黑发随便绑了个低马尾，随着低头的动作，耳侧有几缕碎发垂下，微微遮住了那张精致的面容。

叶晚晚今天只穿了件宽松的 T 恤，遮住了玲珑的曲线，但那双露在外面的大长腿还是非常吸睛，又白又直，简直就是网友们口中的"腿玩年本腿"。

荔荔下意识地看了眼"地中海"，她知道这人是个腿控，按正常情况来看他这会应该直勾勾地盯着叶晚晚的大腿看……

可是他没有，不仅没有，他甚至都没去看叶晚晚一眼。

这就奇怪了。

虽然荔荔不愿承认，但叶晚晚长得确实非常漂亮，身材也好，正常的男人没道理不盯着她看。

"地中海"这样可能的原因是他不敢看，或他看腻了。

荔荔狐疑地在他们之间来回打量了一番，看起来也都挺正常的，没什么不对劲的地方。不过在这两种可能性中，她还是比较倾向第二种。

毕竟叶晚晚虽然人气很高，但也算不上什么大咖，公司的高管没道理会怕她。

电梯到了一楼，"地中海"没动，荔荔看他没走也不敢先走。

叶晚晚收起手机淡淡瞥了他们一眼，径直走了出去。

饭后，叶覆冰说要送叶晚晚回去，后者誓死不从。

叶晚晚想起他那辆骚气十足的超跑，这车一开出去，指不定被围观成什么样，到时候网上又得冒出一堆帖子。

叶覆冰那群女友粉的战斗力让她至今难忘，她恨不得离这人十万八千米远。

叶晚晚端起桌上的红茶喝了一口，略涩的口感让她眉毛微微蹙了一下。少女面不改色地放下茶杯，小脸绷着，尽量让自己的表情看上去很严肃："叶覆冰，我们公开关系吧！"

叶覆冰嘴里的一口茶水直接喷了出来。

虽然知道她的意思是公开兄妹关系，但这番话听起来怎么就那么有歧义呢。

不等叶覆冰擦完嘴说话，叶晚晚就已经自己把这个方案 pass 了："不行不行，这没公开都有一些'骨科'党了，公开那还得了？"

之前他们就传过绯闻，有小部分粉丝还给他俩写了篇小说，因为都姓叶，还误打误撞给他们设定成兄妹，来了一场轰轰烈烈的禁忌之恋。

当时把叶大小姐气得啊，差点没一个电话给自己亲爹打过去说要改个姓。

而且除此之外，也会有粉丝喷她是蹭热度，想了想还是就维持现状吧。

不过叶覆冰今天倒是没开他那辆风骚的超跑，叶晚晚也就没拒绝他要送自己的好意了。

车子慢悠悠地驶到门口，叶晚晚下了车，打了个招呼就要走。

叶覆冰喊住她："臭丫头，都不请哥哥进去坐一坐吗？"

那声称呼让叶覆冰遭到了一个快要翻上天的白眼，不过叶覆冰也没在意，死皮赖脸地跟在自家妹妹后面进去了。

说是坐一坐，叶晚晚还真的只让叶覆冰坐一坐而已，坐完马上就要赶人。

叶覆冰懒洋洋地躺在沙发上，侧着身，狭长的眼微微眯起，嗓音放低，带着魅惑："妹妹，别这么绝情嘛。"

叶晚晚可不吃他这套，一脸嫌弃地把削好的苹果塞他嘴里："闭嘴吧你，吃完赶紧滚蛋。你这种色诱的招数还是拿去勾引那些迷妹吧，对我可没用。"

叶覆冰大口地咬着苹果，也回了她一个嫌弃的眼神："你还是这么没眼光。"翻了个身，他忽然想起什么，啧啧道，"就你这审美，喜欢的人也不知道会是什么样的歪瓜裂枣。"

叶晚晚举起水果刀，眼底映着刀片反射的寒光，少女面无表情地问："你说什么？"

叶覆冰举手投降："我错了仙女妹妹。"

叶晚晚这才放下刀，双腿盘坐在米白色的长绒地毯上，单手支着脑袋，一边啃着苹果一边盯着沙发上的男人看。

看了半天，叶晚晚犹犹豫豫地开了口："问你件事哈。"

叶覆冰："你问。"

叶晚晚往他那边挪了挪，仰着头，水汪汪的大眼睛眨巴眨巴的："哥啊，你会干那啥粉丝的事了？"

叶覆冰："？？？"

叶覆冰活了二十六年，也算是经历过不少小风小浪、见识过世面的人了，但这还是第一次遇到有人当着他的面，问他这种问题。

关键是问问题的人还问得一脸认真神情严肃，脸上半点儿开玩笑的影子都没。

叶覆冰有点艰难地把果肉咽下，错愕地看着自家妹妹："你干了？哎，不对啊，你拿什么干啊？"

叶晚晚没理会他后面那句话，膝盖屈起，双手捧着脸开始思考这件事到底可不可行……

　　颜沉那晚承认了他是自己的粉丝，虽然回忆起来总觉得好像哪里不太对。

　　但是这两个月来，颜沉的确对她很照顾，而且也不知道是不是女生总是比较敏感，她隐隐能感觉到自己对他好像是有那么一点儿特殊的……

　　就不知道是不是错觉了。

　　"叶晚晚，你实话跟我说。"叶覆冰收敛起懒洋洋的样子，难得认真地看着她，"你是不是喜欢上哪个小粉丝了？"

　　叶晚晚："……"

　　叶覆冰轻笑一声："我还不了解你？不就是自己不好意思追人家，想从我这儿听听有什么意见嘛。"

　　临走前，叶覆冰特别好心地教了叶晚晚几个追男生的小技巧，并且以人品担保绝对有效。

　　对此，叶晚晚一脸冷漠："呵呵，我需要吗？"

　　叶覆冰："你会需要的，相信我。"

　　叶覆冰走了后叶晚晚就上了二楼，走到阳台时刚好看见某辆车子绝尘而去的背影，她暗暗翻了个白眼，准备在秋千上坐下时，忽然有一种被注视着的感觉。

　　她抬眸看向对面，正好撞进一道幽深的黑眸里。

　　颜沉习惯性地倚着窗框，手指间夹着一根烟，烟雾缭绕中，叶晚晚隐约能看见他微微眯起的桃花眼。

　　长而浓密的睫毛垂着，眼神很淡，但在这层冷淡下面又似乎藏着点别的。

　　好像心情很差的样子？

　　叶晚晚盯着他看了半天，本想抬手打个招呼的，男人却叼着烟转身走了，还顺手把窗帘拉上。

　　叶晚晚："？？？？"

第六章
游戏恋人关系

LIANLIAN
WANFENG CHEN ♥

"队长，这大白天的你拉窗帘干什么？"

颜沉把烟熄灭，只抽了半根不到的烟被他扔进垃圾桶里，没理会队友们的问话，抬脚往训练室外面走，出门时顺手给他们开了灯。

留下一屋子莫名其妙的人。

"沉哥他今天这是怎么了？"

"一个小时前就这样了，看上去像吃炸药了，还是个哑弹。"

"你们有没有发现队长最近很奇怪啊，老喜欢站在窗户边，我寻思着外面也没啥好看的啊？"

"这可不一定——"

周宇星一个跨步走到窗边，拉开窗帘的一个角，四个人四个头挨在一块往外看。

只见对面的小花园阳台上站了个少女，细白的胳膊趴在扶栏上，脑袋歪着，像是在思考什么。阳光洒在她乌黑的发上，折射出淡淡的金黄，漂亮得像一幅画。

窗帘又被他们悄悄地放下。

"看见没，叶晚晚，你说好不好看？"

"那肯定好看，老大的女神啊！"

"没想到咱们无所不能的沉哥，也会有为爱情所困扰的一天……"

颜沉站在洗手池前，关上水龙头后，双手撑在大理石的台面上，抬眸看着镜子里的映像。

他面部湿润，发梢还在滴水，略长的刘海打湿后盖过了眼睛，发丝扎进去，传来轻微的刺痛感。

脑海里还在回忆着一个小时前看见的那幕。

一辆银灰色的宾利缓缓停在对面门口，少女从副驾驶位上下来，紧跟着是一个高大英俊的男人。

　　他认得那个男人。

　　叶覆冰，以前和叶晚晚传过好几次绯闻，两人关系据说很好。

　　"都姓叶……"颜沉抬手捂住眼，冰凉的手掌覆盖在眼皮上，他缓了片刻，抽出几张纸巾开始擦拭脸上的水渍。

　　想知道很简单，他只要去问一问就好了。

　　放在台面上的手机屏幕已经是微信的对话界面，他只要输入几个字，发送过去，很快就能得到答案。

　　可是颜沉只是垂着眸，没有动。

　　答案的确很容易得到，却不一定是他想要的那个。

　　"咔哒"一声轻响，打火机燃起，烟还未点，一阵刺耳的铃声忽然在这寂静的空间响起，颜沉低头看过去，屏幕上显示有人发起了一个语音通话。

　　是叶晚晚。

　　他静静看了两秒，把烟从嘴里拿下，滑动屏幕接了。

　　叶晚晚趴在阳台上，看着对面被拉得紧紧的窗帘，不知怎么就想起了叶覆冰临走前和她说的撩汉技巧之一。

　　主动。

　　男人主动久了也会累，感情应该是相互的，女生不能总是那么被动。

　　所以，叶晚晚打算主动出击。

　　颜沉刚刚的样子看上去显然心情极为不佳，据叶覆冰说，在男人心情不好的时候如果能陪在他身边，开导他安慰他，那么离攻略他就进了一大步。

　　虽然对自家哥哥的人品持怀疑态度，但这番话听上去还是颇有道理的，于是叶晚晚果断地掏出手机。

　　响了两秒后就被接起。

　　电话那头静悄悄的，只有男人非常轻微的呼吸声。

　　手机贴在耳边，这呼吸就像是有实体一般，喷洒在她的耳朵上，瞬间染上绯红，少女软着声音开了口："颜沉……"

　　半天，那边才传来男人一声"嗯"。

　　叶晚晚忽然不知道该说什么了，直接说"我想见你"好像太直白了，她也说不出口，只能从别的话题插入，毕竟循序渐进也很重要。

　　"你刚刚……"

颜沉以为她问的是窗帘那事，顿了顿，开口就卖队友："刚才有人在脱衣服。"

叶晚晚愣了半天才反应过来他是在向自己解释，虽然不太明白为什么大老爷们儿的脱个衣服还要拉窗帘，可能他们觉得男孩子不仅要在外面保护好自己，在家里也要吧。

叶晚晚："那什么，我有点话想和你说。"

颜沉："刚好，我也有。"

叶晚晚一激动，差点没拿稳手机，这可是个好机会啊！

"那要不我们当面说？"

"好，你过来吧。"

叶晚晚刚想答应，又想起叶覆冰说的撩汉技巧之一。

独处。

叶晚晚试探性地问："要不然你过来吧？"

电话那头响起了"啪"的一声，像是有什么东西摔在地上。

"嗯？"叶晚晚有点疑惑。

颜沉蹲下身，伸手捡起那个打火机，冰凉的金属质感，他捏在手中把玩了片刻，忽然勾着唇笑了："好，我马上过去。"

叶晚晚几乎是以最快的速度给自己涂上口红，顺便换了身衣服。

这次不用叶覆冰的撩汉技巧她也知道，形象很重要，特别是在心仪的人面前，无论什么时候都需要美美的才行。

但眼下她也没时间精心打扮，随便从衣柜里拎了一条裙子出来，反正不管是什么款式，裙子肯定比她早上那身宽松 T 恤配牛仔裤更有魅力就对了。

是一条黑色的长裙，乍一看很保守，但实际内涵可多了。

胸前的小 V 领就不说了，裙摆从大腿右侧开衩，背后镂空，只有几条细细的带子连着，是一条可以把女性的身材优点展现得非常完美的裙子。

一时间，叶晚晚都不知道该哭还是该笑。

门铃声响了一遍又一遍，没办法，她只能提着裙摆下楼了。

颜沉站在门口，眼睑微微垂着，心情说不上是期待更多还是紧张更多。

这两个月来，基本上都是叶晚晚去他们基地找他，他没想她今天会主动邀请他过来。

雕刻着精致花雕的白漆大门被拉开一条缝隙，少女探了个头出来，看了他一眼，犹豫了一下才继续开门。

颜沉起先还觉得奇怪，但是一进门他就明白了。

少女一身低胸长裙，细细的带子交叉在她白皙纤细的脖颈上，系成漂亮的蝴蝶结。胸口露得不算多，但从他这个角度，还是能看见一道略深的沟壑。

腰肢纤细，被布料包裹着的身材凹凸有致，是和那张清纯脸蛋完全不符的火辣身材。

如果只是这样就算了。

随着少女转身的动作，裙摆翻起一道波浪，可以看见从黑色布料中透出的一团白色。修长的大腿暴露在他眼前，下一秒又被裙摆盖住。

这种要露不露的，比全部露在外面还要刺激人。

叶晚晚走到一半，发现男人还站在门口没动，不由得回头看向他。

接触到少女疑惑的视线，颜沉眯了眯眼，眸中似乎有什么东西在涌动，声音很低，好像还带着略微的沙哑："叶晚晚。"

"嗯？"

"找我什么事？"

"你……"叶晚晚本来想问他刚才是不是心情不好，但她换位思考了一下，自己心情不好的时候并不想被人这么问，于是到嘴的话又拐了个弯，"就想问问你，你觉得我这条裙子好看吗？"说完还顺势转了个圈。

裙摆翻起，白皙的大腿又露了出来。

如果说平时的叶晚晚像个天使，纯净无瑕，那么这会儿的她就是妖精，轻而易举地撩拨人心。

颜沉舔了舔微微发干的唇，目光沉沉地看着她，意味不明地"嗯"了一声。

不管是不是巧合，他都很庆幸，现在站在这里的人是他，而不是别人。

"新买的？"

叶晚晚其实已经想不起来是什么时候买的了，有点心虚地点头："啊对，前几天买的，一直没试。"

颜沉看了她一会儿，视线停顿在胸口，又挪开。

"不好看。"

叶晚晚："啊？"

颜沉重复了一遍："不好看，所以不要穿出去。"

他竟然说不好看！

叶女神脑袋里的某根弦"吧嗒"一声断开，也没注意他后面又说了什么，拎着裙摆跑到镜子前左照右照，摸着脸开始怀疑人生。

素颜能打，身材也 OK。

哪里不好看了？

就是裙子性感了点儿，可能是他不喜欢这种？

想起那天活动凝凝都露成那样来诱惑了，他还是半点儿反应都没有，别是个性冷淡吧？

叶晚晚悄悄拿余光扫了眼男人，有点担心如果在一起了，未来的幸福生活……

颜沉要是知道她心里在想什么十八禁的东西，肯定会用实际行动来告诉她，他有多热情。

然而眼下，他的目光落在客厅茶几上还未收走的两个水杯上，眉毛微拧，淡淡地问："刚才那个男人是谁？"

叶晚晚还在照镜子思考人生，顺口就答："我哥啊，怎么了？"

颜沉眉心舒展："没事。"

问题问完，气氛一下子又沉默了，叶晚晚终于舍得从镜子前离开，给他泡了一杯茶。

耳边又响起叶覆冰说的撩汉技巧之一。

话题。

两个人在一起一定要有共同话题才行，没话题也要强行找话题，或者制造话题。

叶晚晚想了想她和颜沉之间的共同话题，想来想去好像也只有游戏了。

于是，她掏出手机，晃了晃："来双排不？"

"……"

颜沉放下茶杯："来吧。"

颜沉其实有两部手机，一部是训练用的，也是专门打游戏的，一部是平时正常使用的。这次过来他带的是自己平常用的那部，而锁屏壁纸里的那位少女，此刻就坐在他旁边。

掏出手机，指纹解锁，屏幕亮起，直接进入了手机桌面。

没有暴露。

颜沉微微松了口气。

叶晚晚已经登上了游戏，没有立刻创建房间，而是先点进了好友关系，看着自己和颜沉那一千出头的亲密度，问了句：

"颜沉，你说我们要不要绑个亲密关系？"

《王者荣耀》的游戏里有分基友、死党、闺密、恋人四种关系，亲密度满一百就可以建立，达到一定数值后还会有图标。

颜沉对这个兴趣不大："随你。"

叶晚晚的手指在"恋人"上停顿了一下，最终还是忍痛滑过，选择了"闺密"。

颜沉挑了挑眉："这算什么，我是你男闺密吗？"

叶晚晚："不，我只是觉得那个蝴蝶结的图标好看。"

颜沉若有所指："爱心也好看。"

爱心是恋人关系的图标。

叶晚晚眨眼："是好看——"

一秒，两秒，三秒……

她鼓起勇气直接说："那我们就绑定恋人关系吧！"

颜沉动作微顿，听见那两个字心跳倏地漏了一拍，表面却还是风轻云淡："嗯，我用大号和你绑，小号就闺密吧。"

啊啊啊……他同意了！

他同意和自己成为恋人！

虽然只是游戏……

叶晚晚内心在尖叫，眼巴巴地盯着他，又有点迟疑："那你那些粉丝看见了误会了怎么办呀……"

颜沉："关系可以隐藏。"

既然都这么说了，叶晚晚也就没什么顾虑，成功地和颜沉大号绑上恋人关系后，她觉得自己离攻略男神又进了一步。

游戏里都是情侣了，现实里还会远吗？

她已经看到胜利的曙光就在眼前了！

和颜沉打了几局排位，最后又去他们基地蹭了顿饭，去之前还被逼着换了身衣服。

餐桌上，叶晚晚总觉得那几个小伙子看她的眼神有点怪，害得她心里毛毛的。

周宇星还好，其他几个基本是把目光粘她身上了。

只要叶晚晚一抬头，不管是往哪个方向看，总能看见一双直勾勾盯着自己的眼眸，视线灼热得让叶晚晚觉得自己下一秒就要被他们吃进肚子里。

不就是把你们的队长拐走了半个下午吗，至于这样……

大哥们，别看了，ballball（求求）你们别盯着我了，咱们能认真吃饭吗？

没人能听见她的心声，叶晚晚干脆全程闷头吃饭，筷子有一下没一下地戳着碗，一副心不在焉的样子。

颜沉挨个瞥了一眼他们，收到警告的视线后，其他人总算收敛了一些。

吃完一顿令人窒息的晚饭，叶晚晚婉拒了他们邀请她留下来的好意，回家洗了个澡，坐在秋千上刷着微博。

一看热搜，她的心就"咯噔"一跳。

#Chen 神的恋人#

叶晚晚知道颜沉是单身，虽然她没有直接问过，但平时听他队友聊天什么的也能听出个大概。

所以这个恋人，叶晚晚第一反应就是下午他们绑定的恋人关系。

回想一下当时的情况，颜沉好像只是说了关系可以隐藏，但是没说他已经设置了隐藏。

果然，叶晚晚一点进去，就看见了某张被转发了无数遍的截图。

《王者荣耀》的资料背景，亲密关系那栏，只见在清一色的蓝色符号里，突然冒出了一个粉色的。

一颗爱心图标，上面写着"恋人"。

ID 显示为：晚晚想上王者。

粉丝们都炸了。

电竞圈引起了一场小型地震。

其实一开始大部分人都是不相信的，因为颜沉的女友粉众多，经常会有人把自己的资料P上去，然后发出来玩，就跟追星粉丝把自己和"爱豆"P在一张结婚证上一个性质，娱乐罢了。

但是这一次不同，因为这一次是真的啊！不是P的！

是得到了 Chen 神官方认证的，货真价实的恋人啊！

颜沉的大号叫作"月落星沉"，整个电竞圈都知道，这不是什么秘密。也有不少人会加上空白字符跟他重名，但这种名字是没办法被直接搜索到的，而颜沉的原版却可以。

一开始不相信的人登入游戏一看，人家明明白白地就挂在那儿，这还有什么好说的？当然是去微博哭啊！

【我爆哭！这个女人是从哪里冒出来的小妖精啊啊啊，我沉哥竟然悄无

声息地就恋爱了吗？】

【一分钟之内，我要这个女人的所有资料！】

【我说，你们看她这个名字，有没有联想到谁……】

【叶晚晚？不会吧？】

【呜呜呜呜呜呜，我失恋了，姐妹们快过来一起抱头痛哭 QAQ】

【我去查了下她的资料，发现她的战绩基本上都是和一个乱码 ID 在双排，偶尔和 Chen 神打几局匹配，星神有时候也在。】

【她还和那个乱码绑了闺密关系，亲密度都一千了！和 Chen 也不过才一百出头……】

【Chen 神恋情曝光的第一天就被"绿"了？】

叶晚晚连忙一个电话给颜沉 call 过去，把微博上的爆炸消息告诉他。

"嗯，我看见了。"男人的声音听起来有点漫不经心，似乎还带着笑，"还看见他们说你'绿'我。"

叶晚晚有点无语："'绿'个鬼，你自己'绿'自己吗？"

颜沉这回是真的笑出声了。

轻笑声顺着手机传过来，就好像直接在耳边响起，荡开，低低的一声，就仿佛有电流窜过，浑身都酥麻了。

她能听见男人清晰的呼吸声，还有自己如擂鼓般的心跳声。

"那被误会了，怎么办？"他的嗓音染着笑。

"还能怎么办，谁让你忘记设置成隐藏了。"叶晚晚噘着嘴小声抱怨，"害得我的身份都快被网友们扒出来了。"

颜沉靠在窗边看着对面那个小花园，花团锦簇中的白色秋千上，少女穿着纯白的睡裙，脚尖点地，缓慢地荡着。

和下午截然不同的风格，从妖精变成了精灵。

"没事。"他说。

颜沉没有告诉她，其实自己是故意的。

良久的沉默。

温柔的夜色下，精灵忽然从秋千上起身，迈着轻盈的步伐走到扶栏边，风把她白色的裙摆吹得飘荡，长发飞舞着，静静地与他相望。

"颜沉。"精灵在呼唤他的名字。

颜沉拿着手机，对上她的目光，轻轻"嗯"了一声。

"颜沉……"

就仿佛被他蛊惑一般，叶晚晚一遍又一遍地喊着他的名字。

名字的主人不厌其烦地回应着她："嗯，我在。"

叶晚晚搭在扶栏上的手无意识地抓紧，她微微张了张嘴，似乎想说些什么。

夜空悬挂着的圆月明亮皎洁，月光洒落，光辉笼罩着小花园，衬得一切都朦朦胧胧，像是仙境。

而少女就站在仙境中，目光灼灼地看着他。

接触到她的视线，颜沉只觉得心跳好像漏了一拍，有什么枷锁正在松开，被压抑着的感情一点儿一点儿地渗出。

越来越多，从溪流汇成江河，再变成海洋。

也不知究竟是谁蛊惑了谁。

颜沉正要开口说话，少女却忽然抬起手，纤细的手指指向他，耳边是她软软的嗓音："颜沉，你后面……"

颜沉顺着她的动作疑惑回头，就看见身后有四颗毛茸茸的脑袋。

队友们眨巴着眼睛，无辜的样子看起来一点也不像在干什么偷窥偷听的事。

颜沉："……"

"那就先这样吧，晚安。"叶晚晚的声音从手机里传来。

挂完电话后，他淡淡瞥了这群人一眼，没说什么，回身在自己的座位上坐下。

双腿交叠，男人垂着头，捏着长方形的手机在腿上一下又一下地转着，黑眸半眯，看不出心情好坏。

队友们齐齐凑过来，你一句我一句地问：

"沉哥啊，你和叶女神这是在上演牛郎和织女吗？"

"人家是隔着条银河，你俩隔着条马路，需要我们给你搭个鹊桥不？"

"队长啊，你啥时候才能把嫂子拐回家呢？"

听见最后那句话，颜沉手中的动作一顿，抬眸看向说话的人，桃花眼一弯，勾着唇浅笑："快了。"

虽然颜沉后来还是把亲密关系设置成了不可查看，但这时显然为时已晚，网络上的讨论量丝毫不减。

粉丝们从一开始的震惊爆哭，到现在已经哭够了适应了，都在好奇那个叫"晚晚想上王者"的到底是不是叶晚晚。

【咕咕咕：前排提示两点：第一，Chen 神以前从来不转官博以外的微博，可是两个月前的那条视频里有叶晚晚，所以他转了。第二，颜沉以前从来不参加这种娱乐性的活动，可是前几天绿江 TV 举办的表演赛有叶晚晚，所以他去了。综上所述，你们自己掂量吧。】

【啊啊啊啊啊，我的妈，我的男神和女神竟然有一腿，本以为八竿子都打不着的人不仅同框出现了，而且好像还有糖吃！】

【一个是被打游戏耽误的大明星，一个是被演戏耽误的网瘾少女，天哪这是什么神仙 CP，我爱了！】

【我真的是服了有些粉丝了，别乱拉郎配可以？这世上叫晚晚的人那么多，怎么就一定是叶晚晚了？】

【也没有说是一定啊，只是可能性很大而已。除了叶晚晚，我实在想不到 Chen 神身边还有哪个叫晚晚的。】

【神级职业大佬 & 貌美小仙女，神仙 CP 了解一下？】

【拉郎配真烦，这么喜欢给人凑 CP 怎么不给你爹妈各凑一对去？有些人能不能圈地自萌，少出来碍眼。】

叶晚晚看到这里时顿了顿。

拉郎配？

哼，早晚有一天我会让你们知道这叫作——官配！

这件事在各大电竞相关的贴吧论坛上都屠版了，放眼望去全是讨论此晚晚到底是不是彼晚晚的。

叶晚晚微博底下也有一些人在问，有些不混电竞圈的粉丝挺蒙的，过去了解了一下后，纷纷震惊现在连打游戏的都长这么帅了吗？

专属的贴吧和超话被建了起来，少量的 CP 粉中竟然个个都深藏不露，才短短几天就已经产出了粮食。

一条名为《我等你光芒万丈》的视频迅速在网络上传遍，视频长达 4 分 53 秒，叶晚晚好奇地点开。

轻柔抒情的 BGM 响起，画面的开头是少年戴着耳机，垂眸打游戏的样子。

那时候的颜沉似乎还未满二十岁，五官比现在多了些稚气，也多了些年少轻狂。

也不知道这个博主是怎么找到多年前的比赛视频当作素材，而且画质竟然还挺清晰。

接着是叶晚晚穿着校服，抱着书行走在林荫道上。

这是她在当年大火的校园剧《我在夏天等你》里饰演的乔夏。

随着视频的进度条前进，他们的模样也渐渐长大，褪去了青涩，走向了成熟。

视频的最后是男人手捧着冠军奖杯，视线望向观众席，而镜头一转，是叶晚晚坐在观众席上，仰头看着舞台的画面。

她眼底闪着光，好像真的倒映着他的轮廓。

视频讲述了一个少年为了追逐电竞梦，努力拼搏多年最终实现梦想的故事。

而在他的背后，始终有一个女孩儿默默守候着、注视着，她陪着他长大，陪着他成熟，陪着他一步一步走到现在。他站在比赛台上光芒万丈，她坐在观众席上深情仰望。

最后的最后，响起了叶晚晚的声音，那是乔夏当时惹得无数人泪目的台词：

"等你实现了你的梦想，回来娶我好吗？"

少女的嗓音轻柔温婉，光听声音就能想象得到她说这话时弯起的眉眼，和眼底那抹期盼。

《我在夏天等你》那部剧是个悲剧，男女主最后没在一起，男主陆天实现了他的梦想，成了万众瞩目的歌星，却忘了和那个女孩儿的约定。

【呜呜呜呜呜呜，这么多年了听见夏夏那句话还是想哭。】

【这个博主真是神仙剪辑啊，从齐肩短发到及腰长发，等你光芒万丈，回来娶我好吗，这也太带感了吧！】

【啊啊啊啊啊，夏夏咱们不要陆天那个渣男了，这个哥哥跟你配一脸，请你们原地结婚！】

【我宣布，沉晚CP锁死了！呜呜呜先让我为这神仙爱情哭一会儿。】

叶晚晚本来还是带着好奇的心理打开了这个视频，结果循环播放几百遍，再也出不去了。

连正主都被感动得一塌糊涂，差点以为是真的，更何况是其他人。

她一个激动，就把视频发给了颜沉。

那边过了五分钟才回复。

Chen：好。

简简单单一个字，可叶晚晚想起视频里最后那句话，脸一下子就红透了。

——等你实现了你的梦想，回来娶我好吗？

恋恋晚风沉

——好。

怦、怦、怦、怦……心跳得好快。

好像是被摇晃过的香槟，盖子一下子喷出去，涌出的无数泡沫一层一层地漫延，流淌在她整个心房。

一颗心都快喝醉了。

叶晚晚蹲在床边，滚烫的脸蛋贴在微凉的被子上，翻来覆去，手中还握着手机，一行字打了又删。

想问他是什么意思，又有些害怕。

"算了。"叶晚晚把脸埋进被子里，嘟囔着，"还是下次找机会当面说吧。"

然而半个月过去了，这个机会叶晚晚始终没有找到。

这段时间叶晚晚的行程排得很满，结束了每天忙忙碌碌的工作后，已经没心思想这些儿女情长了。

其中她也有抽时间去找过叶覆冰，厚着脸皮去问他撩汉技巧还有哪些。

当时男人笑得那叫一个肆无忌惮，笑完了就抬手去揉她的头发，边揉边说："技巧有很多，不过要看适不适合你用。你先告诉我你们进行到哪一步了？"

叶晚晚硬是忍着没拍掉他的手，想了想，说："我和他游戏已经绑定恋人关系了！"

叶覆冰若有所思地盯着自家妹妹，想起前几天的微博热搜，浅色的眸子眨了眨："原来你喜欢颜沉啊。"

"你怎么知道？"叶晚晚先是震惊了一下，然后反应过来重点，"不对，你认识颜沉？"

叶覆冰勾起嘴角，故意逗她："是啊，还挺熟呢。"

叶晚晚："不可能，他那天还问我你是谁呢。"

叶覆冰挑起眉："哦，他那是吃醋了。"

叶晚晚眼睛一亮："真的？"

叶覆冰："十有八九。"

看他一脸高深莫测的样子，叶晚晚立马换上讨好的表情，拉着男人的袖子撒娇："哥，哥你快教教我，我现在该怎么做啊？"

叶覆冰懒洋洋地靠在沙发上，眼睛享受地眯了起来，对于自家妹妹难得的乖巧很是满意。

"乖，让哥哥帮你想想。"

其实他和颜沉说不上认识，仅仅只是互相打过照面。

那是去年的事了，KPL 的决赛现场历来会邀请明星进行表演，他就是在那时候见到的颜沉。

那时候刚好他和叶晚晚的绯闻传得满天飞。

《王者荣耀》这游戏叶覆冰也有玩，技术还不错，但是没怎么关注过职业比赛，就是当作平常的娱乐打着玩玩而已。

本来他对颜沉也没怎么放在心上，只觉得是个长得挺帅气，技术也挺牛的一小子。

但是因为后来发生的事，让叶覆冰对他留下了挺深的印象。

那时比赛还未开场，叶覆冰烟瘾犯了瞒着经纪人溜去了洗手间，进去时正好看见颜沉靠墙而站，一条腿微微屈着，嘴里衔着根烟。

男人低着头，额发微长，哪怕是在灰白色的烟雾缭绕中，叶覆冰还是一眼就望见了那双深邃的眼瞳。

漆黑的，冰凉的。

还带着点儿敌意。

叶覆冰挑着眉笑了，也叼着一根烟，走过去问："兄弟，借个火？"

颜沉抬眸看了他一眼，从口袋里摸出一个打火机扔过去，叶覆冰接过后又笑了一下，半靠在洗手台上，吸了一口，熟练地吐出烟圈。

一直到一根烟抽完，谁也没开口说话。

临走前，颜沉才终于喊住了他，嗓音低低哑哑的："你和叶晚晚什么关系？"

叶覆冰记得当时自己愣了愣，然后扭头回了一句特别欠扁的话：

"你猜啊。"

现在回想起来，叶覆冰觉得颜沉当时那个脸黑得简直想冲上来揍他一顿，还好他当时走得快。

"不过我真是想不到啊，那个男人竟然是你的粉丝？"叶覆冰上下打量着自家妹妹，可能是看这张脸看了二十来年，他还真看不出来哪里特别好看。

叶晚晚咬牙切齿地瞪了他一眼，有点气急败坏："能不能说重点？"

叶覆冰也不敢真的把妹妹惹毛了，到时候顺毛得累死人，便实话实说了："我觉得他挺喜欢你的啊，当时那个眼神可凶了，可能真把我当情敌了吧。你要是喜欢的话就直接表白呗，要是不好意思就制造机会让他先主动开口。"

叶晚晚还沉浸在颜沉竟然真的是自己的粉丝，并且一年前就是了的兴奋中，那喜形于色的样子看得叶覆冰直摇头。

他知道自家妹妹从小就没有过恋爱经历，简单说就是傻白甜一个。

这会儿难得有了喜欢的人，并且得知喜欢的人可能也正好喜欢自己时，会开心也是正常的。

他这个做哥哥的，毕竟比她经历得多，知道两情相悦容易，天长地久却难。

他不希望她受伤。

但他也护不了她一辈子，有些事，总该让她自己去尝试的。

"哥啊。"叶晚晚眨着眼睛，"你说我现在就跟他表白怎么样？"

叶覆冰一手指弹她脑门上，顺便还翻了个白眼："不怎么样。我说你能不能有点出息，矜持点儿会吗？而且你们女孩子不都喜欢浪漫吗，要表白也得挑个好的时间、地点吧，你那些玛丽苏偶像剧白拍的吗？没吃过猪肉还没见过猪跑？"

这要是之前，叶晚晚被人怼这么一大段，保准会直接跳起来打爆他的狗头。

但是现在，她竟然乖乖地听进去了，而且还觉得特别有道理。

少女仰起头，一脸虔诚："哥，你说得对。"

爱情的力量真伟大。

八月底，哪怕是上午空气都依旧闷热。

叶晚晚蔫蔫地趴在休息室的桌面上，眼皮子耷拉着，仿佛随时都能合上。

经过了大半个月忙忙碌碌的工作后，她排满的行程终于进行到尽头，录制完今天这个综艺，她之后将迎来一段短暂的休息时间。

到时候，她就能好好地计划一下她的终身大事了！

关于要怎么表白，叶晚晚其实挺没头绪的，直接冲到人家面前说"我喜欢你"肯定不行。

浪漫……浪漫……

想起叶覆冰说的偶像剧情节，可她拍的那些全是男方主动表白求婚，难道要她捧着一大束鲜花跪在颜沉面前说"嫁给我吧"？

这是开什么玩笑呢。

总之，还是先把人约出来吧。

夜晚：颜沉，你最近有没有时间啊？

Chen：嗯。

夜晚：那明天陪我出去玩一玩怎么样？

敲下这行字，叶晚晚心里那叫一个紧张，她会不会表现得太明显了，颜沉万一拒绝了怎么办……

Chen：后天吧，我这两天在 B 市有事。

"B 市？"叶晚晚一愣，忽然从桌子上爬起来，扯了扯旁边舒小助理的衣角，"我们现在就是在 B 市对吧？"

舒心："对啊，你别是睡觉睡傻了吧？"

叶晚晚不理她，欣喜若狂地抱着手机打字。

夜晚：你说巧不巧，我现在刚好在 B 市录制一个综艺！

叶晚晚觉得她和颜沉实在是太有缘分了，要是搞不定他，简直愧对上天安排的这段姻缘！

成功和颜沉约好见面时间后，叶大小姐一下子就来了精神，软成没骨头似的身体坐直起来，连带看着对面的荔荔都顺眼多了。

要说这个荔荔也的确厉害，刚从主播转行成艺人，粉丝们都还挺买账，微博底下一大片都是恭喜祝福，至于掺了多少水军那就不好说了。

其实刚来到录制现场，叶晚晚看见荔荔时还挺惊讶。

《勇敢者的挑战》是当下很流行的室外综艺，这个节目说不上多热门，但收视率也一直不错。

它没有固定的嘉宾，主要也就是个捧新人的节目，各大公司都会把想要力捧的新人送过来，至少混个眼熟。

看来星光娱乐是打定主意要捧荔荔了。

但是节目里全是新人肯定不行，为了流量和热度，每期邀请的嘉宾还会有一两个人气不错的艺人，叶晚晚就属于这种。

除了她以外，据说还有一个前段时间提名了最佳女主角的一线演员，现在人还没来。

叶晚晚也不关心这人是谁，这会儿正兴致勃勃地在网上搜 B 市有什么景点，以及适合约会的地方。

"凯特游乐园，青石山，海洋博物馆……到时候去哪里呢？"

休息室的门忽然被"吱呀"一声轻轻打开。

叶晚晚余光随意地瞥过去，是个身材娇小的少女，穿着黑色 T 恤，底下是撞色的白裤子，黑发扎成马尾，显得干净又利落。

打扮挺酷的，却是长了一张萝莉脸。

这个萝莉进来后，有不少人的注意力都被她吸引过去，也有不少人把目光投向叶晚晚。

带着看戏看热闹的眼神来来回回在她们之间打转。

叶晚晚一下子就认出了她是谁，娱乐圈难得的实力派小花旦，也就是那位提名了最佳女主角的一线演员——池糖。

"初次见面，你好。"叶晚晚礼貌地朝她笑了一下。

她们之间没有合作过，自然也没有见过面，对于对方的认知仅限于网络上流传的那些。

然而她们的粉丝可是对彼此熟悉得不行，一见面就掐，搞得不知道的人还以为她俩之间有什么深仇大恨。

按理说叶晚晚和池糖走的路线、风格都不一样，本来是不会被拿来比较的。

罪魁祸首就是那挨千刀的叶覆冰。

叶影帝名声在外，花边新闻满天飞，其中以叶晚晚和池糖被传次数最多。

当时有媒体还专门分析了一下他们两人到底谁更适合叶覆冰，像这种带有比较性的文章底下最容易引发粉丝掐架。

叶子们和糖果们自从那一掐之后，就仿佛掐上瘾了一般，双方之间水火不容。

叶晚晚在心里骂完叶覆冰那个处处留情处处撩的大渣男后，还痛骂了这个节目组一番，简直是摆明了想搞事情。

"你好。"池糖点了点头，表情冷淡，嗓音空灵得发凉。

这姑娘名字甜，长相也甜，就是性格不太甜。

萝莉的外貌下，有一颗御姐的心。

这让叶晚晚想起了游戏里的某双马尾女英雄，不过池糖这种反差萌倒是为她吸引了大片的粉丝。

录制在休息室就已经开始了，现在的综艺节目为了追求真实效果，都是没有台本和固定流程的，全凭艺人临场发挥。

他们一共六个人，抽签分为了两组。

也不知道到底真这么巧，还是节目组的幕后黑手，叶晚晚竟然和池糖分到了一组。

还有一人是个刚出道的男孩儿，男孩儿挺阳光的，也很活泼。

"哎，池糖姐，我可以这么喊你吗？我的名字里也有个'tang'，跟你挺有缘的。"男孩叫作"唐意"，年龄不大，看上去好像才刚成年。

池糖抬眸看了看唐意，又看了叶晚晚一眼，也不知想起了什么，本来就略显冷漠的面容好像更冷了。

不过还是轻轻"嗯"了一声。

池糖话少，唐意跟她没聊两句就放弃了，他倒是和叶晚晚挺有话题的。

"晚晚姐，我能问你个秘密吗？"

叶晚晚悠闲地托腮看着他："你可以问，但我不一定回答。"

唐意做贼似的把周围扫视一圈，然后凑到叶晚晚耳边，压低了声音问："就是之前的微博热搜，那个'晚晚想上王者'到底是不是你呀？"

叶晚晚被吓得下巴顺着掌心往下一滑，差点没磕到桌子。

悠闲的样子维持不住了。

这时候等她想再做出补救已经来不及了，唐意激动得几乎压不住声音："真的是你！晚晚姐，我是 Chen 神的粉丝，你们真的在一起了吗？"

叶晚晚赶紧比了个"嘘"的手势，扭头看了看四周，发现没人注意到他们这边，这才松了口气。

"没在一起。"

说完，叶晚晚就开始闭目养神，不管唐意问什么都不回答了。

比起叶晚晚他们这组的谜之沉默，荔荔那边的气氛就要活跃多了，三个人围在一起，小声地交流着什么，时不时还会把目光投向他们这边。

两组分别领完任务卡，是要他们去一个游乐场，先到的一个队伍有奖励。

一行人流浪在街头，没有钱，也没有通信工具，被粉丝路人围得里三层外三层地走在街边。

叶晚晚手里拿着一张牺牲色相换来的 B 市地图，节目组要求他们不能接受粉丝的金钱资助，也不能搭便车，只能靠自己前往任务地点。

可以问路，但是不能让人带路。

"我看不懂……"叶晚晚拿着地图左看右看，连他们现在在哪个位置都搞不清楚。

唐意和池糖也不认路，三个人在原地打转了好久。

此时，街边的一家咖啡厅里。

穿着成熟的漂亮女人搅拌着手中的咖啡，见对面男人的视线总是往外面看，她忍不住也朝窗外瞥了一眼。

女人名叫文娅，是 B 市一家响当当的地产企业家的千金，今年刚从国外回来，就被父母逼着来相亲。

不过他们还是尊重女儿的意愿的，不成功也没事，但一定要她和对方打好关系。

文娅对这个男人的第一印象还不错，样貌、身材都没得挑，唯一的缺点就是性子太冷了点儿。不过这种也好，至少不会花心。

文娅顺着他的视线问了句："那是什么，明星在录节目吗？"

男人淡淡地应了一声："嗯。"

他手肘撑在桌面上，侧着头，目光落在这会儿就蹲在街对面的马路边上，一脸生无可恋的少女身上，嘴角的弧度不自觉地扬了扬。

等到绿灯亮起，叶晚晚叹着气把地图收好，起身朝街对面走来。

她一路垂头丧气，整个人都像被霜打的茄子一样蔫了吧唧的。

"晚晚姐，晚晚姐啊……你快看！"旁边的唐意忽然用手捅她的胳膊，叶晚晚本来不想理他，但被喊烦了还是顺着他指的方向看过去。

透明的玻璃窗前，男人支着头，俊美的五官带着若有似无的笑意，漆黑的桃花眼安静地望着她。

叶晚晚脚步一顿，吃惊地张大了嘴："颜——"

男人的对面还坐了个大波浪卷的女人，叶晚晚抿了抿嘴，撇过头，目不斜视地朝前走了。

"哎哎，晚晚姐，不进去和 Chen 神打个招呼吗？"唐意追上去，在她旁边小声地问。

"打什么招呼，没看见人家在约会吗！"叶晚晚的语气有点凶。

想起之前颜沉说的在 B 市有事，没想到这个有事竟然是和别的女人约会！

叶晚晚觉得自己的心态崩了，什么浪漫的表白啊，约会啊，全部变成了泡沫。

她没有资格去质问颜沉什么，只能自己一个人生闷气，脚下的步子越走越快，越走越快。

手腕忽然被人抓住，触感微凉，叶晚晚倏然回神，紧接着一辆电动车从她身边擦肩而过。

"看路。"池糖淡淡地提醒她，然后松开手。

叶晚晚不好意思地向她道谢，这之后也不敢再分心了，认认真真地进行任务，把颜沉的事情抛之脑后。

咖啡厅里。

文娅疑惑地问："颜先生，你和那个女明星认识吗？"

颜沉看着叶晚晚从视野内消失，嘴角的笑容收敛，垂着眸依旧是冷淡的一声"嗯"。

　　"我看她挺眼熟的，好像被叫作什么'娱乐圈初恋'？"文娅撇了撇嘴，"娱乐圈的女人……"

　　后面的话没说完，因为她收到了男人带着警告意味的眼神。

　　"不是'娱乐圈初恋'，"颜沉看着她，眼角微挑，缓缓地把下半句话说完——

　　"是我的。"

　　没想到叶晚晚他们这队三个路痴竟然还先一步到达了游乐场，所谓的奖励是一张"场外支援卡"，作用顾名思义。

　　虽然他们现在也不知道等会儿会有什么任务让他们动用这张支援卡。

　　看着那盘旋在空中的过山车和直冲云霄的跳楼机，恐高的唐意小朋友吓得双腿直打战。

　　但是想想自己是队里唯一的男子汉，他还是故作镇定，开口安慰队里另外两个女孩子。

　　"小姐姐们，你们、你们不要怕……我会、会保护你们的！"

　　说话都结巴了，还说着要保护她们的话。

　　池糖还是保持着一贯的冷淡，看了唐意一眼。

　　叶晚晚则是拍了拍他的肩膀，眼眸弯起配合地说："好啊，那就靠唐意弟弟保护我们了。"

　　既然来了游乐场，那么任务内容肯定也和那些游乐设施相关了。

　　一开始他们就抽到了最刺激的垂直过山车，抽签的叶晚晚差点忍不住在镜头前翻白眼，觉得节目组这是诚心搞他们。

　　他们需要边坐过山车边找线索，这就是强行要他们睁着眼了。

　　每次任务只用派出两名队员，唐意虽然怕得要死，但也不好意思让两个女生去参加，自己在下面当缩头乌龟。

　　至于剩下一人，叶晚晚主动说："那我来吧。"

　　叶晚晚没有恐高，但是那种失重的感觉还是令她很不好受，下来时双腿有些发软，不过比起吐得天昏地暗的唐意好上太多了。

　　荔荔那组的进度比他们落后一点儿，等叶晚晚这边到了第二个任务地点鬼屋后，他们才刚刚结束第一个项目。

唐意的脸色依旧惨白，估计还没从刚才的过山车缓过来。

这种状态肯定是不能继续参加了，于是只能让两个女生一起出马了。

鬼屋的大门口被做成了一个恶魔张开的嘴巴，隐隐可以听见从里面传来的恐怖音效。

跟拍的镜头怼到两个女生面前，似乎想把她们害怕的情绪拍下来，然而这两个姑娘一个兴致勃勃一个面无表情，怎么看也不像害怕。

导演问她们："这可是号称华国三大鬼屋之一的超级鬼屋，你们不怕吗？"

池糖面无表情地看着导演。

导演："……"

好了，知道你不怕了，下一个。

叶晚晚眨了眨眼，想起自己温柔清纯的小仙女人设，按理说应该是要怕鬼的，于是配合地小声尖叫道："啊，我好害怕，到时候糖糖要保护我啊。"

导演："……"

我信你个鬼，现在的女嘉宾怎么一个比一个不靠谱。

鬼屋里布置得特别逼真，一进去还有一阵阴凉感。

为了不错过线索，她们走得特别慢，叶晚晚在前面左顾右看，池糖跟在她后面，眼眸微微垂着。

"怎么就是找不到呢。"叶晚晚嘀咕一声，突然回头问，"糖糖，你有什么新发现吗？"

池糖脚步一顿，淡声道："没有。"

空灵的声音似乎带了一丝轻颤，并不明显。

鬼屋里的灯光很暗，诡异的绿光阴森，池糖安静地跟在叶晚晚身后，微微咬了咬唇，纤长浓密的睫毛小幅度颤抖着。

一路前进，没想到这丧心病狂的节目组竟然把线索放在了扮演鬼的工作人员手上。

真人NPC女鬼慢悠悠地朝她们走来，举着手里的卡片，幽幽开口："想得到这个，必须完成我的愿望。"

叶晚晚暗暗打量了一下这个女鬼，这个特效妆画得不错，看起来还挺瘆人的。

她配合地问："什么愿望？"

女鬼声情并茂地念着自己的台词，把她凄惨的身世告知了她们，最后说道："那个渣男最后竟然选择了她，害得我死了！我不相信爱情，你们只有让我看见了真爱我才会把这个东西给你们！"

叶晚晚津津有味地听完这段狗血的故事，又问："那怎么样才算让你看见了真爱呢？"

女鬼看了她们两人一眼："你们是情侣吗？"

这就相当于任务选项了，回答"是"或者"不是"就好，就像游戏里那样，不同的回答会有不同的剧情走向。

一般这种情况应该回答"是"比较好，然而她还未开口，身后的池糖就已经先一步做出回答了。

"不是。"

叶晚晚看了她一眼，顺着说道："嗯，我们不是。"

女鬼遗憾地说了句："真可惜……"

叶晚晚听了还以为她们选成了死路，没想到女鬼的语气一下子又兴奋了起来："本来只要你们互相表白让我满意就可以了，但既然你们不是情侣，那么就需要分别找到各自的真爱，并且证明你们是被爱着的！"

哦，原来是触发隐藏剧情了。

不过这节目组还真会来事，如果刚好是一男一女，表白这种暧昧的环节播出去，再经过后期加工一下，炒个 CP，不愁没热度。

"要怎么证明？"

女鬼眼睛冒光地掏出两部手机递给她们，顺便附带一张任务卡。

叶晚晚接过来，低头边看边念出声：

"真爱任务：找到你爱的那个人，并通过这部手机打电话给 TA，向 TA 问出'我和你前任同时掉进水里你会救谁'这个问题，TA 必须回答救你，任务才算通过。

"PS：对方回答之前不得透露自己正在录制节目，否则无效……"

念到这里，叶晚晚嘴角一抽："这种变态问题，一听就知道是大冒险输了的惩罚吧。"

连池糖都露出无语的表情。

手机是节目组专门准备的，里面只存了几个号码，但是没有备注。

叶晚晚大概扫了一眼，发现号码都挺眼熟的，应该是从她的通讯录里 copy 过来的。

但是现在的年轻人平常有事也是微信联系，除了舒心和关姐以外，她都不怎么和其他人打电话，更别提记住这么多的号码了，这谁是谁根本就认不出来。

于是，权衡之下，叶晚晚就挑了个最眼熟的，想着找个跟自己关系好点儿的到时候也不至于那么尴尬。

电话响了两下，很快被接通。

"……"

对面没说话，叶晚晚眼睛一闭，一口气把问题念完："请问我和你前任同时掉进水里你会救谁？"

那边回答得很快，甚至在她问题没有问完之前就开了口："救你。"

如此熟悉的嗓音。

电话是开了免提的，没想到问题刚问出口就得到了答案，三秒钟都不到，在座的几人都愣了愣。

叶晚晚"啊"了一声，电话还在通话中，过了良久，那边又传来一句。

"叶晚晚，我没有前任。"顿了顿，他又补充一句，"也没有现任。"

声音又低又缓，听在叶晚晚耳里还有点虚幻，像是飘荡在山谷间的回声，一遍又一遍地在她耳边响起。

Boom！

心底好像有什么东西炸开，炸成了一道道绚烂的烟花。

叶晚晚不记得最后自己说了什么，又是谁先挂断的电话，她整个人都处于游魂的状态，连思考都不会了。

她这边顺利结束后，池糖也挑了个号码拨过去。

同样是响了两声，然后却是被挂断了。

池糖面无表情地又重拨过去。

这一次响了十几声，被接通后响起了男人不耐烦的声音："谁啊？"

懒洋洋的调子，听上去也格外耳熟。

叶晚晚呆了几秒，从游魂状态回过神，诧异地看向池糖。

池姑娘垂眸看着任务卡，冷冰冰地念着上面的台词，声音听不出任何起伏："如果我和你前任同时掉进水里，你会救谁。"

"你今天吃错药了？"这男人一看就不解风情。

"回答问题。"池糖语气冷淡地说。

"那肯定救我前任啊，救你干什么，专门气我吗？"

"……"

"嘀——"

池糖亲手挂断了电话。

恋恋晚风沉

叶晚晚凑过去问："刚才那个，是叶覆冰？"

池糖把手机还给工作人员，淡淡地"嗯"了一声，说："随便选到的。"

叶晚晚不疑有他，池糖和叶覆冰之前合作过一部电视剧，两人认识是肯定的，有电话也不奇怪。

不过因为池糖的真爱任务失败，她们这一关只拿到了一半的线索。

其实叶晚晚刚开始有一点搞不明白，他们这期的主题既然叫作"真爱"，为什么分组不是两人一组而是三人，直到做完了女鬼这个任务后才懂。

如果不出意外，最后应该还有一个让他们在队友间二选一的任务。

线索没拿全，他们的进度按理说应该落后于另外一队，没想到还是他们这队先到了最终决战地点。

看着荔荔他们姗姗来迟，唐意还很得意自己这边的领先，两个女生倒是都若有所思地看着对面队伍。

"他们放水了。"池糖踮起脚在叶晚晚耳边提醒了一句，声音依旧冷淡。

"是吧，我也有这种感觉。"叶晚晚扭头对她小声地说。

任务进行到一半，果然如叶晚晚所料的那样，节目组让队里的男生对女生进行二选一，还不能弃权。

这要是在私底下也就算了，但如果是在镜头前，一些微弱的东西往往会被放大再放大。

两队的男生都很犹豫，这种容易得罪人的事可真不好选。

而且就算没被选到的那个人不生气，但人家的粉丝也不会善罢甘休。

面对着唐意可怜兮兮的眼神，叶晚晚灵机一动，从口袋里掏出那张一直没有动用的场外支援卡。

"我现在要场外支援！"

唐意有点蒙："啊，差点忘了我们还有这张卡了，但是现在支援有什么用？"

叶晚晚说："这期不是真爱任务吗，只要我随便再找个人凑一对，你不就不用二选一了？"

听起来好像挺有道理。

导演组："……"

你这人怎么不按套路出牌呢？

他们设计这个卡片的初衷可不是这样的啊！但又不能说人家违规，因为人家的确是在找场外支援，就是这个支援的方式和他们预想的不太一样……

池糖扫了眼空寂的游乐场，因为拍摄包场，这里一个路人游客都没有。

"你要找谁？"她问道。

其实叶晚晚心里也有点虚，不知道场外支援卡能不能这样用，不过既然导演组都默认了，那应该就是规则允许内的吧？

"去入口碰碰运气吧。"

一行人朝着游乐园入口处前行，在路过之前那个鬼屋时，叶晚晚脚步一顿，扭头朝其他人说："等我一下。"

重新拿到电话，叶晚晚心里有些犹豫，又有点紧张。

想起之前颜沉的那句"没有前任，也没有现任"，她就忍不住有些心跳加速。

叶晚晚其实不太在意播出后网友们会说什么，她现在只是很想，能有多一点和他在一起的时间。

虽然她觉得颜沉会答应的可能性不到万分之一。

然而这万分之一的可能还真的发生了。

节目组现在很头疼。

本来按照计划，应该是被选中的分成两组，被抛弃的两个可怜人凑成一组，从两队三人变成三队两人继续进行最终 PK。

然而现在叶晚晚不按套路出牌，临时找了个外援来，那另外一队没被选中的人不就多余出来了吗，这可咋整？

导演面无表情地看着这个被叶晚晚找来当支援的帅哥，帅哥也面无表情地看着他。

"……"

"……"

沉默对视几秒后，导演扭头和人说了几句话，紧接着游乐场的广播忽然响了："荔荔选手没能找到真爱，out！"

虽然他们本来的设定中没有 out 这个环节，但这并不代表不能临时加上去，作为一个优秀的节目组，就该跟着嘉宾的一举一动而随机应变嘛。

毕竟不管怎么说，男女搭配肯定比女女搭配的看点更多，更别提这个男人模样俊美、身材挺拔，播出去不知道能为节目吸引多少播放量。

导演上下打量了颜沉一番，隐隐觉得看上去有些眼熟。

那边的荔荔被工作人员带回休息室，整个人都是蒙的。

这节目怎么还有 out？

恋恋
晚风
沉

132

她之前怎么没听说过？

从工作人员那边打探到消息说是和叶晚晚有关，荔荔差点咬牙切齿地骂了句粗话。

早知道结局会这样，她之前就不该故意放水，这被 out 了就相当于没了镜头和曝光，她还怎么混脸熟？

唯一的希望，只能寄托于之后的新闻热搜了……

游乐场里。

叶晚晚和颜沉站在摩天轮前，面面相觑，气氛谜之尴尬。

这要是在平时，能和颜沉一起逛游乐园她肯定很开心，甚至在她早上计划的约会里也是有这一项的……

但关键是现场不只他们，还有其他四位嘉宾，以及一大片的工作人员。

最重要的是，旁边还有一个大大的摄像头对着他们。

"……"这约个毛线。

叶晚晚叹气一声，突然有点后悔把颜沉叫来了。

之前打电话的时候，本来就是抱着试一试的心态，没想到颜沉竟然就在游乐场附近，还真的答应了她。

唐意打从在门口见到颜沉时就一脸兴奋，要不是顾及在录节目，估计就蠢蠢欲动地扑上去要签名了。

其他人对电竞圈了解不深，看见颜沉也只是略微惊讶了一下。

池糖看起来最淡定，好吧，这姑娘本来就是最淡定的，她只是瞥了一眼后，就继续板着一张面瘫脸。

目前已经进行到最后一项任务，具体内容没说，只让他们三组分别进了摩天轮，座舱隔得还很远。

摩天轮缓慢地转动着，带着他们一点一点地升向空中。

此时已经是黄昏，夕阳染红半边天空，光芒映照下，底下那一片郁郁葱葱的樟树仿佛铺上了一层金红，像燃着火。

叶晚晚扫了一眼后砸了砸舌，觉得自己这个比喻好像不太好。

夕阳很漂亮，摩天轮上的风景很美。

颜沉也很好看。

叶晚晚歪着脑袋看着男人，座舱内空间不算大，他们面对面坐着，膝盖偶尔能碰到一起。

气氛安静美好，让人不忍心打破。

叶晚晚眨了眨眼，心底忽然闪过一个词——浪漫。

如果不是旁边还多了个举着个黑漆漆的东西对着他们的摄像师，她可能脑子一热，就准备在这儿表白了。

他们这边全程都安安静静的，其他两组倒是讨论得热热闹闹……哦不，池糖和唐意那组是后者在一个人自言自语说得还挺起劲。

二十分钟后，三组的人都从摩天轮上下来。

节目组终于公布任务内容。

【题目一：请回答对方进入摩天轮时说的第一句话是什么？】

大家："……"

鬼记得啊。

其中一组想了半天，试探性地开了口：

"这个项目怎么没之前的刺激？"

"你之前坐没坐过摩天轮？"

"你对这次的任务内容怎么看？"

回答皆错。

最后公布答案，男方第一句话说的是："你有没有感觉这座舱好像在晃，不平衡？"女方回："那是你太重了。"

两个人："……"

然后轮到唐意和池糖这组。

唐意挠了挠脸颊，看着旁边这个矮了自己一个头，实际上年龄却长他好几岁的小姐姐，不太确定地开口："哦？还是嗯来着？"

导演："只能选一个回答。"

唐意随便蒙了个："那就'嗯'吧。"

结果还真给他蒙对了。

没想到在这种时候，话少的优势就体现出来了。

然而池糖就没他那么幸运了，面无表情地回想了一下，有点别扭地念出三个字："池糖姐。"

导演："……"

导演："好吧，算你回答对一半。"

唐意这人有个习惯，就是说话前喜欢加一句对方的称呼，然后才会接着说正事……可能也不一定是正事。

最后轮到叶晚晚和颜沉。

"......"

"......"

导演很纳闷："你俩干吗不说话？"

叶晚晚看了颜沉一眼，无辜地说："因为我俩在上面一句话都没说啊。"

导演："......"

我寻思着你俩交情看上去也不错，二十分钟光在上面大眼瞪小眼？

导演觉得自己更纳闷了，那这到底算他们对了呢还是没对呢？

算了，还是给他们加一半的分吧。

【题目二：刚才在摩天轮上看到了什么？】

这个问题问得很抽象，范围太广阔了，前面两组猜了好几个答案都错了，轮到叶晚晚时她也挺茫然的。

她刚刚在上面全部的注意力都集中在颜沉身上了，哪有心思去看其他东西？

不过这问题还是得回答的，叶大小姐下巴一抬，朝颜沉那儿指了指："看到了他。"

颜沉就站在距她不远不近、逆光的位置，背后是火红的夕阳，鲜艳的红光映入她的眼眸。

而他的眼底倒映着她。

男人的面容隐没在金红色的光线中，看不真切，唯有那双漆黑的眼眸亮得惊人。

叶晚晚怔了片刻，忽然觉得这一幕似曾相识，又好像是自己的错觉。

半晌，他嘴角微勾："好巧，我也是。"

叶晚晚心一跳，脸还没来得及红，那边的导演就已经激动地拍起手："好！回答正确！"

大家："？？？"

"恋人之间不就该眼中只有彼此吗？"导演说得理所当然，"瞧瞧你们之前回答的什么玩意儿，猜天空、夕阳、树木的就算了，那个回答激流勇进的是什么鬼，你只是单纯想去玩吧？"

唐意嘿嘿笑着："这都被您看出来了。"

最后还是叶晚晚这组获得了最终胜利，听见节目组对他们说恭喜时，她还挺蒙的。

录制结束后，颜沉和叶晚晚并肩从游乐场里出来。

舒心身为助理，本来该紧紧跟在叶晚晚身后的，但她本着打死不当电灯泡的基本原则，硬是跟他们隔了五六七八米的安全距离。

颜沉的话向来不多，一路上都没开口，叶晚晚默默走在他旁边，余光不停地往他脸上瞥，反反复复无数遍。

直到男人停住脚步，朝着她挑了挑眉："有事？"

叶晚晚鼓了鼓腮帮子，没说话。

颜沉似乎猜到了她想问什么，开口解释："家里安排的相亲。"

其实叶晚晚也猜到了这种可能，听见他亲口说出来，"噢"了一声，尾音拖长，也不知道是失落还是什么，总之语调听上去不太开心。

她其实已经极力克制自己流露出这种情绪了，努力维持着一贯的笑容："那，你觉得怎么样？"

颜沉看了她一眼："什么怎么样？"

叶晚晚的笑容不太自然，错开他的视线，尽量让自己看上去无所谓地说道："就是那个女生呀，我看见了，她挺漂亮的。"

颜沉微蹙着眉："有点忘了。"

叶晚晚闻言脚下一崴，差点来了个平地摔，踉跄了几下站稳后，她不可思议地看向男人："忘了？"

颜沉点了点头："当时没怎么注意她。"

叶晚晚也不知道自己现在是该震惊，还是该暗爽庆幸。

这才过去了半个下午，这个男人竟然就不记得他的相亲对象长啥样了！

她才看了一眼呢，都还大概记得人家长什么样。

"就是那个大波浪卷，紫色衬衫，还穿了条黑色鱼尾裙，瓜子脸，涂了正红色的口红，打扮非常 OL 的那个小姐姐，你不记得了？"

叶晚晚形容得可以说是很详细了，颜沉稍微回想了一下，大致上想起了女人的模样。

不过话说回来——

"你怎么记得这么清楚？"颜沉垂眸看向少女，见她的脸上闪过一抹慌色，若有所思道，"你吃醋了？"

叶晚晚下意识地否认："没有！我吃什么醋呀，真是的……"

呜呜呜呜呜，她就是吃醋了。

颜沉眉梢微挑，眼神变得有点耐人寻味。

"那就没有吧。"

他顿了顿，思考了一下那个女人叫什么来着，好像姓文？

"文小姐是挺好看的。"他故意说，语气漫不经心的，像只是随口一提，"你觉得我要考虑她吗？"

叶晚晚的笑容几乎要绷不住了，她别过头，深吸一口气，正准备开口，忽然感觉到头顶落下一个温柔的抚摸。

紧接着是男人略低的嗓音："骗你的，我已经拒绝了。"

叶晚晚的身体有些僵硬，慢吞吞地回过身，颜沉的手还搭在她脑袋上，她抬着头有点委屈地看着他。

男人忽然弯下腰与她平视，漂亮的桃花眸里映着她的脸，眼底带着笑。

"你比她好看，所以我能考虑一下你吗？"

叶晚晚瞪大了眼睛，还没来得及说什么，就听见身后传来舒心的声音。

"晚晚！关姐找你！"

颜沉已经重新站直了身体，黑眸还是望着她，带着淡淡的，若有似无的浅笑。

他朝她身后抬了抬下巴，说："去吧。"

叶晚晚微微张开嘴，似乎想说什么。

舒心小跑过来，顶着一脸"对不起得罪了"的表情拉住叶晚晚的胳膊，直接把她从颜沉面前拽走了。

关姐一般找她都是有正事要说，叶晚晚只好任由舒心拉着自己，却是一步三回头地看着颜沉。

男人还站在原地，静静地看着她。

距离越来越远，直到看不清他的面容，连身影都模糊了，叶晚晚才不怎么情愿地收回了视线。

关姐手中抱着个 iPad 不停地刷着什么，屏幕上一片密密麻麻的文字。

叶晚晚看了一眼，问："这什么？剧本？"

关姐抬起头，一贯沉稳的语调此刻难掩激动："是金导的新戏，《双面》。"

叶晚晚呆了一秒："是、是那个金导？金传风？"

关姐郑重地点了点头："是他。"

金传风绝对是当今华国最具影响力的导演之一，他导的戏没有哪部是不爆的，创下了好几个票房纪录。

网上也因此流传一句话：能打破金导纪录的，只有他自己。

叶覆冰去年拿了金奖的那部戏就是金传风导演的，票房至今无人能敌，遥遥甩开其他人一大截。

　　之前就听说《双面》剧组开始选角了，但叶晚晚怎么也没想到，这种好差事会轮到她。

　　金导对于演员是很挑剔的，她一个勉强才能算得上一线的流量小花，怎么就入了金导的眼呢？

　　关姐说："是覆冰推荐的，金导给了你一个试镜的机会，能不能成还不一定。"

　　叶晚晚一愣，又问："他怎么会推荐我啊？他又不是不知道我的演技……"

　　叶晚晚的演技不算差，但也没多好，平时演演偶像剧游刃有余，但要她去演这种大导演的戏……

　　关姐："据说是气质，《双面》的女主角的形象和你非常符合。"

　　女主角！

　　叶晚晚惊讶地捂着嘴说道："竟然还是演女主角？我还以为就是个普通的配角呢。"

　　关姐："那你演不演？"

　　叶晚晚："演啊，那必须演，不演是有病。"

　　关姐给了她一个白眼，然后把剧本发送过去，叮嘱她最近几天务必把剧本看完，试戏的时间就定在下周。

　　回去的时候颜沉已经先走了，叶晚晚嘟囔了一声："连个招呼都不打。"

　　天色已经暗了，她拿手抓了抓头发，回头看了眼高耸在夜色里的摩天轮，微叹一声。

　　颜沉刚才说的话就像在她耳边开起了循环模式反复播放。

　　——你比她好看，所以我能考虑一下你吗？

　　他这话什么意思？

　　是在开玩笑，还是……

　　叶晚晚咬着拇指，表情有点纠结。

　　她犹豫片刻，还是打开了微信的聊天界面，找到颜沉的对话框，发送一行字。

　　夜晚：你刚才那句话……

　　颜沉回复得很快：开玩笑的。

　　"我就知道。"看见那四个字，叶晚晚又叹了口气，心里涌现出一股说不上来的失落感。

还不如不问呢，好歹还能自我安慰一下。

叶晚晚郁闷地把手机锁屏扔进包里，就这么错过了右上角的"正在输入中"。

"其实我早就"，颜沉看着输入框里的这五个字，顿了顿，还是按下了删除，沉默地看了屏幕一会儿，最终什么也没有发送。

"再等等……"他喃喃低语着，手里把玩着一个有些破旧的兔子玩偶，"等到明天就好了。"

叶晚晚转身想走，忽然看见不远处的阴影里走来两道身影。

她眯起眼辨认了一下，发现是和荔荔一组的两个新人，一个男生，一个女生。

想起下午的事，叶晚晚抬脚走过去，不用她开口，那两个人就自觉地停住了脚步。

"晚姐，有什么事吗？"

叶晚晚双手抱胸，开门见山地问："你们今天为什么放水？"

她问得直接，那个男生一脸莫名其妙，女生则是看了她一眼，犹犹豫豫地开了口："是、是荔荔说的。"

叶晚晚听见这个名字也不意外，只是点了点头："继续说。"

这个女生和荔荔也不熟，比起得罪一个刚出道的新人，她更不愿得罪叶晚晚，于是一五一十地把事情的经过说了出来。

其实荔荔也没和她说什么，就是装了装可怜，说同公司的前辈惹不起，也不敢抢对方的风头，明里暗里的意思就是想让她配合一起放水，让叶晚晚那组赢。

她当时没多想就答应了，觉得万一叶晚晚真是那么小气的人，要是他们这组赢了，连她也记恨上了怎么办？

男生听完无语地翻了个白眼："你们女生怎么这么复杂，我就说今天你们怎么一会儿喊累一会儿头疼的，原来是故意的啊？"

女生连连向他道歉。

叶晚晚得到答案后就走了，她在车上看着关姐发来的剧本，看着看着，就有点心不在焉起来。

B市向来很堵，哪怕现在高峰期刚过，他们也在这条路等了二十分钟。

叶晚晚侧头看向车窗外，街道上的商铺亮着灯，人来人往。她本来只是随意地扫了一眼，忽然发现这里的景色有些眼熟。

车子渐渐启动，叶晚晚趴在车窗上，看见了那藏在黑暗里看不清楚的校门。

她倏地一怔，像是想起了什么，双眸紧盯着那所学校，直到它在视野内彻底消失。

"晚晚，怎么了吗？"舒心见她一直望着车窗外，问了句。

叶晚晚回过头，笑了一下："没事，只是想起了以前拍戏的回忆。"

回到酒店，电梯门"叮"的一声开了。

看见里面那眼熟的人，叶晚晚嘴角一抽，想不通她和荔荔为什么总能在电梯里碰见。

"晚姐。"荔荔这会儿心态已经调整好了，还能露出一个友好的笑容。

叶晚晚笑得比她还灿烂："小妹妹，同样的招数使两次可就没意思了。"

荔荔身体僵硬了一下，还是故作镇定道："我不明白您的意思。"

叶晚晚擦肩越过她，轻飘飘地撂下一句："现在不明白没关系，你早晚会明白的。"

电梯门合上，留下荔荔站在原地面色阴晴不定。

一整天的拍摄结束，叶晚晚洗了个澡坐在阳台上吹风。

这种室外综艺一般很累人，她之前也不是没有录制过，基本上回来洗完澡倒头就睡，今天也不知道怎么了，她觉得自己体力充沛得仿佛能再跑个八百米。

要说和之前有什么区别，那就是多了个颜沉。

其实她在录制过程中和颜沉没什么互动，连对话也少，一点儿暧昧的气氛都看不出。

总共也就把他叫来了半个多小时，其中有二十分钟还是在摩天轮上"撒金子"。

但不知道为什么，明明八字还没一撇，叶晚晚总觉得她和颜沉这样有点像是在观众们的眼皮子底下……"偷情"。

想到这个词，她的脸一下子就开始发烫。

叶晚晚懊恼自己想太多，赶紧起身趴到护栏上，微凉的风一阵阵吹过，把她身上的燥热感带走，只余下舒适。

眺望着B市五彩斑斓的夜景，她的表情忽然变得有些怀念。

仔细算一算，都过去五六年了。

恋恋晚风沉

第二天是个晴天，风和日丽。

和颜沉约好的时间是在下午一点，叶晚晚大清早就从床上爬起来，试了好几种妆容和衣服搭配，终于赶在一点之前下了楼。

叶晚晚压了压帽子，低着头出了酒店，本来还想发个微信问问颜沉在哪儿，结果一抬头就看见不远处倚着车窗的男人。

他站在阳光下，穿着黑色的衬衫和西裤，几乎和身后的车融为一体。

本该是低调的黑色，却因为男人俊美的五官和挺拔的身姿，看起来是那么惹眼。

他只是闲闲地靠在那儿，无形之中却散发着某种生人勿近的气场，路过的女生不停地回头偷瞄，竟没有敢上前搭讪的。

叶晚晚轻笑了一下，抬脚走过去："你这么惹眼，感觉和你在一起，我随时会有暴露的风险。"

颜沉扬起眉："彼此彼此。"

叶晚晚指了指脸上架着的大墨镜，嘴角弯了弯："我可不一样，我很低调的。"

颜沉不置可否地挑了挑眉，绅士地为她拉开副驾驶的车门，然后绕到另一边上车，俯下身，似乎想为她系上安全带。

他靠得有点近，那股熟悉的薄荷味钻入鼻腔，混合着男人的气息。

男人俊美的五官近在眼前，长而浓密的睫毛垂着，在轻轻颤动。

叶晚晚身体有些僵硬，一股酥麻的感觉爬过脊背，她慌乱地开口："我、我自己来吧。"

说话的同时，伴随着"咔"的一声，安全带已经扣好。

颜沉抬起眸："你要自己来？"

接触到那双漆黑的桃花眼，叶晚晚"啊"了一声，没来得及开口，就又听见一声轻响。

他竟然又把安全带解开了！

叶晚晚："……"

这人什么毛病？

看着颜沉冲自己挑起眉梢，叶晚晚藏在墨镜后的眼睛翻了个大大的白眼，然后面无表情地给自己系回去了。

颜沉不动声色地微扬起嘴角，转过身，熟练地挂上一挡，启动车子。

他先带叶晚晚去了一家餐厅用午餐，因为两人都算公众人物，订的是一间包厢。

服务员带着他们上二楼的时候，隔壁包厢的人正好出来，见到他们时脚步一顿，笑着打了声招呼："这么巧。"

看见来人，叶晚晚一个趔趄差点摔倒，整个人下意识地往颜沉那边靠，抓着男人的胳膊勉强站稳。

这场面有点似曾相识，让叶晚晚想起了之前在 H 市的时候，好在颜沉这回没有残忍地把她推开。

叶晚晚一脸震惊："叶覆冰，你怎么也在这儿？"

叶覆冰看了眼扶在自家妹妹腰间的那只手的主人，漫不经心地说："大概是我们之间心有灵犀吧，不过你都这么胖了还敢来这儿吃饭？"

叶晚晚鼓起脸就想开口骂人，想起颜沉还在旁边，又只能不甘心地作罢。

两个男人的目光在空气中交汇了几秒，又默契地把视线移到了叶晚晚身上。

"看我干什么，你不会是想过来蹭饭吧？"叶晚晚防备地看着叶覆冰，疯狂使眼色让他赶紧滚。

叶覆冰不太客气地笑了起来，浅色的眼眸又看向颜沉，他走过去，在颜沉的耳边低语了一句。

颜沉身体一顿，眼中的敌意褪去了不少，淡淡地应道："我会的。"

叶晚晚狐疑地看着他们："你们两个说什么悄悄话呢？"

叶覆冰本想伸手在她脑袋上揉一把，不过想了想还是没动手，只是笑道："说你的坏话。"

看见自家妹妹气得想揍他又只能憋着的模样，他心情大好，挥了挥手："不打扰你们了，我这边还有重要的事呢。"

叶晚晚哼了一声，没理他。

隔壁包厢的门没关紧，还开着一条缝隙，叶晚晚经过时朝里面瞥了眼，倏地发现一道身影很眼熟。

不过，她没认出来，也没怎么在意。

进了他们自己的包厢，服务员把菜单递给他们，趁着现在没有其他人，一双眼睛冒光地看着叶晚晚。

"晚晚女神，能不能给个签名啊？"

虽然叶晚晚是戴着墨镜的，但她的真爱粉还是能一眼认出来。

这个服务员小姑娘打从她进门就一直盯着她看，在外面还能克制一点儿，但此时激动的表情再也藏不住，满脸皆是兴奋之色。

"当然可以。"叶晚晚温柔地朝她笑，然后从包里翻出一支签字笔，"签哪儿呢？"

小姑娘在身上翻了半天，最后让叶晚晚签在了她的手机壳上。

"那个……"小姑娘宝贝似的捧着手机，似乎还有话想说，眼神不停地瞄着那个正在低头看菜单的男人。

颜沉对她的视线仿佛毫无察觉，手肘支着桌面，侧着头闲闲地翻着菜单。

"他是你……"

叶晚晚知道她想问什么，也偷偷瞄了颜沉一眼，见他没注意这边，悄悄对小姑娘说了几个字，然后伸出食指抵在唇间，比了个"嘘"的手势。

小姑娘吃惊地张大了嘴，看向颜沉的视线变得更加炽热，好半晌才消化了这个消息。

她咽了咽口水，然后郑重地朝叶晚晚点头，示意自己会保密的。

点完餐之后，小姑娘依依不舍地出了包厢，等她走后，颜沉才终于抬眸看向了她。

"你刚才跟她说了什么？"

"没什么，说你是我朋友。"

颜沉自然是不信的，不过却也没有继续问下去。

餐很快就上齐了，叶晚晚还记着叶覆冰说她胖的话，没敢吃太多，毕竟作为女艺人，对体重可是有着非常严格的要求的。

颜沉见状微微蹙起眉头，看了眼少女盈盈一握的细腰，用公筷夹了不少菜放进她的碗里。

"多吃点儿。"

叶晚晚愣了一下，眼中闪过一抹诧异，似乎没想到颜沉会主动给她夹菜。

就多吃这么几口应该不会胖吧？

她看了看碗里的菜，想着这可是颜沉亲手给她夹的菜，绝对不能浪费了，于是三两下就吃得一干二净。

然后颜沉就又给她夹了几筷子。

叶晚晚看着堆成小山包的碗，陷入了沉默。

吃，还是不吃？这是个问题。

B 大，附中。

叶晚晚怔怔地站在这所学校门口，刚才吃完饭颜沉说要带她去一个地方，本以为会是什么著名的景点之类的地方，完全没想到会是这里。

那四个字印在墙沿上，字体苍劲豪迈，大门紧锁，旁边立着一个白色的保安亭。

附中的校门看起来翻新过了，和她记忆里的略有些不同。

颜沉把车停好，走过来站在她身边，撑开了一把伞，伞面朝着她那边倾斜。

阳光一下子被遮住，叶晚晚低头看着地面，脚下两个人的影子有一半重叠在一起，乍一看她好像被他抱在怀里。

在她看着影子愣神的时候，听见身后的男人忽然问道："想进去看看吗？"

叶晚晚"啊"了一声，转头看他："可以吗？"

颜沉没回答她的话，握着伞柄的那只手往前伸了伸，黑眸静静地看着眼前的少女，说："先拿着。"

等叶晚晚接过后，他抬脚走向了保安亭。

叶晚晚隐约看见里面是个身材圆滚滚的保安，两人也不知道交流些什么，锁着的校门竟然被打开了。

颜沉又朝她走来，重新拿过她手中的伞后，淡淡说了声"走吧"。

遮阳伞不大，两个人靠得很近。

叶晚晚双手有些紧张地捏着衣摆，胳膊有时候会和颜沉的触碰到一起，男人的手臂有点烫，她下意识往旁边缩了缩，然后又有点后悔。

难得能离得这么近，这种机会怎么能放过！

于是说动手就动手。

颜沉忽然感觉到手臂上多出了一点儿重量，一双白皙的手轻轻搭在了他的手臂上，触感柔软又细腻。

他侧过头，顺着那只雪白的胳膊看向它的主人，挑了挑眉毛。

少女歪着头，漂亮的眼睛眨了一下："脚疼，你借我扶一下，不介意吧？"

怎么可能会介意。

颜沉垂眸和她对视了几秒，目光慢慢下移，落在了她脚上那双平底鞋上，嘴角的弧度上扬。

"你不说话就是默认啦。"叶晚晚仿若未觉，见他没有否认后，心安理得地抓着男人的手臂，远远看上去就像一对恩爱的情侣。

校门口进去正前方就是一个操场，有一棵巨大的榕树立在右侧，再往前是几栋连在一起的教学楼，对面是宿舍区。

下午的阳光很明媚，空气有些燥热，又带着点儿桂花的香气，他们不知不觉地走到了操场。

整个学校都静悄悄的，操场上没有打球或者散步的学生，也听不见嬉闹声和读书声。

叶晚晚觉得有些奇怪："怎么这么安静？"

颜沉说："还没开学。"

叶晚晚这才想起现在才八月底，距离九月开学还有几天。

她走到右边的榕树下，坐在那个专门设立的休息长椅上，摘下了一直戴着的墨镜，抬手捏了捏鼻梁。

等颜沉在她旁边坐下时，她忽然问："话说起来，你为什么会带我来这儿呀？"

男人敞着双腿，下巴微抬，目光落在不远处的教学楼上，静默了几秒才回答："这是我的高中。"

叶晚晚有点惊讶，但想了想又觉得很正常，如果这个学校和他没有渊源，他干吗要带她来这里？

不对。

就算这个学校和他有渊源，带她来又是为什么？

颜沉收回视线，漆黑的眼看向旁边的少女，眼底的情绪开始翻涌。

沉默了一会儿后，他倏然开口："叶晚晚，你还记得这里吗？"

声音是一贯的低沉，但和平时的淡然有些不同，似乎带了点儿期盼，又似乎没有。

他好像，希望她的回答是记得。

叶晚晚眨了一下眼，她当然记得，《我在夏天等你》那部校园剧就是在这里拍摄的，她不可能会忘记的。

点完头后，她又有些愣住："你……知道我以前来这里拍过戏？"

算一下颜沉的年龄，她来拍戏的那年，他应该是在念高三。

这么说起来，颜沉岂不是五年前就见过她了？

叶晚晚的心情忽然变得有些微妙，是一种说不上来的感觉，混杂着惊讶、欣喜，还有庆幸和失落。

如果在那时候他们就相遇了……

可她却没能记住他。

颜沉"嗯"了一声，继续说："当时你们剧组找学生当群演，邀请过我，我拒绝了。"

叶晚晚流露出一丝跨时空的惋惜，撇了撇嘴："要是你当时答应了就好了……"

颜沉顿了一下，黑眸微微垂着，轻轻应了一句"是啊"。

嗓音很轻，淹没在树上的蝉鸣声里，叶晚晚没能听清。

她忽然站起身，发梢随着她起身的动作擦过男人的皮肤，带来微痒的触感。

少女站在他面前，逆着光，光影勾勒着她的身形，她的脸藏在阴影中，面容模糊，只有嘴角的笑容是清晰的。

太阳有些刺眼，颜沉微微眯起眸，看着那个浸在阳光中的少女。

阳光把她的乌发染上一片金色，裙摆被风吹起翻着小弧度的波浪，一如当年那样。

大概是光线太强，衬托得整个场景都有些虚幻，恍惚之间，眼前的少女似乎和五年前的回忆进行了重叠。

就是，他们的位置似乎反了。

阳光刺得眼睛生疼，他终于闭上眼，再度睁开时，少女的身影要清晰了不少。

叶晚晚朝他伸出了手，笑容灿若朝阳："走吧，我们故地重游。"

颜沉也跟着她笑，嘴角的弧度并不明显，眼神却很温柔。

他抓住她的手，握进掌心，回应了一声"好"。

五年前的夏天。

窗外的知了声一阵又一阵，颜沉趴在课桌上，睡得并不深。

高二的暑假期间学校有开设补课班，他对此兴趣不怎么高昂，会来也纯粹是找个借口不待在家里。

来的人不多，但也不算少，大部分人都在勤勤恳恳地做着笔记。

至于剩下的人嘛……

颜沉换了个姿势，黑眸微微睁开，半眯着看向窗外。

操场上站了一群人，扛着各种各样的专业设备，这会儿正围着一个穿着校服的女孩儿。

女孩儿的校服和他们教室里这群人穿的运动服完全不同，是精致的白衬衫和百褶裙，脚下还踩了双黑色的小皮鞋，一双腿笔直又修长。

耳边传来前桌两个男生的讨论声。

"哎，你看，那个女明星的腿好细啊。"

"她看起来好像和我们差不多大，我听说娱乐圈水很深的，她这么小不会就……"

后面的话未说完，椅子就被人踢了一下。

颜沉直直地看着他，漆黑的眼眸已经完全睁开，眼底带了点儿冷意，嗓音却是漫不经心："啊，不好意思，脚滑了。"

那个男生的嘴唇嚅动了一下，似乎想说什么，他的同桌拉了他一下，眼神带了点儿畏惧，他们最终还是什么话也没说。

颜沉又扫了眼窗外那个被夸腿细的少女，不怎么在意地打了个哈欠，趴在桌面上继续睡了。

这之后又过了几天。

上课铃声早已响了很久，颜沉拎着书包慢悠悠地往教学楼的方向走，刚过一个拐角，就被人迎面撞了个满怀。

他没什么事，少女倒是被撞得后退了几步，脚下没站稳，整个人都往后仰。

"啊——"

她穿着裙子，随着往后倒下的动作裙摆向上翻起，露出一截白皙的大腿，以及……

颜沉身体一僵，但还是伸手拉住了她。

少女的手腕很细，他当时甚至有点担心，自己要是太用力了会不会把她的手折断。

等她站好后颜沉就松了手，神色略微有些不自然。

"呼，吓死我了。"少女喘了口气。

颜沉一眼就认出了她。

因为她的百褶裙，她的黑皮鞋，她那双又白又细的腿，她那张漂亮又惊艳的脸。

她好看得太有辨识度了。

少女拍了拍裙摆，整理好后，抬眸看向面前的少年。

他站在逆光的位置，五官都模糊在金色的光线里，她看不清楚，却也没在意，只是仰着头对他笑，轻声说了声"谢谢"。

少女的眼睛很漂亮，像是黑曜石一般，在阳光底下熠熠生辉。

颜沉看了她几秒，然后才说："不客气。"

少女似乎是有急事，道谢完就匆匆忙忙地走了。

长长的黑发随着她跑步的动作在背后一阵起伏，在和他擦肩而过时，有几缕发丝从他手臂的皮肤上划过。

颜沉站在原地停顿了片刻，表情没什么变化，正想抬脚继续走，余光扫过地面，发现了一团粉色的东西。

他蹲下身，捡起那团毛茸茸的东西，是一只可爱的小兔子玩偶。

好像是她包上的挂件？

颜沉把这个小玩意儿捡了起来，回头看了眼身后空空如也的走廊，又低头看了眼手表上的时间，继续朝着前方走了。

下课时，学生们总喜欢去围着剧组观看他们拍戏，有时候还会有几个幸运儿被喊去当群演，有的还能有一两句台词。

有几个女生一边探着脑袋往里面看，一边互相讨论着：

"那个叶晚晚好漂亮啊，果然明星就是和我们这些普通人不一样。"

"男主角的演员也挺帅的，不过总感觉他和叶晚晚不太般配……"

"就他啊，还没咱们颜校草帅呢。"

此时此刻，"颜·校草·沉"就站在她们后边，表情淡淡的，双手随意地插在兜里，触碰到那个兔子玩偶时，他顿了顿，然后又恢复了自然。

他站在人群中定定地看着少女。

"叶晚晚……"

颜沉低低地念了一声这个名字，漆黑的眸闪了闪，听到上课铃响起时，转身想走，却被一个女人拦住了。

"你好，我是 TY 娱乐的，我觉得你的外形条件非常不错，请问你有兴趣进入娱乐圈吗？"

对于这个邀请，颜沉很淡定地拒绝："不好意思，没有。"

女人还是塞给了他一张名片，说让他考虑一下，想好了随时可以联系她。

颜沉接过后随手放进口袋，临走时余光瞥过拍摄现场，正好看见了少女明媚的笑容，眼眸弯成月牙，眸光明亮，像藏了光。

路过楼梯间时，颜沉瞥见角落里的垃圾桶，没有犹豫地把那张名片扔了进去。

扔完，他却站在原地停留了片刻，脑海里闪过少女刚才的笑靥。

他对娱乐圈没什么兴趣。

可是对她，却似乎有那么一点儿兴趣。

不知道从哪一天起，他开始在人群中默默注视着她拍戏。

从最开始路过时的好奇，到后来慢慢养成了习惯。

习惯性地看着她。

每次去图书馆或者食堂，只要有经过他们拍摄的地方，他都会停下来隔着人群看她几眼。

不论他要去哪里，总会为她停下脚步。

颜沉站在那棵榕树下，远远地看着操场上的人群。

旁边的好友搭住他的肩膀，怂恿道："沉哥，要不明天咱们就不来了吧？反正学校也没强行规定一定要来，这都憋了快一个月了，我们去网吧玩玩？"

颜沉把好友的"爪子"从肩膀上拍掉，很是冷淡："不去。"

好友还在叽叽喳喳："别啊沉哥，你忘了你的电竞梦了吗？我发现你最近很奇怪啊，以前也没见你对学习这么上心，怎么天天来这么早……"

假期对于学生而言总是过得特别快。

特别是对于颜沉而言，他觉得这大概是他这十八年的人生中过得最快的一个暑假了。

颜沉摸了摸口袋里的兔子玩偶，没想到直到她离开，这玩意儿也没能还回去。

她每天都很忙，看起来比他这个准高三生还要忙，根本没有接触的机会。

出于某种难以言说的心理，颜沉不想把这个东西交由其他人，他想亲手还给她，却一直没有机会。

假期的结束，也意味着她的离开。

颜沉坐在座位上，习惯性地往窗外看时，操场上已经没有她的身影了。

他垂下头，单手扶住额，嘴角的弧度有点自嘲，真尻啊。

两个月的时间，他竟然只跟她说过那一句话。

等到颜沉后来上了B大，《我在夏天等你》那部剧刚好播出，热度非常高，是同台的收视第一。

周围的人都在讨论这个，讨论乔夏，讨论叶晚晚……

"哎，颜沉，你有没有喜欢的明星？"当时有人这么问过他。

他的好友嗤笑一声："开玩笑，咱们沉哥看起来像是会追星的人吗？"

颜沉当时没说话只是垂眸看着手机，界面是系统相册，里面几乎空空如也。

唯一一张，是一年前在附中拍摄下来的，她的照片。

他不追星，他只想追她。

第八章
走到暮雪白头

LIANLIAN
WANFENG CHEN

附中的校园说大也大，说小也小。

两人把学校绕了一圈，在经过某个拐角时，叶晚晚忽然停住脚步。

颜沉转头看向她，眸色很深。

叶晚晚下意识地仰起头，看见男人的面容隐没在光线里的模样，心倏地一跳。

说不出的熟悉感。

就好像，她曾经在什么时候，见过这一幕。

"怎么了？"颜沉问他。

"只是突然想起，我当年……"叶晚晚抬头看向男人，慢吞吞地说，"好像在这里丢了个挂件。"

颜沉也垂眸看着她，倏地往前走了一步，脸从光影里露了出来。

俊美的面容映入她的眼中，然后慢慢放大。

叶晚晚呆呆地看着男人靠近自己，近到她差点以为颜沉是不是要亲下来的时候，突然，一只粉色的兔子玩偶出现在她面前。

颜沉拎着那个玩偶晃了晃，声音压得有点低："是这个吗？"

本来就在剧烈跳动的心跳停了一拍，接着又越跳越快。

她张了张嘴："你……"

颜沉说："伸手。"

叶晚晚眨了一下眼，听话地伸出手，兔子玩偶被颜沉松开，落入她的掌心，她垂眸细细端详着。

她其实已经记不清最初丢的挂件长什么样了，但是看着手中这个有些破旧的兔子玩偶，记忆一下子清晰了起来。

叶晚晚深吸一口气，哪怕已经努力克制那强烈的心悸了，可说话时的嗓音还是带了一丝因为激动产生的颤抖。

"总感觉，好不可思议啊。"

她望着眼前的男人，对上一双漆黑的桃花眼。

眼底的情绪浓烈，像海浪打在她的心上，淹没口鼻，有一种快要窒息的感觉。

叶晚晚能感觉到，他大概也是喜欢自己的。

甚至，比她喜欢上他的时间还要久得多……

叶晚晚觉得这好像一场梦，她伸出手，拉住了男人的衣角，声音有点哽咽："颜沉，我可以抱抱你吗？"

这一切都太不真实了。

她迫切地需要抓住什么，来证明这不是她的幻觉。

颜沉没有说话，她已经直接扑进了他的怀里，双手环住他的腰肢，脸贴在他的胸口，可以听见里面清晰有力的心跳声。

一下又一下，在某一个瞬间，她似乎觉得他们的心跳好像同步了。

男人的胸膛很结实，带着令人心安的力量，她又闻到了那股薄荷香，几乎是贪恋地又往他怀里钻了钻。

"别动。"

叶晚晚听见男人低沉的嗓音，身体僵硬了一下，感觉到颜沉的手搭在了自己肩上，似乎是要推开的样子。

她忽然有些慌了，牙齿咬住下唇，抱着他的双手越发用力，死死地抓着他背后的衣服，连声音都带了一丝哭腔："别推开我！"

"颜沉，我喜……"叶晚晚的话未说完，感觉到了肩上一阵推力，后背抵在了身后的墙面上。

下一秒，属于男人的身体也压了过来。

在眼泪几乎要夺眶而出的瞬间，他低头吻住了她的唇。

感受到唇间温热柔软的触碰，叶晚晚惊讶地瞪大了眼，怔怔地看着面前的男人。

他在吻自己……

少女的睫毛在微微颤抖，有泪珠挂在上面，又倒退回了眼眶里。

男人的五官近在咫尺，鼻梁高挺，睫毛乌黑浓密，右眼下一颗小小的泪痣。

她没能欣赏太久这份美色，倏地眼前一片漆黑，有一只手挡住了她的眼睛，掌心温热，动作也温柔。

但嘴上的吻却和手上的动作相反，是激烈又热情的，带着极强的侵略性。

这算什么，强吻吗？

要不要推开？

叶晚晚紧紧拉着男人的衣角，迟疑了一秒，继而双手往上一伸，钩在了男人的脖子上。

推开个屁啊，当然是吻回去！

她顺从地闭上眼，睫毛轻轻地擦过他的手心，生涩地回应他的吻。

他松开捂住她眼睛的手，搂上了少女纤细的腰肢，用力得几乎要把她揉进身体里。

压抑多年的感情在顷刻间爆发，这个吻带着极强的占有欲。

叶晚晚被吻得浑身酥软，如果不是颜沉环在她腰间的那双手托着，她觉得自己这会儿可能站都站不稳了。

一吻结束。

叶晚晚终于得以呼吸到新鲜空气，她无力地倚在男人的胸膛上，重重喘息着，那双明亮的眼睛像染着雾气，眼底一片沉沦之色。

浅浅的红晕从脖颈爬上脸颊，她觉得自己快冒烟了。

颜沉的手轻轻从少女的侧脸滑过，挑起她的下巴，桃花眼微眯，在她耳边低语道："你知道我等这一天多久了吗？"

从一开始朦胧的好感，到现在迫切地想要拥有她……连他自己都说不清这种情感变化是从什么时候开始的。

好像是那天在窗台边与她对视；又好像是那次在机场隔着人流与她相望；也可能是在更早之前，在校园里遇见她的第一天起，她一个笑容，他就彻底动心了。

可他们之间的距离太遥远了，隔着一个屏幕，不是一个世界。

在最初的时候，他只是想能远远地看着她就好了。

所以一直压抑着，硬生生地把对她的感情上了一道锁。从未想过有一天她会来到自己身边，向自己伸出手。

于是锁彻底坏了，不管用了，那些情感倾泻而出，他终于不再是在远处默默地守望着她，而是能光明正大地站在她身旁。

叶晚晚被他吻得晕晕乎乎，大脑接近空白，缓了半天才回过神。

"你刚才……干吗不让我说完呀？"少女似乎很害羞，声音轻微，他差点没听清。

颜沉垂眸凝望着她，眼底似乎漾着温柔的光，像波光粼粼的海面。

他的眼神没有了克制和压抑，而是满目深情。

那双漂亮的桃花眼终于有了点儿勾魂的味道，加上他右眼下那颗小小的泪痣，配上这样的眼神，堪称是绝杀。

"表白这种事，是男方的责任。"他缓缓地说。

叶晚晚没忍住地花痴了几秒，"噢"了一声，然后眨眨眼："你这算不算是大男子主义？"

颜沉在她唇瓣上轻咬了一口，眼角微挑："那你请吧。"

叶晚晚装模作样地清了清嗓子，歪着头，笑吟吟地问："请问颜沉先生，我有没有那个荣幸，和你绑定恋人的关系呢？"

颜沉抬起手，指腹在她嫣红的唇瓣上摩挲着，磁性的嗓音低哑："这不是已经绑定了吗？"

叶晚晚红着脸拍开他的手，固执地要他一个回复："确认还是否认，请选择。"

颜沉似乎是笑了，抬手撩开她的额发，低头落下了一个轻轻的吻。

"确认。"他说。

既然已经确定了关系，那叶晚晚也就没有顾及，一双手挽着男人的胳膊，心情愉悦地哼着歌走出了校门。

她把那只兔子玩偶挂在了挎包的拉链上，一边走一边不停地摆弄着。

破旧的挂件和她高定的包包看上去格外不搭，但她一点儿也不介意，脸上的笑容一刻也没有消退，满满都是沉浸在恋爱中的甜蜜。

等到重新坐上车，她才后知后觉地想起一个问题："完蛋了——刚才那可是在学校里啊！"

那她和颜沉 kiss 的那幕岂不是都被摄像头拍下来了？

颜沉俯身为她系好安全带，没告诉她那里其实是监控死角，而是故意说："亲都亲了，现在想这个问题是不是太晚了？"

想起刚才那个激烈的吻，叶晚晚脸蛋一红，伸手轻轻把男人往旁边推了推："你还好意思呢，我允许了没有，你竟然就直接亲过来！"

颜沉挑了挑眉："现在后悔也晚了。"

叶晚晚哼了一声，别过脸，假装生气不理他。

要说后悔……

她怎么可能后悔，她高兴都来不及。

喜欢的人恰好也喜欢着自己，这世上大概再没有比这更幸运的事情了。

叶晚晚拿余光悄悄瞄了眼开车的男人，侧脸的轮廓近乎完美，气质冷峻，薄唇微微翘着，带着令她心醉的弧度。

说起来，其实还是她赚了。

盯着他看了半天，叶晚晚也不知道是不是自己的错觉，总觉得男人冷硬的轮廓好似柔和了几分。

猝不及防地和那双黑眸对上，叶晚晚一怔，偷窥被逮住的尴尬令她有些慌乱，下意识抬手捂住自己的眼睛。

颜沉似乎被她掩耳盗铃般的举动逗笑了，嘴角的弧度更加明显。

他没说话，专心地开着车。

叶晚晚松开手，先是露出一双乌溜溜的大眼睛，见男人没再注意自己后，靠回椅背里松了口气。

不对啊，她自己的男朋友，看几眼怎么了？

果然恋爱中的人智商会变低，看来舒心没有骗她。

叶晚晚有些惆怅，打开手机想刷一会儿微博，看见桌面上的日期，忽然伸手戳了戳旁边的男人："颜沉颜沉，今天是八月三十号，你可要记住了啊，我们在一起的纪念日！"

颜沉听见这个日期顿了顿，淡淡"嗯"了一声，思绪有些飘远。

八月三十号。

是五年前，她离开的那一天。

也是五年后，他们在一起的日子。

之后颜沉带她去逛了商场，少女墨镜、帽子、口罩一个不落地把自己捂得严严实实。

颜沉看她这样，怕她闷坏了，便提议道："要不去别的地方？"

叶晚晚很坚定地摇头拒绝："不行，女人活着就是为了逛街的，今天谁也不能阻止我！"

她有一个习惯，每次心情不好的时候都喜欢去购物发泄，心情特别好的时候也忍不住要去买买买庆祝。

这种习惯还有一个别名，叫作"有钱任性"。

好在商城里的空调开得很低，扑面而来的凉爽让叶晚晚舒服地舒展了一下身体，然后就拉着旁边的男人冲向各大商铺。

她以前没少和舒心溜出来逛街,但和异性一起这还是第一次,感觉还挺新奇的。

啊,其实也不能算是第一次,她之前和叶覆冰也出来逛过。

但那个浑蛋刚进商场就为了透气把口罩摘了,害得他俩被粉丝路人围得水泄不通,堵在入口,最后好不容易解脱了也没心情继续逛了。

想起这糟糕的回忆,叶晚晚压了压帽檐,暗暗发誓她就是热死也绝不会把伪装脱下的!

颜沉也算是公众人物,但他的知名度显然没有叶晚晚那么高,此时只是随意地架了副墨镜在脸上。

墨镜遮住了那双桃花眼,但露出部分已经足够抢眼,精致流畅的下颚线条,薄唇抿成好看的弧度,不难想象他若是摘下墨镜,那张脸该有多么英俊迷人。

在第 N 次看见有路过的女生对颜沉投来爱慕的眼光后,叶晚晚咬了咬银牙,拉住男人的袖子:"等一下!"

叶晚晚从包里翻了翻,掏出一个和自己同款的粉色口罩。

她把口罩递到男人面前,手抖了抖,意思很明显。

颜沉:"我能拒绝吗?"

叶晚晚瞪他一眼,然后又想起自己戴着墨镜他也看不见,于是果断地踮起脚,亲手给他戴上。

颜沉虽然说要拒绝,但还是任由着她的动作,甚至还贴心地往前倾斜了身子。

叶晚晚戴好后上下打量一眼,很满意地笑了起来:"不错,挺好看的。"

颜沉:"……"

于是,没多久后,商场里的路人就看见一个身材高大气质冷峻的男人,脸上戴着一张颜色粉嫩的口罩,手里拎着一大堆的品牌袋子,淡定地走在某个少女旁边。

隔着墨镜都能看得出他的无奈,还有深深的宠溺。

叶晚晚又钻进一家服装店,颜沉就靠在中庭护栏边,耐心地等着她。

大概是这家店价格昂贵,里面的人不多,叶晚晚一进去就有店员热情地迎了过来,为她介绍他们店里的新款。

叶晚晚漫不经心地扫过那一排排琳琅满目的衣服,倏地在一条裙子前停住了脚步。

红绿撞色,花纹繁复……丑得挺别致。

店员见她看着这条裙子立马推销："这位女士，你真有眼光，这条裙子是我们店新到的秋季限量款，目前就剩这一件了。"

叶晚晚正想说她眼光没这么独特时，旁边忽然伸出一只胳膊，手腕纤细，指尖还涂着鲜艳的指甲油，一看就是女人的手。

"这条裙子我要了，帮我包起来。"

叶晚晚闻声看向那个女人，在看见那熟悉的大波浪卷后挑了挑眉。

"文小姐，这……"店员显然认识那个女人，又看了叶晚晚一眼，显然有些为难。

文娅有些挑衅地抬了抬下巴，像一只骄傲的孔雀："我说的话听不懂吗？包起来，跟我刚才选的另外几条一起安排人直接送到我的别墅。"

叶晚晚没说什么，忽略她，径直走向另一排衣架。

没想到文娅也跟着她过去，闲聊似的开了口："你是叶晚晚吧。"

叶晚晚有点讶异自己都捂成这样了她还能认出来，不过还是点了点头："嗯，我是，要签名吗？"

文娅："……"谁要你签名啊。

她不着痕迹地看了眼门口，男人依旧倚在护栏边，穿着黑衣，戴着墨镜，气场凛冽冷酷，只有脸上那粉嫩的口罩与他的气质格格不入。

文娅看见了叶晚晚脸上戴着的同款口罩，试探地问了句："你和颜先生关系很好？"

叶晚晚顺着她的话应道："嗯，很好啊。"

文娅故意问："那他怎么不进来陪你挑呢？"

管这么宽，关你屁事啊。

叶晚晚藏在墨镜后翻了个白眼，懒得理她。

对于她的沉默，文娅却是想到了别的方面去了，红唇扬起一个弧度，带着丝丝嘲讽："叶小姐，我好心提醒你一句，有些豪门不是你能高攀得上的。"

叶晚晚今天心情好也没跟她计较，只是敷衍地说："哦，豪门啊，真厉害。"

文娅的视线扫过叶晚晚包上那只破旧的兔子挂件，嘴角的讽刺更深了："人呢，还是要掂量掂量自己的身份的，光喜欢可没用，有些裙子你得不到，有些男人你也注定拥有不了。"

还没完没了了。

叶晚晚忽地叹了口气，转过头怜悯地说："文小姐，那条裙子那么丑你都喜欢，我真为你的审美感到担忧。

"还有，我喜欢的男人……"

说话的途中，她们口中提及的某男人已经走进了店里，径直接上了叶晚晚未说完的话："她已经拥有了。"

看见颜沉，文娅的表情变了变，还是礼貌地打了声招呼："颜先生。"

颜沉冷淡地瞥了她一眼，因为有墨镜挡着，文娅也没能看见，但还是感觉到了男人身上散发出的冰冷气场。

说实话，颜沉对这个女人很没好感。

本来就因为是家里强行安排的相亲很不厌烦，这个女人还出口贬低叶晚晚，他更是不会给她什么好脸色了。

叶晚晚问："你怎么进来了？"

也不知道是故意的还是无意的，颜沉竟然说："没什么，就是想进来陪你挑衣服。"

叶晚晚眉毛扬了扬，那边文娅的脸色却是直接黑了下去。

"这家店的风格我不喜欢，我们换一家店逛吧。"叶晚晚自然地挽上男人的手臂，临走前还和文娅挥手，"文小姐喜欢就慢慢挑吧，我们先走了。"

文娅脸都气绿了。

直到走出这家店，叶晚晚朝男人竖起了大拇指："好样的，你刚才那句话太给力了！"

颜沉微挑起眉，不明所以，不过也没有问。

他刚才就是在外面看见了她和文娅似乎起了争执才进去的，见她没有吃亏便放下了心。

其他人，他根本不在意。

晚餐是去的一家高级西餐厅，在看见那精心准备的烛光晚餐时，叶晚晚决定把之前骂颜沉是直男的这番话收回。

长形餐桌的正中央摆着一个烛台，蜡烛的光线朦胧，渲染着浪漫又暧昧的气氛。

她的桌位上还摆放着一束鲜花，包装精美，花香扑鼻。

颜沉走过来绅士地为她拉开椅子，伸出右臂，做出了一个请的姿势。

叶晚晚顺着他的手往上移，目光落在男人俊美的脸上，他的眼底映着烛光，一片漆黑中染着一抹红。

明明只是那么小的一簇火苗，却几乎要把她灼伤。

叶晚晚心跳得越来越快，入座时差点没坐稳，还好及时扶住了桌子才避免了出丑。

她在内心鄙视自己：叶晚晚啊叶晚晚，你可是堂堂叶氏集团的大小姐！多大的场面没见过，只不过一顿烛光晚餐而已，你就激动成这样，真是太没出息了！

想起自己之前演过的那些偶像剧，基本上也都是这样的套路，她当时还吐槽过编剧情节太俗太没新意……

但是现在，叶晚晚表示对不起，她就是个俗人！

"还满意吗？"颜沉为她倒了三分之一杯的红酒，用低沉的嗓音问。

叶晚晚故作矜持地点了点头，只是娇羞地"嗯"了一声，内心：满意满意，简直太满意了！

西餐吃得比较慢，外面的暮色早已深了。

用餐过程颜沉十分贴心，所有的菜都会主动为她切好，她只用负责吃就好了。

平时吃中餐的时候没什么感觉，但眼下看着对面的男人拿刀叉那熟练又优雅的动作，叶晚晚开始对他的身份产生了好奇。

记得文娅之前提起过豪门，想来颜沉的出身应该很不一般。

叶晚晚眨了眨眼，她这算不算是，捡到宝了？

玻璃杯在空中碰撞发出清脆的声音，叶晚晚抿着杯沿，这红酒味道香醇，她没忍住多喝了几口。

颜沉眉心皱了一下，但很快又舒展开来，只是淡淡提醒了一句："少喝点儿，等下带你去个地方，继续故地重游。"

叶晚晚立刻放下了手中的高脚杯，有点疑惑："是哪里啊？"

她想了想 B 市自己去过的地方，好像除了附中也没其他地方了。

等会儿，好像还有一个——

"你是说，青石山？"

颜沉点点头。

青石山位于 B 市城郊，距离这里有点远，开了接近一个小时的车才到那里。

这也是当初拍摄《我在夏天等你》时的地点，还是一个十分重要的场景。

女主角夏和陆天就是在这里确认了关系，两个人还并肩看了日出，定下了那个最终没能兑现的约定。

车子只能开到半山腰，上面的路需要步行上去。

颜沉从车后备厢里拿出了一个背包，看上去挺大的，也不知道里面装了什么。

"这是什么啊？"叶晚晚凑过去好奇地问。

颜沉已经把包背在了身上，没告诉她："秘密。"

叶晚晚不乐意了，鼓起脸斥责道："咱们现在什么关系，你怎么能对我有秘密呢？"

颜沉伸手在她脸上捏了一把，少女的皮肤细嫩，触感柔软，他忍不住又捏了一下。

叶晚晚拍开他的手，凶道："干什么呢，还动手动脚的！"

颜沉很浅地笑了一下，松开手，抬脚往前走："上去你就知道了。"

叶晚晚赶紧跟在他后面，好在山路不算崎岖，她今天穿的又是平底鞋，爬山倒不算什么大问题。

而且她今天吃了那么多，多运动运动也有助于消化。

到山顶的时候，叶晚晚才知道原来颜沉那包里装的是个便携式的帐篷。

"哇，准备得很全面嘛！"她兴奋地跑过去，"让我来，让我来！"

颜沉放下手中的零件，少女接过后摆弄了半天，结果弄半天也没弄明白怎么组装，一脸沮丧地叹了口气。

颜沉知道她的性格，没有对她说"让我来"，而是说"我教你"。

这种帐篷的组装其实很简单，只要把支撑用的玻璃纤维管连接在一起，穿过帐杆套，调整一下位置，再把四个角固定一下就完事了。

"成功啦！"叶晚晚高兴地看着自己亲手搭出来的帐篷，虽然全靠颜沉指挥，但她心里还是挺骄傲的。

不过话说回来——

叶晚晚指了指那个帐篷，笑容忽然收敛，换成了迟疑的表情："就、就一个啊？"

那岂不是说明，他们要睡在一起？

虽然他们现在已经是男女朋友的关系了，但毕竟才刚在一起，这样不太好吧？

颜沉顿了一下，然后说："忘了。"

叶晚晚遗憾地叹息一声，也没多想，目前颜沉在她心里的形象还是很正面的，既然是忘了那也没办法，只能将就一下了。

毕竟大家都是成年人了，只不过一起睡个觉而已，这有什么的。

可是成年人的睡觉……

叶晚晚的表情从纠结变成了紧张，一张小脸瞬间被红色席卷。

啊不行，她不能再想下去了，快忘掉快忘掉！

本来她的脸蛋就因为喝了酒有些红，但吹了一个小时的风后已经消退了不少，这会儿又重新染上了绯色。

"在想什么？"男人的声音忽然在头顶响起，叶晚晚身体一僵，差点没从坐的石头上摔下去。

颜沉迅速地扶住了她，双手托在少女的腋下，凭借良好的臂力竟是直接将她抱了起来。

男人坚硬的胸膛紧贴着她的后背，哪怕隔着两层薄布也能感受到底下肌肤的热度。

刚才脑海里那些十八禁的画面再度闪过，叶晚晚的脸瞬间更烫了，说话都结结巴巴："没、没想什么。"

颜沉把她放在地上站好，少女却不肯转过来，他疑惑地绕到了前面，就看见这姑娘通红的脸蛋。

"你刚才……"

"没有！我才没想那个！"

话一出口，叶晚晚羞愤难当，简直想杀了自己的心都有了。

"我什么都没说，你听错了！"她扔下这句话，假装没看见男人似笑非笑的脸，扭头就往帐篷里钻，还拉上拉链不让他进来。

颜沉在原地低低笑了声，慢悠悠地跟了过去，蹲在帐篷前问她："那个是哪个，嗯？"

这人竟然还明知故问，也太坏了吧！

叶晚晚捂住耳朵，整个人缩成一团，自我催眠假装什么事都没发生。

后来还是颜沉哄了她半天，她才肯从帐篷里出来。

两个人一起躺在带来的地毯上，仰望着头顶璀璨的夜空。

郊区的空气要比城市里清新多了，更别提这还是在山上，连带着天上的星星看起来好像明亮了许多。

气氛幽静美好，月亮的光辉洒在两个人身上，添了几分朦胧。

"其实……"叶晚晚忽然开了口，"我喜欢看星星是因为我妈妈的缘故。"

颜沉侧过身，单手支着脑袋，静静地等待她接下来的话。

少女还是平躺着的姿势，五官精致柔美，嘴角带着温柔的笑，眼底的光很亮，这回是真的藏了星星。

她伸出手，胳膊又白又细，手指做了个抓的手势，然后放在了胸口。

"我妈妈在我很小的时候就过世了，但我还记得她，她是个很温柔的人，也特别漂亮。"

颜沉看着少女这张脸，倒是不难想象她的母亲有多好看。

"那时候我哭得特别伤心，爸爸就告诉我，妈妈会变成天上的星星，她会一直守护我。"说到这里，叶晚晚浅浅地笑了一下，眼底却泛起了泪花，"其实我知道这是假的，只是用来哄小孩儿的招数，但我还是愿意去相信。"

颜沉为她拭去眼角的泪水，忽然有些心疼地说："她会的。她会一直守护你，我也会。"

叶晚晚嘴角的弧度加深了几分，眼底的泪光已经隐去："那就说好啦，可不能反悔。"

颜沉承诺道："不会的。"

叶晚晚又笑了起来："现在我有两个守护神了，一个在天上，一个在地上。"

颜沉搂过她的腰，说："是在你身边。"

叶晚晚也顺势抱住了他，窝进男人的怀里，轻嗅着他身上的味道，从来没有哪一刻像现在这样令她安心过。

颜沉吻了吻她的眼角，忽然轻声说："现在，我另一个梦想也实现了。"

叶晚晚愣了片刻，才明白他指的是自己，红晕悄然爬上脸颊。

穹顶的星光闪烁，明亮且耀眼。

"今晚的月色真美。"叶晚晚说完，瞅了眼男人俊美的侧脸，也不知道他听不听得懂这番话的内涵意思。

颜沉没什么反应，看来是不知道了。

叶晚晚倒也没在意，忽然坐起身，盯着他问："说起来，你今天准备得这么充足，又是烛光晚餐，又是帐篷的……就没想过如果我们今天没有在一起，那这些不是浪费了吗？"

像是怕被误会，她还补充一句："如果啊，我是说如果。"

颜沉也跟着坐了起来，抬手抚上她的脸，说："总不能让你失望。"

叶晚晚心跳加速，没来得及说话，就听见颜沉问她："乔夏的那句话，还记得吗？"

叶晚晚眨了一下眼："等你实现了你的梦想，回来娶我好吗？"

颜沉嘴角噙着笑，嗓音很低："好。"

叶晚晚的眼睛先是亮了一下，但又暗了下去："可是那部剧是个悲剧……"

颜沉打断了她的话："但我不是陆天，你也不是真的乔夏。"

"说得对！"少女重新露出灿烂的笑，用力扑进男人的怀里，两个人一起往地上倒。

"你是颜沉，而我是叶晚晚，我们和他们不一样，我们肯定会 HE 的！"

她压在男人的身上，胸口紧密贴合，软绵绵的东西抵着男人结实的胸膛，叶晚晚像是毫无察觉，用脸蹭了蹭颜沉的脖子，胸部也跟着动作。

颜沉身体有些僵硬，抬手按住了在他身上不安分乱动的少女。

那柔软的触感在记忆里挥之不去，他的眸色变得幽深，体温在渐渐升高。

"嗯？"叶晚晚似乎察觉到了他的不对劲，乖乖地趴着看了他几眼，倏地又坐直了身体，"你怎么……"

话没问完，一低头，又接触到了颜沉那灼热的视线。

她怎么会不懂。救命！

叶晚晚顿时慌了，屁股挪了挪想从他身上下来，男人却死死按住她。

"你你你你你……"

"你先别动。"颜沉的声音带了点儿沙哑，似乎在极力克制着什么。

叶晚晚听话的不敢乱动，大概过了三四分钟，她小心翼翼地站了起来，但大概是跪了太久，腿一软，直接又栽回了男人的怀里。

她听见男人发出了一声闷哼，也不知道是因为被她撞疼了，还是因为别的什么。

"叶晚晚，你这是准备要……嗯？"颜沉那双桃花眼眯了眼，看着近在咫尺的少女，缓缓地在她耳边说了两个字。

叶晚晚："……"

她还来不及说什么，颜沉就一个翻身把她压在了身下，两人的位置在瞬息间交换。

男人的手支撑在她肩膀两侧，微微俯身，呼出的气息打在她的脸上，又痒又暧昧。

"上一次是车内，现在是野外，原来你喜欢刺激的啊？"

叶晚晚只觉得大脑里的弦倏地断开，气得脸都红了，也可能是害羞，脸颊的皮肤像火烧一样的烫。

她凶了一句："你给我闭嘴！"

颜沉低笑了一声，听话地闭了嘴，却是直接吻了下来。

动作比下午温柔了许多，但还是带着极强的侵略性，他细细吸吮着少女柔软的唇瓣。

直到叶晚晚被他吻得面红耳赤，他才终于放了她。

"你……你……"叶晚晚一边喘气一边骂，"你浑蛋！"

颜沉舔了舔唇，像是在回味她的味道。五官俊美，却不再冰冷，嘴角的笑容难得带了点邪气："啊，我就是浑蛋。"

叶晚晚真是被他的无耻震惊了，所以原来这才是这个人的本性吗？

之前的那些高贵冷艳，粉丝口中的禁欲和性冷淡都是假的吗？

颜沉抬手抚了抚少女滑嫩的脸颊，压低了声音："下午就和你说了，想后悔已经晚了。"

叶晚晚凶巴巴地瞪他。

虽然她现在脸蛋红扑扑的，眼底也水光潋滟，看起来一点儿威慑力都没有，但男人还是在她这样的眼神里投了降。

"……"

似是轻微地叹息了一声，颜沉从她身上下来，屈膝坐在了一边，背部微微弓着，垂着头。

"我错了，晚晚。"

叶晚晚愣了一下，这还是第一次听见他喊自己"晚晚"。

额前的发丝挡住了男人的眼睛，看不清表情，只能听见他沉闷的声音："对不起，我有点忍不住。我只是，等这一天太久太久了……"

叶晚晚一下子就心软了，而且还软得一塌糊涂。

她靠过去，从侧面抱住了男人，用轻柔的嗓音安慰他："我没有生气呀，你不要自责也不用道歉。我爱你，颜沉……我爱你。"

这三个字就像是有魔力一般，男人也抬手回抱住了她，下巴埋在少女香嫩的脖颈里，蹭了两下，喃喃低语着："我也爱你。"

爱到都快要发疯了。

也不知道抱了有多久，叶晚晚似乎迷迷糊糊地睡着了，醒来时是在帐篷里，颜沉不在旁边。

她钻出帐篷，正好和男人打了个照面。

"你醒了，我正准备叫你。"颜沉的声音很哑，身上带了些烟味，眼神

163

略带疲惫，却还是温柔的，"天马上就要亮了。"

他守了她大半个晚上。

叶晚晚看着不远处地上零零散散的烟头，眼眶微湿，有点想哭。

颜沉看她这样有些慌了，想要去抱住她，又顾及自己身上的烟味，嘴唇抿成直线，双手捏成了拳，手背上的青筋凸起。

"晚晚，你……"

叶晚晚努力把泪水憋回去，朝他笑了一下："我没事。"

她就是太感动，也太心疼他了。

叶晚晚坚定地走向男人，与那双黑沉沉的桃花眸对上。

然后，她主动踮起脚。

天边渐渐泛起了白光，东方出现了一抹鱼肚白，黎明的曙光乍现，照亮了山顶。

他们在天光乍破时接吻。

……

我陪你看过日出和日落，也陪你看过晴空和星空。

接下来，就是陪你走过四季，再陪你度过余生。

直到暮雪白头。

B市的早上会有一点点晨雾，颜沉把车开得很慢，也很稳，少女就靠在副驾驶位上，歪着脑袋睡得香甜。

回到酒店时才刚刚过了七点。

大厅静悄悄的，没有其他人，只有前台小妹坐在那里玩着手机，也没注意到他们进来。

叶晚晚没戴口罩，打着哈欠大摇大摆地走了进来。

"困死我了。"她捂着嘴，蔫哒哒地跟在颜沉后面，在等电梯时整个人都倚在男人身上，眼睛眯成了一条缝。

"等等就能好好睡了。"颜沉用手托住她的腰，电梯很快就下来了，他扶着少女走进去，问她在几楼。

叶晚晚又是一个哈欠："唔，十六。"

颜沉按亮了"16"这个数字，胳膊牢牢地环在少女的腰间，她的脑袋靠在他的肩膀上，眼睛已经闭上眼了。

扶着少女走到房间门口，颜沉轻轻拍了拍她："房卡。"

叶晚晚换了个姿势挂在他身上，眼皮子依旧阖着，伸手把背着的挎包往前推了推，示意他自己找。

颜沉侧过身，一手搂着她的腰，一手伸进她的包里摸索着，里面的东西挺多的，他找了半天才从夹层里翻到一张卡片。

叶晚晚站得不稳，摇摇晃晃时胸口会压在他的手臂上，触感柔软，让男人背脊一阵酥麻。

门"哗"的一声打开，颜沉继续抱着这个人形挂件，随手关上门，把她放在了床上。

"嗯……"身体触碰到软绵绵的被褥时，叶晚晚忍不住嘤咛一声。

昨晚在帐篷里睡了一晚，这会儿终于能躺在柔软的床铺上，她当然觉得舒服极了。

叶晚晚的手还拽着男人的衣角，怎么也不肯撒开。

颜沉怕弄疼她没敢用力，一只腿半跪在床上，弯着腰，黑眸凝视着少女白皙的面容。

"晚晚，松手。"他低声哄着她。

叶晚晚反而拽得更紧了，还把他往下拉了拉，男人的气息一下子靠近，灼热的呼吸洒在脸上和颈侧，她觉得有些痒，脑袋朝旁边歪了歪。

少女的脖颈线条纤细优美，皮肤很白，一小截精致的锁骨露在外面。

颜沉几乎是不受控制地俯身吻了上去，在她身上留下一道暧昧的红痕。

那是属于他的印记。

少女的秀眉微微蹙了蹙，迷迷糊糊地睁开眼，看见身上的男人后，软着嗓音问："颜沉，你困不困？"

她还残留着一点儿意识，记得男人昨晚是没有睡的，这会儿应该比她还要困才对。

"所以你是在邀请我和你一起睡觉吗？"颜沉静静地注视着身下的少女，桃花眼里似乎带着某种异样的光芒。

叶晚晚"唔"了一声，困意让她大脑反应都有些迟钝。

她睁着一对蒙眬的眸子望着他，水汪汪的眼睛眨了眨，没说话。

沉默地对视了几秒后，颜沉认输似的叹了口气，稍微用了点儿力把她拽着自己衣角的双手扯开。

他起身，为少女盖好被子后，看着她恬静的睡颜，像是自言自语地呢喃了一句："还是下次吧。"

叶晚晚这一觉直接睡到了下午，中途舒心来喊过她一次，不过在叶大小姐的起床气威胁下只能打消这个念头。

醒来时，叶晚晚还有点恍惚。

昨天发生的事太多了，她坐在床上蒙了一会儿，一时没能分清那是梦境还是现实。

之前也不是没有梦到过颜沉，不过这如果是梦也太真实了一点儿吧？

校园里的那个吻，浪漫的烛光晚餐，山顶上的星空与日出……

记忆里的画面是那么清晰，他们的经历像幻灯片一样在脑海里回放着，一幕幕，不停地涌现在眼前。

她，叶晚晚，现在也是有男朋友的人了！

叶晚晚的兴奋一直持续到了下午，在坐上了返回 A 市的航班上，少女还笑得一脸荡漾，哦不，是灿烂。

"晚晚，你今天心情怎么这么好？"舒心好奇地问。

在她跟在叶晚晚身边这么多年里，好像还从来没见叶晚晚开心成这样。

听见这个问题，叶晚晚双手捧着脸，淡淡的粉色爬上双颊，笑容里多了一丝娇羞。

她抬起头，很认真地宣布："舒心，我恋爱了。"

舒小助理上下打量她几眼，然后恍然大悟地"噢"了一声，眼神变得有点暧昧。

叶晚晚："你不好奇是谁吗？"

舒心："还能是谁，不就是对面的某人吗，要不是他我就从飞机上跳下去。"

叶晚晚捂着脸："哎呀。"

舒心："噫，你少这样，正常点儿。"

叶晚晚继续捂着脸嘻嘻笑着，仅仅只是想起他，眼睛里的喜欢都快要溢出来了。

舒心把她这副模样收入眼底，默默感叹原来仙女谈起恋爱时，和她们这些普通人类女孩儿是一样的，周身的仙气都成了恋爱的酸臭味。

舒心："其实我一直很好奇，你说你怎么就这么喜欢他呢？你和颜沉好像也才认识几个月吧，虽然他长得是很帅，但娱乐圈优质帅哥那么多，怎么你以前就没动心过呢？"

叶晚晚严肃脸："你什么眼神，那些庸脂俗粉哪里比得上我家沉沉？"

舒心："……"

叶晚晚："而且不光是长得帅，他技术也很好啊。"

舒心一怔："技术好？"

她的视线恰好落在了叶晚晚脖颈上，那抹红色的印记在她白皙的皮肤上十分显眼。

舒心起先还以为是这姑娘不小心抓出来的，但是联想到她昨晚的夜不归宿，以及今天突然宣布恋爱的消息……

莫非——

舒心在内心惊叹一声，一脸痛心疾首的模样："我的晚晚啊，你们这才刚在一起呢，怎么就……"

叶晚晚："？？？"

她呆了几秒，然后开始低声咆哮："舒心，你想哪儿去了？我说的是游戏！游戏技术好！"

舒心："……"

舒小助理这才放下心。

话题到这里就暂告一段落了，因为联想到了某个不可描述的方向，两个女生都陷入了谜之尴尬的沉默中。

颜沉没跟着她一起回来，据说还有点事，所以留在了 B 市。

颜家大宅。

清雅大气的四合院内，穿着唐装的老人坐在庭院中央的鱼塘边，手里握着一袋饲料，正悠闲地喂着鱼。

"小沉回来啦。"颜老爷子看见门口的人，乐呵呵地招呼一声。

"爷爷。"颜沉唤了一声，冷硬的轮廓在这时候稍微柔和了几分。

"阿鸿在里面呢，等你很久了，快进去吧。"颜老爷子说道。

颜沉点了点头，抬脚就往屋内走，身后还传来颜老爷子不放心的提醒"可别再吵架了啊"。

中年男人背着手站在里面，听见门口的动静，转身露出了一张坚毅的脸。

"爸。"颜沉的语气很淡。

能有颜沉这样的儿子，颜鸿的容貌自然不会逊色到哪里去，哪怕此时已经步入中年，也可以依稀透过他的眉眼看见当年意气风发的模样。

颜沉不论是长相和气质都与他很像，只有那双眼睛，漂亮又勾魂的桃花眼是遗传了母亲。

"你还知道回来。"颜鸿淡淡瞥他一眼，"我是不是昨天就叫你过来了？"

颜沉解释道："昨天有事。"

颜鸿端起桌上的茶杯抿了一口，语气平淡地反问："能有什么事比我要跟你说的事还重要？"

颜沉："为将来传宗接代做准备。"

颜鸿一口茶水喷了出来。

对于自家父亲大人一脸震惊的表情，颜沉很淡定地回望着他，等待他接下来的盘问。

颜鸿擦了擦嘴角的茶渍，有点诧异地问："你交女朋友了？是文家那个小姐？不对啊，我听你妈说，你俩那天连晚饭都没一起吃，怎么……"

颜沉皱起眉："不是她。"

"是别的女生？"

颜沉点点头。

"家里做什么的？"

颜沉摇摇头。

"摇头什么意思，不知道？那我换个问法，她自己是做什么的？"

颜沉顿了一下，还是说道："演员。"

果然，一听见这两个字，颜鸿的眉头皱得更深了，显然是对这个身份极为不满。

但他到底还注意着自己的长辈形象，没有直接破口大骂。

"小沉，我希望你能明白自己的身份。"颜鸿的表情很是凝重，"我这次叫你回来也正是因为这件事，你今年也快二十四岁了，是差不多该收收心了。"

"当初说好的时间是到我二十五岁，还有一年多。"颜沉淡淡道，"而且妈说过，哪怕等我三十岁再接手公司都可以。"

颜鸿瞪了他一眼："别听你妈瞎说，等到那时候怎么来得及？你以为公司那么好管理的？"

不过这件事也不急于这一时，眼下他还有一个更重要的问题："你和那个女人是认真的还是……"

后面的话没说完，其实颜鸿也知道自己这个儿子的性格，一副冷冰冰谁也不理的模样，不像其他那些公子哥一样喜欢在外面留情，他要是有喜欢的人了，肯定是真的用了心的。

果然，颜沉说得很坚定："是，我会娶她。"

颜鸿想都没想："不行，我不同意。"

颜沉："我只是通知你一声，不是来征求你同意的，同不同意得她说了算。"

颜鸿："……"这儿子简直要气死他。

这时候，里屋传来了女人温和的嗓音："小沉，阿鸿——"

颜家父子相互对视了一眼，一齐走了进去。

女人着了一身月牙色的旗袍，优雅地靠在贵妃榻上，头发绾起，面容精致美艳，那双漂亮的桃花眼几乎和颜沉的如出一辙。

"刚才你们的谈话我都听见了。"女人抬眸看向他们，招了招手，"小沉，过来坐。"

颜沉顺从地在她旁边坐下，喊了声"妈"。

女人把手中的 iPad 放在桌面，然后把正在播放的电视剧按了暂停。

她娇嗔地看了站在门口的中年男人一眼，然后拍了拍颜沉的手，说："你才别听你爹瞎胡说，你还小呢，管理公司这事不着急，至于婚姻嘛……"

女人停顿在这里，朝他眨眨眼，忽然轻笑起来。

颜沉挑起眉："也不着急？"

"不、不，如果可以的话，其实我还挺想当一当奶奶的。"女人笑着说，"当然，外婆也可以。"

"我跟你爹那个老古板可不一样，你想娶自己喜欢的人回来我没意见，但背景必须是清清白白的，你懂我意思吧？"

颜沉怎么会不懂，娱乐圈是个鱼龙混杂的地方，想要出头，背后基本上都伴随着一些肮脏的交易。

颜家是个名门望族，自然不可能允许他娶一个名声败坏的女人回来。

"能不能告诉我，她是个什么样的姑娘呢？"

颜沉的目光扫过桌上的 iPad，暂停的电视剧画面里的少女简直眼熟到不行。

他弯了弯嘴角，对自家母亲说："我想，您应该会喜欢她的。"

那期综艺的预告很早就已经放了出来，在得知嘉宾里有叶晚晚和池糖后，引发了一场不小的轰动。

两家的粉丝一路掐到了开播那天，弹幕里一片腥风血雨。

他们掐他们的，不妨碍其他路人观看节目，甚至还有眼尖者发现了重点。

【我没眼花吧，咖啡厅里这个人是我 Chen 神？旁边字幕还备注"记住这位帅哥"？】

【这个小哥哥好帅呀！是新出道的艺人吗？求名字……】

【前排科普一下一下：Chen 神，电竞圈站在金字塔顶尖的人物，星辰战队的队长，KPL 第一打野，野区霸主，国服李白韩信露娜等等，你们永远也得不到的爸爸。】

【哈哈哈哈哈，这吹得有点过了啊，不过沉哥真的很厉害没错。】

【Chen 神对面还坐了个女人，是女朋友吗？难道她才是传说中的那个"晚晚"？】

【叶晚晚和他连招呼都没打，看上去也不是很熟嘛，有些粉丝就爱瞎捆绑。】

【我怎么觉得晚晚这是吃醋了呢……】

一直到后面进了游乐园，叶晚晚和池糖进去鬼屋。

【糖糖怎么一直低着头走路，不会是害怕吧？】

【对不起，我竟然觉得叶晚晚和池糖看起来好般配……她们第一次同框，我才知道原来两个小姐姐凑一块是这么养眼！】

【干脆她俩凑一对得了，还要什么男人。】

那个扮演女鬼的工作人员出现时，观众先是刷了一片字幕，有了弹幕护体后，才渐渐有了其他言论。

【不行了哈哈哈哈哈，节目组竟然会问出这样的问题，我有点好奇她们会打给谁。】

【妈呀，这声音简直要让我耳朵怀孕！而且怎么感觉有点熟悉……】

【啊啊啊啊啊这个男人是谁，跟我宝贝是什么关系？】

【妈呀！池糖这边这个是我家冰冰吗？他竟然说救前任哈哈哈哈，这么坏的吗？】

【呜呜呜呜呜，心疼糖糖，大猪蹄子不要也罢！】

【葫芦们表示也不知道"冰糖"这对CP算发糖了还是发刀片，有点惆怅。】

一直进行到尾声，当叶晚晚掏出那张"场外支援卡"时，有些第六感很强的粉丝忽然意识到了什么。

【原来这张卡还能这么用？】

【我隐隐有一种预感……】

【我也……】

当颜沉作为外援出现在屏幕里时，粉丝全疯了。

这个消息一传十，十传百，一眨眼微博上就到处都是截图还有动图。

当叶晚晚在热搜上看见自己的名字和颜沉的绑在一块时，她难得挺淡定的，毕竟事先就预料到了会有这个场面。

但她没想到的是——

因为之前拍摄到了颜沉和另外一个女人坐在咖啡厅里的画面，所以网络上的言论分成了两派。

一派是坚定的"沉晚"CP粉，他们认为颜沉那个游戏CP就是叶晚晚，所以才会答应她的邀请上综艺。

另一派则觉得那个咖啡厅里的女人或许才是那个"晚晚"，而且颜沉虽然上了综艺，但两人在节目里几乎没怎么说话，一看就不像情侣。

总之两拨人吵得不可开交，不过还是沉晚粉这边占了上风。

他们还专门剪了个沉晚 CP 的 cut，摩天轮里的深情对望，还有回答问题时的默契配合，更有甚者对比了叶晚晚那个电话里的声音，确认那就是颜沉的。

不过也正是因为那个电话，颜沉那一句"也没有现任"，让恋人的传言不攻自破。

但是 CP 粉们并不死心，他们坚信哪怕现在不是，早晚都会是的！

《勇敢者的挑战》本来不算特别火热，但架不住这一期爆点太多，播放量几乎比前面几期多了快一倍。

但就在这时，在各大公众号都在发八卦新闻的时候，有一个媒体放出了另一个重大消息。

【叶晚晚欺压同公司艺人，不给新人出头机会！】

证据就是这一期的综艺，一些明眼人都看出了荔荔那组放了水，最后荔荔甚至还因为叶晚晚使用了那张支援卡被 out 了。

之前那次绿江 TV 主办的活动也被翻了出来，两件事情叠在一起，一下子，几乎是坐实了叶晚晚打压新人的罪名。

热搜榜上挂满了叶晚晚的名字，从颜沉到池糖再到荔荔，越往后火药味越重。

星光娱乐公司里。

叶晚晚坐在沙发上，修长的双腿盘起，完全没被网络上的流言蜚语影响，手机横拿在手上，大拇指不停地点着屏幕。

关姐就在她旁边碎碎念着这件事。

"我已经和浩哥联系过了，他们那边会配合我们发出澄清说明。要我说这丫头胆子也真大，连你都敢招惹？"

"现在这些新人真是想火想疯了，什么办法都想得出来，总想着蹭热度，要不然就踩着别人上位，她也不看看自己什么身份。"

"晚晚啊，你……"

叶晚晚忽然用力地把手机往旁边一砸，表情不太好看，小脸蛋气鼓鼓的。

关姐还以为她是气网上那些传言，连忙劝道："你别生气，浩哥已经教训过她了，只是因为没有切实的证据，所以上头也不好处罚她什么。"

叶晚晚没应声，深呼吸一口气后又把手机捡回手中。

屏幕是黑白色的，她玩的英雄人物凄凉地倒在地上，左边的聊天频道是对面对她的嘲讽。

叶晚晚噼里啪啦地打上一行字：你才是菜鸡，你才是坑货，哼！

发完，叶晚晚这才看向关姐，想起她刚才说的话，秀气的眉毛扬了扬："所以就这么算了？"

关姐也看着她。

少女懒洋洋地靠在沙发上，坐姿散漫，却带了一丝浑然天成的优雅，眼眸晶亮，明明是温柔的长相，这时却隐隐带了点儿锋芒。

关姐一直都知道，叶晚晚不是软包子，上次吃了个哑巴亏，这回又被欺负到头顶上，再温顺的猫咪都该发飙了，更何况这只猫咪本来就挺凶。

关姐忽然笑了，放下手中的文件："那你打算怎么办呢，大小姐？"

叶大小姐歪了歪脑袋，笑得像只小狐狸："不就是扮白莲花嘛，这个我最擅长了。"

她知道这种事情很难解释，因为网友们只会相信他们看见的，不会听你说什么。

荔荔打得就是这个主意，不管叶晚晚澄清与否，热度已经炒上去了，她也已经得到了自己想要的。

"她想红，那就让她红。"叶晚晚慢悠悠地说，"之前你不是还给我看过几个剧本吗？给她吧。"

关姐身体一顿，她也是只老狐狸了，很快就明白叶晚晚打得什么主意——捧杀。

"唷，这么大度？"

游戏里对面的水晶炸开，叶晚晚唇边的笑容越发灿烂，应了句"那是"，然后把手机收好，站起身。

少女抬起下巴，眼中闪过一抹光："本小姐准备亲自给她上一课，什么叫飞得越高，摔得越惨。"

其实只要叶晚晚想，她一句话，星光娱乐就能把荔荔彻底雪藏。

但这么做就是真的坐实了欺压新人的罪名，对她的形象影响不好，她没那么蠢，她有的是办法收拾这个胆大包天的小新人。

"派人多盯着她，还有咱们公司那个谁……一个地中海，叫什么来着我忘了。"

关姐："你是说陶经理？"

叶晚晚点头："啊对，就是他，上次忘了说，让他以后在公司低调点儿，我这个人比较好说话，但要是传到爸爸那儿……"

关姐："我明白了。好了，这件事说完，我们该谈谈另外一件事了。"

叶晚晚眨了一下眼，忽然有点心虚："什、什么事？"

关姐："听舒心说你谈恋爱了？"

舒心这个小叛徒！

叶晚晚在心里痛骂了自己的小助理一顿，既然已经暴露了，那么她也只好点头承认。

关姐："圈内还是圈外的？"

叶晚晚老实巴交地说："圈外，就是录制综艺那天，我后来叫来的那个人。"

关姐看上去倒也不意外："哦，他啊。"

就这三个字，没了？

叶晚晚有些意外，她还以为关姐要骂自己一顿，毕竟明星不比普通人，谈个恋爱可是大新闻。

而且她又这么不低调，还没正式在一起就拉着人家一起上节目。

"就这样啊？"

关姐奇怪地看着她："那不然你要我说什么？出门捂严实点儿，小心记者偷拍，这些你自己心里没点儿数？"

叶晚晚："有数。"

关姐："那不就是了，我这还有其他事，你没事就回去吧，省得窝在这里打游戏吵得我头疼。"

叶晚晚："……"

前脚刚踏出门口，她忽地又转过身，小脑袋钻进门缝，叮嘱了一句："关姐，这事帮我在爸爸那儿保密啊。"

关姐坐在办公桌前，一边点头，一边不耐烦地挥了挥手。

小刘送叶晚晚到家门口，叶晚晚从车上下来，直接走向了对门那栋别墅。

"晚姐，走反啦！"小刘按下车窗喊道，"你家不是在这边吗？"

"没反，我就去对面串串门。"叶晚晚头也不回地说。

基地的大门很快被打开，看见是她，周宇星现在已经很淡定了。

"晚晚姐。"周同学显然刚刚睡醒，头发松乱，还对她打了个大大的哈欠。

叶晚晚挑了一下眉，心想习惯真是个可怕的东西。

要知道在之前，她每次出现在星辰战队这些人面前，一个个都兴奋得跟

恋恋
晚风
沉

打鸡血了似的，而现在都一副见怪不怪的样子。

周宇星一边侧开身子让她进来，一边问："你有什么事吗？"

叶晚晚说："来找你们家队长。"

听到这话，周宇星一下子就清醒过来，眼神特别亮："找队长啊，他还在睡觉，走，我带你上去！"

颜沉昨晚半夜才回的 A 市，当然也没和其他人提起叶晚晚的事，所以大家都还不知道他们已经在一起了。

周宇星这会儿还想着撮合他们俩呢，拉着叶晚晚就往楼上走。

叶晚晚站在房间门口，有些迟疑："也不是什么重要的事，既然他在睡觉，就让他好好休息吧。"

周宇星怂恿道："没事没事，你放心，我们队长一点儿起床气都没有！有事情还是要及时说为好，万一拖久了发生变故可怎么办？而且这都大中午的了，睡什么睡，你刚好把他喊起来吃饭。"

不等叶晚晚继续拒绝，他已经用力地敲了两下门。

等了片刻，听见屋内传来的脚步声，周宇星郑重地拍了拍叶晚晚的肩膀，然后一个跨步闪进隔壁房间，再"啪"地把门关上，动作快得跟逃命似的。

叶晚晚："……"说好的没有起床气呢？

房门很快被拉开，男人脸色阴沉，写满了不耐烦。

但在看清了面前的少女后，这些负面情绪一下子被收起，然后换上了诧异。

"你怎么来了？"

因为刚睡醒的缘故，颜沉的声音比平常更低，还带了些喑哑，像细沙一样。

叶晚晚弯起眉眼，笑得很甜："想你了。"

以前叶晚晚总是觉得，那些恋爱中的小女生特别"作"，非得缠着对方陪自己，不然就要闹别扭发脾气。

这是何必呢？搞得像是离了那些"大猪蹄子"会死一样。

但是现在，叶晚晚真的恨不得时时刻刻黏在颜沉身边，天天与他寸步不离。

如果说她是一条鱼儿，那颜沉就是她的水，是她的生命之源，她不能没有他。

这才过去了多久，她就打脸打成这样，估计脸都要肿了。

叶晚晚若无其事地揉了揉脸，开始打量起面前穿着睡衣的男人。

这还是她第一次看见颜沉穿睡衣的样子，黑灰色的，和他的气质很符合，是一贯的冷色调。

黑发被睡得有些凌乱，头顶翘了几根呆毛，配上他这张冷淡的脸，倒是有点反差萌的味道。

"想我？"那双漆黑的桃花眼眨了一下，眼底渐渐明晰起来，映着少女精致的面孔。

叶晚晚抬头看向他，用期待的语气问："你不想我吗？"

颜沉似乎是低低笑了一声，伸手搂过少女纤细的腰肢，把人往怀里一送，再关上门，把她摁在了门板上，动作一气呵成。

他俯身压过去，嗓音低沉撩人："你觉得呢？"

屋子里没开灯，深色的窗帘遮住了外面强烈的光线，房间很暗，但那双漆黑的眼眸却很明亮，闪烁着某种不知名的光。

他靠得很近，属于男人的气息萦绕在鼻尖，叶晚晚的脸腾地就红了。

"嗯？"颜沉重复了一遍，"你觉得呢？"

少女的睫毛颤了几下，然后才用软软的嗓音回答："我觉得，你应该也想我。"

"答对了。"颜沉的手顺着她侧脸的轮廓滑过，指尖落在下巴上，轻捏住她的下颚，往上抬了些。

"想要什么奖励？"

这个问题根本就是多余的吧！

叶晚晚在心里默默腹诽，就他们现在这个姿势，还能是什么？

她闭上眼，感受到男人的呼吸越来越近，就在一个吻马上要落下来的时候，她却忽然睁开眼，推了推颜沉。

"不行！你还没刷牙呢！"

颜沉被她推开，听见这句话眉头稍稍挑了下，没说什么，见少女一脸抗拒，转身便进了洗手间。

等他洗漱完毕后，叶晚晚正坐在他床上玩着手机，窗帘已经被拉开，外面的阳光透过玻璃折射进来，整个房间都变得明亮起来。

"在看什么？"

叶晚晚看得很认真，连他走过去了都没发现，这会儿男人突然出声，吓得她手一抖，手机差点掉在地上。

男人站在她面前，垂着眸，额发微湿，奇怪地问："你这么紧张干什么？"

"没、没……没什么。"

叶晚晚慌乱地把手机锁屏，藏到背后。

颜沉盯了她几秒，见她不愿意说，也就没多问。

下了楼，颜沉去吃午饭，叶晚晚坐在沙发上继续偷偷摸摸地玩手机，偶尔往餐桌那边瞥几眼，每次都正好撞上那道幽深的视线。

颜沉这顿饭吃得有些心不在焉。

见少女又一次地躲开自己的视线后，他放下筷子，身边的气压忽然有点低。

他知道自己应该相信她，可还是忍不住想知道到底是什么，为什么不能给他看。

这股低气压一直持续到训练时降到最低。

叶晚晚已经先离开了，她还有通告要赶，不能一直留在基地陪他。

训练室一片寂静，鸦雀无声，连游戏的音效都很小声。

"Legendary！"

超神的提示音不断从颜沉的手机里传出，听声音都能想象得到敌方英雄被虐得有多惨。

上官悄悄地把椅子往旁边挪了挪，和周宇星咬耳朵："队长今天这是怎么了？刚睡醒火气就这么大，起床气？"

周宇星也挺纳闷。

他是不是不该让叶女神去叫醒队长？看队长现在这个样子，当时不会凶她了吧？这岂不是要"注孤生"？

周小弟对于自家大哥未来的情路，表示十分担忧。

参加完活动回来时已经是深夜，叶晚晚喝了点儿酒，只让小刘开到了小区门口，她打算散步回去，顺便透透气。

高跟鞋穿久了脚有点疼，没走几步，叶晚晚就开始后悔了。

回过头，小刘已经开着车子走了，她认命地拎着包，继续往里面走。

九月初，天气还算热，晚上的风轻轻地吹着，很快就抚平了叶晚晚的郁闷。

小区的环境很好，配得上那六位数一平方米的房价。

熟悉的房子出现在眼前，路灯的光线明亮，叶晚晚很清楚地看见家门口旁边那个围栏处站了一个男人。

很高，身形轮廓很熟悉。

他头发乌黑，又穿着黑色衣服，几乎要融入身后的黑暗里。

男人站在背光的位置，眼眸里的情绪藏在阴影里看不真切，只有指尖那一点火光是清晰的。

见少女朝自己走来，他顿了一下，把烟熄灭，没靠近她。

叶晚晚疑惑地问："颜沉，你在这里干吗？"

他开口，嗓音很低："没什么，抽根烟。"

叶晚晚敏锐地察觉到了他似乎有点不对劲，可又说不出是哪里，秀眉微蹙，劝了句："少抽点儿。"

颜沉说："好。"

他的脸有一半藏在黑暗里，叶晚晚抬起头，只能看见男人紧抿的唇线。

他心情很不好。

得出这个结论后，叶晚晚拎着包的手紧了紧，思忖了一下，盯着男人那对性感的薄唇，眨了下眼，忽然朝他靠近过去。

颜沉顾及自己身上的烟味，往后退了一步。

叶晚晚伸出手，胳膊细细白白的，轻轻扯住他的衣角，歪着头问："中午欠我的奖励，没忘吧？"

"没有。"

叶晚晚的手继续拉着他，一双眸子晶亮又剔透，带着柔和的笑意："那就给我吧。"

颜沉的身体顿住，沉默地望向她。

少女固执地不肯放手，甚至微微抬起下巴，粉色的唇瓣娇嫩可口。

男人漆黑的瞳仁闪了闪，喉结滚动着说："如你所愿。"

他抬脚走近，伸手捏住少女那小巧的下巴，对准那柔软的嘴唇就直接吻了下去。

烟味和酒味在口腔中交融，唇齿相缠，暧昧得不像话。

在他触碰到自己时，叶晚晚的身体一下子就软了，背脊爬过一阵酥麻，心跳在逐渐加速。

结束以后，她整个人都软在男人的怀里，娇声喘气着。

颜沉用指腹在她的唇瓣上摩挲着，低声道："别喘，不然我要忍不住了。"

叶晚晚："……"

是她想的吗？罪魁祸首是谁啊！

叶晚晚调整好呼吸以后，伸手推着男人的胸口，从他怀里退开。

脚才往后迈出半步，鞋底似乎踩到了一个石子，高跟鞋本来就站不太稳，这会儿脚一崴，身体直接失去了平衡。

在落地之前，倒是先落入了男人的胸口。

叶晚晚死死抓着他的衣领，吓得脸都白了，脚上的疼痛传来，穿着高跟鞋扭到脚简直要命。

她疼得直抽气："嘶……好痛。"

颜沉搂着她的腰，另一只手穿过她的膝盖下方，直接把少女打横抱了起来。

叶晚晚双手钩着他的脖子，泪眼蒙眬地喊："鞋、鞋掉了！"

"……"

颜沉弯腰把那双高跟鞋捡起，抱着她走到家门口，让她去输入密码。

六位数的密码，颜沉只看了一眼就记住了，是她的生日。

颜沉说："不安全。"

叶晚晚："啊？"

颜沉："别用生日当密码，如果别人知道你的住址，随便一试就开了。"

叶晚晚："可是别的我记不住……"

颜沉："190830，我想你会记住的。"

这是他们在一起的日子。

"这个可以！"叶晚晚眼睛一亮，当即就把密码改了。

颜沉把她放到了客厅的沙发上，高跟鞋被扔在一旁，叶晚晚屈着腿，委屈巴巴地盯着面前的男人。

"很疼吗？"

"疼。"

其实伤得并不是很严重，以前这种时候叶晚晚咬咬牙，甚至能坚持走完红毯，但是现在不知道为什么，她就想在颜沉面前示弱撒娇。

颜沉半蹲在她身前，少女的玉足放在他的腿上，脚趾圆润，指甲修得整整齐齐，还涂着浅粉色的指甲油。

她的脚很小，脚形很好看，只是脚踝处略微有一点肿。

颜沉轻轻碰了碰，就看见少女放在沙发上的手指蜷缩了一下。

"家里有冰块吗？"

叶晚晚摇了摇头。

"我回基地拿。"

他正想起身，叶晚晚却按住了他的肩膀，对上男人疑惑的视线后，少女支支吾吾地说："不、不用了……你帮我揉一下就好了。"

颜沉漆黑的眸直直望向她，语气认真："扭伤不能揉，要冰敷。"

179

叶晚晚没敢去看他的眼神，食指和拇指捏着男人的袖口，不说话。

她其实，就是不想他离开自己身边，一秒钟也不想。

"乖，我很快就回来了。"男人哄着她。

"好吧。"她还是听话地松开了手。

大概三分钟后，颜沉就拿着一袋冰块过来了。

冰袋放在她的脚踝上，突然间的冷意让她浑身颤抖了一下，不过很快就适应了。

颜沉还是维持着半蹲着的姿势，垂眸看着她的脚，睫毛也垂着，又长又密，挡住了那双漂亮的眼睛。

叶晚晚欣赏了一会儿自家男友的盛世美颜，倏地抬手戳了戳他的脸蛋，触感意外的柔软。

男人抬眸看向她，俊美的五官展露出来，脸颊有一处被她手指抵着凹陷进去，像一个小酒窝。

叶晚晚忽然笑了起来，又抬起另一只手，给他戳了个对称的酒窝。

她笑得乐不可支，眼睛弯弯的，像是天边的皎月。

颜沉觉得自己的心跳好像快了几分，又好像没有，只是静静地看着她笑，嘴角也不自觉上扬起了细小的弧度。

冰敷了十分钟后，他把冰袋拿开，站起身，少女又拉住了他的衣角。

"你要走了吗？"水汪汪的大眼睛望着男人，里面充斥着不舍。

"很晚了。"他说。

"你再陪我一会儿嘛。"

经不住她撒娇，颜沉在她旁边坐下，看着少女一下子又开心起来的面容，顿了顿，问她："你今天中午……"

虽然他比较想叶晚晚能主动告诉他，但他已经忍不住了。

"啊。"叶晚晚露出纠结的表情，像是在犹豫要不要告诉他，"你看到了吗？"

"没有。"

听见这两个字，叶晚晚松了口气："应该算一个惊喜吧，多的我就不说了。"

颜沉也没再追问。

叶晚晚看着男人淡漠的眉眼，忽然想逗逗他，便喊了一声："沉沉。"

颜沉挑了下眉："沉沉？"

"不能这么叫吗？你难道更喜欢我喊你全名？"

少女歪着头对他笑，还故意又喊了好多遍"沉沉"。

颜沉往她那边靠近了几分，压低了嗓音说："不，我更喜欢你喊另外两个字。"

三天后，颜沉看着基地门口那堆积成山的包裹，又看了眼手机里叶晚晚说让他帮忙去拿几件快递的消息，有点怀疑她对"几"的认知是不是有什么误会。

周宇星看着这些包裹直接蒙了："队长，你这是——准备改行当代购了？"

颜沉："……"

颜沉："不是。"

周宇星还在追问："那是什么啊？你买什么东西买这么多干吗？买给谁的？咦，这收件人怎么写的是叶晚晚的名字？"

问题连珠炮弹似的往外蹦，颜沉只挑了最后一个回答："因为就是她的。"

周宇星："是她的？那为什么是你去拿的？她找你帮忙的吗？"

颜沉被嚷嚷得头疼，淡淡瞥了他一眼："你话太多了。"

周宇星立马噤了声，看着颜沉抱着那堆包裹走到对面，熟练地输入密码，那扇白木门就那么开了。

周同学震惊两秒，赶紧屁颠屁颠地跟过去："沉哥，我的哥啊——你怎么知道人家家里的密码，你和叶女神现在什么关系啊？"

颜沉把快递放好就出来了，"砰"地关上门，没让周宇星进去，刚迈出一步，面前的少年就伸出手拦住了他。

他站在门口，面无表情地和那双又黑又圆的眼睛对视。

少年双手张开，一副"你不告诉我就不给你过去"的幼稚表情。

颜沉抱臂睨着他，半晌后扯了扯嘴角："我本以为你是个聪明的。"

周宇星："啊？"

"我和她什么关系，这不是很明显吗？"颜沉往前一步。

在那双深邃眼眸的注视下，周宇星很怂地把手放下了。

"所、所以你们……"

颜沉从他旁边走过，轻飘飘扔下一句话："当然是恋人关系啊。"

周宇星原地石化两秒，然后追上去："不只是游戏，现实也是？队长你竟然神不知鬼不觉地把叶女神拐到手了？"

男人没理周宇星，这在周宇星看来就是默认，转眼间就跑去和队友们分享八卦。

叶晚晚回来时看见家里那一地的快递，有点哭笑不得，他怎么没懂自己的意思呢。

她找了把裁刀过来，盘腿坐在地上，把包裹一个个拆开。

买的东西种类很多，如毛巾、水杯、牙刷等日常用品，甚至还有睡衣、窗帘、床单被套，除此之外，还有键盘、鼠标、音响、手机壳……

顺带一提，东西全是双份的，同款不同色。

也就是传说中的情侣款。

凡是叶晚晚能想到的东西，全部都买了一对回来。

颜色以黑色和粉色为主，还夹杂着少量的灰色和白色，她把深色的部分挑出来，找了个大袋子装起来，十分费劲地拖去了对门。

来开门的是一个身材圆滚滚的男生，叶晚晚知道这是星辰战队的辅助，ID 就叫月半，也是十分生动形象了。

叶晚晚和他交流的少，不太熟，这会儿礼貌地和人打了个招呼，就见月半同学瞪着眼睛激动地看着她。

叶晚晚疑惑地和他对视着，眨了眨眼，忽然听见楼梯处传来的动静。

周宇星一看见她，就特别激动地喊了声："嫂子！"

叶晚晚呆了一瞬，然后很坦然地接受了这个新的称呼。

周宇星飞快地奔了过来，看见她脚下那个大袋子，好奇地问："这是什么？给我们的吗？"

这个问题倒是让叶晚晚有些尴尬了，她挠了挠脸颊，不好意思地"嘿嘿"笑了两下，小声地说："这个，是给你们队长的。"

人家都喊你嫂子了，你不仅没有准备改口费，连个礼物都没有，怎么回事！

叶晚晚在心底痛斥自己。

周宇星倒是没去在意这个，帮她把那袋东西拖了进来，嘴里还在问："是给队长的礼物吗？这么多？"

叶晚晚点头："对，今天刚到的。"

周宇星想起了白天的那堆快递，看了眼面前的漂亮少女，又看了眼地上的袋子，倏地重重叹了口气，心情颇为忧伤。

原来那些东西是给队长的礼物，他竟然在无形之中被塞了一顿这么大的狗粮！

周同学心里委屈，但他不说。

颜沉下来的时候叶晚晚还在和周宇星聊天，他走过去，用身体不动声色地把两人隔开，然后扭头问少女："这是什么？"

叶晚晚弯了下眼睛，把东西堆到他面前："你自己看吧。"

男人半蹲下去，把袋子打开，看见里面琳琅满目的物品，挑起眉梢："为什么给我这些？"

"这跟我的可是一套的！我挑了好久呢，还有些是定制的。"叶晚晚也蹲在旁边，双手抱着膝盖，眨巴眨巴的大眼睛里满是期待，"喜欢吗？"

颜沉浅浅地笑了一下："当然。"

周宇星弯着腰在后面探头探脑，有点夸张地"啧啧"两声："以前就听说你们女生谈起恋爱，喜欢买一些情侣杯子，情侣衣服什么的，今天我算是见识到了。"

大到窗帘，小到耳机，这姑娘真是恨不得把全部东西都换成情侣的。

在看见一个黑蓝色的键盘后，他眼睛一下子亮了起来，想伸手去拿："哇，这个机械键盘我喜欢，超酷！"

颜沉拍开他的手："喜欢也没用，我的。"

周宇星："我就摸一下，队长你怎么这么小气。"

颜沉："你也可以去找一个女朋友，让她给你买。"

周宇星："那不行，我怎么能让女朋友为我花钱。"

话音刚落，颜沉还没说什么，叶晚晚就护夫心切地拿脚踢了踢周宇星，秀眉一横："你这话什么意思，嗯？"

周宇星知道说错话了，赶紧道歉："错了错了，我没什么意思，就是口误。"

叶晚晚："我就乐意给我家沉沉花钱，哼。"

颜沉："嗯，她就乐意。"

周宇星："……"

这天真是没法聊下去了。

"周·单身狗·宇星"受到了上万点伤害后，表示拒绝和这对情侣说话，转身扑进自家辅助爸爸的怀里哭诉，两个人相亲相爱地上了楼。

无关人员都走了以后，颜沉心情颇好，往沙发上一坐，胳膊一伸，拉过少女的手腕顺势让她在自己的腿上坐下。

叶晚晚埋在他的颈窝，有点害羞："这可是在基地啊。"

颜沉亲了亲她的发丝，说："没关系。"

他又说："所以你那天就是在偷偷摸摸地买这些东西？"

听到这话，怀中的少女不乐意了："什么叫偷偷摸摸，我这不是想给你一个惊喜吗。早上叫你去拿就是想让你自己发现的，结果你居然给我送回去了。"

颜沉的双手环着她的细腰，压低了嗓音："谢谢宝贝，我很喜欢。"

叶晚晚的脸腾地就红了，她把脑袋埋进男人的胸口，不吭声了。

颜沉也没说话，只是亲昵地抚摸着她的秀发。

少女像只小猫一样窝在男人怀里，好半晌才抬起头："对了，我今天去试镜了金导的戏。"

"嗯，过了没？"

"还不知道，过几天才有答复，不过我还挺有把握的。"

"……"

"要是过了的话，我就要去别的地方拍戏，我们可能好几个月都见不到了。"

"……"

"沉沉，我会想你……"

后面那个字被男人的吻堵在口中，唇瓣上传来湿软的触感，熟悉的气息包围着她。

叶晚晚乖顺地闭上了眼，手钩着男人的脖子，沉浸在这个温柔缱绻的吻里。

心忽然安定了下来。

暂时的分开并不可怕，他们总归会一直在一起的。

关姐那边的效率非常快，已经把之前叶晚晚说的那些剧本交给浩哥，让他安排给了荔荔。

荔荔还以为这是陶经理为她争取来的资源，自然是欣喜地接受了。

这部剧是小说改编，虽然不是什么大制作，但对于她这种新人来说已经是非常可贵的资源了，更别提给她安排的角色还是女主角。

她兴高采烈地进了剧组，甚至都想到了自己将来一炮而红的场面了。

但这种好心情并没有维持多久，自从剧组把宣传照公布了以后，荔荔的微博就彻底沦陷了。

之前就有消息说过，这部剧的女主会是叶晚晚，突然间变成一个籍籍无名的新人，粉丝们当然不买账了。

更何况这个新人，还是之前被传被叶晚晚欺压的同公司艺人。

恋恋晚风沉

【说好的被欺压呢，怎么转头就抢了别人的戏？】

【这个荔荔一看就不是什么单纯的小白花，之前那事也没个切实的证据，多半是她碰瓷叶晚晚吧。】

【讲道理，她一个新人能接到这种戏，你们不觉得很奇怪吗？】

【啧，还能有什么原因，上头的人厉害呗。】

金主的言论一出，算是带了个节奏，网友们开始扒起了荔荔的身份。

她出身一般，目前还在一所二本就读，这是她在以前直播时就说过的，不是什么隐私。

但据她同校的同学所说，她很少来学校上课，偶尔来几次身上穿的都是些名牌，还有豪车接送。

类似的爆料在娱乐圈不算新鲜，因为缺乏证据，最后也都不了了之了。

直到某个媒体放上了实锤，是一张偷拍到的照片，背景就是星光娱乐的地下车库里，荔荔靠在车上，身上压了个中年男人，姿势暧昧无比。

男人是背对着镜头的，看不清脸，但是荔荔的样子可是明明白白地暴露在镜头前。

一下子，荔荔和公司高管有一腿的消息就在圈内传遍了。

叶晚晚欺压新人的事件忽然就反转了，网友们都开始猜测是不是荔荔自导自演，毕竟她背后都有人了，连人家的戏都给抢了，说被欺压，谁信啊？

网络上讨论得沸沸扬扬的，有人喜也有人忧。

荔荔不仅在网上骂声一片，在剧组里也是受尽了白眼。

而叶晚晚就悠闲地坐在公司里，跷着腿，端起桌上的茶水抿了一口，笑眯眯地看向唯唯诺诺站在她面前的"地中海"。

"陶经理，我好像让人提醒过你了吧。就这么忍不住吗？"

男人急急忙忙地解释："对、对不起，叶小姐，我那是……"

"其实我好像还应该感谢你，要不是多亏了那一张照片，我还不能这么快就洗脱罪名。"叶晚晚笑得一脸无害，"我这个人向来都是有话直说的，你嘛，经理的位置是保不住了，自己保重吧。"说着她便站起身。

男人慌乱地想拉住她，可又没那个胆子。

他最后只是拽住了少女的包带，乞求道："求你了，大小姐，别告诉叶总……"

叶晚晚眉头一皱："就算我不说，你以为这件事不会传到爸爸耳里？我知道这种事在圈内很常见，我和哥哥一直睁一只眼闭一只眼，你自己这么不低调，能怪谁？"

从"地中海"的办公室出来后，叶晚晚按了电梯上了二十五楼。

她今天过来公司其实主要是为了金导那部戏的事。

关姐一见到她，表情难掩激动："晚晚，试镜通过了！"

叶晚晚："噢……"

关姐："你这是什么反应？你不开心吗？"

叶晚晚重重地叹了口气，四十五度角忧伤仰望天花板："我才刚开始恋爱就要异地，我心痛。"

关姐："……"

九月中旬，KPL 秋季赛即将拉开序幕，而叶晚晚这边也要准备进《双面》的剧组了。

颜沉送她去了机场，从刚出门一直到坐进 VIP 候机室，叶晚晚的叹气声就没停过。

舒心在旁边苦口婆心地劝着："晚晚，你就吃点儿东西吧，要不然等等就只能吃飞机餐了。"

叶晚晚扁着嘴，一脸委屈："心情不好，不想吃。"

舒心："吃一点儿吧，这可是你最喜欢的咖喱牛肉饭啊。"

叶晚晚："没胃口。"

舒心："我的晚晚小仙女啊，你再不吃，就真要成仙了。"

叶晚晚幽幽地看她一眼，然后又是一声："唉……"

又来了，又来了。

她们在一起相处了这么多年，舒心还是第一次见叶晚晚矫情成这样，果然爱情这种东西就是万恶之源啊。

舒心是拿她没办法了，只好把求助的目光投向一旁的男人。

"……"

颜沉没说话，径直拿起饭盒里的一次性餐具，用勺子舀了一勺饭递到叶晚晚嘴边，漆黑的眼带着点儿无奈，更多的却是宠溺。

饭已经送到了嘴边，叶晚晚顺着这个勺子看向男人的脸，眼睛水汪汪的。

"吃吧。"

于是叶晚晚乖乖地张了嘴，"啊呜"一口直接把一勺饭都吞了进去，腮帮子略微鼓起，她慢慢地嚼着。

等把饭咽下去后，她再度把嘴张开，颜沉又舀了一勺给她，反复几次后，一碗饭很快被她吃得一干二净，最后还小小地打了个嗝。

舒心："……"说好的没胃口呢？

咖喱酱在喂食的过程中，有一些沾在她了嘴唇上，少女却浑然不觉，还朝他甜甜地笑着。

像只小花猫。

颜沉眼中闪过一丝笑意，拿起纸巾往叶晚晚那边靠近了一点儿，手指捏起她的下巴，轻轻地擦拭着她嘴角的痕迹。

叶晚晚笑眯眯地享受着自家男朋友的贴心服务，眼睛里的笑都快跑出来了。

"咳——"舒小助理忽然咳嗽一声，提醒道，"你们记得低调，低调啊。"

叶晚晚瞬间变了表情，噘了噘嘴，又换成了最开始那副不开心的模样，重重地叹气一声。

舒心："我求你了，我的大小姐啊，可别再叹气了。"

登机广播很快响起，哪怕再不舍，叶晚晚还是得和颜沉道别。

"沉沉，我走了，你要记得想我啊。"她拽着男人的衣角，"比赛要加油，虽然我不能去看现场，但我还是会在背后默默支持你们的！还有还有，我知道你们 KPL 有好几个漂亮小姐姐解说员，你要离她们远一点儿！"

特别是那个凝凝！

上一次参加活动时的记忆叶晚晚还历历在目，当时她还不是颜沉的女朋友，所以对于凝凝的那番勾引没有太大的反应。

但现在身份不同了，哪怕她知道颜沉的心里只有自己，但一想到他身边围绕着对他图谋不轨的女人，难免觉得不开心。

"你也不可以看别的女人演的戏，你只能喜欢我一个。"

她抓着男人交代了好多话，甚至有那么一些刁蛮任性，男人却只是用那双漂亮的桃花眼安静地看着她，偶尔点一点头，表示知道了。

"沉沉，我……唔。"

一个轻柔的吻落在唇间。

和每一对即将分开的情侣一样，他们在机场吻别。

"放心。"颜沉摸了摸她的脑袋，低声道，"就喜欢你，不爬墙。"

第十章
想你了就来了

LIANLIAN
WANFENG CHEN ♥

到剧组时已经是晚上了，和导演组打过招呼后就去酒店收拾行李，拍摄在第二天进行，叶晚晚洗了个澡爬上床，翻来覆去睡不着。

她干脆睁开眼，抱着被子干瞪着天花板。

和沉沉分开的第一天，想他，好想他……

手机就放在床头柜上充着电，叶晚晚刚触碰到屏幕，又缩回了手，放弃了去找颜沉聊天的打算。

秋季赛即将开始，星辰战队也进入了备战状态，这个时间应该还在训练。

这是颜沉的工作，她不能总是那么任性地打扰他。

叶晚晚又躺了回去，重新把眼睛闭上，开始数羊催眠自己入睡。

可惜效果甚微，她还是失眠了，第二天顶着一对大大的熊猫眼来到了片场。

舒心关切地问："我的晚啊，你昨晚这是怎么了？"

叶晚晚："生病了，睡不着。"

舒心顿时紧张起来，伸手去摸了摸她的额头，嘴里还嘀咕着："摸起来温度也正常啊，你生什么病了？"

叶晚晚："相思病。"

舒心："……"当她没问。

其他演员也陆陆续续地到了片场，这部《双面》是大制作，是一部现代架空背景的都市奇幻电影。

金传风拍摄过很多电影，悬疑、谍战、科幻等各种类型都有，且口碑都是一致的好评。

不过这奇幻类型的还是他第一次尝试，观众期待有之，担心也有之。

网络上对于选角并没有曝光，哪怕是叶晚晚都不知道会有哪些人，她来得早，就先去化妆室弄造型了。

恋恋
晚风沉

188

因为是现代背景，妆容服饰都不会太麻烦，除了剧组准备的服装，她还带了几套私服过来。

刚从试衣间里换好衣服出来，叶晚晚就和一张冷冰冰的萝莉脸撞上了。

池糖看见里面的人，冷淡的面容也有几分惊讶，乌黑的眼眸望着她，然后打了个招呼："晚晚。"

"糖糖！"叶晚晚直接扑上去，搂着池糖给了她一个热情的拥抱。

距离上一次综艺才过去半个月的时间，没想到她们这么快就又见面了。

叶晚晚看着池糖，笑吟吟地问："我猜你演的是黎兮对不对？"

池糖点头："你是灵儿吧。"

剧本她们都看过，猜到对方演的角色并不难。

《双面》是围绕着女主角灵儿讲述的一个都市异闻传说的故事，灵儿是一个单纯善良的大学女生，因为样貌和性格平时在学校很受欢迎。但是在这背后，灵儿其实有着第二人格，叫作"零"，是一个和她本身性格完全相反的女妖怪。这个妖怪是真的妖怪，会法术，在城市里肆意杀戮。

而黎兮则是女二号，和男主角江木言都是负责调查这起特殊案件的专员，两人是拍档也是情侣。后来黎兮被零残忍杀害，江木言为了替她报仇，差点准备牺牲无辜的灵儿。最后还是他们一起找到了消灭零的办法，这才终于有了 HE 的结局。

剧情听上去普普通通，但叶晚晚看剧本时是真的佩服导演和编剧的巧妙心思，一环扣一环，谁也想不到，那些骇人听闻的案件的真凶竟然是一个如花似玉的少女，虽然那也并不是灵儿的本意。

本来叶晚晚看见池糖时还挺开心，当化妆室的门再度拉开，走进一个男人后，她就笑不出来了。

"叶覆冰！"

她真情实意地翻了个白眼："你怎么总是阴魂不散啊？"

要知道叶影帝可是个大忙人，以前他们一年也见不了几次面，但是最近这段时间也不知道怎么回事，叶覆冰在她的世界里出镜率忽然变得格外高。

叶覆冰也回敬她一个白眼："会不会说话，我把你推荐给金导你不感谢我就算了，还这种态度对我？"

说到这个，叶晚晚还挺奇怪："你怎么会推荐我啊？听说是气质和性格，真的假的？"

她看剧本时也没觉得自己和灵儿有多像，最多就是外貌都是清纯那类的，更何况还有个零，相当于一人分饰两角，对于她来说是个不小的挑战。

叶覆冰："对啊，这不是挺像的嘛，看起来人畜无害，实际上凶残又暴力……"

话未说完，叶晚晚就赏了他一个栗暴。

叶覆冰："看。"

叶晚晚握紧拳头，忍住。

不过话又说回来，叶覆冰既然会出现在片场，那应该也是演员之一了——

"你不会是江木言吧？"

叶覆冰狭长的眼睛一眯，意味深长地看着她："你觉得呢。"

那多半就是了。

叶晚晚一脸嫌弃："噫……你演男主，我可不想和你有感情戏。"

叶覆冰"嗤"了一声，懒洋洋地说："大小姐你认真看剧本了吗？我的感情戏不是和你谢谢，你以为我喜欢……"

话未说完，沉默已久的池糖忽然出声打断了他："我也不想和你有感情戏。"

叶覆冰："……"

叶晚晚已经笑弯了腰，一边笑一边拍了拍自家哥哥的背，说："哈哈哈哈，你也有今天，让你之前选择救前任，活该吧。"

叶覆冰瞥了她一眼，浅色的眼眸望向那个一脸冷淡的姑娘，一贯散漫的表情带了点儿无奈。

池糖压根没看他，也没说话，已经坐到座位上让化妆师开始上妆了。

第一天先是拍摄了定妆照，其他人都只有一套，叶晚晚就比较惨了，拍完灵儿的还要拍零的。

而这还不是最惨的，金导拍戏向来严厉，要求没有最好只有更好。

叶覆冰和池糖都是科班出身，演技自然没有大问题，而叶晚晚就不行了，有时候一场戏能被 NG 十几次，被金导骂了个狗血淋头。

"叶晚晚你行不行，不行就换人！"

"能不能演得有张力一些，就你这演技，我从中戏随便拉个学生过来都比你强！"

"你说说你除了这张脸还有什么，说你花瓶都抬举你了，演不好就给我滚蛋！"

整个片场都充斥着金导对叶晚晚的嫌弃和怒骂，工作人员眼观鼻鼻观心，显然已经习以为常。

起先叶覆冰还挺担心的，自家妹妹从小到大从没被这么骂过，万一这姑娘一个不高兴甩脸色走人可怎么办？

结果叶晚晚不仅承受了下来，还越挫越勇，演技在经历了几天地狱模式的拍摄后，竟然还提高了几分，从 NG 十几次变成了几次。

看在还算有进步的分上，金导的骂声消停了不少。

难得的休息时间，叶晚晚抱着剧本仔细钻研着，她这几天向池糖请教了不少，也渐渐领悟了一些技巧。

叶覆冰走过来，晃了晃手机："晚啊，来'王者'不？"

叶晚晚头都不抬："不来，滚。"

叶覆冰直接把她手里的剧本抽走，随意地扔到一边："一直看是没用的，得多练习。当然，劳逸结合也很重要。"

"……"

"那成，来吧。"

于是，意志本就不坚定的叶晚晚非常容易地被他说动了。

除了他俩，还喊了剧组的其他人一起。

叶覆冰一个个问过去，最后停在那个一脸冷漠的姑娘面前，挑起了眉梢："池小糖，玩不玩啊？"

池糖理都不理他。

最后他们凑齐了四个人，还差个人刚好五黑。叶覆冰本来是要先开的，准备随便匹配个路人，但叶晚晚喊了声"等一下"。

好友里的"月落星沉"在线，叶晚晚又把屏幕往下拉看了眼时间，这会儿应该没在训练。

她伸出食指，点下了那个邀请。

"我叫个大神过来带我们。"

有个饰演男二号的演员说："咱们冰哥就是大神，王者三十星开玩笑……"

彩虹屁吹到一半，就见房间里多了个荣耀王者，八十九颗星。

那人："……"

叶晚晚下巴抬得高高的，骄傲得就像那是她的号一样："厉害吧！"

他们这些人不混电竞圈，自然也不知道这个鼎鼎大名的 ID，只是惊叹道："厉害厉害，这人谁啊，这么牛？"

叶晚晚"嘿嘿"一笑，没说话，等游戏进入界面加载时，大家看见那两颗粉红的爱心，齐齐地发出一声："噢——"

一切尽在不言中。

颜沉这把没玩打野，因为叶覆冰一进去就秒选了李白。

叶晚晚："啊！你快放开我的李白哥哥！"

叶晚晚打这游戏也有几个月了，除了颜沉的李白以外，遇见的其他李白基本都是坑。

哦，换个说法，就是除了颜沉以外，其他人都带不动她。

他们玩的是匹配，确认了英雄就不能改了，叶晚晚也只好忍痛割爱。

她还以为颜沉会玩 ADC，所以给自己选了手大乔辅助，没想到在她刚按下确认时，颜沉也锁定了孙策。

情侣英雄，还有着情侣皮肤。

心里莫名有点甜。

颜沉全能王的称号并不是白叫的，上路自爆一路，在叶晚晚跟着自家 AD 消耗着对面上单血量时，孙策已经拿下了一血，甚至还拿了双杀。

对面的人公屏发：孙策 666，是真的沉哥吗？

颜沉当然不会回复，倒是叶晚晚很有兴趣地说了句：你猜。

对面又问：你不会是叶晚晚吧？

那个男二号演员乐了："哇，你们夫妻俩在游戏里还是名人啊？这都能被认出来？"

叶晚晚笑了一下，开始了花式夸夫大法："不，主要还是他名气大，我沾了他的光。我家沉沉超级厉害，游戏里遍布迷弟迷妹，一手李白十步杀一人千里不留行，一手韩信来无影去无踪，一手赵云七进七出……"

夸到一半，手机里忽然传来淡淡的一声："你下次可以当面夸我。"

叶晚晚蒙了一下，手机差点没摔地上。

她赶紧看了眼左上角的标识，喇叭开着，麦克风却是闭着的，他怎么听见自己说话的？

叶晚晚试图叫了声："颜沉？"

"嗯？"

这是什么黑科技？这么神奇的吗？

叶晚晚研究了半天，才发现原来是叶覆冰的麦克风开着，她的声音通过他的话筒传到了颜沉那边。

既然搞清楚了怎么回事，叶晚晚也没在意，干脆把自己这边的麦克风也打开。

开局不到十分钟，叶晚晚的尸体几乎躺遍整个王者峡谷。

"啊啊啊啊沉沉救命！"

"这个娜可露露一直追我，啊啊我又要死了……"

孙策开着船，哦不，这个皮肤是骑着哈士奇从上路过来支援，击飞了娜可露露后，一套输出直接把人带走。

这时候大乔刚好还剩丝血，勉强保住了一条小命，劫后余生的叶晚晚连忙给自己放了个圈圈回城。

"呜呜呜，沉沉你来得真是太及时了！"

旁边的人开始起哄："如此救命之恩，一定得以身相许才行啊。"

叶晚晚娇羞一笑，不说话。

一局游戏下来，全程就见孙策骑着二哈满地图跑，不是在救老婆，就是在救老婆的路上。

叶晚晚仗着有人保护，胆子也渐渐大了起来，以往一见到敌人就开二跑路，现在还会扔几个一、三技能调戏对面。

见到对面下路高地没了，她悄悄地过去想要偷家，结果被人当场逮住，一击毙命，连大招都没来得及放出来。

叶覆冰嘲笑她："你看看你家那位，再看看你，你怎么能菜成这样？"

颜沉的孙策早已超神，11/0（击杀的人头数和死亡次数）的战绩在对战列表里傲视群雄。

叶晚晚的大乔就排在他下面，0/6 的战绩也同样瞩目。

自己究竟菜成什么样叶晚晚心里还是有点数的，但自己清楚是一回事，被人嘲笑又是一回事，于是她毫不客气地怼了回去："这叫恋人互补你懂不懂？活该你现在单身。"

叶覆冰："……"老妹，扎心了。

在他们说话间，另一边。

颜沉靠在电竞椅里，黑色的耳机线从耳朵顺着身体的轮廓垂下，尽头连着手机。听见叶晚晚说的那四个字后，黑眸里漾出浅淡的笑意。

——恋人互补。

所以她菜也没关系。

她只要负责貌美如花就好，他来负责杀人如麻。

这局游戏很快就结束了，颜沉毋庸置疑地拿到了 MVP，收到了来自队友以及敌人的多方点赞。

返回大厅时，叶晚晚的邀请很快又跳了出来。

一进去，房间里却只有他们两个人，直接开始了匹配。

"他们呢？"颜沉问。

耳机里传来少女清甜的嗓音，用软软的腔调和他抱怨："别提那几个浑蛋了，他们竟然嫌我菜，不和我玩，气死我了。"

其实颜沉并不在意那些人为什么不玩，只是出于礼貌地问一下。

但是听到这个答案，男人的眉心微蹙起来，漆黑的瞳仁有一瞬闪动了一下，接着才淡声说："没关系，有我在。"

一开始，叶晚晚只是单纯以为，这六个字就是用来安慰她的话，表示有他在，他会陪她玩。

她完全没想到还有另一个含义。

比如说，有我在，我会为你出气什么的。

这一局游戏比刚才那局结束得还要快，仅仅用了六分钟，对面三路高地全破，哪怕在公屏打字喊爸爸求让都没用，最后干脆投了降。

叶晚晚继续邀他，却显示对方拒绝了邀请。

【私聊】晚晚想上王者：你不玩啦？

【私聊】月落星沉：玩。创房间，我们和他们 2V3。

叶晚晚看着这行字，先是呆了几秒，然后立即从椅子上蹦起来，激动地跑去找叶覆冰他们。

2V3 要是还拒绝，那未免也太不男人了，于是他们二话不说就同意了。

没什么特殊的规则，就按照游戏原本的设定来分判胜负，英雄随意使用，没有限制。

叶晚晚搬了个小板凳缩在角落位置，离得那三个男人远远的，戴着耳机悄悄问颜沉："我们玩什么呀？"

"我玩李白，你……"

"那我就玩王昭君！"

叶晚晚似乎听见男人短促地笑了一下，然后说了声："好。"

游戏加载时，两个白衣纷飞的英雄秀了对面一脸，隔得这么远叶晚晚都能听见他们的怒骂："忍不了了，兄弟们，打爆这对情侣狗！"

话说得很有志气，下场却有点凄凉。

游戏一开局，他们三就集体过来反野，李白只拿了一半的野区资源，但经济依旧领先，收完下路兵线后，又去中路蹭了叶晚晚的，很快就到了四级。

叶晚晚开玩笑地说："沉哥你过分了啊，竟然来蹭我的兵线。"

没想到颜沉回得理直气壮。

"这是夫妻共有财产。"

叶晚晚："……"她竟无言以对。

王昭君在中路一个人寂寞地发育，可能是那三位哥难得良心发现，打算做个人，觉得欺负她一个女孩子不好意思，所以专门在野区蹭着李白。

而李白呢，这个英雄本身技能就秀得一批，更别提他的操作者还是 KPL 公认的第一打野，万千粉丝口中的野王爸爸。

一技能位移突进，在原地留下飘逸的影子，用出大招后，无数个剑影打在对面身上，干脆利落地拿下敌方首级。

然后是双杀，再三杀……

叶晚晚在心里疯狂为自家男友打 call。

呜呜呜，她的沉沉怎么这么厉害，简直帅爆了！

叶晚晚的王昭君玩得很菜，预判一点儿都不准，二技能就没冻住过人。只能用大招打打伤害，再用一技能消耗，并没什么用。

她觉得自己简直成了个摆设，或者说成了这场完虐战斗场面的见证者。

杀完人，李白还专门跑到了她旁边，这个情侣皮肤有隐藏语音，在这时恰好触发：

"有一美人兮，见之不忘。"

白衣剑仙挥了挥剑，耳畔是清朗磁性的男音。

接着，叶晚晚听见另一道熟悉的声音覆盖上来，低沉的嗓音和李白的语音台词重叠在一起。

"一日不见兮，思之如狂……"

在双重男神音的重击下，叶晚晚很不争气地红了脸，心跳漏了一拍，刚调整回来，就又听见颜沉缓缓地说："晚晚，我想你了。"

心跳立马又紊乱了。

一日不见兮，思之如狂。

他们可不止一日不见，思念不只是发狂，简直是要爆炸了。

一局结束不够，颜沉还邀了他们来第二场。

有个人大概是被虐怕了，委婉地表示了拒绝。

然后，颜沉就说：我1V3，也不来？

太嚣张了！这能忍？

对方都这么挑衅了，他们怎么好意思怂下去，于是答应了第二局。

叶晚晚这一局没有参与，便把小板凳搬到了叶覆冰旁边，手肘撑在膝盖上，双手托腮盯着他的屏幕。

他们三个这把都掏出了拿手英雄，势必要一雪前耻。

颜沉这局也没玩李白，而是拿出了露娜，召唤师技能带的净化，给了他们三人一种不祥的预感。

没过多久，不祥的预感就应验了。

叶晚晚通过自家哥哥的手机，见识到了传说中的月下无限连，以及他们三人的花样死法三十六式。

叶晚晚："惨喔，真是太惨了。"

大家："……"

这位姐妹，麻烦你先把你脸上的幸灾乐祸收一收。

九月十五号，秋季赛正式开幕。

揭幕战是由星辰战队和LR战队拉开的，两个战队都是KPL里著名的强队，在上半年的春季赛里，LR更是遗憾败北于星辰战队屈居亚军，两队之间的火药味那是相当的重。

叶晚晚其实是很想去看现场的，但看着金导凶神恶煞的那张脸，实在不敢开口说要请假的事。

于是，思夫心切的叶晚晚只好委屈地抱着手机，退而求其次地去看直播了。

一开始有一些热身活动和介绍，七点整，揭幕战准时开始。

直播间那叫一个爆满，叶晚晚好不容易挤进去，就看见数不胜数的弹幕把屏幕遮得严严实实。

她不得已关上弹幕，终于有了一片清静。

星辰战队的队服是蓝色渐变的，末端还点缀着白点，那是藏在深蓝夜幕里的星星。

他们站在舞台上，可以听见台下观众震耳欲聋的欢呼，其中以女粉丝的尖叫声最为高昂。

原因无他。

叶晚晚看着站在最中间的那个男人，忍不住也想尖叫。

聚光灯打在他们身上，明亮的灯光把男人的身形勾勒得更加完美，脸部的轮廓略深，五官俊美，表情很淡，漆黑的眼眸静静地注视台下。

他的眼中，带着自信而又骄傲的光。

并不是很明显，但叶晚晚就是看出来了，站在比赛台上的颜沉，和私底下的颜沉是不一样的。

那是她男人最闪闪发光的一面。

如果可以，叶晚晚真的很想很想去现场，看一次他的比赛，成为他荣光加冕时的见证者。

比赛很快开始，那些高端的操作她也看不太懂，只知道双方交手了一次又一次，人头却没爆发出几个。

常规赛是 BO5，五局三胜制度的。

星辰战队以 3 比 1 的成绩取得了开门红，率先积下一分。

在台下的观众啪啪啪鼓掌时，叶晚晚也忍不住跟着拍了几下"爪子"，动静还挺大，惹得旁边的演员好奇地看了过来。

"晚姐，你在看什么呢？"

叶晚晚顺口就道："看我男人。"

"？？？"

那个演员是个演配角的小姑娘，闻言当即就蒙了一下，余光瞥了眼叶晚晚的手机屏幕内容，隐约看见五颜六色的游戏画面。

她男人？游戏？

小姑娘想起了之前在微博上看见的热搜，以前她只当是炒的人设，现在一看果然是个货真价实的网瘾少女。

这都把游戏当男人了……

原来身为大明星，也这么寂寞的吗？

临近九月底，中秋节很快到了。

虽然不能回家和家人团聚，但剧组里也一片热闹，金导准备了月饼给每个人都发了一块。

叶晚晚找了个椅子坐下，一边啃着月饼，一边看着直播。

视频画面里，游戏进行得正激烈，一波团战打响，双方英雄你来我往地互换技能，王者峡谷里一片刀光剑影。

她的目光却不在游戏里，而是一直盯着左下角。

男人靠在电竞椅里，低头横拿着手机，从她这个角度刚好可以看见他纤长的睫毛，又卷又密，让无数女粉丝为之痴狂。

上面的游戏画面忽然跳出了"五连绝世"的字样。

颜沉的百里玄策拿了个五杀，弹幕瞬间被"666"霸屏，全是对他技术的肯定。

叶晚晚也跟着发了一句，但很快就淹没在了整片弹幕里。

不行，这一点也不能凸显出她的不同。

叶晚晚想了想，最后点开直播平台的充值系统，一口气充了五位数进去。

【用户"沉沉天下第一帅"给主播送了一架飞机】

然后是 x2，x3……一直到 x666。

一连串的飞机打赏在直播间里成功霸屏，价值六万六，吸引了所有人的目光。

【有钱就是任性啊！】

【名字看上去像个妹子，富婆包养我好吗？】

颜沉自然也注意到了直播间里的动静。

给他刷礼物的人很多，一般他都是不去理会的，顶多说一句"谢谢"。

淡淡瞥过弹幕，在看见那熟悉的昵称时，男人的视线忽然顿住了，然后，漆黑的眸里浮现浅淡的笑意。

他换了个姿势，靠着椅背，桃花眼望向摄像头，像是隔着屏幕望向了她。

男人难得带上了玩笑的口吻："下次，可以直接转账。"

直播没进行太久，后面还有训练赛要打。

见他去忙工作了，叶晚晚想了想，也把剧本翻了出来，开始反复地研究琢磨着。

她这段时间的进步很大，金导也对她有了一些改观，虽然犯错时该骂还是会骂，但到底温和了不少。

"你光是看是没用的，台词你已经背得很熟了，还是得多练。"

突然听见男人醇厚的声音，叶晚晚先是吓了一跳，抬头看见来人后，一双大眼睛眨呀眨，很诚恳地看着金导，一副求指点的模样。

大概是过节心情好，金导难得耐心地为她讲了很多细节，还有她的一些不足和需要改进的方面，一番谈话让叶晚晚受益匪浅。

"其实你可以多和你哥哥对一对戏，有他带着你练习，你的进步应该会更大的。"

听金导说完，叶晚晚先是乖巧地点了点头，然后猛然发觉不对，表情有一瞬间凝固："您、您怎么知道……"

除了星光娱乐的高层外，她和叶覆冰的关系在圈内几乎没什么人知道。

金导说："我认识叶总，所以知道一些。"

"噢，这样啊。"

叶晚晚挠着脸颊，莫名有点不好意思。

叶覆冰年纪轻轻就成了当红影帝，拿奖拿到手软，而她虽然人气高，却没什么著名的代表作。

不只是叶覆冰。颜沉在他的领域里也是出类拔萃的，和他们对比起来，她简直不能更逊色。

于是，叶晚晚决定听从金导的话，去找自家哥哥对戏多练习练习。

说干就干。行动派的叶晚晚从椅子上"噌"地站起身，抱着剧本就开始到处找人了。

中秋的月亮很圆，却被云层遮了大半，月光朦朦胧胧的。

叶晚晚跑遍了整个剧组也没找到人，揉了揉肩膀，嘴里刚抱怨了一句"叶覆冰这家伙跑哪儿去了"后，就听见前面的小巷传来些微动静。

叶晚晚脚步一顿，下意识放轻了动作。

好像是一男一女在对话，距离有些远，叶晚晚只能勉强听见几个模糊的字。

她本来没敢过去，但仔细一听，又觉得声音有些耳熟。

叶晚晚踮起脚尖悄悄走过去，蹲在墙后，探出半个小脑袋。

巷子里的光线昏暗，她只能隐约看见两道模糊的身影，离得很近，像是重叠在一起。

男人的背影她认出来了，正是她那位到处找不到人的哥哥。

他双手撑在墙面上，背微弓着，怀里还圈了个身材娇小的姑娘，皮肤很白，腿很细，面部刚好被男人的手臂挡住，她看不见。

叶晚晚眯了眯眼，通过这姑娘的衣服辨别出了她的身份，可不就是池糖嘛！

他们偷偷摸摸地在这里干吗呢？

就见巷子里的人动了动，然后传来一声带着调笑口吻的"那我教你啊"。

是叶覆冰的声音。

不等叶晚晚想他要教池糖什么，就见男人倏地俯下身，双手把池糖牢牢禁锢在了怀里，两颗脑袋碰在一起。

这个姿势，哥哥和池糖……

"哇——"

叶晚晚一个没忍住惊叹出声，虽然及时捂住了嘴，但肯定还是被听见了。

趁着那两人还没看过来，叶晚晚转身就跑，很快就没了影。

池糖把身前的男人推开，向来冷淡的面容泛起了不太自然的红晕，她抬手擦了擦嘴，仰头看着叶覆冰，眉头微蹙："被晚晚看见了，你不去和她解释一下吗？"

叶覆冰挑起眉梢，浅色的瞳仁里漾着一丝笑意："解释什么，我教你吻戏这件事吗？"

他又低下身："你这是吃醋了吗？"

池糖冷漠地说："没有。"

叶覆冰轻笑了一声，抬手捏了捏她通红的耳垂，压低声音在她耳边说了一句话。

一直到回了酒店后，叶晚晚还处在震惊中没反应过来，脑子里全在想刚才不小心撞见的那幕。

大概是被刺激到了，她晚上做了个梦，就梦到了那个巷子，主角却换成了她和颜沉。

男人压在她身上，吻得火热又缠绵。

眼看着就要发生什么不可描述的事情后，叶晚晚及时惊醒了过来，双手紧紧地攥着身上的被子，脸颊滚烫，呼吸还有些急促。

叶晚晚爬起来给自己用冷水拍了拍脸，镜子里的她面色红润，眼含春水，一看就是思春了的模样。

现在才凌晨三点多，叶晚晚重新躺回床上时已经没有了睡意。

拿出手机心不在焉地刷了会儿微博，她又退出回了桌面，盯着微信的图标，点开，给颜沉发了句"在吗"。

对面消息秒回：怎么还没睡？

叶晚晚盯着这行字，犹豫了一下，把脸藏进被子里，只露出一双乌溜溜的眼睛，然后点了视频通话。

梦里的那张脸一下子出现在屏幕里，男人把手机架在了桌面上，微垂着头，手里还拿着另一部手机在进行游戏。

叶晚晚静静地盯着他看了半天，没吭声。

平常他们也不是没有视频，只是一向都是叶晚晚在说，颜沉安安静静地

恋恋
晚风
沉

听着，偶尔回应她几句。

这次她突然不说话，男人很快就感觉到了奇怪。

"睡不着吗？"

叶晚晚犹犹豫豫地开了口："我刚刚，做了个梦……"

颜沉等了半天，就等到一个开头，不由得抬眸看过去，视频镜头是朝着天花板的，没看见她。

"人呢？"

"这里。"那边传来的声音又闷又小声，像是躲在被子里发出的声音。

颜沉以最快的速度解决了战斗，退出游戏后，拿过桌面上的手机，很认真地问："晚晚，你是不是不开心？"

"没有不开心……"叶晚晚从被窝里钻了出来，重新把镜头对准自己，眼神委屈巴巴的，"我就是想你了，沉沉，我好想你，刚刚还梦到你了。"

颜沉把电脑以及其他设备关闭，拿着手机走出训练室，回到房间，边走边问："梦到我什么了？"

少女忽然就不说话了，脸部的皮肤爬上一层粉色，连耳根都染红了。

颜沉眼角稍稍向上挑起，觉得自己好像明白了什么。

他把手机放在桌上，双手捏住衣摆，就要往上拉的时候，听见手机里传来少女的大叫："啊啊啊啊，你在做什么，没事脱衣服干吗？"

"我准备洗澡。"他的声音染着笑，说完就径直进了浴室。

"……"

叶晚晚把脸埋进枕头里，听着视频里传来的哗哗水声，脑袋热得都快爆炸了。

要挂断吗？

可是，可是……

叶晚晚咽了咽口水，虽然有些羞耻，但她还是忍不住有那么一点儿想看。

少女悄悄地侧过脸，露出一条缝隙，却只匆匆扫了一眼，什么都没看清，她立马又把屏幕盖在床单上。

不行不行，她要矜持住。

一直到水声停止，她才大着胆子去看视频画面，镜头一片黑，显然是被什么东西挡住了。

叶晚晚不由得有些失望，遗憾地叹息一声。

刚想把手机放回去，视频画面倏地又亮了起来，遮挡物被拿开，映入眼帘的是男人精壮的腹肌和流畅的人鱼线。

好、好想摸……

她目不转睛地盯着男人的腹部，只觉得口干舌燥。

直到那双似笑非笑的桃花眼出现在视频前时，叶晚晚才终于回过神来，第一件事就是摸了摸自己的嘴角。

"好看吗？"

叶晚晚连连点头，注意到颜沉眼底的笑意更深了几分后，又"啪叽"把屏幕盖在了床单上。

男人似乎低低笑了一声："睡吧宝贝，晚安。"

手机就放在耳边，距离很近，听起来就像是男人躺在她身侧，低声对她说晚安一样。

叶晚晚没动，仍旧把脸埋在枕头里，闷闷地回了句"晚安"。

她也不知道自己是什么时候睡着的，等到第二天一早，她习惯性地拿起手机时，就看见了男人好看的睡颜。

他们竟然视频了一个晚上。

叶晚晚愣了一下，然后盯着视频画面眨了眨眼。

男人睡觉时的样子褪去了平时的那股冷漠，轮廓柔和，看起来人畜无害的。

一觉醒来就欣赏到自家男友的盛世美颜，叶大小姐的起床气顿时无影无踪，弯起眼睛，捧着手机轻声说了句"早安"。

她没舍得挂断，洗漱完毕回来后，男人也已经睁了眼。

"早。"声线微微的哑。

叶晚晚惊讶地问："你怎么这么早就起来了？"

虽然他们同样是三点多才睡，但她之前已经睡了一觉，颜沉却是直接通宵到那时候的。

"今天有点事。"

秋季赛的赛程在网络上是公开的，叶晚晚知道他今天没有比赛，所以有点好奇："什么事啊？"

颜沉从床上坐了起来，乌黑的发丝有些凌乱，他的房间光线昏暗，但眼眸却很明亮。

"啊，很重要的事。"

如今虽已入秋，但天气还是有些炎热。

叶晚晚穿着一身带着古风元素的长裙，黑发红衣，在化妆师巧妙的设计下，那张本来清纯的脸蛋多了几分妖冶的美，樱唇嫣红，额间点着朱砂。

她一个漂亮的转身，玉手抬起，指尖挑着半跪在地的男人的下巴，笑得风情万种："下一个，就是你。"

"卡，过了！"

叶晚晚立刻收敛脸上的笑容，神色复杂地看着面前的男人。

本来准备伸手拉他一把，在男人手掌快要触碰到自己时，眼角的余光刚好捕捉到某道路过的身影，她又倏地把手收了回去。

叶覆冰："？"

眉梢微微挑起，他从地上起身，拍了拍裤子上的灰尘，睨了自家妹妹一眼。

"你昨晚……"

"我什么都没看见，什么都不知道。"

说完，叶晚晚就直接跑路，回到遮阳棚下，接过舒心递来的水喝了几口。

她这身衣服虽然不厚，但一共有两件，加上刚才又是一场动作戏，脸上已经沁出了不少细密的汗珠，妆隐隐有些花了。

化妆师拎着箱子过来给她补妆。

"头别动别动，哎哟，眼线差点歪了……叶老师，咱能把眼睛闭上不？"

叶晚晚又瞄了不远处的两个人，之前不觉得他们的互动有什么不对，但自从撞见了昨晚那幕后，真是怎么看怎么可疑。

看着化妆师生无可恋的表情，她最后还是听话地闭了眼。

先是柔软的粉扑在脸上拍了拍，然后是化妆刷的羊毛扫过眼皮……

大概过了三分钟，又或许是五分钟？

叶晚晚闭着眼开始放空，也不知道是什么时候，那些在她脸上涂涂抹抹的动作消失了，只余下微风轻轻抚过脸颊的温柔触感。

耳边还能听见剧组人员的谈话声，声音越来越小，一道脚步声却越来越清晰。

直到在她面前，停住。

风把清凉的薄荷香气带入鼻尖，熟悉的味道环绕着她，叶晚晚一下子睁开眼，就和一双漂亮的桃花眸对上。

叶晚晚明显地怔住了："沉……沉沉？"

颜沉俯身靠近她，少女的妆容扮相和平常很不一样，眼角的眼线上扬，红唇鲜艳，和那身红衣相衬。

从仙女化身为了妖精，一举一动都带着勾人心魄的魅惑。

而他心甘情愿地被迷惑。

自从遇见她，一颗心就好像被妲己的二技能锁定了一般，还是永久性的。

叶晚晚很快露出一抹笑，惊喜的情绪涌现在脸上，直接扑进男人怀里。

"你怎么来啦？"

男人的眸色渐深，伸出手，指尖勾起她的一缕发丝，缓缓道："因为你想我了，所以我就来了。"

又是一场戏结束，听见金导喊停后，叶晚晚眼巴巴地盯着金导，一脸期待。

"过了，过了。"金导看着手中的分镜本，颇有些无奈，"男朋友一来你表现就这么好，我都想把他天天绑在剧组了，省得你一场戏动不动就 NG 十几次耽误大家时间，这样效率还高点儿。"

叶晚晚"嘿嘿"笑了两声，有点不好意思。

不过等金导对她挥挥手说收工后，表情立马换成了兴奋，拎着裙摆急匆匆地往颜沉那边跑。

男人斜斜倚在墙上，眼眸半眯着。

等少女蹦蹦跳跳到了自己面前后，颜沉懒倦的表情收敛一些，低着眸问："结束了？"

叶晚晚点点头："今天提前收工啦。"

看着男人眉眼间显而易见的淡淡困倦，她有点心疼地踮起脚，在他的下巴上啄了一口。

"都让你先回酒店休息了，干吗一定要在这儿等我？"

颜沉顺势抱住少女，碍于片场还有其他人在，没做什么太过暧昧的动作，只是拿下巴蹭了蹭少女的颈窝。

"陪你。"他说。

在他训练的时候，叶晚晚偶尔也会过来星辰战队的基地，也不说话，就坐在旁边静静地看着他们打游戏。

这一次，换他来她工作的地方，陪着她。

叶晚晚笑容甜蜜，拉着男人的手带他进了休息室，温声道："再等一会儿，我先去换衣服。"

颜沉看着少女那身艳丽的红衣，淡淡点头："好。"

进了更衣室，叶晚晚先是把外面的薄纱脱下，脱到里面那身时却犯了难。

裙子是露肩系带的设计，她解的时候太过心急，扯了几下后，不仅没把带子解开，反而好像还打成了死结。

　　更衣室里也没有镜子，她又看不见背后，靠自己是无论如何也解不开了，只能呼叫支援。

　　叶晚晚准备打电话叫舒心过来，双手在腰间一模，连个口袋都没有。

　　手机没带进来，这可咋整？

　　叶晚晚悄悄把更衣间的门拉开一条缝隙，偌大的休息室此时空落落的，只有颜沉一个人靠在沙发上，支着头，闲闲地玩着手机。

　　大概是察觉到了那边的动静，他微侧过头，漆黑的眸看过来："怎么了？"

　　叶晚晚招了招手，喊他："你过来一下。"

　　颜沉收了手机，起身走过去，站在更衣间的门口，垂眸盯着缝隙里的小脑袋："嗯？"

　　"我衣服带子解不开，你去帮我把舒心叫过来。"

　　说完，前面的男人却没动。

　　叶晚晚催促了一下："你快去呀。"

　　男人的身体倚在门框上，眉毛稍稍挑了下，伸出手撑着门板，整个人顺势挤了进去，然后又反手把门带上。

　　"砰"的一声。

　　叶晚晚往后退了一步，瞪大了眼睛："你……"

　　"为什么要舍近求远？"男人歪了歪脑袋，朝着她逼近。

　　在少女即将撞到身后的墙壁时，他及时抬起手，手背贴着墙，让少女一头撞在了自己的掌心上。

　　他微微前倾了身子，呼吸洒落在叶晚晚的脸上，桃花眼微微眯起："我也可以帮你。"

　　狭小的更衣间里，男人的气息包裹着她，叶晚晚脸又红了，觉得浑身都在发烫。

　　"你、你别靠这么近。"

　　叶晚晚双手抵在男人胸口，可以隐隐感受到他底下坚硬的肌肉，手指微微屈了下，想起昨晚在视频里看见的画面，心跳如擂。

　　颜沉故意问："你不是想我了吗，为什么不能靠近？"

　　这要她怎么回答啊！

　　叶晚晚手上的力气加重了几分，男人顺势往后退开半步，也没再继续逗她。

颜沉上下打量了她一番，红裙衬得少女的肌肤雪白，好像还泛着淡淡的粉色，胸口的领子不低，但也露出了精致的锁骨。

藕一样细细白白的胳膊护在胸口，一双杏眼湿漉漉地望着他，看得让人心痒难耐。

他眸色深了一瞬，哑声道："转过去。"

叶晚晚很警惕："干吗？"

"帮你解开。"

叶晚晚不怎么情愿地转过身，把身后的头发撩到一侧，露出了小半块雪白的背部。

红色的带子缠绕着少女纤细优美的脖颈，视觉上的冲击让男人的呼吸都重了几分，薄唇紧紧抿着，像在克制什么。

漆黑的眼，染着一层欲色。

他伸手解着那处死结，心里想的却是怎么用这些带子捆在她身上，把她绑在自己的床上……

"好了。"

带子松开，叶晚晚明显感觉到裙子即将从胸口滑落，连忙用手抓紧，才颤抖着声音说："那你出去吧。"

男人的身体却直接贴了上来，滚烫又坚硬。

他压在她身上，嗓音特别低："我还没收取我的报酬。"

什么报酬？

叶晚晚觉得这个问题无需再问，因为男人已经用实际行动告诉了她。

湿热的吻落在她的肩头，一寸寸往上，亲到了她的耳垂，然后用舌尖挑逗着。

叶晚晚身体颤了一下，背脊爬上一阵酥麻，她不自觉喊出他的名字，语调带着轻微的喘。

男人忽然把她转了个身，径直吻在了她的唇上，封住了她的话语，只剩下暧昧不清的吸吮声。

叶晚晚被吻得腿软，她下意识地伸手去搂男人的脖子，手从胸口离开的那一瞬间，裙子"哗"地从身上滑落。

"……"

她感觉到男人的动作停顿住了，身体僵硬，然后慢慢地从自己身上退开。

叶晚晚真是要疯了。

"不许看！"

她娇声呵斥一声，伸手捂住男人的眼睛，脸红得和那身红裙子有得一拼。

"现在立刻，闭上眼睛！"

颜沉听话地闭上眼，睫毛轻轻擦过少女的手心，手掌往后缩了一下，但还是坚定地捂着他的眼眸。

"转身！"

等到男人是背对着自己的后，叶晚晚这才松了手，捡起掉在地上的裙子挡在前面，声音还在颤抖："你、你赶紧出去。"

男人遵循了她下达的每一个命令，更衣室里终于只剩下少女一个人。

"呼……"叶晚晚像是浑身的力气都被抽走了一般，半坐在地上，还没从刚才的极度羞耻中缓过来。

等她换好衣服出去时已经是五分钟后了，颜沉没在外面。

叶晚晚拎着包正准备去找他，刚出门就迎面撞见了男人。

"你去哪儿了？"

"厕所。"

听见这两个字，叶晚晚动作一顿，视线从男人微湿的发梢往下，最后落在那沾着水的手掌上。

她的表情忽然有些怪异，却什么话也没说。

第十一章
为晚晚上王者

LIANLIAN
WANFENG CHEN ♥

酒店。

叶晚晚站在房间门口，手里捏着房卡，犹犹豫豫半天没放到感应器上。

"要不你还是……再另外开一间？"

颜沉正低头揉着手腕，听见这番话后抬起头，眉梢微微挑起。

叶晚晚有点心虚地错开视线，总觉得男人那眼神就好像在问她"为什么你们女人都这么善变"一样。

刚才说让他和自己住一间的人是她，现在要他另外开一间的人也是她。

虽然叶晚晚是很想时时刻刻都和颜沉待在一块，但更衣室发生的事还历历在目，这要是睡在同一个房间内，她岂不是要被吃抹干净了？

引狼入室这种蠢事，到底要不要干？

毕竟他们已经是情侣了啊，有些事早晚都会发生的……

在她还在纠结的时候，颜沉已经拿过她手中的房卡，径直开门进去了。

算了。叶晚晚认命地叹口气，就当是颜沉替她做出了决定，跟在后面走了进去。

和这种颜值毁天灭地级别的大帅哥一起睡觉，还有什么不满意的！

反正她也不吃亏。

"叶晚晚。"男人在沙发上坐下，忽然叫出了她的全名。

叶晚晚："干吗？"

颜沉："我不会对你做什么的，所以你的表情别这么视死如归。"

叶晚晚："……"

事实证明，有些时候男人说的话还真不可信。

深夜，在这种封闭的场所，加上隔音又好，还没人打扰，简直是为做坏事提供了最佳的时间和地点。

本来叶晚晚是打算让颜沉睡在外面沙发上的，但想起他昨晚没有睡好，今天还来剧组陪了她一天后，便心软地让他上了床。

刚开始一切都正常。

他们一起开黑，一起聊天，气氛再融洽不过。

按理说不应该啊。

叶晚晚坐在床头，时不时拿眼神去瞄旁边的男人，反复几次后，颜沉无奈地问她："怎么了？"

一局游戏结束，叶晚晚没继续邀请他，而是转过头，面朝着男人，问："我们今晚就这样……盖着棉被纯聊天，还有打游戏？"

颜沉似乎笑了一下，薄唇微勾，眸光闪烁，眼底难得带了一丝不正经的调戏："你很期待发生什么？"

要说期待，其实是有那么一点点的，真的只是一点点。

但叶晚晚怎么可能会承认，当即就摇头道："怎么可能，绝对没有，我就是随便问问。"

颜沉却当没听见她的否定一样，放下手机，慢慢朝她靠近。

"既然如此——"

男人一个翻身把她按在床上，双手轻而易举地被禁锢在头顶："宝贝，我们来做点儿别的吧。"

叶晚晚的脸腾地就红了，小幅度地挣扎了几下，问出了一句废话："你要干什么？"

一对美眸眼含秋水，湿漉漉地瞪着他。

男人俯下身，嘴角噙着有点坏的笑，说出了两个字。

叶晚晚只觉得自己大脑里的某根弦，"砰"的一声，不是断了，而是直接炸开了。

心跳和呼吸都开始变得不太正常。

在这么紧要的时刻，她还不忘从牙缝间挤出两字："关灯！"

偌大的房间瞬间陷入了一片漆黑，颜沉把床头的台灯打开，光线昏黄，衬托得气氛格外暧昧。

男人的眼眸很亮，好像闪烁着某种不知名的光，危险又撩人。

虽然已经给自己做好了心理建设，但当自己又一次被他压在身下，吻得天昏地暗时，她还是忍不住有些紧张。

何况这一次，不仅仅只是亲吻而已。

颜沉松开了抓着她的手，改为撑在她两侧，呼出的气息染红了她的皮肤，既暧昧又痒。

"晚晚……"他的声音像是毒药，蚀骨销魂，让人上瘾。

叶晚晚从来没有哪一刻像现在这么紧张过，心跳快得几乎让她喘不过气。

答应他？还是拒绝他？

叶晚晚在心底挣扎着，眼底染着雾，水光潋滟，半眯着看向身上的男人。

她没说话。大概，算是默认了吧。

叶晚晚心里还是紧张，干脆闭上眼，在黑暗中静静等待着男人的动作。

颜沉垂眸看着身下的少女。她的皮肤泛着粉，睫毛轻颤，一双手紧紧攥着床单，嫣红的唇咬着，还在低低地喘息。

喉结滚动了一下，颜沉慢慢地往下，随着手部的动作，呼吸也跟着加重。

"唔，不……不要。"

叶晚晚猛地睁开眼，眸子里满是水雾，脸上带了些惊慌和害怕，还有难以启齿的羞涩。她最终还是临阵退缩了。

男人闻声停住了动作。

他额发略长，刚好遮住了眼睛，眼底的情绪匿在黑暗中，看不真切，只有紧抿的唇线暴露在叶晚晚眼前。

大概三秒钟后，颜沉从她身上起身，头也不回地走向了浴室。

"……"

浴室的水声响了很久，叶晚晚本想等他出来，但是等着等着，困意就止不住先席卷了她的感官。

醒来的时候是在男人的怀里，一睁眼，看见的就是性感的喉结，还有线条流畅的下颚线。

再往上，是俊美精致的五官，眼眸紧闭，呼吸声均匀绵长。

叶晚晚动了动，稍稍挪了下身子，本来是想在不吵醒他的情况下起身，但翻身的那一瞬间，腰间忽然多出一只手，一把将她拉回了怀里。

颜沉抱着她，眼底是惺忪的睡意，他把下巴埋进她的颈窝里蹭了蹭，哑着声音和她说早安。

叶晚晚顺势拿手环住他，也回了句早安。

睡前是你，睡醒也是你。

这大概就是恋爱中最幸福的状态了吧。

他们一起起床洗漱，吃早餐，就像一对正在同居的小情侣一样。

明明只是做着再平常不过的事情，只是多了一个人，就好像空气都变得甜丝丝的，呼吸时都带着对方的味道。

然而，幸福的时光总是短暂的。

他们的工作都很忙，叶晚晚要赶着去片场继续拍戏，颜沉也要返回基地继续训练，晚上还有一场比赛，他没时间继续留在这里陪她。

颜沉走后，叶晚晚蔫了好几天，演技再度下滑，每天徘徊在 NG 和被金导骂的致命循环中。

好在她到底还是敬业的，很快就把状态调整了回来。

拍摄的进展很顺利，金导心情一好，挥手给他们放了两天假，之后他们就要换拍摄场地了。

收到通知后，叶晚晚第一时间就想告诉颜沉，手指点开微信，刚发送一行字后，她又点了撤回。

直接说出来多没意思啊，她要给他一个惊喜！

这个时间战队应该是在训练，颜沉没有及时回复，等过了半个小时才发来一个问号。

叶晚晚回复说发错了，然后让他专心训练，没再打扰他。

叶晚晚上网查了一下这几天星辰战队的赛程，明天正好一场他们的比赛，她费了挺大的劲才弄来了一张前排的门票。

比赛的时间是在下午三点，叶晚晚订了明天最早的一趟航班，就怕出现什么航班延误，以至于她又像之前那样错过时间进不了场，只能孤苦伶仃地守在外面。

一夜好梦。

叶晚晚早早地爬起来洗漱，然后穿衣打扮。

十月份的天气已经转凉，她给自己挑了件烟粉色的雪纺衬衫，胸口系着甜美的蝴蝶结，黑色的直筒铅笔裤，同色马丁靴，衬得一双腿笔直又修长。

又甜又酷，完美。

再给自己戴上明星必备的三件套后，叶晚晚背上小挎包，心情愉悦地摆弄了几下包上的兔子挂件，哼着歌出门了。

飞机抵达 A 市时正好是中午，叶晚晚随便找了个餐厅用过午餐后，便直奔比赛会场。

门口已经围了一堆粉丝，以年轻人居多，男女比例竟然还意外的协调。

那些小姑娘手上抱着应援的灯牌，还有文字手幅什么的，这架势看起来不像是来看电竞比赛，而是在追哪个明星的演唱会一般。

叶晚晚看了眼自己空空如也的双手，暗恼还是失策了。

顺着人流进场，叶晚晚把墨镜摘下放进包里，头低低的，就怕有人认出自己。

主持人简单地说完开场词后，两队的选手入场，在看见某道熟悉的身影后，耳边的尖叫和欢呼差点没把叶晚晚给震聋。

"Chen 神啊啊啊！"

"沉哥比赛加油！"

虽然已经在直播里见识过了自家男朋友的魅力有多大，但亲自来现场感受了一番后，叶晚晚觉得自己还是低估了那些女友粉的战斗力。

男人走上台，在比赛台前准备入座，却倏地停下脚步。视线掠过观众席，最后停在了某个方向。

黑眸直直地望了过来。

叶晚晚心一跳，隔着茫茫人海，不确定他是不是看见了自己。

只是一瞬，颜沉很快又侧过了头，无事发生般在电竞椅上落座，表情没太大的变化，应该是没注意到。

会场的正上方挂着大大的荧幕，在比赛正式开始前，镜头给到了两队的选手，每当颜沉的那张脸出现在荧幕上时，底下就会爆发出一阵尖叫。

"啊啊啊老公好帅！好想嫁给他！"

叶晚晚坐在一堆迷妹中央，跷着腿高贵冷艳地一笑。

呵，不好意思，这个男人已经是她的了。

除去台上的选手以外，导播还会把镜头给到台下，拍一些观众的反应。

叶晚晚对镜头十分敏感，每一次镜头扫过观众席，她都能迅速地低下头避开。

比赛开始，首先进入 ban & pick 环节，敌方战队率先禁用了颜沉的李白，在正式的比赛上，他这个英雄几乎就没被放出来过。

颜沉这把选了阿轲，节奏带得飞起，很快就把对面 C 位抓到崩溃。

拿到优势后一路滚雪球，越滚越大，很快就一举击破对方高地，拆了水晶。

"Victory！"

当胜利的字样跳出来后，叶晚晚激动得和其他粉丝一样，"啪啪啪"地贡献着自己的掌声。

也就是在这个时候，镜头扫过观众席，本来是从她身上一扫而过，不知道怎么又转了回来。

场内好像有一瞬，观众集体倒吸了一口气。

叶晚晚抬起头，就看见自己的脸放大了无数倍，清晰地出现在了那个屏幕里。

"……"

完蛋了。

叶晚晚并不怀疑自己的知名度。

虽然戴着口罩和帽子，但仅凭露出的那双眼睛，一定也被认出来了。

果然，下一秒，尖叫的分贝几乎能掀了屋顶。

"叶晚晚！是叶晚晚啊！！！"

"天啊，女神怎么会出现在这里？"

观众席不可避免地发生了动乱，纷纷有人拿起手机对准她拍照，更有甚者直接围了过来，要签名的，要合照的……

叶晚晚被困在人堆里，一脸的生无可恋。

人潮拥挤，秩序混乱。

粉丝们挤来挤去，都想靠近她身边。推搡之中，似乎有人没站稳，身体碰到了叶晚晚，连带着她一起往前边倒下。

淡淡的薄荷香钻入鼻腔，一双结实有力的胳膊扶住了她。

叶晚晚抬起眸，看见了男人那张俊美却冰冷的脸。

他不由分说地把她打横抱起，她吓了一跳，双手下意识环住男人的脖颈，目光落在他紧绷的下颚线上，开口："你……"

颜沉没说话，就这么以公主抱的姿势，抱着她往后台的方向走去，留下一众目瞪口呆的人。

台上的选手、解说、主持人都齐齐沉默了。

这一瞬间，直播间已经发生了一场爆炸。

【叶晚晚啊啊啊！所以 Chen 神和她在一起了是真的？】

【这都公主抱了还能有假吗！！！】

【妈呀，公主抱啊！！老夫的少女心！！！】

【我刚刚看见了，那个男的其实是想趁机揩油才假装站不稳，故意往叶女神那边靠的！啊啊啊幸好 Chen 神接住了她，沉晚党头顶青天！！】

213

【我酸了，今天又是柠檬女孩儿。】

颜沉拉着叶晚晚去了他们战队的休息室，一进去，反手关上门，把少女抵在门板上。

他眉心微蹙，薄唇紧抿，眼眸半眯，怎么看怎么凶。

男人的身材高大，气场凛冽，面容冷酷，给人的压迫感本就很强。在这么近的距离下感受着这份压迫，叶晚晚差点就腿软了。

"沉、沉沉……"

颜沉抬手摘下她的口罩，露出一张漂亮又无辜的脸蛋。

不给少女继续说话的机会，男人俯身吻下去，带着强烈的占有欲，来势汹汹。衬衫的领口被颜沉随手扯开了，露出雪白细嫩的皮肤。

叶晚晚被亲得晕晕乎乎，不明白这人是怎么了，双手攀着男人的肩膀，软倒在他的怀里。

"不行了……我要喘不过气了。"

颜沉终于肯放开她，指尖挑着那小巧的下巴，问："你怎么来了？"

"我想给你一个惊喜嘛。"叶晚晚双手拉起男人垂在一侧的手，手掌干燥温热，她拿手指在他的掌心画着圈圈。

少女双颊绯红，唇瓣泛着艳丽的水光，胸口上下起伏着，说话时的语调还带着轻微喘息，眼底像蒙着雾，看着格外诱人。

"沉沉，你想不想我呀？"

"想。"男人低声说，然后继续吻她。

第二局比赛很快开始，颜沉离开以后，偌大的休息室只剩下她一个人。

叶晚晚坐在沙发上，通过墙上挂着的电视看着现场直播，没过几分钟，她收到了来自关姐的问候。

"叶晚晚！这才刚放假了一天，就一天，你就给我整出这么大的新闻？"

"什么新闻？"叶晚晚蒙了一下，很快想起刚才发生的事。

颜沉和她的那个公主抱肯定上了热搜，她刚才被吻得意乱情迷，竟然忘记了这么重要的事情。

"还能有什么新闻？我的大小姐啊，早就说了让你低调一点，你谈个恋爱非得这么兴师动众吗？"

"我错了关姐。"叶晚晚乖巧道歉。

听关姐碎碎念了一通后，她才试探性地开了口："你说，我要是趁这个机会公开怎么样？"

关姐停顿了一下，语气很严肃："随你。但是晚晚，我劝你最好要想清楚，公开恋情不是小事。"

"我知道。"叶晚晚一手拿着手机，一手把玩着包上的挂件，"可是早公开晚公开，都是要公开的呀，而且粉丝们都猜到了，总不能骗他们吧。"

关姐说："粉丝这边先不说，你有没有想过，叶总那边……"

叶晚晚不说话了，爸爸那边的确是个问题。

她还没和爸爸提过自己恋爱了的事，想一想爸爸把自己养这么大，连女儿恋爱了的消息还得通过网上的八卦得知，那她未免也太不孝了。

是要找个时间好好和父亲大人聊一聊了。

这一场比赛最终还是星辰战队取得胜利，一行人说说笑笑地回到休息室，看见里面的少女时，大家脸上的笑容换了个味道，开始相互挤眉弄眼的。

"嫂子来现场给我们加油了，队长好福气啊。"

"可不是嘛，不过不知道有多少迷妹该伤心喽。"

叶晚晚温和地朝他们笑了一下，恭喜他们比赛获得胜利。

这只是一场普通的常规赛，战队也没有打算庆祝什么的，收拾完东西就打算回基地。

颜沉说："你们先回去吧，我有点事。"

视线落在沙发上的少女身上，队友们都是一副"我们懂的"的表情，勾肩搭背地走了，还有人吹了声口哨，说："那就不打扰队长和嫂子约会了，你们玩得开心哈。"

他们出去后，还不忘把门带上。

听见那一声"砰"响，叶晚晚看着男人朝自己慢慢靠近，只觉得心脏都提到嗓子眼了。

"晚晚。"颜沉半跪在沙发上，手撑在她两侧，眉梢挑了下，"现在时间很多。"

叶晚晚假装不懂："什么？"

颜沉往下压了压身子，呼吸落在她脸上："非要我说得那么直白？"

叶晚晚："不、不用了。"

"要继续刚才没完成的事吗？"声音仿佛带着某种暗示。

叶晚晚害怕地捂住胸口，小眼神可怜兮兮的，像是误入了狼窝的小白兔，声音软得发颤："也不用了……"

颜沉其实也就是逗逗她而已，他起身，顺便把少女也从沙发上拉起。

"走吧。"

"嗯？去哪儿？"

颜沉看向她，嘴角弯了一下："约会。"

奶茶店里。

叶晚晚坐在某个角落的位置，戴着口罩，对着面前的奶茶犯了愁。

店里的人不多，都是些年轻的女孩子，聚在一起聊着明星，其中还提到了几次她的名字。

这口罩是摘不得了。

看了看外面淅淅沥沥的雨，叶晚晚觉得十分头疼。

没想到一出门就下起了阵雨，她便拉着颜沉随便进了这家奶茶店，点完饮料后，她却只能眼巴巴盯着装满了奶茶的纸杯看，想喝却喝不了。

乌龙玛奇朵——

她的生命之光，她的欲望之火，她的原罪，她的灵魂。

呜，好想喝。

叶晚晚纠结片刻，还是拿过奶茶晃了两下，插上吸管。

对面的男人扬起眉："你打算怎么喝？"

叶晚晚说："我自有办法。"

她指尖触碰到口罩，就在颜沉以为她是忍不住了，打算自暴自弃时，就见少女竟然抓住了口罩的下沿，往上掀起，露出一小截精致的下巴和粉嫩的小嘴。

颜沉："？"

人家摘口罩都是从上往下，露出口鼻，她倒好，口罩还挡在鼻子上，嘴巴对着吸管猛吸了一大口后，立马又把口罩放了下去。

颜沉："……"

颜沉有点想为她这波操作发"666"。

叶晚晚终于如愿以偿地喝到了奶茶，自动忽略了男人复杂的眼神，舒舒服服地靠在椅背上，一脸满足。

等雨停的过程中，他们干脆拿出手机开始开黑。

颜沉没上大号，又掏出了他那个乱码小号，带着叶晚晚一起打排位。

一进去，三楼和四楼就开始轮流发"我玩打野，谢谢"。

你一句我一句的，刷了半天的屏，叶晚晚看得烦了，回了句：我想打你俩。

颜沉排在一楼，话不多说，已经秒选了李白。

三楼：我现在想打一楼。

四楼：附议。

颜沉面无表情地把英雄胜率发上去，78场，胜率99%。

三楼：大哥求带飞！

四楼：大哥需要什么辅助？我牛魔张飞贼溜。

叶晚晚直接笑出了声，然后就见男人低头打字道：不用了，我有专属辅助。

这一局自然是李白疯狂carry，带着自家辅助大乔入侵敌方野区，上天入地无所不能，打得对面磕头下跪喊爸爸。

顺利摘了几颗星后，叶晚晚已经从一名钻石选手步入了星耀，脱离了永恒的行列。

打野爸爸万岁！

阵雨来得快，去得也快。

看见外面天色渐深，叶晚晚站起身，打算去吃晚饭。

"等一下，我改个名。"颜沉喊住她。

"你终于想通了，要把那个乱码名字改掉了吗！"叶晚晚很兴奋，凑过去看他改的名字，一下子呆住了。

——为晚晚上王者。

叶晚晚眨了眨眼，忽然问："你怎么大号不改，改小号？"

颜沉一顿，就准备切换账号去改，叶晚晚赶紧阻止他："不不不，我就随便说说，不用改。"

刚才的公主抱事件还没过去，要是他们再这么高调，关姐得被她气死。

"走吧。"叶晚晚挽着男人的手臂，出了门。

雨后的空气很清新，地板湿漉漉的，偶有屋檐上的水滴滑落，溅起小小的水花。

周末的餐厅总是客满，他们又没有提前预订，叶晚晚不想排队等，便想了个主意："沉沉，你会做饭吗？"

颜沉瞥她一眼："不会。"

叶晚晚："要不然我们回家自己做饭怎么样？"

颜沉："……"

颜沉想了一下，很确定自己刚才回答的是"不会"，而不是"会"。

说干就干，叶晚晚没给他拒绝的机会，拉着男人直奔超市。

这个点超市里的人挺多的，其中以来买菜的大爷大妈居多，叶晚晚戴好口罩、帽子，混迹在人群中，低头拿手机查看菜谱。

买了一堆的菜回来，叶晚晚兴致勃勃地进了厨房，十分钟后，她又哭丧着脸出来："我放弃了。"

最终权衡后，他们还是决定去对面蹭饭吃。

周宇星看见他们很惊讶："啊，队长，我以为你今晚不回来了呢。"

颜沉："我们回来吃个饭就走。"

周宇星纳闷道："你们怎么不在外面吃？"

颜沉微微挑起眉梢，看了眼旁边一脸"我什么都不知道"表情的少女，没说话。

他们来的时候刚好赶上饭点，饭菜都已经端上了桌。

叶晚晚自然是坐在颜沉旁边，拿起筷子，余光无意间瞥见旁边那人碗上的花纹后，又下意识看了眼自己这碗的，两种不一样。

她的视线在餐桌上转悠一圈，最后落在某个位置，倏地站起身，问："上官，我跟你换一碗可以吗？"

突然被点到名的上官同学一脸蒙，不过他刚好也没动筷子，便和她换了一碗。

看着自己和旁边那人碗上相同的花纹，叶晚晚满意了。

说是吃完就走，他们还真是吃完饭就立刻走人了。

他们一出门，就见外面停了辆低调奢华的黑色轿车，从上面下来了一位穿着得体的中年男人，叶晚晚迎面撞上他的视线，瞬间傻在原地。

"爸？"

夜色浓郁，路灯却很明亮。

颜沉站在基地门口，微垂着眸，静静地看着不远处拥抱在一起的父女俩。

"爸爸，你怎么突然过来了呀？"

"这不是想你了，刚好晚上得了空，就顺路过来看看你嘛。话说晚晚，爸爸当初送你的是这栋吗？"叶云光摸了摸女儿的秀发，抬眸看向了她刚才出来的那栋别墅，忽然有些疑惑。

"不是，是对面那栋，我就是过来蹭个晚饭。"叶晚晚从他怀里起身，解释了一下。

"哦。那这位是？"

顺着自家父亲手指的方向看过去，男人静默地站在台阶上，光影把他的影子拉得很长，表情寡淡，只有眼神是深沉的。

视线在空气中交汇。

叶晚晚看见了男人微微抿着的嘴角，和他藏在眼底并不明显的不安和担忧。

少女弯起唇，安抚似的朝他笑了一下。她眼眸晶亮，闪着无比动人的光芒，神色很坚定。

"爸爸，我给你介绍一个人。"

叶晚晚一路小跑回去，站在颜沉底下的台阶上，朝他伸出了手。

少女的手很小，掌心的纹路清晰，皮肤白嫩。她仰头看向他，眼底的光更盛，弯着唇，等待着他牵起自己的手。

在她朝自己跑来的那一瞬间，颜沉感觉自己的心跳快了几拍。

在她朝自己伸出手时，心跳已经失了控。

掌心触碰到少女柔软的小手，紧紧牵住，跟着她一起走到了她的父亲跟前。

"这是我的男朋友。"叶晚晚笑得很灿烂，眸中星光点点，带着些许的娇羞，却还是坚定地握着他的手。

叶云光的表情没有特别大的变化，像是猜到了这个回答一样。

他看着这位模样冷峻的年轻男人，目光里夹杂了些许打量，和某种意味不明的东西。

"叔叔好，我是颜沉。"颜沉礼貌地打着招呼，"不知道叔叔今天会过来，所以没有准备礼物，下次登门拜访时一定补上。"

虽然性子看上去冷淡了点儿，但礼数周全、说话得体，叶云光也挑不出什么大毛病。

"外面可不是什么谈话的好地方，我们进去再说吧。"

叶晚晚带着自家父亲大人和男朋友进了屋，去厨房为他们沏茶，端了两杯上好的铁观音出来。

叶云光靠在沙发上，明明也没做什么动作，却莫名给人一种压迫感。眼神平和，里面却暗藏锋锐，那是一种上位者才有的气息。

在这种情况下，颜沉的反应依旧平静，像是丝毫没有受到影响。

叶云光问："你刚才说，你姓'颜'是吗？"

"是的。"颜沉点了点头，末了补上一句，"家父颜鸿。"

果然，听见这个名字，叶云光眼底闪过一丝恍然，怪不得他看这小伙子第一眼就觉得眼熟，原来是颜鸿的儿子。

之后也就随意地聊了些家常，叶云光没多问什么，恋爱这种事，他是完全尊重自己女儿的意愿的。

更何况对象也不是什么不三不四的人，样貌、背景都无比优秀，他没理由不满。

临走前，叶云光拍了拍颜沉的肩膀，说了一句每个岳父大人都会说的话：

"对她好点儿。"

颜沉很郑重地应道："当然，请您放心。"

把自家父亲送走后，叶晚晚看了眼身侧的男人，神色忽然有些微妙复杂。

她下午才想着要找个时间和爸爸聊一聊，结果晚上竟然就直接带着男朋友见家长了，这效率快得跟坐了火箭似的。

颜沉垂眸看着她："晚晚。"

叶晚晚："怎么了？"

颜沉忽然轻轻拥住她，下巴抵在少女的发间，温声道："我会对你好一辈子的。"

语气是从未有过的温柔，声音很轻，却带着莫名的力量，让她不由自主地想要相信。

叶晚晚张开胳膊，也反手抱住他，把脸埋在男人胸口，听着他胸腔里一下又一下的心跳声，嘴角的笑容很甜。

和喜欢的人相处时的感觉挺奇妙的。

明明什么话也没说，只是静静地趴在他的怀里，听着他的心跳声，就觉得无比满足。

就这样一辈子，多好。

公主抱事件在网络上传得沸沸扬扬，热搜前三全被霸占。

他们既没有否认，也没有承认，任由网友们猜来猜去。

本来叶晚晚是打算要公开的，但顾及颜沉父母那边，想了想还是等见过之后再正式公开。

两天的休假结束，她又返回了剧组继续拍摄。

忙忙碌碌的大半个月过去，叶晚晚每天只能靠着看比赛直播，以及晚上的视频通话来解自己的相思之苦。

看得见，摸不着，这种感觉简直更折磨人。

一部电影的拍摄时间大概是三五个月，拍摄期间为了维持艺人本身的热度，并不是一天到晚都待在剧组，还是有其他活动的。

当叶氏集团举办的慈善晚宴邀请函送到她手上的时候，她两眼放光，心想爸爸这个宴会举办得真是太及时了，刚好又给了她一个回 A 市的机会！

除了她，叶覆冰当然也受到了邀请。

晚会的举办地点在星云大酒店，时间定在晚上七点。

邀请的来宾除了一些明星大咖外，更多的还是上流社会的人群，各大企业家、艺术家等等。

叶晚晚、叶覆冰他们提前几个小时到达酒店，一进去就有人迎了上来，把他们带去各自的化妆间。

造型师是圈内非常有名的 Ken，一个白人男性，却对东方女性的美有着独特的见解，不过为人很傲，一般人很难请到他。

"叶小姐，很荣幸能为您服务。" Ken 对她笑得一脸灿烂。

叶晚晚扬了扬眉。

以她的咖位自然是不会让 Ken 对她这么毕恭毕敬，但是没办法，谁让她有个厉害的亲爹。

Ken 对她弯下腰，似乎想给她一个吻手礼，但她拒绝了。

礼服准备了好几件，每一件都是高级定制，风格不同，但都漂亮精致得晃眼。

叶晚晚一眼就相中了那条星空渐变的礼服裙，上身浅蓝，胸口系着白纱丝带，裙摆深蓝到漆黑，点缀着闪闪发亮的钻石饰品。

穿上它，像是穿上了整片星辰。

叶晚晚没想到自己会在晚宴上遇见颜沉。

灯光明亮的大厅，男人穿着剪裁合身的烟灰色高定西装，衬得身材更加挺拔，里面是一件白色衬衫，领口打着工整的领带，透露着一股禁欲气息。

和他平时的感觉很不一样。

叶晚晚怔了好一会儿，视线慢慢上移，落在那张俊美的脸上，确认是她的男朋友没错。

他似乎在和前面的男人交流着什么，神色淡漠，也不知道聊到了什么，他的眉心忽然轻蹙了一下。

叶晚晚本来不想过去打扰他，打算等他们对话结束再说，但是颜沉已经看见了她，目光一怔，桃花眼里漾出淡淡笑意。

"晚晚，过来。"

颜鸿顺着自家儿子目光所至的方向回了头，一眼就看见了那个站在人群中无比闪耀的少女。

明明是一张在电视里看过很多回的脸了，但见到真人，还是难免觉得惊艳。

巴掌大的脸，眼眸乌黑晶亮，像迷人的黑曜石，连星光璀璨的礼服都只能沦为她的陪衬。

少女提着裙摆走了过去，外纱上镶嵌的钻石随着她的走动，折射出绚烂夺目的光，她像是被繁星簇拥着，踏着月华而来。

叶晚晚看向那张五官和颜沉起码六七分相似的中年男人，嘴角挂着甜美温柔的笑："叔叔好。"

颜沉搂过她的腰，对父亲说道："叶晚晚，我女朋友。"

颜鸿没有说话，视线只是淡淡扫过少女，夸了句："挺漂亮的。"

看不出是满意还是不满意。

叶晚晚心里紧张，但面上的笑容不减，还略带俏皮地说："谢谢叔叔，叔叔也很帅呢，怪不得会有沉沉这么出色的儿子。"

颜鸿也笑了一下："你这丫头，嘴巴还挺甜。"

经过了短暂的闲聊后，他对儿子这个女朋友的印象还算不错，谈吐优雅得当，带着点属于小女孩儿的调皮，并不惹人厌，反倒分外讨人喜欢。

但是吧，颜鸿以前被娱乐圈的女人坑过，一朝被蛇咬十年怕井绳。

在叶晚晚去洗手间的时候，颜鸿拉着儿子走到角落的位置，还是忍不住有些担忧："你真的非她不娶？你就不怕她只是贪图我们颜家的财产吗？"

闻言，颜沉的眉梢挑了下："爸，你现在看人的眼光真是越来越不准了。"

颜鸿："？"

颜沉轻笑道："谁图谁的家产可不一定。"

颜鸿："？？？"

晚会临近开始，所有来宾在工作人员的引导下，在安排好的位置入座。

叶晚晚提着裙摆来到了最前排的 VIP 区。

像这种慈善晚会的座位是有讲究的，本来以叶晚晚的咖位只能坐在中后排，前面的贵宾席是专门给那些有头有脸的大人物坐的。

她在前排看见了颜家父子并不感到意外，但颜鸿见到她时的心情可就不同了。

很快，他就明白了自家儿子刚才的那番话是什么意思。

叶晚晚，叶晚晚……

姓叶。

颜鸿轻咳了一声，看着那个正在台上做开幕致辞的叶氏集团董事长叶云光，低声问：“小沉，你有问过晚晚的身份吗？”

颜沉淡淡道：“不用问，这不是很明显吗？”他朝台上抬了抬下巴，“那是她父亲，不出意外，也是你未来亲家。”

颜鸿：“……”

就坐在旁边的叶晚晚悄悄拿手掐了男人一下，俯在他耳边低语：“什么叫不出意外，你还想出什么意外吗？”

颜沉捉住腰间的那只手，握进掌心，认错道：“不敢，晚晚我错了。”

晚会结束以后，叶晚晚没急着离场。

两家的长辈相视一望，进了一间贵宾室也不知道去谈论什么了，叶晚晚在酒店的花园晃荡，旁边跟着颜沉，还有一个电灯泡哥哥。

叶覆冰显然也不愿意跟着这对情侣，随便找了个长椅坐下，双腿交叠，懒洋洋地玩着手机。

酒店的花园设计很好，景色优美，山水园林融为一体，给人一种大自然的清新。

月色下，少女那身星空礼服被折射出一层朦胧光晕，钻石光芒闪烁，她的眼睛也带着光，满是温柔地望着他。

“沉沉，你说爸爸和颜叔叔他们在聊些什么啊？”

叶晚晚双手挽着男人的胳膊，忽地眨了眨眼，开玩笑地问：“不会是我们的婚事吧？”

“这么急着嫁给我了？”颜沉微微挑起眼角，那双桃花眼深邃迷人，右眼下的泪痣像是施了魔法，只是对视一眼，便心跳不止。

淡淡的粉色爬上少女的脸颊，她害羞地低下头，口是心非道：“才不是呢。”

她这身礼服裙是抹胸的，露在外面的皮肤白皙细嫩，精致的锁骨下是浅浅的事业线条，显得清纯又性感。

颜沉的眸色深了几分：“晚晚，抬头。”

叶晚晚下意识地抬起头：“？”

带着薄茧的手指挑起她的下巴，属于男人的气息骤然靠近，下一秒，一个柔软的东西贴上她的唇瓣。

一个非常突然的吻。

叶晚晚却并不介意，顺势抱住男人的腰，闭上眼，享受起唇齿间的触碰。

他好喜欢吻她。

强势的、霸道的、温柔的……各式各样的吻，带着对她的占有和爱意，让她不自觉沉沦。

叶晚晚微微睁开眼，目光所及的是男人性感的下颚线条，再往下是滚动的喉结，打着领带的领口，在朦胧的夜色下，呈现一种禁欲的感觉。

她伸出手，有点想解开他衬衫的扣子。

"咳咳——"

寂静的花园里，忽然响起了一道故意的咳嗽声。

气氛被打破，叶晚晚的手一顿，顺势落在男人的肩膀上，往后推开半步，扭头看向了那位不速之客。

叶覆冰就站在不远处，还是那副漫不经心的样子，没有丝毫打搅到别人好事的尴尬，狭长的眼眸微挑："别瞪我呀妹妹，你一次我一次，咱俩刚好扯平了。"

叶晚晚知道他说的是之前在剧组那次。

不过话说回来——

"你和糖糖在一起了？"

叶覆冰挑了挑眉，没回答这个问题，而是看向了颜沉："我就过来传个话的，兄弟，颜叔叔喊你呢。"

"知道了。"颜沉淡淡应了声，看了眼旁边的少女，脱下西装外套披在她身上，挡住了她裸露在外的肩颈。

颜沉跟着叶覆冰离开后，花园里只剩下了微风拂过树梢的哗哗声。

叶晚晚也不想一个人待在这里，重新溜达回了会场大厅。

人并没有完全走光，三三两两地举着杯聊天攀谈着，看见叶晚晚进来，有不少目光都聚了过来。

一个穿着暗红色西装的男人走了过来，举手投足间都带着"我很骚包"的气息，让叶晚晚悄悄翻了个白眼。

"晚晚，原来你也参加了这场晚宴，刚才都没看见你。"

男人名叫王景，叶晚晚对他有点印象，是Ａ市一个挺有名的娱乐集团的二少爷，在圈内风评一直不好，曾追求过她一段时间，见她始终不同意便放弃了。

叶晚晚刚才的位置是在二楼的贵宾区，所以他没看见也很正常，但她也懒得解释。

王景盯着少女这张漂亮的脸蛋，略带贪婪的眼神在她身上流连过，最后聚焦在某处。

白皙的锁骨下方，有一道小小的、淡淡的红色印子。

这样的痕迹他不会陌生，又看了眼少女肩上的西装外套，当下就露出一个暧昧的笑："我说怎么不见人，原来是陪人去了，当初还装得有多清高呢。"

叶晚晚："？"

"喂，叶晚晚，你真的不考虑跟我吗？我的技术一定不会让你失望……"

话未说完，面前的少女就拿十厘米的鞋跟狠狠踩在了他脚上，随之而来的是带着娇怒的骂声："你找死啊，敢对我说这种话？"

王景忍住痛，瞪着她："你疯了？你连我都敢惹，还想不想在圈里混了？"

叶晚晚不甘示弱地瞪回去："哼，你敢惹我，后果就是天凉王破知不知道！"

王景蒙了一下："天凉王破，什么？"

少女扬起头，抬了抬小下巴，语气拽得不得了："天凉了，让王氏集团破产吧。"

王景很不屑："就凭你？"

叶晚晚："不，凭我爹。"

"干爹？"

"亲爹。"

王景陷入了短暂的沉默，突然有了一个可怕的联想："你该不会是……"

叶大小姐双手抱胸，骄傲地说："没错，你脚下现在踩着的这块地，是我家的！"

说完，她盯着男人的眼睛，期待着他接下来的反应。

她这还是第一次拿身份压人呢，不知道效果怎么样。

"哦，所以呢？"王景睨着她。

四个字，还是个问句，没了。

这剧本不对吧！

还是她说的话格调不够高吗？

按照正常套路走，男人这会儿难道不应该痛哭流涕，然后给她磕头道歉认错喊爸爸，怎么还这么淡定地看着她？

"所有姓叶的明星都会把自己和叶氏扯上关系，你以为我会信吗？"

叶晚晚正想说些什么，忽然听见不远处有人喊她。

她和王景一齐抬头看过去，就见四个气度不凡的男人从大厅右侧的通道走了过来，两老两少，看起来和谐得不得了。

一看见自家父亲，叶晚晚就像找到了救兵一样，高跟鞋踩得哒哒响，朝叶云光怀里扑去，然后纤细的胳膊一伸，指着僵在那里的王景，说："爸爸，他欺负我！"

叶云光顺着女儿手指的方向看过去，颜沉也冷眼瞥过去，就连叶覆冰也放下了手机，跟着望了过去。

"……"

三道凉飕飕的视线落在身上，王景腿一软，差点没摔地上。

"年轻人，胆子不小啊，敢欺负我叶家的小公主？"

叶云光的表情没有变化，只是眼神藏着锐利，像一根根刺扎在了王景身上，让他大气都不敢喘。

王景只能干巴巴地解释："不、不是，都是误会。"

团宠小公主叶晚晚幸灾乐祸地看着他，对于他求助的目光视而不见。她转身又扑进了自家男朋友的怀里，双手抱着男人的腰，把刚才发生的事告诉了他。

听她说完，颜沉的脸色已经是一片阴翳，气压低得叶晚晚都有些害怕了。

叶晚晚拉拉他的袖子，眨了眨眼，软声道："沉沉，你也打算要'天凉王破'了吗？"

颜沉一怔："什么？"

这个梗连续两次没被 get 到，叶小公举很忧伤，难道这就是代沟吗？

在叶晚晚说自己并没有真的被欺负，反而还狠狠踩了那个男人一脚后，颜沉的脸色终于好看了点儿。

叶云光不知道和王景说了什么，只看见男人的脸色瞬间煞白，然后失魂落魄地走了。

"爸爸，你跟他说了什么呀，不会是'天凉王破'吧？"

叶云光倒是懂自家女儿的梗，笑了笑说："没，只是给了点儿小惩罚。"

不过看王景那副样子，这个"小"字很值得怀疑。

在回去的路上，叶晚晚靠在颜沉的肩膀上，打了个哈欠。

她调整了一个舒服的姿势，忽然问："沉沉，你说我是不是太低调了？"

颜沉垂眸看向她："嗯？"

"就刚才那事儿呀，我都搬出我堂堂叶家大小姐的身份了，他竟然不信。"想到这个，叶晚晚腮帮子微微鼓起，还挺郁闷的。

"那个人真的好过分喔，他竟然说你是我的金主，还说他技术比你好……"

话音渐渐止住，叶晚晚注意到男人的眉眼染着一丝兴味，忽然有种不祥的预感。

颜沉贴近她的耳畔，呼吸洒在她的耳朵上，带来一阵酥麻。

他低笑着问："想不想试一下我的技术？"

叶晚晚半边身体都麻了。

她不想，谢谢。

参加完这个慈善晚会后，休息了一夜，叶晚晚第二天一早便匆匆赶回了剧组。

让她意外的是，叶覆冰竟然已经在剧组了。

"你什么时候回来的？"叶晚晚问。

"昨晚。"男人浅色的眼瞳微眯着，模样有些困倦，懒懒散散地倚着墙。

叶晚晚本来好奇他那么赶着回来干什么，看见池糖走了过来后，一脸恍然大悟地走了，十分自觉地给他们让出了独处空间。

池糖站在叶覆冰面前，微抿着唇，有点别扭地把手中的咖啡递过去，淡淡道："给你。"

叶覆冰接过，嘴角弯起一个笑："谢了，池小糖。"

池糖面无表情地转身就走。

到中午的时候，叶晚晚好不容易找到了点儿感觉，拍过了一场戏，就见关姐皱着眉头走了过来，把手机往她面前一晃。

屏幕上是一则新闻，清晰地写着一行大字——

【娱乐圈初恋深夜密会情人，清纯女神形象崩塌？】

叶晚晚："？？？"

新闻里说她昨夜与一名男子幽会，两人还一同步入小区，第二天早上她才离开，并且附上了好几张照片，表示有图为证。

前面几张是她和颜沉一起进小区的背影，搂腰靠肩，姿势亲密又暧昧。

她露出了侧脸，颜沉没露脸。

最后一张人倒是都没有出镜，只拍到了她那辆保姆车的车牌，不过也足

227

以证明她的确是天亮才离开的。

网友们开始吃瓜，并且好奇这位神秘男子到底是女神的秘密情人，还是传说中的金主，什么样的猜测都有。

【怪不得她能拿到《双面》的女主角，当初公布主演阵容时我还很纳闷，原来是背后有人啊。】

【不，她那个女主角其实是靠我们家冰哥才拿到的。】

【这个背影看上去就很帅啊！！！你们就不能想点儿好的，没准是人家男朋友呢！】

【给你们十分钟的时间，我要这男人的全部资料！】

【就我一个人觉得这男的看上去很眼熟？】

【楼上你不是一个人，我怎么越看越像 Chen 神……】

【CP 粉自重，别什么都往沉哥身上扯，你们什么时候见过沉哥穿西装了？】

　

结果说打脸就打脸。

有人在某论坛上看见一个帖子，说是有幸参加了昨晚叶氏集团举办的慈善晚会，发现了一个惊为天人的帅气小哥哥。

图片是在入场时偷拍的，男人穿着一身烟灰色的西装，面容俊美，神色冷漠，衬衫的扣子系得整整齐齐，领口打着同色系的领带，给人一种禁欲的味道。

看看这张盛世美颜，可不就是他们的 Chen 神吗！

最重要的是，这身西装和新闻上那个男人的西装一模一样啊！

这下神秘男人的身份水落石出，那么问题又来了，他和叶晚晚到底是什么关系成了网友们最想知道的事——

到底是不是情侣，求给个准话儿吧！

于是，准话来了。

【夜晚 V：关于我男朋友，我就说两个字……】

她故意空了好多行，点开全文之前，粉丝们本以为这是带着玩笑性质的澄清，因为以前叶晚晚就干过这种事。

同样的开头，关于她男朋友，她就说六点，然后粉丝们尖叫着点了进去，一看末尾，一串省略号。

"……"

六个点，没毛病。

当时粉丝们的心情宛如坐过山车一般，绕了一个大圈，还是贼刺激的那种。

所以这一次，经历过上次恶作剧的粉丝都以为还是同样的套路，两个字，那肯定就是"没有"了，结果一点进去，底下明晃晃的两个字——

【颜沉。】

第十二章
摘下星星给她

LIANLIAN
WANFENG CHEN

放眼望去，热搜上全是他俩的名字：

叶晚晚公布恋情

此晚晚就是彼晚晚

#Chen 神的恋人 #

沉晚 CP 成真

两圈粉丝都炸开了锅。

评论区一群土拨鼠在尖叫，迷弟迷妹们哭着喊失恋，路人淡定祝福，CP
粉快乐得跟提前过年似的，有好多人表示要下楼跑圈。

【妈妈，那个娱乐圈初恋竟然恋爱了，我失恋了呜呜呜。】

【啊啊啊啊啊啊我现在除了尖叫什么也不会了，不敢相信我竟然磕到真
的 CP 了，那些说我们家晚晚不是 Chen 神那个游戏恋人的打脸不？】

【我以前一直觉得没人能配得上我们晚晚小仙女，直到我看见了这个男
人，颜控的我流下了激动的泪水，这对神仙颜值的夫妇我爱了。】

【沉晚党普天同庆，我要开始在宿舍放《今天是个好日子》了！】

这件事在网络上引起了轩然大波，一连好多天都未能平息。

其实不和谐的声音也有：

有部分叶子觉得对方不就是个打游戏的，怎么配得上我们家晚晚。电竞
粉们不甘示弱，说戏子而已有多高贵？

但好在只是少数，很快就淹没在了一片祝福声里。

时间过得说快也快，说慢也慢。

十一月初，立冬。

随着 KPL 常规赛拉下帷幕，星辰战队以小组第一的名次顺利步入季后赛，
叶晚晚这边的拍摄也进行得十分顺利。

恋恋
晚风沉

天气微冷，叶晚晚披着外套，手里端着一杯热牛奶，正在看星辰战队的赛后采访。

视频里的主持人小姐姐穿着吊带小礼裙，笑容甜美地拿着话筒，先是说了一些常规的客套话："首先恭喜星辰战队常规赛大获全胜，希望季后赛也能看见你们精彩的表现。"

聊完关于比赛方面的内容后，话题渐渐转到了私人方向。

"粉丝们都很好奇，Chen 神平时除了打游戏以外，还有什么其他兴趣爱好吗？"

说完，主持人还俏皮地补了句："陪女朋友不算喔。"

颜沉顿了顿，表情很淡，眼睑微微下垂了点，淡声道："没有。"

主持人还想继续说什么，旁边的队友就已经耐不住寂寞，抢过话筒嚷嚷道："有啊有啊，我们队长平时在基地可喜欢站在窗边看风景了，有事没事就往外面看。"

主持人笑着问："窗外的风景那么好看啊？"

本来她以为可能是颜沉的性格比较冷，喜欢看着窗外发呆而已，没想到那几个少年连连点头，互相对了个眼神，笑得有点暧昧。

"那肯定好看啊，就是最近看不到了而已。"

主持人："？"

观众们："？？？"

叶晚晚："……"

颜沉对于队友们这番话，没有否认，只是微微挑了下眉梢，眸光有一刹那微闪。

如果说叶晚晚于他而言是一道风景，那也是在他人生的路途中遇见的最美好的风景，心甘情愿地永远为她驻足。

因为他知道不会再有更好的了。

他已经，遇见了这一生的所爱。

常规赛结束到季后赛中间有一段不短的休息时间。

叶晚晚本想叫颜沉过来陪她几天，但又担心影响他们训练，毕竟季后赛各个战队之间的角逐将更加严峻，容不得一丝马虎。

在叶晚晚抱着手机纠结的时候，关姐正好进来，告诉她有几个综艺节目邀请她当嘉宾，让她从里面挑一个。

叶晚晚随便扫了眼，看见五个字——

《王者对对碰》。

她有点印象。这是部和《王者荣耀》相关的网络综艺，热度一直很高。

主持人在圈内挺出名的，除了几个固定嘉宾外，每期都会邀请一些明星艺人，或者普通素人，有时候还会邀请职业选手。

她很快就拿定了主意："行吧，就这个了。"

另一边。

星辰战队的经理秦哥正拿着手机，语气有点无奈："不好意思，Chen 他真的不喜欢这些娱乐性太强的表演，你们再问多少次他都是会拒绝的，我也没有办法，要不你们考虑一下我们家 Star……什么？叶晚晚也在？好吧好吧，我去问问。"

推开训练室的门，游戏的音效一声盖过一声，听上去场面很是激烈。

颜沉坐在电竞椅里，手没放在桌面，而是放在腿上，垂着头看着比赛回放，神色很认真。

他的位置靠着窗，窗外的阳光洒落进来，把他乌黑的发梢染上一层柔软的颜色，连眼睫都泛着浅金。

五官俊美得不像话，在光线下，立体又深邃。

饶是秦哥看他这张脸看了好几年了，此刻也不由得有些发怔。

这样出色的样貌，不混娱乐圈简直可惜了。当真是应了那句话，明明可以靠脸吃饭，却偏要靠实力。

秦哥敛了敛心神，走过去，手指在桌面轻叩了一下。

颜沉没抬头，把手机调小了音量，用疑惑的语调"嗯"了一声。

"《王者对对碰》节目组邀请你……"

"不去。"

秦哥像是猜到了他的回答，很快把重点抛出来："你家小宝贝也在。"

颜沉按下了暂停。

他抬起头，黑眸沉沉地看着男人，吐出一个字："好。"

录制当天。

颜沉想着给自家小女朋友一个惊喜，没有提前告诉她自己也来了。

所以当叶晚晚一进门，看见他的一刹那，瞬间傻掉了。

见少女瞪大了乌溜溜的眼睛，嘴巴微张，一副惊讶到说不出话的样子，颜沉眸中闪过很浅的笑，朝她招了招手。

下一秒，一道娇影飞奔过来。

颜沉张开双臂接住她，少女柔软的身躯撞进怀里，纤细的胳膊搂上他的脖子，踮起脚在他嘴边亲了一下："沉沉，我好想你呀。"

颜沉摸摸她的秀发，说："我也想你。"

小情侣的恩爱模样羡煞了周围一群单身狗。

陆卿是这个节目的固定嘉宾，看着这一幕忍不住摇头："我从来没有想过，有生之年我竟然会在这部综艺里吃到狗粮，说好的电子竞技没有爱情呢？"

身边一众单身狗纷纷表示赞同。

他们到底是做错了什么，刚好赶上了这一期的虐狗现场？

其中有一个平头男生冷眼瞥着他们，目光带着不屑。

十个嘉宾按照惯例分了组，叶晚晚也不知道真是巧合，还是节目组故意安排的，她和颜沉在同一组。

一开始先是1V1擂台赛，最后赢了的队伍有权利指定输的队伍进行惩罚。

英雄不限，获胜的判定是哪边先拿到三个人头。

两队人员开始安排出场顺序，叶晚晚这边先派出的是一个年轻的歌手，在游戏里段位也达到了王者水平，技术在圈内公认的不错。

而对面就厉害了，一上场就是职业选手。

叶晚晚认得那个男生，他是这次秋季赛一个黑马战队的ADC，叫阿平。今年才加入KPL，算是位新人选手，势头却很猛。

他们战队在常规赛和星辰战队交手的那场比赛叶晚晚印象很深，战况激烈，最后托颜沉偷塔成功的福，3比2拿下了胜利。

对方一连击败三人，到叶晚晚上场时，她知道自己上去也是送分的，所以心态倒是还好。

阿平这次选了他最拿手的百里守约，枪枪命中，甚至在叶晚晚还没出泉水的时候就两记子弹射了过去。

死在泉水里的叶晚晚："……"兄弟，多大仇？

虐泉的操作惹得在场众人一片哗然，连一穿四这种壮举都无人关心。

颜沉瞥向坐在对面操作台上的男生，黑眸半睐，眼神像是冰冷的刀锋，泛着微凉的寒光。

场上的气氛有些凝固。

对面有人接触到了颜沉那"敢欺负我女人你死定了"的霸总式眼神，皱着眉推了推阿平，低声提醒他不要这么过分。

阿平不为所动，扫了眼对面的人，轻嗤一声："电子竞技，菜是原罪。"

声音没被刻意压低，所有人都听见了。

叶晚晚自然也不例外。

她知道他说得没错，也知道自己技术菜，可这又不是她的专业领域，在节目里这样明摆着嘲讽，未免有点过分了吧。

少女微微抿起嘴，表情不太好看。

肩上忽然传来一点儿重量，男人的气息骤然靠近，他安抚地拍了拍她，说了句"放心，我在"。

颜沉接替叶晚晚走向对站台。

"呵，小子。"他勾了下唇，看着对面的阿平，眼睛里却没有任何笑意，"你在找死。"

低沉的嗓音扔下这句话，语气既定，像在述说一个已经发生的事实。

开局，颜沉也选了那位拿着狙的射手英雄，比赛一下子变成了两个百里守约的互狙现场。

你来我往了几次后，颜沉找到机会，拿下了一血。接着，第二个人头，第三个人头……

他最后还帮叶晚晚报了仇，也来了个虐泉的操作。

又一次输给这个男人，阿平的脸色铁青，"砰"的一声重重把手机放下，从对站台走下去。

"沉沉，厉害呀。"叶晚晚朝颜沉比了个加油的手势，眼睛弯了起来，刚才的那点不开心已经无影无踪。

拿着对方最拿手的英雄打败他，杀伤力简直 Max！

"继续加油，一穿五！"

漆黑的眼瞳里映着少女的笑颜，眼中的冷意褪去，他淡淡点头，弯唇说："遵命，公主殿下。"

眼底满是温柔笑意。

他会是她命中注定的王子，也会是能为她披荆斩棘的骑士。

如果要问叶晚晚觉得男人什么时候最帅气，她以前也许会冒出五花八门的答案，但是此刻，她的回答只有四个字——

就是现在。

男人在比赛时专注认真的侧脸，下颚线条流畅完美，薄唇微抿着，眼神隐隐带了点儿不可一世的骄傲和锋芒。

他在场上自信且闪耀的模样，牢牢地印在了叶晚晚的心底。

擂台赛结束，颜沉如她所愿地打出了一穿五，收获了来自队友们无比热烈的掌声和夸赞。

以及自家女朋友的飞吻一枚。

在第二轮 5V5 开始之前，输了的队伍要先完成惩罚，不是什么太难的事，只是让他们五个脱了鞋子在指压板上跳绳。

一声声惨叫哀号此起彼伏，也不知道是为了节目效果故作夸张，还是真的疼。

叶晚晚拉拉旁边男人的袖子，杏眼微扬，软声道："沉沉，幸好有你在。刚刚真的超帅的！"

颜沉垂眸看着她："怎么平时没见你夸我帅。"

叶晚晚反驳："怎么没有，我直播账号的名字就叫'沉沉天下第一帅'好不好！"

一双手顺势拉着的袖子往上攀，少女把那只胳膊抱在怀里，晃了两下，然后用撒娇的语气说："但是沉沉，你有没有听过一句话，男人认真时的样子才是最帅的！"

她笑得眉眼弯弯，眼睛里全是对他的崇拜，像藏了星星。

"特别是你赢了比赛的时候，整个人都仿佛闪闪发光的，超帅，超 nice！"

颜沉挑了下眉，意味不明地"嗯"了声。

叶晚晚今天穿了身宽松的针织毛衣，浅灰色的，倒是和他像是情侣装。宽大的毛衣把少女的身材衬托得更加娇小，袖口有些长，只露出一小截细白的手指。

整个人都毛茸茸的，像只猫。

"话说回来……"叶晚晚努力把手伸出来，然后悄悄往台上指了指，仰着头问，"他是不是跟你有仇啊？"

颜沉顺着她指的方向看过去。

阿平绷着脸在跳绳，注意到他的视线后，狠狠地瞪了过来，眼神顿时变得十分凶狠。

和当时常规赛结束时看向他的眼神一模一样。

冷冷瞥了一眼后，颜沉点头："大概吧。"

叶晚晚微微翘起嘴，哼了声："我说呢，怪不得他这么针对我，敢情是打不过你，只能拿我出气了。"

颜沉在她头上揉了一把，少女的发丝细软，摸在手上的触感很舒服。

他眯了眯眼，说："放心，我会替你教训他的。"

"你不是已经替我教训过了吗。"叶晚晚歪着脑袋，有点不明白。

还不够。

颜沉的眸色很深，目光沉沉地看着那道身影。

这种娱乐性的比赛输赢不痛不痒，他要做的，是在 KPL 的比赛现场，再次打败他。

惩罚结束，然后开始团队战。

这个节目的宗旨并不是竞赛，而是趣味性的娱乐，所以大家打得都挺随意的，偶尔冒出几句骚话，场面倒是其乐融融。

如果忽略先前擂台赛那剑拔弩张的气氛，这一天的录制还是十分和谐的。

收工后，和几个嘉宾打完招呼，他们就先走了。

外面的走廊人来人往，有几个工作人员见他们录制结束，赶紧趁着人还没走，围过来要签名和合照。

叶晚晚向来宠粉，一一应允。

在她耐心地为大家签名时，男人就抱臂站在一侧，有点懒洋洋地靠着墙，视线一直没从她身上离开过。

叶晚晚被几个人围着，接过他们递来的本子或照片，认认真真地签下自己的名字。

"晚晚，我好喜欢你呀，请问我可以和你握一次手吗？"

叶晚晚抿着唇笑开，伸出了手："当然。"

如愿以偿地摸到偶像的手后，小姑娘的眼睛里是藏不住的欣喜，握了好久都没舍得放开，叶晚晚也没催促她。

倒是小姑娘身后的同伴拉拉她的袖子，朝站在右侧的男人示意了一番，示意她不要再耽误时间，打扰人家约会。

小姑娘临走时，还扯着嗓子对叶晚晚喊了句："晚晚，你和你男朋友真的超级配的，祝你们百年好合，早生贵子！"

叶晚晚听到前半句时，还掩着唇直乐，等听到后面，差点没被口水呛死。

早生贵子什么的……

也太早了吧！

背部忽然被人从后面轻轻拍了几下，等咳嗽停息后，叶晚晚才回过头，刚好和那对漆黑的桃花眼撞上。

男人眼中带着若有似无的笑意，手中的动作止住，却没有收回去。

叶晚晚隔着一层毛衣似乎都能感受到他掌心的温度，底下的那块皮肤在隐隐发烫。

手掌顺着少女的脊背滑下，落到腰间，胳膊环了上来，身体紧紧贴在一起，属于男人的气息包裹着她，满满的侵略性。

叶晚晚被他这么暧昧地抱着，有点害羞，小巧的耳垂微红，她伸手推了下男人，小声地说："等等有人路过会看见的，你先放开我。"

男人没动，腰间的手反而紧了紧。

"沉沉……"

颜沉垂眸看着她，忽然喊她："宠粉狂魔叶晚晚。"

叶晚晚："？"

颜沉继续说："关于你粉丝刚才的提议，你要不要考虑一下。"

叶晚晚当然知道他指的是"早生贵子"那个提议，脸瞬间就红了，小声地嘟囔："考虑个鬼，现在说这些太早了吧……"

颜沉捏了捏她通红的耳垂，低着声说："既然你嫌早，晚点也没事。那就晚生贵子好了。"

晚生贵子又是什么鬼？

而且不知道是不是自己的错觉，叶晚晚总觉得男人说出这四个字时的语气，好像带了点儿别的意味……

"快放开我啦，还走不走了。"叶晚晚伸手推了他一把，没用什么力，不过男人还是顺势放开了她。

她五指并拢，手掌模拟成扇子给自己扇着风，试图让脸上的温度降下来点儿。

叶晚晚低着头，快步往前走着。

眼见着就要迎面撞上一个人，背后突然传来一股拉力，拎着她的领子把她往后扯了扯。

但是为时已晚，叶晚晚已经一脚踩到了面前的一只白色球鞋上。

她连忙道歉："啊，不好意思……"

声音随着她抬头的动作，渐渐变小。

阿平站在原地，没看她，视线落在她身后的男人脸上，眼底有丝丝戾气。

他身高不高，也就比叶晚晚高小半个头，看向颜沉时也需要仰着，气场上就已经低了一等。

颜沉也垂眸看向他，黑瞳幽深，表情很冷。

阿平嘴唇嚅动了一下，心底升腾起一种莫名的畏惧，不自然地错开视线，目光移到了叶晚晚身上。

"喂。"他口气依旧不好，"游戏打不好，连路都不会走？"

叶晚晚眼皮子跳了一下。

她活了二十二年，这还是第一次遇见有人敢用这种语气和她说话。

不过这次的确是她的错。

看着那双白球鞋上的印子，叶晚晚正准备道歉，胳膊忽然被人攥住，颜沉挡在了她前面，一开口就是嘲讽："你是瞎了还是腿废了？"

这话一出，叶晚晚和阿平都愣了一下。

以颜沉的性格，居然会说出这样尖锐带刺的话，他们都很惊讶。

阿平先回过神，瞪着他："你什么意思？"

颜沉往前走了一步，强大的气场让人不自觉发颤，他站定在阿平面前，居高临下地说："你以为我刚才没看见？"

刚才叶晚晚低着头走路，没注意到前面有人。如果只是这样就算了，但阿平明明已经看见了他们，却故意站在了原地，等着叶晚晚撞上去。

颜沉的视线移至他握成拳头的手上，眼神带了点讥诮："哦，还有手残。"末了，还呵了一声，补上四个字，"手下败将。"

阿平气得浑身颤抖，手背上青筋凸起。

而颜沉则是漠然地看着他，眼神很淡，带着隐隐约约的挑衅。

在气氛一触即燃的时刻，他们的眼前忽然多出了一沓红色钞票，以及一只纤细的胳膊。

"？？？"

两个人不约而同地顺着这条手臂，看向了它的主人。

少女一脸淡定，细细白白的手指捏着这沓钱，在阿平面前晃了两下，有点催促的意味。

"刚才踩到你是我不对，很抱歉，对不起啦。至于这个——"那沓钞票被她强行塞进阿平手里，"这是赔礼，XZ 家的鞋如果我没记错的话，价格大概是两千五，这里有三千，多出来的就当精神损失费吧。"

阿平被这突然的发展给整蒙了，一时也忘记了拒绝。

直到叶晚晚拉住颜沉的手，准备走人的时候，阿平才反应过来，把钱扔了吼道："谁稀罕你的破钱？"

闻声，叶晚晚回过头，目光由上至下地打量了他一眼。

少女挑起眉，笑意盈盈的："不稀罕没事，希望下次看见你时——"

她的目光最后落在那双白色的球鞋上。

"你脚上穿的能是正版。"

"……"

十一月底。

雪从早上开始下，从漫天大雪到毛毛细雪，一直未停。

"唉！"少女裹着羽绒服蹲在台阶边缘，嘴里溢出一声轻微的叹息。白色的雾气从她的口中吐出，然后慢慢消散在空气里。

屋檐上有雪块掉下，砸在她脚边，又碎开。

叶晚晚伸出手，抓了一把雪，她没戴手套，掌心接触到一片冰凉，冷意侵袭，很快就没了知觉。

可是心里还是感觉很难过。

今天是十一月二十九号，她二十三岁的生日。

从月初开始，她就已经陆陆续续收到了很多的礼物，亲戚朋友的，代言品牌赞助商的，粉丝的，数不胜数。

一直到生日当天，她最期待的礼物和送礼人却都没有出现。

叶晚晚今年没办生日宴会，只打算在剧组简单地过。

这一天不是比赛日，颜沉说了会来陪她一起过生日，但因为这一场突然的雪，航班取消，也打断了计划。

后来他说改乘高铁，结果又突然有事，来不了了。

除了零点的那一句生日快乐，其余一点儿表示也没有。

叶晚晚越想越不开心，失落的感觉充斥着她全部的感官，然后是铺天盖地的委屈。

人来不了，难道不会寄个礼物过来吗！实在不行，转账 520 也好啊！

就一句生日快乐敷衍谁呢！

叶晚晚鼓起脸，迁怒一般地把手中的雪揉成球，再狠狠地砸出去。

"沉沉这个说话不算话的臭男人！大猪蹄子，王八蛋……"她开始小声地骂，骂到后面没词了，什么乱七八糟的都跑出来了，"负心汉，陈世美……"

把掌心残留的雪粒拍去，叶晚晚低头看着自己被冻得通红的手指，硬是把这笔账也记到了颜沉头上。

她低头，手掌并拢，哈了口气，转身走进屋内。

今天收工得很早，舒心见她进来，连忙递上一碗姜汤，脸上全是担心。

"心情好点儿没？你说你也真是的，这大冷天的跑出去透什么气，散什么心。快趁热喝，别感冒了。"

叶晚晚没说话，把姜汤接过来，捧着碗暖了一会儿手，感觉到手指渐渐有了知觉。

"听话，快点儿喝，等等就凉了。"舒心催促她，"不然沉哥该担心了。"

她正准备捏住鼻子，一口气灌下，碗已经送到了嘴边，听见后面那句话，又忽地停住了。

"我不想喝。"叶晚晚把碗往旁边桌子上一放，带了点儿小脾气。

双腿屈起，胳膊抱住，下巴抵在膝盖上，她楚楚可怜地问："小甜心，你说沉沉他是不是外面有狗了？"

舒心还没说话，她就自顾自地回答上了："不然有什么事比我生日还重要？我都打电话问过颜叔叔了，也不是家里的事。他肯定是外面有狗了，呜呜呜，我要变成绿晚晚了吗？"

舒心安慰她："不会的。"

叶晚晚就好像没听见，又呜咽一声："好像叶子本来就是绿的，嘤，这难道就是命中注定吗？"

舒心："……"

叶晚晚还在继续："颜沉这个大浑蛋，大渣男，我不好吗，他为什么要绿我？像我这么漂亮的女朋友，还能陪他打游戏，他去哪儿找第二个？"

舒心决定抢救一下："不是，晚晚，你真误会了，沉哥他没有对不起你。他是……真的有事。"

叶晚晚止住了声，从被抛弃的怨妇剧本里脱离出来，有点狐疑地瞧着自家小助理："真的？"

舒心狂点头。

叶晚晚更狐疑了："你怎么这么清楚？"

舒小助理没敢和她对视，眼神飘忽，手指头紧张地动来动去，一时竟回不上话："呃……我这不是，相信沉哥的为人嘛。"

见叶晚晚似乎还准备追问，舒心赶紧换了话题，催促着她快些回酒店。

一进酒店，暖气扑面而来。

叶晚晚把羽绒服的帽子摘下，抖了抖身上的雪花，步入电梯，手指刚想在"17"这个数字上按下，舒心却先她一步，按亮了最顶层的按键。

叶晚晚斜斜睨了她一眼，双手抱胸。

"说吧，有什么要坦白的。"

舒心知道瞒不下去，索性直说："大家给你准备了一个惊喜，具体我也不知道，我只负责把你带过来。"

其实舒心还是撒了谎，但惊喜说出来就没意思了，她是务必要瞒到底的。

叶晚晚点点头，"噢"了一声，倒是不意外。

所谓的惊喜，无非是偷偷给她准备了个 party——看，果然吧。

在电梯门开的一瞬间，光线一下子暗了下去。顶层没有开灯，叶晚晚眯了一下眼，低头，看见了满地的蜡烛。

烛光闪烁着微弱的光亮，但胜在多，铺成了一条路，指引着她前行的方向。

这种套路叶晚晚见多了，走到尽头，大概就是一群人围着一个大蛋糕，然后对她说："Happy birthday！"

舒心不知道跑哪儿去了，大概是提前去和大部队会合了。

她也没在意，慢悠悠地走着，并不着急。

不远处的蜡烛边摆着一个方形的礼盒，红色的丝带在上面扎了个漂亮的蝴蝶结。

这是叶晚晚这一路走过来，看见的第 22 个礼盒了。起初她还会拿在手上，等数量超过个位数的时候，她实在拿不下了，只好放在了地上。

礼盒里面都装了礼物，包包鞋子项链，什么都有，每一样都价值不菲。

顺着烛光小路一直走，在尽头，她看见了一个空旷无人的大厅，和她的第 23 份礼物。

叶晚晚心里有点好奇又有点疑惑，走过去，拆开礼盒，里面出乎意料是空的，只有一张小卡片，上面是打印出来的三个字：看窗外。

叶晚晚依言来到巨大的落地窗旁，手搭在玻璃上，俯瞰着这座城市的璀璨夜景。

街道上车水马龙，霓虹灯闪烁。

忽然，有一簇亮色的线条从地面升入高空，伴随着一道响声，然后炸开，绽放出绚烂的烟花。

紧接着，烟花越来越多，大片的光影在天际绽开，把黑夜渲染得宛若白昼。

火树银花的景色中，能看见烟火绘成的一个"晚"字。在空中停留了短暂的时间后，火花四散，像漫天繁星，从夜幕中坠入凡间。

叶晚晚眼底映着明亮的光，弥漫着惊喜，嘴巴微微张开，她下意识用手捂住。

"喜欢吗？"

身后忽然响起熟悉的嗓音。

叶晚晚一惊，猛然回过头，看见了黑暗中缓缓走出一道身影。

月光照亮了男人的眉眼，和嘴角微微扬起的弧度。

那双漆黑的眸子也被窗外的烟火映得发亮，颜沉直直地望着她，眼神炙热，仿佛一团火要把她点燃。

叶晚晚瞳孔放大了一下，脸上的惊讶怎么也收不回去。

"沉、沉沉——你怎么会在这儿？"

颜沉没说话，而是抬脚朝她走了过来。皮鞋踩在地板上，在寂静空旷的大厅发出轻微的声响，每一下都好像踏进了她心底，和心跳产生了共鸣。

男人穿了一身做工精良的西装，内里的白衬衫扣子严密，系着领带，一丝不苟。

又是这种让她招架不住的禁欲风。

随着男人的逼近，叶晚晚下意识地想要后退，背部却抵上玻璃，无路可退。

熟悉的气息笼罩了过来，颜沉的手撑在她两侧，胳膊形成了一道禁锢，把她牢牢地困在了身前。

"这个惊喜，喜欢吗？"

叶晚晚缓了半天，等剧烈的心跳平息后，才仰着头问："这些……都是你给我准备的？"

颜沉没说话，眉梢扬了下，像是默认。

叶晚晚算是明白了，这些礼物什么的，应该是出自他之手。

而其他人为她准备的惊喜……

就是颜沉。

"你什么时候过来的呀？"

颜沉盯着少女的表情，忽然弯了弯唇，说："昨晚。"

果不其然，那双美目在一瞬间瞪大，满是震惊地看着他，连说话都不利索了："昨昨昨……昨晚？"

他重复："嗯，昨晚。"

叶晚晚喉头一紧，有点说不出话。

所以原来他并没有食言，也没有敷衍她，他甚至，做了比她想象中更为令她感动的事。

白天那点难过和失落已经一扫而空，在这一刻，她的心情像是摇晃过的香槟，欢喜的情绪喷涌而出，甜蜜在心底漫延，很快就填满了整个心窝。

"沉沉……"

少女忽然喊他，语气软糯，像在撒娇。

她双手抓住男人的衣角，扯了扯，睁着一双湿漉漉的小鹿眼，眨巴着看向他："我要和你坦白。"

"坦白什么？"颜沉微微弯下腰，把脸靠近了些，气息暧昧。

"坦白我不仅错怪了你，我还骂了你……"叶晚晚没躲开，抿了下嘴，慢吞吞地把自己白天的心路历程都告诉了男人。

说完，叶晚晚看着男人挑起的眉梢，和眼底那似笑非笑的情绪，只觉得脸颊开始发烫，有点不好意思。

颜沉伸出手，指尖轻轻摩挲过少女面部的肌肤，落在她的下巴上，挑了起来。

"这么不信任我，嗯？"

"不，不是……"

"晚晚，我很伤心。"颜沉歪了歪头，漆黑的眼里分明全是笑，"你该怎么补偿我？"

叶晚晚盯着他的眼睛，慢慢挪开，移至那微勾着的薄唇上。

迟疑了几秒，她忽然踮起脚，捧住男人的脸，闭着眼吻了上去。

少女主动把柔软的唇瓣贴上他的，淡淡的清香，钻入他的口中。

她的吻技很生涩，却在努力地讨好他。

颜沉的呼吸渐重，双手按在少女浑圆的肩头，五指收紧，像在忍耐着什么。

没亲太久，叶晚晚很快就没气了，脚跟重新落回地面。

"可以原谅我了吗？"少女仰着头，眼底已经蒙上了一层雾，唇瓣沾着水光，怎么看怎么诱人。

颜沉垂着眸看她，眸色越来越深。

"不行，"他说，"我还不满意。"

叶晚晚松开搂着他脖子的手，掌心顺着男人肩颈轮廓往下滑。

浑身都软绵绵的，使不上劲。

她以前从来没有想过，原来接吻也会是个体力活。

颜沉弯唇轻笑了一下，胸膛微微振动，笑声在她耳边荡开，连心都跟着颤动。

"你笑什么？"叶晚晚不自然地别开脸。

颜沉垂眸看着她，少女的皮肤白里透红，他舔了下唇，眼尾一勾，眸中的笑意更深。

"没什么。"他说，"生日快乐，晚晚。"

在另一边。

黑暗的走道里没有开灯，只有隐隐约约的人声，互相小声地交流着什么。

舒心拿出手机，打算看一眼时间。

一道微弱的荧光亮起，屏幕折射出淡淡的白光。光由下至上照在舒心脸上，把她的面容衬得有些惨白森然，在一片黑暗之中，显得十分吓人。

站在她面前的姑娘身体动了下，漂亮乌黑的眼睛垂下去，往后退开一步，转过身，刚好撞上了男人结实的胸膛。

"怎么了？"头顶传来叶覆冰的声音。

池糖抿了抿嘴，没说话，正想绕开他，男人却径直伸出胳膊，一把将她捞进怀里。

"放手。"顾及周围还有其他人在，池糖的声音很小，几乎是用气声在说话。

叶覆冰只当没听见，手在黑暗中摩挲着往上，捏住了她的脸，学着她用气声问："怎么突然投怀送抱？"

"我没有。"池糖把他的手拍开，声音冷硬，低下头，飞快地又补充一句，"是太黑了，我没看见。"

"哦，这样啊。"叶覆冰的尾音拖长，带着一贯漫不经心的调侃，他低低笑了声，"那我可得好好看住你，省得你待会儿撞到别人身上去。"

在黑暗里，感官好像变得更加敏感，一切细节都被放大。

他的呼吸，他的气味，全都近在咫尺。

池糖抿着唇，感觉到耳尖有些发烫。她突然有些庆幸周围的黑暗，才没有在这个男人面前露出失态的样子。

舒心把手机收了起来，看向眼前这一大帮人："这都二十多分钟了，让那两人叙旧怎么着也叙够了吧？"

"够了够了，快走吧。"有人催促。

白光骤然亮起，强烈的光线瞬间笼罩整个大厅。水晶灯璀璨又华丽，高高吊在上方，散发出耀眼夺目的光芒。

光线刺得叶晚晚微微眯起了眼，等适应之后，她才抬眼看过去。

大厅最侧面的小门里，接二连三地走出好多人，舒心和关姐走在前面，后面是叶覆冰、池糖，还有剧组的其他演员和工作人员。

一个大大的蛋糕被他们推了出来，然后是男声女声混合在一起的一句："Surprise！"

叶晚晚弯起眉眼，笑得很开心："谢谢大家。"

她正准备走过去，刚抬起脚，又顿住了。

余光瞥见身侧的男人，她的笑容有些僵硬，想到刚才的事，内心犹如五雷轰顶，抱有一丝侥幸地问："你们——你们等在这里多久了？"

舒心说："早就在了，比你上来得还早。"

叶晚晚笑容逐渐消失："……"

见她停在原地不动，有人喊道："晚晚，快过来，还有个惊喜。"

大家把帷幕拉开，露出了早就布置好的宴会现场。

光线忽然变暗，换上了淡淡的蓝色荧光，脚下星光点点，是 3D 投影出来的星空效果。

整个空间都被繁星布满，甚至还在流动、闪烁，仿佛真的置身银河。

叶晚晚没忍住地"哇"出声。

"喜欢吗？"颜沉忽然靠近，牵住她的手，带着她走到了星光最为聚集的中央。

叶晚晚觉得自己仿佛已经丧失了语言能力，除了拼命点头，好像什么也表达不了她此刻的欣喜、激动和感动。

她最喜欢星星。

所以，他便为她打造了一片星辰。

点上蜡烛，大家齐声唱起生日歌，叶晚晚双手合十，非常虔诚，也非常认真地许下了一个愿望，然后吹灭蜡烛。

烛光灭掉的时候，周围的星光也跟着熄灭，又恢复了正常的灯光。

"祝我们的晚晚小仙女二十三岁生日快乐！"

欢呼和掌声一起响了起来，叶晚晚头上戴着一个纸质的皇冠，如黑曜石般的眼眸亮晶晶的，含着笑，温柔地对大家说："谢谢。"

蛋糕分完，叶晚晚只吃了一小块，就放下了叉子。

"不好吃？"颜沉问她。

叶晚晚摇了摇头，嘴巴一扁，委委屈屈地说："热量太高，关姐不让我多吃。"

颜沉端着碟子，把自己手中这盘几乎没动过几口的递到她面前，说："吃吧。"

少女的眼睛一下子亮了起来，像是小动物见到食物，兴奋地伸出"爪子"。

就在快要拿到手的时候，大概是因为心虚，她下意识地往某个方向瞅了眼，刚好和关姐的视线撞上。

动作顿住，她把爪子缩了回去，小脸蛋满是郁闷。

"没事。"颜沉说完，身子往右边倾了倾，把视线挡住，"好了，她看不见了。"

他用叉子叉起一小块蛋糕，伸到叶晚晚嘴边，挑了下眉，说："张嘴。"

蛋糕是找酒店顶级的西点师定做的，食材也是用的最好的，奶油甜而不腻，叶晚晚一下子就吃了个精光。

不过蛋糕这种东西吧，除了吃，还有另外一个用途。

叶晚晚身为寿星，免不了被人抹一脸奶油，而她报复心又强，也不甘示弱地抹回去，很快整个大厅就上演了一场灾难级别的奶油大战。

再加上大家都喝了点儿酒，玩得就更开了。

叶晚晚脸上沾着奶油，像个小花猫，偏偏还笑得那么开心，眼角眉梢全是璀璨的笑意。

"沉沉，你过来一下。"叶晚晚双手背在身后，朝男人喊道。

颜沉猜到了她要做什么，却还是依言走了过去。

少女弯着眼睛，等他站定在自己面前时，猛地伸出右手，朝男人俊美的脸上袭去。

然后停在了距离那张脸大概十厘米的位置。

手腕被他扼住了，皮肤上传来男人掌心炙热的温度，有点烫。抓着她的手力度并不大，却足以使她无法往前更进一步。

"好吧，我不抹你了，你快松……"

话未说完，就见男人微微低下头，就着这个姿势，伸出舌尖，暧昧地将她指尖上的那些奶油舔去。

指腹上传来湿滑柔软的触感。

叶晚晚顿时红了脸，把手抽了回去，小声地说："你干什么呀。"

"报酬。"颜沉用拇指抹了下嘴角,漆黑的桃花眼微眯,"刚才喂你的。"

回到房间时,叶晚晚那张漂亮的脸蛋已经成了花猫,连发丝里都夹杂着奶油,衣服已经看不出原本的模样。

明明一身狼狈,可她还是在笑。

叶晚晚被灌了不少酒,此刻脸蛋酡红,脚下的步子都在飘。

"沉沉,沉沉……"她不停地喊他的名字,一遍又一遍,带着欢喜,"我今天真的好开心呀。"

"那个烟花好漂亮!还有那个星空投影,嗝……"

她打了个酒嗝,脚下踉跄了一下,整个人歪进男人的怀里。

少女的身上染着酒气,混合着奶油的香气,此刻的她就像诱人的甜点,让人想要把她吃进肚里。

"唔,星星真的好好看,好想要星星呀……沉沉,你去帮我摘星星好不好?"

颜沉的脚步一顿。

少女大概是有点醉了,也不知道自己在说些什么,只是睁着一双无辜的大眼睛看着他。

"怎么摘?"男人挑了下眉。

叶晚晚眨了眨眼,像在思考,而后又露出苦恼的表情:"不知道。"

"那就不摘了。"

"不行!"少女摇着脑袋,小手拉住了他的衣角,一字一句地说:"要、摘、星、星。"

颜沉低下头,凝视了她几秒,对上她眼底的期待,认输似的点了下头,说:"行吧,摘星星。"

叶晚晚摇摇晃晃地进了浴室,胡乱地脱下衣服,打开花洒,热水从头顶顺着身体的轮廓往下,舒服得令人喟叹。

她在升腾的热气里眯了眯眼,意识稍微清醒了些。

自己刚刚说了什么?

摘星星?

想起男人答应自己时那无奈的眼神,叶晚晚倏地弯起嘴角,溢出一声轻笑。

她知道颜沉一直都很宠自己。

可是这星星,他要怎么摘?弄块陨石来吗?

沾在头发上的奶油不太好洗，她花了点儿时间才弄干净，换好睡衣出去时已经是一个多小时后了。

　　男人坐在床边，手机横拿在手中，游戏音效不停地传出。

　　叶晚晚走过去的时候，屏幕上正好跳出胜利的字样。她低头看了眼，超神、五连绝世、金牌打野……

　　不愧是她叶晚晚的男人，就是这么厉害。

　　"嗯？"看了半天，少女忽然发出疑惑的声音，"——怎么是我的号？"

　　颜沉瞥了她一眼，懒声道："帮你摘星星啊。"

　　屏幕上，她的账号已经达到了星耀一满星，只要再赢一局，就能晋升王者段位了。

　　叶晚晚眨巴了一下眼睛，然后弯成月牙，算是接受了这个"星星"，而且还挺满意。

　　她在男人身边坐下，抱着他的胳膊晃了晃，催促道："沉沉，快点继续——"

　　"我要上王者！"

　　那三个字被她加重了读音，像是志在必得。

　　闻言，颜沉微微扬了下眉梢，漆黑的眼眸盯着她，若有所指地说："行，上王者。"

　　叶晚晚头发还是湿的，肩上披了条浴巾，她随便擦了几下，仅仅是擦到发梢不再滴水后就没去管了。

　　她迫不及待地让颜沉开始排位，匹配了几秒钟后，很快就进去了。

　　颜沉习惯性地发了"我玩打野"。

　　队友都没说话，禁完英雄后，一楼秒选了韩信，带的惩戒。

　　叶晚晚："？"

　　二楼秒选了猴子，带的也是惩戒。

　　叶晚晚："？？"

　　她以前就听说过，广大网友把这种晋级段位的局称之为渡劫，因为每到这个时候，排位遇见的队友都是各式各样的妖魔鬼怪。

　　特别是王者渡劫局，今日一见，果然不同凡响。

　　颜沉被排在五楼，剩下的是中单法师位。

　　因为前面那花里胡哨的阵容，叶晚晚的心已经凉了一半，还没来得及开口说什么，就见颜沉已经锁定了貂蝉，召唤师技能换上惩戒。

　　叶晚晚："？？？"

颜沉："对面阵容没硬控。"

叶晚晚："不是，那你带惩戒干吗？"

颜沉："抢蓝。"

叶晚晚："……"

队里五个英雄，三个带了惩戒，加上对面打野一共四个。想象了一下四个惩戒一起抢蓝的画面，请问蓝爸爸又做错了什么呢？

野区资源的争夺非常激烈。

貂蝉一开局就直奔对面野区而去，和对面赵云打了个照面，顺便抢走了他打到丝血的蔚蓝石像。

颜沉用的皮肤是圣诞恋歌，有句语音台词刚好应景地响了起来：

"啊，子龙哥哥，纵使天各一方，小蝉依然……"

叶晚晚默默把后边的省略号补充完整："依然想抢你家蓝 buff。"

颜沉嘴角弯了下，似乎被她逗笑了。

叶晚晚盯着游戏里蹦蹦跳跳的女英雄，忽然心血来潮地问："沉沉，你觉得露娜和貂蝉选谁好？"

颜沉顿了顿，说："还是妲己吧。"

他的声音不大，混杂在游戏传出的音效里，有些模糊。

叶晚晚大概是听岔了，凶巴巴瞪他："不选就不选，你说粗话干什么！"

颜沉："？"

而后他很快恍然，眼神里带了丝调笑："叶晚晚，你怎么能这么污？"

"我说的是——"男人靠近她的耳边，呼出的气息灼热，带来微痒的触感。他用标准的发音告诉她，"妲己。"

叶晚晚："……"

这个场面让她尴尬得好像有点似曾相识。

但是现在不比刚认识的时候，叶晚晚脸皮也厚了些，理直气壮地说："我问的是露娜和貂蝉，你说妲己干什么？"

颜沉看着她，少女的双颊已经浮上一层粉色，表情却很倔强。

"而且在这种情况下，你作为男朋友，标准答案不应该是选我才对吗？"

他挑了下眉，漆黑的桃花眼里弥漫一层浅笑："我以为你问我的是你要玩什么英雄。"

叶晚晚哼了声，不高兴地噘起嘴，不满道："那也不行。"

她脑子忽然转得飞快，很快又联想到什么。

"按你这意思，是在嫌我菜？"

少女先是对他怒目而视，然后又咬住唇，换上泫然欲泣的模样。

"因为露娜和貂蝉操作难度高，我玩不好，只有像妲己那种无脑新手英雄，才适合我这种小菜鸡，是这样吗？"

虽然的确是这样，但颜沉还是决定哄她："不是，是妲己可爱，更适合你。"

叶晚晚幽幽看着他："你是在说我像狐狸精吗？"

"颜·直男·沉"："……"这话他该怎么接？

好在叶晚晚也不打算为难他，很快就跳过这个话题。她眼巴巴地盯着游戏屏幕，有点跃跃欲试："给我玩条命怎么样？"

"你确定？"

见少女的嘴角敛了下去，颜沉求生欲很强，迅速把手机往她手机一递："玩吧。"

此时自家的野区被韩信猴子搜刮干净，颜沉没打算回去，留在对面野区和子龙哥哥相爱相杀。

叶晚晚刚接过手，就被赵云一击大招击飞。

数道攻击落在身上，血量很快就见了底，伴随着一声"啊，非礼啊"，她屏幕一黑，英雄人物倒地身亡。

叶晚晚："……"她手机都还没捂热呢！

不怎么情愿地把手机还给颜沉，复活后，看着他在人群中一秀五展现一波逆天操作，被动炸得噼里啪啦的。

同样的英雄，同样的血条消失术，只不过颜沉用在了对面身上，叶晚晚用在了自己身上。

没关系，这是互补，互补。

叶晚晚在心里这么安慰自己。

在颜沉出神入化的操作下，这局本来没什么希望的排位，在经历了重重波折后，竟然还是赢了！

叶晚晚激动地看着屏幕——

原本的五颗星星发着光，合在一起，光芒闪烁后，星耀的黑色图标变成了一个璀璨的金黄色。

最强王者1颗星。

"啊啊啊啊啊！"叶晚晚没忍住号了几声，一把抱住旁边的男人，在他脸上吧唧亲了一口，"我上王者了，我终于上王者了！"

她刚刚也玩了一条命，四舍五入一下，这就是她自己打上去的！

少女满怀欣喜地搂着他的脖子，把脸贴上他的，蹭了几下。她没穿内衣，男人能清晰地感知到那两团柔软，挤压在自己胸前。

颜沉喉结滚动了一下，感觉有些口干舌燥。

身体在发烫，血液像是在沸腾，像有一团火，不停地燃烧着。一寸一寸，烧没了他的理智。

手掌不受控制地抚了上去，他能感觉到少女的身体一僵，搭在他肩上的手指猛然收缩了一下。

"你干什么啊……"

叶晚晚似乎想起身，男人却没让，触电一般的感觉爬过脊背，她很快就软在了他的怀里。

"收取报酬。"男人的声线比以往都低，嗓音磁性，带着一定程度的沙哑，格外撩人。

叶晚晚需要咬着唇，才能把那即将脱口而出的声音压回去。

可是听见这话，她抬了抬眼，还是忍不住地说："沉沉，你、你这人真小气……怎么什么事都要报酬？"

"那就不收酬劳了。"颜沉把手松开，像是放过了她。

叶晚晚瞬间从男人的魔爪下解放，松了口气，但身体还是有一种说不上来的感觉。

像是刚才男人带来的，还没有完全消散。

"宝贝。"颜沉双手环上她的腰，少女的体重很轻，他轻易就抱了起来，"想不想上荣耀？"

一个翻身，叶晚晚躺在了床上，身体陷进柔软的被褥。紧接着男人的身躯也压了下来。

"上荣耀？"她一脸疑惑。

"嗯。"颜沉没完全压下去，双手还支撑在她两侧，"就今晚。"

叶晚晚眨了一下眼，有些不明白。她今晚才刚上王者，还差五十颗星才能上荣耀，今晚怎么可能上？

"有一个快速的办法。"男人漆黑的双眸里映着她，语气低缓，像带着诱哄。

虽然听起来有些像是圈套，但叶晚晚还是按捺不住那颗好奇心，问道："什么办法？"

"试试就知道了。"颜沉微微扬了下嘴角，笑得有点儿坏。

叶晚晚心里有不祥的预感。

等她反应过来，所谓的"上荣耀"是什么意思后，"颜·荣耀大佬·沉"的吻已经落了下来。

唇瓣被狠狠触碰，属于男人的气息笼罩在她身上，带着极强的侵略性，和深深的占有欲。

他的手又开始不安分了。

"颜沉，颜沉……"叶晚晚呜咽着喊他的名字，一声又一声，带着暧昧的喘息。

这一次，她没再拒绝，也没再退缩。

叶晚晚在他的安抚下，渐渐适应。

但很快又适应不下去了。

好不容易熬到结束，男人抱着她去浴室清洗，后来的发展又渐渐偏离轨道。

叶晚晚坐在洗手池的台面上，扶着男人的肩，略长的指甲划过他的皮肤，留下一道又一道的痕迹，像是回报他在自己身上留下的那些。

在动情的时候，他是半眯着眼的，桃花眼微勾，眼尾泛着桃花的颜色。眼底是欲望，更是深情。

"晚晚……我爱你。"

叶晚晚缓了半天，气才喘了过来，声音因为哭喊太久而有些微哑："你知不知道，男人在床上说的'我爱你'，都是骗人的。"

颜沉似乎笑了一下，抱着叶晚晚面朝镜子，拖长了尾音说："没事——"接着缓缓地把后半句补上，"我们不在床上。"

叶晚晚："……"你还挺骄傲是吧？

叶晚晚完全没了力气，一个字都不想多说，重新清洗完毕换好衣服后，钻进被子里，很快就沉沉地睡了过去。

醒来的时候床上只有她一个人。

叶晚晚倒是没觉得意外，之前颜沉也过来探班过几次，都是很早就走了。

短暂的温存过后，又分别，好像在他们之间已经成了习惯。

但心底还是有种空落落的感觉。

习惯归习惯，可还是希望他能多陪自己一会儿……

叶晚晚把被子裹成一团，像条毛毛虫，在床上翻了个身，从侧着变成了仰躺着，看着天花板发了会儿呆。

昨天的一切都还历历在目。

满地的烛火，绚烂的烟花，还有那漫天的星光……真是一个美好又难忘的生日。

叶晚晚想到这里，心情也不由得变好，从只是微微扬着的嘴角开始，慢慢地不可抑止地发出声。

她躲在被子里偷笑着，肩膀一抖一抖的。这时，忽然听见外边传来一道淡淡的声音："醒了？"

叶晚晚止住笑声，探了个小脑袋出来，看过去。

那个她本以为现在可能在大概几千米的高空上的男人，竟然出现在了门口。

颜沉穿了件毛衣，白色的，衬得他气质多了分冷清，像雪一样。那张脸依旧没什么表情，可是细看的话，又能从眉宇间捕捉到一丝柔软。

雪花冰凉，却极易融化。

就好像他这个人，明明看上去那么冷漠，却对她留有一份温柔。

昨夜的记忆翻涌上来，伴随着羞耻的情绪一起出现的，还有身体上那一阵阵的酸痛。

像是被突然拉开的闸门，所有的不适和疼痛在一瞬间袭来，席卷了她全部的感官。哪儿哪儿都疼得要命。

视线扫过她无意识蜷缩的身体，注意到她的异样，颜沉的语气难得温和："是不是不舒服？"

"这不是废话吗……"叶晚晚目光凉凉的，"被这样那样一整晚，浑身都要散架似的，换谁能舒服？"

颜沉直直盯着她的脸看了一会儿，桃花眼微微挑着，里面带了丝暧昧。

这样的眼神让叶晚晚有些不自在，她语气有点硬邦邦地问："干吗？"

颜沉靠近她耳边，呼吸喷洒上去，呵着气说："可我还挺舒服的。"

不等少女做出什么反应，他又紧接着道："而且严格来说只有半晚。如果可以的话，下次试试整晚？"

"……"

叶晚晚僵硬了片刻，脑袋里有什么东西炸开。她猛地抬起头，语气沉重地喊了声他的全名："颜沉。"

男人掀了掀眼皮："嗯？"

253

叶晚晚一字一顿，非常严肃地说："求你做个人吧。"

颜沉依旧盯着她，眉梢微微挑了下："可我感觉，不当人挺好的。"

叶晚晚："……"行吧。

那她换一种方式。

叶晚晚酝酿了一下感情，眼眶红了红，用委屈的语气说："沉沉，你欺负我——"

颜沉摸了摸她的头发，缓声道："没有。"

"就有！"

"我那是，"颜沉看着她的眼睛，语调悠悠，"在疼爱你。"

"……"

叶晚晚真是要崩溃了。

她也不知道为什么，明明当初那么淡漠冷然的一朵"高岭之花"，怎么被她摘到手后，就骚成了这样？

于是，叶晚晚决定拒绝和颜沉说话。

她准备起来吃饭，但脚一落地，牵动到某个部位，那一瞬间的疼痛让她"嘶"了一声。

颜沉伫立在叶晚晚旁边，也没说话，只是张开双臂，漆黑的眼望向她，眉梢挑了下，意思很明显。

叶晚晚神色复杂，看了他一眼，最后还是没骨气地伸出手，让男人抱着自己去洗漱。

用完早餐，换好衣服，颜沉送她去了剧组。

地面上堆积的雪化了很多，树梢枝丫也露出了本来的样子——光秃秃的，还不如被雪覆盖了好看。

天气有点冷，叶晚晚两手插兜，但衣服的口袋略大，时不时有风灌进去。

她索性把手抽出来，搓了几下后，合拢，凑到嘴巴前哈了口气。

手掌忽然被一双大手裹住，男人把热量传递过来，帮她暖了一会儿后，又把她的手拉进自己的口袋。

里面热乎乎，又暖洋洋的。

十指相扣。两个人的手刚好把口袋里的空间占满。

颜沉垂下眸，乌黑的睫毛上沾了一点白色。像是路过哪棵树下时，恰好有雪粒落下，落在他浓密的长睫上。

"还冷不冷？"

叶晚晚对上他的视线，嘴角弯了弯，笑容像是冬季里的一抹暖阳："一点儿也不冷啦。"

男人的眼底一阵动容，也跟着弯起唇。

其实当演员也很不容易。

在这大冬天的，叶晚晚还得换上春夏装，配合剧本里的背景，不让观众觉得串戏。

本来平时有个暖宝宝撑一撑，咬牙坚持一下也没什么的。

但是此时此刻，叶晚晚看着自己脖颈那一大片的痕迹，在心里把自家狼狗属性的男朋友骂了个狗血淋头。

而当事人就站在她旁边，一脸风轻云淡，好似不是他干的一样。

旁边的化妆师小姐姐一边偷笑，一边拿粉底遮瑕帮她盖住那些印子。

叶晚晚也说不上是尴尬更多，还是羞涩更多，神色纠结地坐在椅子上，任由化妆师在她露出来的皮肤上涂涂抹抹。

面前的化妆镜很大，她的视线从自己身上，渐渐移到后面。男人闲闲地靠在一旁，微垂着头，神色有些困倦。

他抬起右手，看了眼手表上的时间，嘴角似乎往下撇了撇。

颜沉朝她这边走来，刚抬起头，就和镜子里的少女的视线撞上了。

对视了半秒。

叶晚晚转过身，睁着一双水汪汪的大眼睛，有点不舍地看着他："沉沉，你是要走了吗？"

"嗯。"颜沉应了声。

叶晚晚知道现在季后赛了，他们训练时间很紧，能抽出时间来陪自己过生日已经很好了，她不能再奢求更多，不然未免也太任性了。

"好吧。"她也没说挽留的话，只是重重叹了口气，而后很快又提起精神。

像每个即将和男友分别的女生一样，她嘱咐了一大堆的话："路上注意安全，有些雪没化，你走路要小心不要滑到。到了记得给我发信息。"

"好。"

"还有，最重要的一点——"叶晚晚停顿了一下，语气认真，"要记得想我。"

"好……"颜沉紧绷的唇线稍微放松了些，黑眸里有什么柔软的情绪在酝酿。

颜沉走后，叶晚晚又变得蔫巴巴的。

这段时间气温一直在降低，刚拍完一场戏，舒心赶紧为叶晚晚披上厚棉衣，再往她怀里塞了个热水袋。

叶晚晚接过后，捧在手里，思绪飘得有些远。

明明手中的热水袋温度滚烫，可她还是觉得男人的手更暖一些，暖到了心底的那种。

叶晚晚也不知道自己这算不算矫情，可是对于情侣而言，不管是异地还是异国，哪怕是同城，只要分开了，就会觉得不舍。

即便只过去了一个上午的时间。

吃饭的时候都没什么劲，她只动了几口，就放下筷子。

大概是冬天比较容易犯困，叶晚晚一连打了好几个哈欠，正巧被叶覆冰看见，这人冷不丁冒出一句："嚯，那小子那么猛的吗？"

叶晚晚："？"

她手还半捂着嘴，眼底是困意带来的水汽，带了几分茫然。

叶覆冰故意微微眯起眼，由上至下打量自家妹妹，笑得很暧昧："困成这样，没睡好吧。运动了一整晚？"

"……"叶晚晚深吸一口气。

三，二，一……

预备，爆发！

"叶覆冰，你给我滚！！！"她也没看桌面上是什么东西，随手抄起一个就往男人身上砸，伴随着一声咬牙切齿的怒吼。

男人侧身避开，懒懒地看她一眼，越过她走了出去。

叶晚晚简直快被气死了。

托自家浑蛋哥哥的福，她成功地，提起了劲。

闲暇之余，叶晚晚上网冲浪，刚打开微博，就发现自己的名字又挂在了热搜上。

 # 为晚晚摘星星 #

什么玩意儿？

叶晚晚一脸蒙地点进去。

她看见了一张游戏截图，ID 就叫作"为晚晚摘星星"，资料上显示是国服第一李白，头像上的照片看起来也分外眼熟。

是颜沉的大号。

【啊啊啊啊啊啊！！！发糖了，沉晚大旗摇起来！】

【说好的电子竞技没有爱情，Chen 神身为职业选手却屡次公然秀恩爱，

简直是——干得漂亮！！！】

【呜呜呜呜呜呜呜我又一次的酸了！为什么 Chen 神对这个女人那么好，为什么我不叫作晚晚……】

【回楼上，我小名叫作晚晚，然而我连人家正牌晚晚十分之一的美貌都没达到……】

叶晚晚看着这个 ID，又联想到了昨天晚上。

她脸孔微微发烫，视线紧盯屏幕，半晌，切出去登上了《王者荣耀》。打开背包，找到了改名卡。

就按照她原来那个格式，从"晚晚想上王者"变成了"晚晚想摘星星"。

叶晚晚看着两人的情侣名，嘴角弯起一个十分满意的笑。

她的 ID 刚改过不久，微博上又是沸沸扬扬了一会儿。

有粉丝给她留言：【求求你们了，别光顾着在游戏里撒狗粮，真人也多撒一点好吗！之前那两期综艺节目都快被翻烂了！根本不够看！】

叶晚晚看着这条评论若有所思。

第十三章
沉沉天下无双

LIANLIAN
WANFENG CHEN ♥

　　季后赛进行得如火如荼。

　　星辰战队这个赛季就跟开了挂似的，一路连胜到半决赛，迄今还没有吃过败仗。

　　叶晚晚准点打开比赛直播。他们这场遇上的对手是狼牙战队，就是阿平在的那个战队。

　　两个战队之间本身火药味就充足，再加上之前的事，冤家路窄，这会儿一碰面就往死里打。

　　大概姜还是老的辣，星辰战队又一次以 4 比 3 的微弱优势取得了胜利。

　　下场前，胜利的队伍要过去握手。

　　颜沉看着那个脸色难看到极点的男生，眉梢微微挑了下，伸出了右手。

　　阿平也不怎么情愿地伸出手。

　　仅仅只是指腹触碰了一下，颜沉就收回了手，在和他擦肩而过时，倏地开口：

　　"电子竞技，菜是原罪。这句话，原封不动地还给你。"

　　声音不大，其他人只能看见颜沉动了动嘴唇，然后阿平的脸色瞬间变得非常难看。

　　叶晚晚看着她男人又一次力挽狂澜，带领全队拿下了胜利后，在屏幕前也激动得手舞足蹈，还进行了一番消息轰炸。

　　颜沉接受完赛后采访回到休息室时，发现桌面上的手机响个不停。

　　颜沉走过，瞥见备注的名字后，冷漠的眉眼柔和了些。他单手划开屏幕，扫了眼她发来的内容。

　　几乎是满屏的啊和感叹号。

　　想象着少女在打字的时候，那一脸兴奋的小表情，他的嘴角也抑制不住地勾了勾。

颜沉把手机拿了起来，一边点开邀请视频通话，一边弯腰从地上拎了瓶水，拧开盖子开始喝。

邀请很快通过，屏幕里出现了少女娇俏的容颜。

她披着一件大棉衣，把自己裹成了一团，漂亮的脸蛋有一半都缩进了衣领里，只露出一双乌溜溜的大眼睛。

她目不转睛地盯着屏幕。

男人正在仰头喝水，下颚的线条弧度完美，喉结不停滚动着，性感得不行。他脸上似乎有些微的汗，使皮肤看上去有点潮湿。

会场里面的暖气很足，在长时间精神高度集中的对战下，出汗也很正常。

叶晚晚盯着他看了半天，等颜沉把水放下时，她舔了舔有点干燥的唇，才开始说话："沉沉，下一场就是总决赛了吧？"

颜沉点头应了声。

"是二十五号？"叶晚晚说完，还补充了句，"圣诞节那天。"

"对。你要来吗？"

叶晚晚眨眨眼，刚想说"当然"，话到嘴边又转了个弯："这个嘛，剧组这段时间也临近收尾了，请假有点困难……"

话没有说完，但意思很明显。

颜沉顿了下，没说什么。他眼眸低垂，原本微扬着的嘴角下敛，唇线抿得很直。

长睫遮去了他眼中的情绪，看不出是失落还是不高兴。

"但我还是找金导请到了假。"叶晚晚见状，连忙把话又转了回来，"沉沉，你放心吧，比赛那天我肯定会到场的！"

颜沉重新抬起头，黑眸注视着视频里的少女，半晌，点了点头："好。"

十二月二十四号，平安夜。

总决赛就在明天，星辰战队训练室里的气氛比平常更为热闹。大概是因为这个赛季一路连胜的缘故，大家的信心都很充足，像是对冠军志在必得。

"别太骄傲了。"颜沉淡声提醒了他们一句，不过为了避免打击士气，也没多说什么。

几个队友应了声，也不知道听没听进去，扭头又在商量着赢了之后去哪儿庆祝。

颜沉抿着唇，看了眼躺在桌面上一直安安静静的黑色手机。他在三个小时前和叶晚晚发过消息，一直到现在都没收到回复。

他倏地站起身，拿过手机，走了出去。

颜沉一边下楼梯，一边点开某个号码，拨了过去，响了几声，被挂断了。

他盯着屏幕，又拨通过去。这么一会儿的时间，他已经走到了楼下，手刚搭上门把，就听见门外的铃声悠悠扬扬地响着。

门一拉开，果不其然地看见了某道熟悉的身影。

少女举着一只手，维持着按门铃的姿势，另一只手抱着一袋东西，正一脸错愕地看着他。

颜沉看着她，表情没什么波澜："叶晚晚。"

叶晚晚莫名有点心虚："干、干吗？"

颜沉手肘撑着门框，低下头，危险地微眯起眼："不回信息，还挂我电话，回来也不说一声，什么意思？"

他本身气场就强，再刻意释放气压，铺天盖地的压迫感袭来，让叶晚晚下意识往后退了半步。

双手抱住胸前的袋子，手指缩紧，感受到坚硬的触感，她低头看了眼袋子里的苹果，底气也上来了些："我这不是想给你惊喜嘛。提前回来，你还不乐意啊？"

"没有。"颜沉抬手按在她脑袋上，揉了一把，气压收敛了些，"我只是担心你。"

叶晚晚看他这样，也不自觉放软了语气，解释了一下："我刚刚也不是故意挂断的，我就是按错了。"

她又把手里的袋子往前递了递，嘴角一弯，露出温柔的笑："沉沉，平安夜快乐！"

颜沉随手接过袋子，也没去看，手掌托住她的后脑勺，把她压向自己，低头便吻了上去。

这个吻来得突然，叶晚晚愣怔片刻，然后闭上眼，开始回应他。

呼吸交融，缠绵悱恻，像是要把这段时间的思念，通过这个吻传递给对方。

叶晚晚跟着颜沉一起去了训练室，大家对于她的到来也没多意外，打完招呼后就去做自己的事了。

叶晚晚没打扰他们，像以前那样只是坐在一旁，开始默默地玩手机。

她缩在沙发里，刷了会儿微博，吃完某个流量小花出轨的瓜后，又找了部小说来看。看着看着，眼皮子就开始打架了。

她打了个哈欠，眼底泛出水汽，调整好一个舒服的姿势，她靠着抱枕便渐渐睡了过去。

　　迷迷糊糊之间，叶晚晚感觉自己的身体被人托了起来，落进了一个温暖的怀抱中。熟悉的气息传来，她往里蹭了蹭，没睁眼。

　　颜沉把她抱去了自己房间，轻轻地把少女放在床上，为她盖好被子。

　　起身走到窗边，外面的夜色很深，四周寂静。他看了眼对面的那栋别墅，嘴角微勾了下，随手拉上了窗帘，回了训练室。

　　叶晚晚只睡了两三个小时就醒了。她在飞机上睡过一觉，其实不是很困，刚才犯困更多的还是因为无聊。

　　房间里一片黑暗，只有浴室的光是亮着的，穿过门缝透进了屋内。

　　叶晚晚刚睡醒，还有点恍惚。闻着被子上的熟悉味道，很快意识到这是在颜沉的房间。

　　浴室里没有水声，大概是已经洗完了。只过了一分钟不到的时间，门就被打开了。

　　男人穿着深灰色的浴袍，逆着光，面部的表情看不清楚，胸前那一大片肌肉倒是无比清晰。

　　叶晚晚咽了下口水。

　　浴室的灯被关闭，屋内又变成了一片漆黑。她侧着身，看着男人在黑暗中，一步一步朝自己走来。

　　颜沉走到床边，打开床头的夜灯。暖黄的灯光亮起，照在他俊美的五官上，微湿的发梢还在滴水，黑眸里映着灯光，像一团火。

　　"怎么醒了？"他的嗓音低沉。

　　叶晚晚盯着他的胸口，从线条流畅的肌肉一路往上，对上了男人的视线。

　　她沉迷了半天的美色，才想起来答话："不困了，睡不着。"

　　"哦。"颜沉应了声，径直掀开一角被子，在她身侧躺下。

　　滚烫的身体靠了过来，贴上她的皮肤，带来一阵心颤。

　　叶晚晚被他抱在怀里，耳郭被男人呵出的气息染红，伴随着一声低语："睡不着的话，那不如来做点儿什么？"

　　"……"

　　混混沌沌之间，她分不清时间过去了有多久，但肯定早已过了零点。在某一瞬间，她听见男人对自己说了声："圣诞快乐。"

　　叶晚晚觉得自己不是很快乐。

阳光透过窗帘的缝隙，落在叶晚晚脸上。她眉心轻蹙了下，翻了个身，才不情不愿地睁开眸子。

揉着惺忪的睡眼，她从床上坐了起来。

入眼的是黑灰色调的装修，被套和窗帘都是深灰色的，她昨晚没时间关注这些，这会儿仔细一看，发现都是她上次送给颜沉的情侣同款。

洗漱完，她下了楼。听见大厅传来阵阵笑骂，好像是其他人在聊着什么有趣的话题，看起来一点儿没有为今天的比赛感到紧张。

颜沉端了杯牛奶过来，递给她，视线落在她颈部那一点红痕上，伸出指尖碰了碰，问："疼吗？"

叶晚晚手一抖，差点没把牛奶打翻。

她决定不理会这人，把杯子对到唇边喝了一口牛奶，留下了一圈奶渍。

颜沉看着那乳白色的液体，眸色深了几分。

他用指腹帮她把嘴角的奶渍擦去，黑眸里漾出淡淡的笑："好喝吗？"

叶晚晚双颊微红，低头看着手中还剩下一小半的牛奶，忽地往男人手里一塞，下巴又抬了起来："喜欢就赏你了。"

每次都是她被撩，她也要撩回去才行！

颜沉的眉梢微微扬了下，沿着她刚刚喝过的位置，贴上唇瓣，把杯子里剩余的液体灌入口中。

然后，他俯身吻住了她。

甜甜的牛奶味很快遍布口腔，慢慢滑下喉咙。

叶晚晚推开他，脸蛋红得已经不像话，眼底像含着春水，波光潋滟地看着身前的男人。

颜沉的表情没什么变化，还好整以暇地看着她："还挺甜。"

"……"

这人段位太高，撩不过，撩不过。

叶晚晚决定认输，拿手擦了擦嘴巴，转身就往楼上跑。

圣诞节那天街上很热闹，许多店家门口都摆了挂满装饰的圣诞树，时不时会有年轻的小姑娘过去合影。

比赛的会场布置得也很有圣诞的气息，门口已经围了不少粉丝，哪怕是冬季的严寒也抵挡不住他们的热情。

叶晚晚是坐着星辰战队的保姆车一起过来的。

她这回的准备很充分，头上戴了一个闪闪发光的头箍，上面有"Chen"四个字母在晃来晃去，脚边还放了个定制的灯牌，尺寸巨大，拿出来绝对足以称霸全场。

　　"晚晚姐，你这不是存心刺激我们这群单身狗嘛。"周宇星坐在她前排，此时回过头双手扒着椅背，一脸悲痛地感叹。

　　叶晚晚晃了晃脑袋，头上那几个字母也跟着一起晃动，她笑得很甜："我这都是跟你们那些粉丝学来的，我正宫气场可不能丢。"

　　颜沉侧着头，手肘支在窗框上，眼底映着少女的笑靥，也跟着弯了弯嘴角。

　　车子停下，看着选手们一个个地出来，粉丝们的尖叫声一声盖过一声。

　　特别是当颜沉扶着车门，探出头时，迷妹们的尖叫几乎达到了顶峰。

　　男人从车上下来，穿着一身星空渐变的队服，身材挺拔，五官俊美。他没有像平常那样冷着脸，嘴角带着微翘的弧度，惹得无数女友粉为之痴狂。

　　"啊啊啊Chen神他对我笑了，我老公——"

　　有位粉丝的表白才进行到一半，就看见男人没像其他人一样往前走，而是站在了车门旁，像是在等谁。

　　很快，车里又伸出一只纤细的胳膊。

　　颜沉把手递过去，掌心朝上，扶着叶晚晚从车上下来，顺便还接过了她另一只手里拿着的灯牌。

　　那个妹子很快改了口："呜呜呜我哥太帅了，嫂子也漂亮，他们简直是天造地设的一对！"

　　叶晚晚跟颜沉走在队伍后面，看见那些粉丝，弯了弯眼睛，也跟他们挥了挥手，还比了个加油的手势。

　　"啊啊啊女神好温柔，完了我要移情别恋了！"

　　"对不起沉哥，我有点想和你抢老婆……"

　　他们走的特殊通道进的会场，都到休息室门口了，叶晚晚忽然停住脚步，表情有点郁闷："我不该跟你们进来的。"

　　颜沉回头看她："怎么了？"

　　叶晚晚一脸痛心疾首："我之前上网查过，凭票入场时会有小礼物，是一袋小饼干！我看图片还是姜饼人系列的，我想吃。我能不能现在出去？"

　　颜沉刚想说什么，就听见里面的周宇星传来一声："这次举办方真贴心，还给我们准备了饼干！以前每场比赛都只有赞助商提供的饮料，这回终于有能啃的了！"

"……"

颜沉挑了下眉："还要出去吗？"

叶晚晚小脑袋直摇，然后从他身侧挤了进去，拿了几块饼干咔哒咔哒吃了起来。

之后他们还要聊一些战术相关的话题，叶晚晚就没有多待，本来想去观众席坐着，不过一时内急，便先去了洗手间。

后台的洗手间没什么人，也不用排队。

叶晚晚洗完手，一边抽了张纸擦着手，一边抬眸看着镜子里的自己。

她今天特地穿了件黑蓝渐变的毛衣，和星辰战队的队服倒是有点相似，脸上的妆容精致，就是嘴上的口红因为刚才吃饼干时掉了些。

叶晚晚补到一半，就见某个隔间的门被打开，里面走出了一个打扮漂亮的女人。

熟悉的网红脸，熟悉的波涛汹涌……

凝凝看见叶晚晚时也愣了一下，目光有点嫉妒，走过去，也开始补妆。

气氛沉默。

叶晚晚涂完口红准备走人，没想到凝凝忽然开口喊住了她："喂。"

叶晚晚停住脚步，回过头，饶有兴致地看向她。

本以为是要来一场大战，凝凝却没按套路出牌，上下扫了叶晚晚几眼，最后停留在她那张嫣红的唇上，问了句："你刚才涂的口红是哪个色号？"

叶晚晚扬了扬眉毛："C家的154。"

"哦。"凝凝应了声，收回视线，没再说什么。

叶晚晚转身准备走，像是忽然想起什么，又回头，犹豫了片刻："我也想问你一个问题。"

凝凝："你问吧。"

叶晚晚问得一脸认真："你是怎么丰胸的？"

凝凝："……"

隆出来的这种事说出来太丢脸，要说天生的她也说不出口，最后就瞎编了个"多吃木瓜"。

叶晚晚来到了观众席入座。

这一次她的位置是在最前排的 VIP 区，靠右边，离星辰战队的选手席非常近。

正式的比赛是在七点才开始，现在在进行的是开场表演，她没什么兴趣，只是低头玩着手机。

她出现在会场门口的照片被粉丝拍下来，发到了微博上，还上了热搜。照片刚好是她从车门里下来，颜沉伸出手，温柔又绅士地扶着她的那幕。

她默默点了保存。

等到赛前的娱乐活动全部结束，激情昂扬的背景音乐响起时，她才终于收了手机，抬起头。

耳边是震耳欲聋的欢呼声。

总决赛的现场，和她上一次来的现场有着很明显的不同。气氛更为热烈，秩序也维持得更好。

随着主持人宣布选手入场，观众们纷纷开始呐喊自己喜欢的战队、选手的名字。两个队伍之间的粉丝在这时候就杠上了，较量着声音的大小，想在比赛开始前先压对方一头。

镜头扫过观众席，这一次叶晚晚没有再躲，而是大大方方地朝镜头打了个招呼。

她把自己带来的那个巨无霸灯牌打开，"沉哥天下无双"六个字闪耀无比，和她脑袋上闪烁的"Chen"相呼应着。

身后传来几声惊呼，隐隐约约还有照相的咔嚓声，但这一次到底没再像上次那样发生动乱。

直播间里全是关于她的讨论。

【啊啊啊我就知道女神会去现场！买不到票哭唧唧。】

【我一时竟不知道该羡慕谁……沉哥和晚晚真的超级般配，祝99！】

【哈哈哈哈哈哈晚晚这迷妹的架势，比起其他女友粉真是有过之而无不及。】

【什么女友粉，人家可是正牌的女友！】

颜沉从右侧的选手通道出场，一眼就看见了坐在台下的叶晚晚。

少女抱着那个巨大的灯牌，看见他后，抬起手，朝他挥了挥。随着她的动作，她头上的小字母也跟着晃动，看起来俏皮又可爱。

选手出场时，观众席上传来的欢呼声又高昂了几分。

"星辰不朽，荣光璀璨！"

"战之必胜，天下无双！"

响亮的口号声整齐划一，叶晚晚没跟着喊，而是抱紧了手中的灯牌，朝台上的男人做了个口型——

沉沉，天下无双！

比赛很快开始。

星辰战队的对手是一个在 KPL 里属于中上游的战队，名为荆棘。而他们也的确成了星辰战队夺冠路上的一根荆棘。

第一局，由于上官上路没能守住，给了敌方 ADC 太多发育的机会，遗憾落败。

第二局，周宇星拿到一个后期英雄，前期却没能苟住，和对面硬刚，以至于连后期都没到便被对面强拆了水晶。

总决赛是 BO7，七局四胜制的。现在已经进行到了第三局。

"现在星辰战队这边的情况很不乐观啊。从第一局开始，他们的阵容就有问题，打法也过于激进。"凝凝作为解说，开始分析着比赛的战况。

她虽然看上去像个花瓶，但专业素养还是有的。

她是以一个公平的角度去分析的，但还是掺杂了些个人感情，比如对星辰战队的惋惜。

大屏幕里，属于蓝色方的水晶第三次爆炸。

"星辰战队似乎有点过于骄傲了，如果再继续这样下去，他们在 KPL 秋季赛的夺冠之路就要到此为止了。"

比起荆棘战队的粉丝区一片叫好，叶晚晚能明显感受到自己周围的寂静，还有一些小声的抽噎。

她抬头看着选手席，注意到颜沉的脸色又沉又冷，风雨即来的前奏。

中场休息时间。

休息室里，气压低得可怕。

男人面无表情地坐在沙发上，手里拿着数据分析师给他的面板资料，看了两眼后，冷漠如刀锋般的眼神从他们几人身上一一扫过。

然后，他低着嗓音开了口："这两天挺骄傲的？"

没人敢接话。

他把资料往桌面上一扔，重重的一声"啪"，其他人依然一句话不敢吭，只觉得那一声像打在了他们脸上。

男人难得带了句脏话："自己看看，都打的什么玩意儿。"

"没有配合，没有支援，见到人就打架，你们以为在打青铜局排位？这是 KPL，是总决赛的现场，你们就拿这种水平给那些一路支持你们的粉丝看？如果是这样，那不如今天就解散了战队，省得给我丢脸。"

四个人乖乖挨了半天的训，没敢反驳，因为他们都知道队长说的是实话。

从常规赛开始，他们一路连胜到现在，从未尝过败仗，难免心生骄傲。可在赛场上，轻敌绝对是大忌！

他们刚刚被 3 比 0 的战绩就是血的教训。

颜沉点了一根烟，面容在烟雾缭绕中看不清楚，只有眼神是清晰的，冰冷得不带一丝感情。

"周宇星。"

被叫到名字的少年抬起头，眼眶微红，等着他的训话。

"身为 ADC，肩负着输出的重任，打架冲最前面，把自己当坦克吗？只顾着自己想 carry，没有团队意识。"说到这里，颜沉把烟从嘴边拿下，在桌上的烟灰缸里按灭，抬眸看向他。

"你真的不适合当队长。"

周宇星抿住嘴角，脸色更加沉重了。

他知道颜沉一直以来，都有意培养他成为下一任的队长，这在队内几乎是公开的事了。

可自己却让他失望了。

周宇星吸了吸鼻子，觉得眼睛有些发酸，说了句"我去下洗手间"就往休息室外面走。

秦哥看他这样，叹了口气："让他出去透透气，认真反省一下也……"好。话没说完，休息室的门又被拉开。

周宇星站在门口，看着坐在沙发上那个比外面的天气还冷的男人，小声说了句："队长，嫂子在外面……"

颜沉顿了下，起身走了出去。

叶晚晚就站在休息室的不远处，低着头，来来回回地转圈圈。

听见脚步声后，她抬头看过去，喊了声"沉沉"。

颜沉淡淡应了声："你怎么来了？"

叶晚晚牵起他的手，用柔软的掌心蹭着他，温声说："我来安慰你呀。"

颜沉垂下眸，静静地看了她片刻，忽然伸手把少女搂进怀里。他弓着背，把头埋在她的颈窝，声音沉闷："我没事。"

"在我面前就不要逞强了吧。"叶晚晚安抚似的轻拍着他的背，声音又轻又软，"没关系的，你们还有机会。"

虽然让三追四非常难，但并不是毫无希望。

"……"

这些颜沉比叶晚晚更懂，知道他们还有机会，也知道这个机会有多么微小。如果他们还不做出改变，调整好心态，那么这个机会，约等于零。

"晚晚。"男人用脑袋蹭了蹭她，"如果我输了怎么办？"

"我的沉沉这么厉害，肯定会赢的！"脖颈处被他的发丝蹭着，有点微微的痒，不过叶晚晚没有推开，而是把他抱得更紧了。

她微侧过头，在男人耳边一字一顿，语气轻柔却带着坚定地说："沉沉天下无双。"

颜沉沉默地抱了她好一会儿，才抬起头，长睫覆盖下来，看不清黑眸里的复杂情绪。

他抿着唇，盯着少女那对温柔眼眸，缓缓地说："你之前说过，你最喜欢我赢了比赛时的样子，我不想让你失望，也不想……"

"你是个笨蛋吗？"叶晚晚打断她，脸上的表情又好笑又无奈，"难道你输了我还能不喜欢你了吗？"

颜沉抿着唇，没说话。

"你赢了，我崇拜你。你要是输了，我就心疼你。"叶晚晚神色认真，把自己心底的想法全部告诉男人，希望能让他安心。

"我会一直喜欢你，一直爱你，这份感情只会越来越深，而不会变淡。"

说完，叶晚晚也不等男人做出什么反应，踮起脚吻上了他的唇。

少女的唇瓣柔软，轻轻地贴在他的唇上。她的呼吸温热，伴随着淡淡清香，一起袭进了男人的鼻息。

颜沉扣住她的脑袋，反手把她按在墙上，加深了这个吻。

她刚才的话像是开启了循环模式，一遍遍地在他脑海里重复播放，一字一句，都砸进了他的心底。

一颗心仿佛被重重一击，却不是被击落，而是飘入云端的感觉。

没有吻太久，颜沉很快就放开了她。

"晚晚，有件事要和你说。"

少女背倚着墙，手扶着他的胸口，在用力地喘气。听见这话，她抬起头，看向男人那双深邃的眼瞳，用疑惑的语气"嗯"了一声。

颜沉也看着她，缓缓地说："我准备退役了。"

叶晚晚明显地怔了一下，嘴巴微张，半天才说道："怎么这么突然……"

"不是突然。"颜沉说话的时候，微微抬起了下巴，看着走廊墙壁上贴着的关于 KPL 的海报，淡淡道，"很早之前我就决定了。"

叶晚晚顺着他的视线，也看向了墙上的海报。只看了一眼，她又把视线收回，重新移至颜沉的脸上。

男人的眼神有点落寞，大概是舍不得。

他的年龄在职业联赛里已经算是大龄选手了，再加上颜鸿之前对他说的那些话，他虽然热爱电子竞技，却不能把一生都奉献给它。

他很想赢，除了叶晚晚的原因，也是为了自己，为了他一手创建的星辰战队。

希望自己至少在最后的时候，不要是黯然离场。

"沉沉，我觉得吧——"

叶晚晚伸手扯了扯男人的衣角，等他把目光投向自己时，才开玩笑地说道："以你这个长相，退役之后，要不要考虑来我们娱乐圈？在我们这儿，你的年龄可一点都不大，还是小鲜肉呢！"

颜沉知道她是在活跃气氛，想逗他开心，配合地微微扬了下嘴角。

中场休息的时间并不长，很快就要结束了。

他们一起回了休息室，推开门，里面的气氛已经要比先前好多了。

叶晚晚拉着颜沉的手，走到休息室的中央，她环顾一圈，突然冒出一句："在上场之前，大家来打个气吧！"

一群人对望一眼，都围了过来，纷纷把手叠在一起。

"星辰战队——加油！！！"

第四局比赛，星辰战队的表现明显比先前好上太多。

终于拿下一局胜利，整个战队都士气高涨。他们抓住了这个机会，调整好心态以后，展现出了他们原本应有的实力。

一直到比分 3 比 3 时，全场的气氛被炒到最高。

解说在分析着两个战队目前各自的优劣势，像这么高端的比赛，叶晚晚也听不太懂。

她只知道，不管怎么样，她的沉沉是最厉害的。

也无比相信着。

最终的决胜局很快开始。这一局的胜负将奠定冠军奖杯的归属，所有人都不敢大意。

开局两分钟，第一条小龙被荆棘战队拿下。他们把优势越滚越大，到八分钟时，率先开了大龙。

而令所有人没想到的是，颜沉玩着百里玄策竟然只身一人下了龙坑，抢到了这条主宰。

经济上的差距渐渐被追回，甚至俨然有反超的趋势。

"我们可以看到荆棘这边的上路高地被破了，星辰战队乘胜追击，他们能直接拆了水晶吗——不，诸葛亮复活了！一记元气弹收割了残血的孙尚香，接着配合着被动又双杀了花木兰！"

一个男解说正唾沫横飞地解说着目前的战况。

凝凝有点嫌弃地看了这位搭档一眼，往旁边挪了挪，然后也开口道："星辰战队这边只剩下了 Chen 神一人，而荆棘战队的三位选手都已复活，保险起见应该要放弃这——"

话音未落，就见游戏里玄策一记钩镰钩在了诸葛亮身上，杀完军师后，又钩向了另一位法师，最后凭借秒换名刀打出了一波三杀。

"天下无双"的字样从屏幕上方跳了出来。

杀完这三个人，颜沉正好超神。他迅速地拆掉对面水晶，无数的红色碎片绚烂地炸开，像是漫天的礼花，在庆祝着他们的胜利。

——让三追四，他们真的做到了！！！

台下有一瞬间的静默，然后爆发出能掀翻屋顶的欢呼和呐喊：

"星辰不朽，荣光璀璨！战之必胜，天下无双！"

叶晚晚激动得手都在抖，灯牌差点从手中滑落，她舔了舔唇，把灯牌高高举起，目光灼灼地望着正前方的选手席。

男人在比赛时侧脸专注认真，下颚线条流畅完美，薄唇微抿着，眼神隐隐带了点不可一世的骄傲和锋芒。

他在场上自信且闪耀的模样，牢牢地烙入了叶晚晚心底。

她终于真的亲眼在现场，见证了他荣光加冕的那一刻。

比赛台明亮的灯光照射下，把男人的五官衬得深邃又立体。

颜沉把比赛的专用机放在桌面上，背往后一靠，整个人呈一种放松的姿态靠坐在电竞椅里，拿起旁边的水喝了一口。

大概是察觉到了某道灼热的视线，他侧过头，目光和台下的少女对上。

叶晚晚微微歪了歪脑袋，漂亮如黑曜石般的眼睛里映着他的身影，眸光明亮，唇畔带着温柔的笑。

颜沉也嘴角含笑地看着她。

哪怕观众们的呼声再大，他的眼中，也只有她一个人而已。

有镜头扫了过来，场内巨大的屏幕上出现两人对视的这幕，画面被定格，现场的无数粉丝开始尖叫。

——不管周围有多么喧嚣。

——我的眼里，始终只有你。

漫天的礼花飞舞，金色的闪片从高空沸沸扬扬地落下，像是下了场金雨。

颁奖典礼进行完毕，星辰战队的五名选手一起捧着那个象征着至高荣耀的奖杯，高高举起，大声地告诉所有人："我们——是冠军！！！"

之后进行采访，每名选手都说了他们的获胜感言，等轮到颜沉时，他却说出了一件让无数人为之怔住的话。

他们的 Chen 神，在这个赛季创造了一路全胜，以及让三追四的神话后，将要退役了。

有不少粉丝还没从刚获胜的喜悦中缓过神来，笑容僵在脸上，然后眼眶湿润，开始吸着鼻子小声啜泣。

主持人也对这个回答感到了无比惊讶，不过职业素养还在，顺着他的话继续问："那请问 Chen 神退役之后有什么打算呢？"

颜沉没有立刻回答这个问题。

他乌黑的眸直直地望着台下，少女就坐在观众席的第一排，距离他不过二十米远的位置，也抬眸看着他。

四周的一切都好像被过滤了。

只剩下彼此的目光，夹杂着无尽的温柔与深情，在空气里交汇，传递着满心的爱意。

颜沉开了口，声音低缓地说出两个字：

"娶她。"

这一次的秋季赛总决赛爆点无数，星辰战队开局被 3 比 0 是一个，后来让三追四也是一个，还有颜沉最后的退役消息。

但是这一切加起来，都比不上他最后那句"娶她"。

在很久之前，粉丝就曾为他们剪过一个视频《我等你光芒万丈》，明明当时只是圈地自萌的拉郎配，却在这一刻，竟然成了真。

他站在比赛台上光芒万丈，她坐在观众席上深情仰望。

一如视频里那样。

甚至比视频里还要甜蜜。

那一句令无数观众感动并为之流泪的台词，似乎又在耳边回响。

——等你实现了你的梦想，回来娶我好吗？

早在那时候，在他们还没有确定关系的时候，在她还只是对他心存好感的时候，他给她的回答，就已经是一句肯定的"好"了。

叶晚晚用力地眨了一下眼，觉得眼底好像有水汽弥漫，却是带着甜味的。

戏里戏外，是两种截然不同的结局。

她的手指不自觉攥紧衣摆，指尖好像触碰到什么东西。叶晚晚低下头，看见了包上挂着的兔子挂件。

那一刹那，盛夏的阳光似乎在眼前亮起，她想起了在校园的某个拐角，逆着光出现在她眼前的少年。

原来他早也把她当成了自己的梦想。

——她现在亦是如此。

他们，是彼此的梦之所想。

而现在，这个共同的梦想，很快就要实现了。

剧组杀青的那一天，刚好是跨年夜。

杀青宴办得声势浩大，一轮轮吃喝下来，已经到了很晚。

夜色浓郁，星光并不明显，月亮半掩在云层后面。

叶晚晚喝了不少酒，浑身发热，脑子也晕乎乎的。她没在厅内多待，和人说了声便去了外面透气。

一月份的天气很冷，寒风一刮，打在脸上跟冰棱似的，她一下子清醒了几分。

她拿出手机看了眼消息。

Chen：我马上就到。

叶晚晚立刻弯起眉眼，酡红的脸蛋上浮现一层笑，干脆就蹲在门口等他来。

她手肘撑在膝盖上，双手托着脸，眼巴巴地盯着前面的街道。

深夜，路上的行人不多。

昏黄的路灯下，一辆出租车渐渐从道路的前方驶来。

车灯打过来，叶晚晚微微眯了下眼睛，用手挡住这道突如其来的刺眼光线，等适应后，才透过五指间的缝隙看过去。

车子停在了酒店门口，后车门打开，一双修长的腿从里面伸了出来。

腿很长，叶晚晚顺着这双逆天大长腿继续往上看，看见了一张熟悉的五官，乌黑的眉，漂亮的桃花眼，鼻梁高挺，然后是微微抿着的薄唇。

路灯把他的影子拉得细细长长，慢慢地朝她这边靠近。

"沉沉！"叶晚晚一看见他便高兴地喊了声，立马从地上蹦起来。

大概是蹲了太久，血液不循环导致有点腿麻，再加上喝了酒，一下子没站稳身形，身子径直往前扑。

好在颜沉的反应很快，一个跨步向前，让少女扑进了自己怀里，稳稳地接住了她。

她身子很软，带着满身的酒气。

颜沉抱着她让她站好。

叶晚晚站在比他高一阶的台阶上，但身高还是没他高，微微抬着眼，盯着男人的脸看了半天，然后又开始嘤嘤地哭："呜呜，沉沉，我好想你……"

"我也想你。"颜沉抱住她，吻了吻她的发旋。

虽然五天前他们才见过，但叶晚晚还是觉得每天都是度日如年，每天都在饱受思念之苦。

"剧组终于杀青啦！"说到这个，叶晚晚终于止住了哭声，尾音都上扬了几分。

她撒娇般地搂着他的脖子，软声呢喃："我之后就有时间一直陪你了，我们可以去约会，可以去旅游，可以做好多好多事情！"

"嗯。"颜沉应了声，眼含浅笑。

送叶晚晚回到酒店，这姑娘一进门就开始脱衣服，嘴里还嘟囔着"热死了热死了"。

褪去了宽大臃肿的羽绒服，她里面只穿了件修身的黑色打底，勾勒出玲珑有致的身材。

颜沉帮她关上房门进来后，看见少女姣好的曲线，目光深了几分。

屋内的暖气充足，他也把外套脱了，捡起被叶晚晚随便乱扔的羽绒服，一起挂在了角落的落地衣架上。

叶晚晚今晚喝得多，红的白的都沾了点儿，此时后劲也上来了。

她一连打了好几个酒嗝，然后摇头晃脑地走到颜沉旁边，仰着头冲他傻笑。

男人的五官清晰立体，近在咫尺。

她伸手摸了摸那对形状漂亮的唇瓣，没注意到男人越发深邃的眼眸。

"沉沉……"叶晚晚喊着他，口齿略有些不清，"你说你怎么……怎么这么帅啊？你长这么好看干吗，到处拈花惹草，给我制造一大堆情敌。"

没想到她喝醉了还在夸他帅，颜沉失笑着问："什么情敌？"

"就你那群女友粉太太团！"叶晚晚语气加重，颇有些咬牙切齿的意味，可是她声音轻软，听起来满满都是委屈。

"她们天天喊你老公……明明、明明你是我老公！"

颜沉身体顿了下，俯身靠近她："你说什么？"

"我说……"叶晚晚看着骤然放大的俊脸，也没躲，认认真真地重复了一遍，"你是我老公。"

颜沉勾起唇："嗯，是你的。"

叶晚晚像是听懂了他的话，眼睛一眯，笑弯成月牙。

"老公。"

"嗯。"

"老公！"

"我在。"

叶晚晚喊过瘾了，乐呵呵地笑了起来。

她身上的酒气很重，颜沉让她去洗澡，少女乖乖点头，听话得不得了。

叶晚晚揉了揉有些昏沉的脑袋，从衣柜里翻出换洗的衣物。

走进浴室，关上门。里面空荡荡的，只有她一个人。

她低头看着地上冰凉的瓷砖，盯一会儿，嘴巴一扁，忽然又不开心了。

不想一个人，不想和沉沉分开。

一刻也不想。

于是，叶晚晚又从浴室里钻了出来，赤着脚丫一路跑到窗边，拉住了男人的衣角，眼巴巴地望着他："你陪我。"

颜沉一顿："什么？"

"陪我一起洗。"叶晚晚重复了一遍，眼眸水汪汪的，像是他要拒绝的话能立马滴出水来的那种。

"……"

是送上门的邀请，也是送到嘴边的美味。

颜沉怎么可能会拒绝。

等这个澡彻底洗完，已经是一个多小时后的事情了。

叶晚晚被颜沉抱着回到房间，疲倦和困意一起涌了上来，她让男人为自己把头发吹干后，钻进被窝里就直接睡了。

看着少女香甜的睡颜，颜沉俯身吻了吻她的睫毛："晚安。"

回到 A 市是第二天的下午。

A 市的气温要高一些，但也没高多少度，该下的雪还是在下。

叶晚晚没让舒心跟着，和颜沉一起回到小区，把行李收拾好，然后去对面串门。

虽然颜沉说了要退役，但并不是马上就走，还有一些交接工作。

叶晚晚之前问过他，他大概会在 A 市待到过年，然后才回 B 市。算一算，还有一个多月的时间。

在 KPL 秋季赛结束后，游戏里的赛季也刚好结束。

叶晚晚好不容易上的王者一转眼又掉回了钻石，不过跟着几位大佬混了几天，倒是很快又回了星耀。

除了悠闲的娱乐，还有苦兮兮的工作。

这段时间叶晚晚的行程排得不算满，但每隔几天就要赶一次通告，打搅了她无比珍贵的约会时间，还是令叶大小姐十分不爽。

她有点想罢工。

前不久灵光一闪的想法又冒了出来。

叶晚晚是行动派。

她先是给颜沉发了条微信过去，等了半天没收到回复。

捧着手机又等了会儿，她渐渐没了耐心。

她一下子从床上蹿起来，随便披了件外套，踩了双毛茸茸的拖鞋就踢踢踏踏地往对面跑。

休赛期的基地很热闹。

大厅灯火通明，几个少年围在一起闹哄哄的，好像在玩什么游戏。

叶晚晚刚一开门，就见一个小小的骰子滚到了自己脚边，朝上的那面是一个鲜红的点。

里面传来周宇星的声音："嫂子！快帮我们看看扔的是几？"

叶晚晚一边捡起地上的骰子，一边说："一。"

里边又传来一道重重的唉声叹气，还有其他人的几句笑骂："你这命是无解了！"

叶晚晚走过去，把骰子给他们，看见了那群少年屁股底下坐着的五颜六色的地图毯子。

原来是在玩飞行棋。

"你们队长呢？"叶晚晚顺口就道。

问完，她很快又想起颜沉之前说了要退役，队长的职位也已经交接出去了。

好像继续这么喊不太合适。

正想改口换一个称呼，周同学就已经朝楼上指了指，非常自然地说："队长在楼上呢。"

"……"

行吧。

叶晚晚抬脚往二楼走。先是去了颜沉的房间，屋内干净整洁，空无一人。

她又去了训练室，人也不在。

微信到现在也没回复。

叶晚晚嘴里嘟囔着"完蛋我男朋友不会人间蒸发了吧"往外走，心里还在哀痛要是丢了自己上哪儿再找一个这么帅的回来。

没走几步，刚好看见会议室的门被打开，秦经理从里面走了出来。

"秦哥！"叶晚晚喊了声，"你有没有看见……"

话音未落，会议室里紧跟着走出来个模样冷淡的男人，他嘴里衔着根烟，烟雾缭绕中，一双漆黑的眸望向叶晚晚。

正是那位她差点以为人间蒸发的男朋友。

"那就这样。"秦哥拍了拍颜沉的肩膀，手里还拿着一沓文件，朝叶晚晚笑了一下算是打了个招呼，然后就往楼下走。

看这架势叶晚晚多半也懂了他们刚才在谈什么。

她没问颜沉刚刚怎么不回自己信息，而是一蹦一跳地扑过去，钻进男人的怀里："沉沉，我有件事想和你商量。"

她刚洗完澡，身上还带着沐浴乳的香气。

清清淡淡的玫瑰花香，像是走进了四月里繁花盛开的花园，清晨的花瓣沾着露水，散发着令人心旷神怡的芬芳。

闻着很舒服。

这香味像有种神奇的魔力，能使人不由自主地放松下来，心情都变好了。

又或许有魔力的不是她身上的味道，而是她本人。

在少女扑过来的时候，颜沉左手顺势搂上她的腰，眸光微闪，冷漠的面容渐渐柔和几分。右手把烟从嘴里拿下，胳膊朝后伸，注意不让烟雾往她那边飘，然后才开口，嗓音低低哑哑的："什么事？"

叶晚晚仰着头，下巴抵在他胸口，眼眸水盈盈的，眨巴眨巴看着他："我们去上恋爱类综艺怎么样？"

这个想法已经在她脑子里盘旋很久了，主要是之前颜沉忙着备战总决赛，她那部戏也没拍完，便一直没提这事。

恋爱中最令人讨厌的事就是分开，如果能一边工作一边谈恋爱，岂不是美哉！

"恋爱类综艺？"

277

颜沉低垂下眸，黑漆漆的桃花眼和她对上，察觉到少女眼底明晃晃的期待，他眉梢扬了下，应允了："行。"

叶晚晚速度很快，第二天就联系了关姐。

在一堆节目邀请函里，她最后挑了个叫作《甜蜜小屋》的室内综艺。毕竟现在寒冬一月，外面那么冷，如果选室外的简直是去受罪。

录制时间就定在一周后。

为期十四天，他们将和另外三对情侣一起，住在同一间屋子里近半个月的时间。

节目组为了制造神秘感，对于嘉宾的阵容都是保密的，所以在正式录制前，叶晚晚也不知道另外三对会是哪些人。

录制当天，叶晚晚拖着行李箱来到了一个装修精致的三层小洋房前。节目组要求不带助理，舒心把她送到门口后就走了。

叶晚晚推门而入，屋内的布置很温馨，暖色调的风格，再加上布艺沙发和毛茸茸的地毯，像是冬日里一个温暖的小窝。

她还挺满意的。

"我是第一个吗？"叶晚晚在一楼转了一圈，除了节目组的人以外，没看见其他嘉宾的身影。

四周静谧，隐隐从二楼传来一些声响。

她踩着木质楼梯往楼上走，越往上声音越清晰，仔细一听，好像是有人在放《最炫民族风》。

"苍茫的天涯是我的爱，绵绵的青山脚下花正开……"

叶晚晚："……"

什么玩意儿。

等她上来后，导演组给了她一张任务卡。

"甜蜜小屋里已经入住了四位帅气的先生，请各位女士凭借着和恋人之间的默契或者心灵感应，在全程不开口说话的情况下，找到自己的另一半所在的房间，然后打开它。如果任务失败，将会有惩罚……"

叶晚晚逐字逐句把上面的内容念出来。

然后第一个就把在播放《最炫民族风》的房间给 pass 了。

二楼一共有四间房间，其中有两间门是开着的，里面没人，大概是给女生准备的。

另外两间则是房门紧闭。

叶晚晚越过放歌的那个房间，走到走廊最里面那间，侧身把耳朵贴在冰凉的门板上，认真地听里面的动静。

"咚咚咚……"

很清脆的撞击声，像是在对着墙练习乒乓球的声音。

叶晚晚又去了三楼。

依然是两间房门大敞，两间紧闭。

叶晚晚按照刚才的办法贴在门板上，这一次却什么也听不见。屋内一片寂静。

里面不会没人吧？

叶晚晚在心里嘀咕着，然后抬手在门上叩了几下，里面终于传来一点点轻微的声响。

"哗啦"一声，大概是椅子挪动时摩擦过地面发出的声音。

叶晚晚觉得自己现在好像一个侦探，这种好像在判断哪间屋子最可疑最有可能藏了嫌疑人一样的感觉，简直刺激得不要不要的。

然后剩下最后一间。

还没把耳朵靠近，叶晚晚就听见里面传来了熟悉的游戏音效。她眉毛微微扬了扬，露出一副胸有成竹的表情。

纤细的手臂抬了起来，手已经握在了门把上，在即将转下去的刹那，叶晚晚忽地顿住了。

仔细一听，声音又有些不对。

"You have been slain!（你被击杀了）"

过了几秒，又响起一声："Defeat!（失败）"

"……"

这么菜绝对不是她家沉沉。

叶晚晚扭头就走，回到了刚才那个屋内一片寂静的房间门口。

她抬起手，转下门把，伴随着"吱呀"一声。

门开了。

房间不算大，但干净又明亮。

大片的阳光透过窗户洒落进来，给窗边的男人身上镀了一层金色。

颜沉姿势散漫地坐在一把椅子上，长腿轻敞着，一手搭在身侧的书桌上，一手玩着手机，脑袋是垂着的。

额发略长，遮住了眉眼。

听见开门的声音，他抬起头，那双漆黑的桃花眼露了出来，里面盛满了冷然。

但是在看见门口的少女时，那份冷意瞬间褪去，换上了温柔。

阳光落在他身上，半逆着光。

那张俊美的脸有一半沐浴在阳光里，有一半藏在阴影中。

像是天使又像恶魔。

叶晚晚沉迷自家男朋友的美色无法自拔，足足过了半分钟才反应过来，漂亮乌黑的眼眸眨了眨，嘴边泛起一道笑："我成功地找到你啦，有没有什么奖励？"

颜沉朝她招了招手："过来。"

叶晚晚一蹦一跳地过去，她头上戴着一顶帽子，帽尖上的毛球还随着她蹦跳的动作一抖一抖的。

停在男人跟前，叶晚晚扬起头，小脸上满是兴奋和期待。

肩膀被一双手按住，男人俯身靠近，带起一阵细微的风，熟悉的气息笼罩住她。

然后，眼角被什么柔软的东西轻轻触碰了一下。

只是蜻蜓点水般的一吻，颜沉很快就放开了她，眼底含着淡笑，夸了一句："宝贝真棒。"

"……"

一想到现在是在录节目，又是被亲，又是被喊宝贝的，叶晚晚只觉得脸颊热气上涌，简直要冒烟了。

"你、你别这样。"

颜沉眼尾微挑，提醒她："这是恋爱综艺。"

"可……"

虽然私底下更亲密的事情都做过了，但放到荧幕前又不一样了。

叶晚晚偷偷拿余光瞄了眼旁边的摄像大哥，见人一副眼观鼻鼻观心什么也没看见的模样，害羞的情绪稍微淡了不少。

她的任务完成以后，节目组就让他俩一块待在这间屋子里，爱干吗干吗，就是不能说话。

屋内暖气充足，叶晚晚把外套和帽子脱了，在房间里转了一圈。

其间严格遵守了节目组的规则，全程用口型和手语交流。

"……"

光坐在里面大眼瞪小眼也很无聊，于是叶晚晚掏出手机晃了晃，给了颜沉一个眼神。

男人微微颔首。

一场紧张刺激的《王者荣耀》就这么开始了。

对局进行得正激烈，房间门突然被人从外面打开。

颜沉没什么反应，一直维持着靠在椅子上低头玩游戏的姿势，像是对来人是谁完全漠不关心。

叶晚晚倒是抬眸看了过去。

门口站了个身材娇小的女生，穿着深蓝色双排牛角扣大衣，黑色长发，萝莉脸上没什么表情。

池糖："打扰了。"

然后，她又把房门给他们关上了。

叶晚晚："……"

等到四位女嘉宾都打开房门之后，导演组喊他们到一楼大厅集合。

叶晚晚扫了一圈，看见有一对是前不久才官宣在一起的二线小花和她的国家队运动员男朋友，因为两个人都姓林，又被网友们叫作林氏夫妇。

还有一对是最近一部热播剧的男女主角，其中那个男演员是少数民族的。

这下那两间房间里的声音就很好解释了。

看看人家的搭档，他们为了让女方成功找到自己，多么努力啊！

叶晚晚又想起颜沉那安静得像是没人的房间，要不是她足够机智，刚刚可差点就要选错了！

"沉沉——"

她扯了扯男人的衣角，加重了语气："你刚刚为什么不给我一点儿提示，万一我最后选错了可怎么办？"

颜沉侧过身，垂眸看向她。

那双桃花眼微微挑着，瞳孔通透的黑，里面映着少女白净的面容，聚成一个小小的倒影。

他抬手揉了揉她的秀发，嘴角勾勒着一抹细小的弧度，淡淡道："因为我相信你啊。"

简简单单一句话，再加一个摸头杀，叶晚晚瞬间消气了。

他说他相信她，呜……

感情里最重要的东西是什么？就是信任！

叶晚晚骄傲地挺起胸膛，觉得自己没有辜负颜沉的这份信任，表情就像是个求表扬的小朋友。

颜沉也很配合："嗯，晚晚真厉害。"

少女立刻笑眯了眼睛。

《甜蜜小屋》这个综艺除了会邀请真人情侣外，也会邀请荧幕情侣。

除了叶晚晚和颜沉，还有林氏夫妇那对以外，剩下的两对都只是荧幕情侣，真人并没有在一起。

至于这最后一对嘛，自然就是叶覆冰和池糖。

叶覆冰懒散地靠坐在沙发上，浑身没长骨头似的，整个人看上去懒洋洋的。池糖坐着他旁边，手里捧着杯热可可，微抿了一口，脸上依旧没表情。

总之，两个人看上去关系并不怎么好的样子。

刚好也只剩下他们旁边有空余的位置，叶晚晚拉着颜沉一起走过去，坐下后侧头看了叶覆冰一眼，然后摇摇头："啧啧啧。"

如果翻译过来，这三声啧的大意就是：你还行不行啊？这都多久了，竟然还没追到手。

"……"

叶覆冰懒得理她，权当没听见。

所有人都入座以后，坐在他们对面的导演拍了拍手，开始说话："今天的任务大部分人都完成得不错，只有一对任务失败。"

这一对是谁叶晚晚心里也有数，毕竟池糖当时开的就是他们那间房门。

果然，接下来就听见导演宣布叶覆冰和池糖任务失败，将要负责大家明天的伙食。

本来大家听见这个惩罚还不觉得有什么，不就是做个饭吗？

事实证明，他们还是太低估了节目组的残忍程度。

只是单纯做饭的话的确简单。

关键是——

没食材！还不给钱！

这要怎么做？让他们用巴啦啦能量变一顿饭出来吗？

叶晚晚劫后余生般地松了口气，本来她厨艺就不行，这个惩罚要落她头上简直完蛋。

刚松完，她忽然又想到什么，一口气又重新提了上去。

既然他们的任务是给大家做饭，那如果食材问题不能解决，其他人吃个屁啊！

"……"

在座众人面面相觑，显然都想到了这点。

叶晚晚哭丧着脸，她来参加这个节目只是想好好放松一下谈谈恋爱约约会的，不想刚来就饿肚子啊！

有人问："没钱我们怎么办？上哪儿弄吃的去？"

导演很残酷无情："你们自己想办法。"

叶覆冰从沙发上坐了起来，单手支在腿上，手掌撑着下巴，还是那副懒洋洋的样子："行吧，我们来商量一下该怎么办吧。毕竟大家现在都是一根绳子上的蚂蚱，能不能吃上饭还要大家共同努力啊。"

坐在旁边的叶晚晚目光凉凉地看着他："你还好意思说呢。"

"……"

叶覆冰不动声色地看了眼旁边那位抿着唇的姑娘，又挪开，顺着叶晚晚的话点头："啊，怪我怪我，我给大家道歉。所以咱们现在是不是该考虑一下赚钱问题了？"

最后一群人七嘴八舌聊了半天，终于讨论出了个主意。

他们现在所处的位置是在一个小镇上，本来是想说干脆去卖卖唱跳个舞什么的，凭他们的人气，赚个饭钱自然不是问题。

但是节目组明确规定了，不能让他们用明星效应赚粉丝钱。要赚钱的话只能去镇里看看有没有活儿可以接。

刚好他们一共四组，便分成了四个方向准备出发。

外面的天气很冷，门一打开，冷风直往屋里灌，一行人皆打了个哆嗦。

叶晚晚穿上毛茸茸的雪地靴，正准备出去，忽然感觉到了背后衣服传来的一点轻微拉力。

她停住动作，回过头，疑惑地看向颜沉："怎么了吗？"

"等一下。"颜沉说完走向楼梯，大概过了两分钟就下来了，手里多了条烟灰色的围巾。

男人站在她跟前，抬手把围巾系在她脖子上，绕了一圈，然后还往上拉了拉，把少女那张小脸都遮了大半。

叶晚晚乖乖站着，一双乌溜溜的眼睛盯着眼前的男人，纤长浓密的睫毛眨了眨，又眨了眨。注意到男人裸露在外的脖子，她轻声问："沉沉，你不戴吗？"

颜沉微低着头，漆黑的眼瞳泛着某种柔和的光泽，那是只有在看着她的时候才会有的温柔。

他淡声说："我不冷。"

"不行。"

叶晚晚很固执，和颜沉对视了几秒后，忽然弯下腰，把刚穿好的雪地靴又脱了，随便踩了双拖鞋就噔噔噔地往楼上跑。

等她下来时，手上也拿着一条和自己脖子上同款的围巾，只不过颜色是淡粉色的。

叶晚晚拿着围巾走到颜沉面前，仰着脑袋，晶莹的眸子炽热地望着他。

"……"

颜沉读懂了她的眼神，但是看着她手中那个粉嫩嫩充满少女感的围巾，向来冷漠的脸上多了几丝抗拒。

"沉沉，你这是嫌弃我的东西吗？"叶晚晚说来戏就来戏，一对秀眉轻轻蹙起，眼底泛着雾气，像是委屈极了，"呜呜，你果然不爱我，你连我的围巾都不愿意戴，你竟然不想和我戴情侣围巾……"

颜沉轻叹一口气，看向她的目光无奈又宠溺。

伸手把那团毛茸茸的粉色东西接过来，他的薄唇抿成平直的线，面无表情地把围巾在脖颈上随意绕了一圈。

围巾上带着淡淡的花香，像是少女身上一贯的味道。

他嘴角紧绷的弧度放松了些，抬手捏了捏少女的脸颊："好了，眼泪收一收，要走了。"

叶晚晚立马就把眼泪收了回去，嘴角一弯，得逞的笑意浮现在脸上。

半点没有刚才受了天大的委屈似的模样。

她踮起脚，轻轻在男人嘴角啄了一口，笑容像是偷吃到蜜的小熊："嘿嘿，我就知道你果然还是爱我的。"

颜沉低头看着她，眼角微挑："知道就好。"

这个小镇名为月老镇，位于华国的北方，本来因为地理位置偏僻，知道的人并不多。

但自从去年某部著名的电影在这里取景后，像是为它打开了一扇大门，被评选为"情侣们绝对不能错过的约会圣地之一"，客流量暴增，很多游客都慕名前来。

这也是《甜蜜小屋》会把拍摄地点定在这里的原因之一。

"唉——"

叶晚晚拖长尾音地长叹一口气，白色的热气在空气里萦绕了片刻，很快又散去。

她双手合在一起，掌心来回摩擦着取暖，藏在围巾后面的嘴巴微微扁着，显然不太开心。

"怎么了？"颜沉侧头问她。

叶晚晚仰着小脑袋，可怜巴巴地说："我本以为这是个室内综艺，只要负责待在屋子里吃吃喝喝睡睡觉就好，没想到没吃没喝还没钱，还要出来赚钱！节目组真是——太抠门了！"她一边抱怨一边不停地搓着手。

颜沉没应声，手从兜里拿出来，覆上她的，把那双小手紧紧裹在手心里。

叶晚晚的手在冬天总是冰凉冰凉的，而且她又不喜欢戴手套。

所以每一次，几乎都是颜沉用自己的热度来温暖她。

男人握着她的手，等手中传来的温度没那么冷时，低声询问："还冷吗？"

叶晚晚摇了摇脑袋，脸上刚才那点不开心已经无影无踪，漂亮的眼睛弯成月牙儿，笑容甜得像棉花糖。

"话说回来——"

叶晚晚忽然回头盯着身后那个黑漆漆的摄像机，然后抬眼看向摄像小哥："我刚刚吐槽节目组那段不会被录下来了吧？"

摄像小哥抱着摄像头一起点了点头。

叶晚晚："能不能删掉？"

然后是摇头。

"……"

叶晚晚面无表情："行吧，反正我说的是实话。"

摄像小哥："……"

这位女神，你人设崩了你知道吗？

在镇上这一路走来，他们受到了不少注目礼。

路人纷纷向他们投来好奇或探究的目光，然后侧过头，和身旁的同伴窃窃私语。

"你们看，现在的明星审美真是奇怪，一个大男人怎么戴着粉色的围巾哟。"

男人穿着一身黑色大衣，把身材衬托得更加挺拔，样貌俊美，从鼻梁到下颚的弧度都是完美的。气质冷得像现在的气温，偏生脖子上却围着个粉嫩嫩的东西，一下子又把周身那股冰冷的气场打破。

实在是违和。

不过叶晚晚却不这么想。

大概是情人眼里出西施，在她的眼里，这叫作反差萌，这是萌的最终奥义！

"我觉得看着还挺顺眼的，你看他和旁边那位小姑娘，那个眼神哟，多甜蜜啊，我一把年纪看了都觉得甜，年轻真好啊。"

此时此刻，年轻的小姑娘和她的男人手牵着手，大摇大摆地走在街上，旁若无人地秀着恩爱。

说是小镇，但这个镇其实还挺大的。

至少他们在街上溜达了一圈，也没和其他嘉宾碰上。

一连问了好几家店，问老板要不要临时工，结果人就跟商量好了似的，连拒绝词都是一模一样的——

"此处不留人，自有留人处。"

"……"

一听就像是和节目组串通好了。

叶晚晚又拉着颜沉在街上找了一会儿，终于在某个不起眼的巷子里发现了《甜蜜小屋》的爱心 logo。

有 logo 的地方就代表和节目组有关，多半也代表着会有任务。

叶晚晚走过去，看见那大概是个卖手工红绳的小摊。

老板是个中年的大叔，一看见来人，抬手摸了摸自己并不长的胡子，露出一贯高深莫测的笑容。

"姑娘，算姻缘吗？"

叶晚晚来了兴致，在摊位前的板凳上坐下，手肘撑在木桌上，托腮看着这位大叔："您还兼职算命呢？"

眼前的少女乌黑长发，衬得肤色雪白，五官精致柔美，漂亮的大眼睛像黑曜石。

身后站了个面容冷淡的男人，他低垂下眼，沉默地看着她，黑眸里漾着温柔的光。像冬下过雪的清晨，空气微凉，伴随着细微阳光，冰雪开始融化。

大叔笑了一下，忽然说："他很爱你。"

叶晚晚眨眨眼，也笑："我知道。"

他们是第一个找到这个摊位的，大叔把任务卡拿给他们，要求是帮他编织红绳，一个小时内编完二十条，将获得节目组提供的一百元生活费作为奖励。

编的都是些最简单的普通款式，学起来并不难。

大叔给他们简单示范后，两个人都大致上懂了，然后搬了个板凳坐在旁边开始进行实操。

叶晚晚把红绳放在腿上，低着头，神色很认真。

刚开始几条都编得特别丑，歪歪扭扭的，她也没气馁，继续细心地编着，到后面终于完成了一条满意的。

"一，二……十九，二十！"

叶晚晚一根根数着，越数到后面语气越激动。还没到一个小时，他们的任务就圆满完成了！

大叔检查过后，勉强算作通过，把任务的奖励发给他们。

"走吧。"

颜沉起身，没走两步，发现少女还站在摊位前，眼巴巴地盯着那堆红绳。

他又走回去，视线从桌上的红绳掠过，往上移，一双黑眸静静地看着那位大叔，淡淡问："一条多少钱？"

那大叔愣了下，然后摆摆手："想买给女朋友呀？不用钱不用钱，免费送你们一根。"

"姑娘，挑根喜欢的吧。"

叶晚晚抬起头，水润的眼眸眨呀眨："要两根行吗？"

大叔很大方地说："行啊，喜欢哪两根就拿吧。"

叶晚晚没挑那些样式精美的，而是从他们刚才亲手编织的里面挑了两根出来，一根递给颜沉，一根给自己戴手腕上去了。

她把袖子往上拉了些，露出一小截纤细白皙的手腕，鲜红的绳子缠在上面，像是在极地之中绽放的蔷薇。

"沉沉，你有没有听过一句话？"叶晚晚抬起胳膊，手腕在眼前翻来翻去，打量了好一会儿，看上去无比满意。

"千里姻缘一线牵，请你珍惜这段缘。"

戴着红绳的那只手突然被男人握住。

颜沉抓着她的手，把袖子重新往下拉回去，盖过手腕。

他伸手揉了少女的脑袋一把，声音是一贯的低沉磁性："我只要珍惜你就行了。"

回到甜蜜小屋时，其他人还没回来。

屋内的暖气让叶晚晚被寒风刮得几乎已经僵硬了的脸蛋终于缓过来了，她揉了揉脸，窝在沙发上，手里拿着遥控器在不停地换台。

颜沉从厨房倒了杯热水过来，递到她面前。

叶晚晚刚好渴了，接过去对准杯沿，里面的水才刚刚触碰到嘴唇，她立马就把杯子拿得远远的，皱巴起一张小脸，吐着舌头说："呜，烫……"

颜沉重新把杯子从她手里接过，看着少女被热水烫到捂着嘴嘶嘶哈哈的模样，又心疼又无奈："没让你立刻喝。"

叶晚晚抬眼看向他："我渴嘛……而且这水这么烫，你不早点提醒我就算了，我都被烫到了你竟然还凶我。"

眼底里染着水汽，满脸都是委屈。

颜沉最受不了她这种眼神，只好放软了语气跟她道歉："我错了。"

叶晚晚嘟着嘴，声音软软糯糯的："你吹吹，吹吹就不烫了。"

"……"

话音刚落，男人的气息骤然靠近，带着刚才在屋外留下的些许冷意。

后脑被他用手掌托起，俊美的五官在眼前放大，那对薄唇微张，轻轻呼出一口气，落在嘴唇周围的皮肤上，酥酥麻麻的痒。

男人的桃花眼微挑，嗓音轻轻的："好了，不烫了。"

这么近的距离下，他眼角的那颗泪痣无比清晰，乌黑的睫毛根根分明，像鸦羽。

眼底含着细碎的光，轻轻浅浅的温柔。

叶晚晚被他这么看着，红晕从脸颊蔓延，她呆了几秒，才回过神来地冒出一句："……不是让你吹我。"

"水啊！我要喝水！"

颜沉扬了扬眉毛，身子往后退开，回到原先的距离。

他把杯子凑到嘴边，一下又一下地吹着，等感觉差不多了后，试了试温度，再又递到叶晚晚面前。

叶晚晚看着杯沿上那个淡淡的、微湿的唇印，没好意思直接对上去，而是把杯口绕了一圈。

颜沉把她的动作收入眼底，单手撑在膝盖上，手掌托着脸，侧过头，目光淡淡地看着她："嫌弃？"

叶晚晚握着杯子的手一顿，接触到男人的眼神后，连忙否认："没有。"

顶着那道幽深的视线，她又重新把杯口转了回来，看着那个已经淡得几乎看不见的唇印，眼睛一闭，直接对嘴喝了。

亲都亲过那么多次了，间接性接吻而已，有什么好害羞的！

咕噜咕噜几声。

喝完，叶晚晚放下杯子，脸颊微微泛红，却强装镇定。

颜沉看着那个空了的杯子："你喝光了。"

叶晚晚一时没反应过来："嗯？"

"我也渴了。"

"那我去给你倒一杯？"

"不用。"

颜沉盯着少女泛着水光的唇，倏地靠过去，柔软微凉的唇畔贴上她的。

明明他这次的动作很轻柔，却还是让她无从抵抗。

呼吸渐渐困难，叶晚晚呜咽一声，推开他："你干吗啊……"

颜沉微微弯起唇，舔了舔嘴角："不渴了。"

"我们、我们还在录节目呢！"少女白皙的脸蛋通红，甚至蔓延到了耳垂。

颜沉再次提醒："恋爱节目。"

"就算是恋爱节目，那你也不能就这样直接亲过来。"

颜沉歪了歪头，漆黑的桃花眼静静盯着她，无辜中带着几分促狭，他声音很低："可是亲都亲了，怎么办？"

没等太久，其他人也陆陆续续地回来了。

他们这一个下午的收获颇丰，总共赚了四百五十元，至少这段时间内的吃饭问题是解决了。

林氏夫妇回来时还顺便买了火锅底料，晚餐一行人热热闹闹地吃了顿火锅，本来还不太熟的关系倒是拉进了几分。

女生们为了维持身材，吃得都不多，大部分食物都落入了男性同胞的肚子里。

冬季昼短夜长，天黑得很快。

小屋内灯火通明，一群人聚在客厅里说说笑笑。

颜沉安静地坐在沙发最边缘的位置，手肘撑着扶手，低头看手机。

额发半遮住眉毛，一对羽睫乌黑浓密，卷翘的弧度煞是好看。五官从侧面看精致又凌厉，线条流畅，完美得像精心雕刻出来的艺术品。

哪怕是混在一众靠颜值吃饭的娱乐圈的人里，这张脸依旧是最耀眼的。

叶晚晚靠在颜沉肩头，边看他玩着一个闯关游戏，边跟旁边的林轻雨聊上几句。

她们俩的男朋友都是圈外的，一个是电竞圈，一个是体育圈，大家的话题聊着聊着就落他们身上去了。

"说起来，林归、颜沉，你俩好像都拿过冠军吧？"

说话的是热播剧男主演顾文泽，见他们两人点头后，一激动，冒出一声"牛——啊"。

他旁边的搭档谢芝推了推他，笑着提醒："说话注意点儿啊，不要到时候播出去时我们大家好好地聊着天，到你这儿就哔来哔去的。"

顾文泽性格就是这样，一直走的爽朗真性情的人设，倒也不怎么在意。

现在为了最真实地展现出明星平日私底下的样子，节目能达到自然的效果，很多综艺都没有台本，全凭嘉宾自己发挥。

听见顾文泽夸颜沉，叶晚晚立刻就开启了炫夫狂魔的模式。

她一下子"噌"地坐直了身体，竖起三个手指在大家眼前比了一圈，语气激动："我家沉沉今年拿了三个冠军！三个啊！还是全年总冠军！超厉害的！"

大家配合地啪啪鼓掌。

颜沉玩游戏的手顿了一下，作为当事人却没参与这个话题。

他微垂着头，长睫覆盖下来，遮去了眼中复杂的情绪，也不知道在想些什么。

手背忽然传来柔软细腻的触感，他侧过头，一抬眼，正好对上了少女明亮温柔的眼眸。

叶晚晚双手握住他，微微用了点力，像是在传递什么力量。

她轻声说："沉沉，你永远都是最厉害的。"

不管是在台上或是台下，你永远都是我的盖世英雄。

即便是退役了，那些曾创造下的辉煌战绩也不会消失，只会永久地流传下去，被所有后辈所膜拜、敬佩。

你是 Chen 神。

是粉丝心目中的神话，是我的王。

第一天的录制很快就结束了。

次日，叶晚晚醒得很早，揉着惺忪的睡眼从床上爬起来，慢吞吞地换好衣服，洗漱，化妆，下楼。

大厅里只有三个人，正坐在那张长形餐桌前。餐桌上摆满了丰盛的早餐，香气四溢。

叶晚晚走过去，拉开椅子坐下，拿起一块三明治准备吃，都快递到嘴边了，就感觉到旁边有一道炽热的视线盯着自己。

叶晚晚侧头看过去，只见叶覆冰拿着一块白馒头，浅色的眼眸一眨不眨地盯着她手里的三明治。

她莫名其妙："你要吃我这个？"

叶覆冰轻微地咽了咽口水，面无表情地转过头，咬了一口手里的馒头，没说话。

叶晚晚觉得更莫名其妙了。

等看到池糖从厨房里出来，也拿起一块白馒头，低头细嚼慢咽时，叶晚晚大概猜到了原因："节目组不让你们吃啊？"

池糖点头："嗯，惩罚。"

叶晚晚流露出同情的眼神。

昨天节目组说的惩罚是今天为大家准备伙食，没想到他们做完了自己却不能吃，想想真是惨。

叶晚晚吃完早餐后，时间已经快十点了。

她上楼去喊颜沉。房间没有上锁，推门进去时，屋内一片昏暗。

叶晚晚没有去开灯也没有去拉窗帘，而是先走到床边，蹲下身，用手轻轻推了推床上那个背对着她的男人，唤道："沉沉，要起床啦。"

床上的男人动了一下，眉心微拧，翻了个身。

睫毛轻微颤了颤，然后眼皮缓缓打开，一双乌黑的深邃眼眸和她对上。

"早。"他的嗓音微微的低哑。

叶晚晚俯身在他脸颊上吧唧亲了一口，甜甜地笑着："早安。"

颜沉从床上半坐起来，靠在床头的垫子上，静静地看着少女去把窗帘拉开。

阳光从窗户倾斜射入屋内，瞬间把整个房间照得明亮。

她站在金色光线里，光影把她的身材勾勒得更加诱人，乌黑的发上染着淡淡的金黄，她转过头，绝美的容颜在阳光下有些模糊。

莫名有种不真实的感觉。

"晚晚，过来。"

叶晚晚依言走过去，男人伸手搂住了她，双臂紧扣住她的身体，拥抱得有些用力。

叶晚晚双手也紧紧环在他的腰间，侧脸贴在男人结实的胸膛上，听着里面一声又一声的心跳。

拥抱了近五分钟，颜沉才终于把她放开。

叶晚晚从他怀里仰起头，看见了男人漂亮眼睛下那淡淡的乌青。

她问："你昨晚是不是又失眠了……"

是陈述的语气。

颜沉点了点头。

叶晚晚也不意外。

因为之前战队训练时经常到半夜三四点，习惯和作息已经养成，一时半会儿也改不了。他们一起睡的时候还好，如果是分开，颜沉大部分时间都会失眠。

这样下去可不行。

叶晚晚思忖了半天，最后一脸严肃地对他说："我决定今晚开始要哄你睡觉。"

叶晚晚向来是个言出必行说到做到的人，既然放出了话，当然就要做到，于是晚上一洗完澡就钻进了他的屋内。

其实她更想顺便钻进他的被窝，但摄像头还在房间角落里架着呢，她没那个胆子。

颜沉被她强行按在床上，侧身躺着，被子紧紧盖着，漆黑的桃花眸似笑非笑地看着床边的少女："所以，你打算怎么哄？"

叶晚晚旋即露出苦恼的表情，显然是还没想到。

放在床单上的双手突然被男人捉住，顺势拉进了被窝里。里面一片温暖，还有一具滚烫的身躯，她的手被放在他的胸口。

"你干吗啊？"叶晚晚胳膊往回抬了下，想要把手抽出来，却无果。

颜沉说："帮你暖暖手。"

叶晚晚心里流淌过一丝感动，但还是有点不好意思："我的手又不冷。"

"我冷。"颜沉朝她弯起唇，低低笑了声，"你帮我暖暖。"

他的笑太有感染力。

像初春时节，万物复苏，冰雪融化。

每次看见他笑起来的样子，叶晚晚都会情不自禁地脸红心跳，完全拿他没辙。

"要不我唱歌哄你睡吧？"

颜沉微挑起眉："你唱。"

"睡吧，睡吧，我亲爱的宝贝……"少女的嗓音轻柔，像四月里的微风，温暖又和煦，听着能令人身心都放松下来。

等她唱完这首摇篮曲，却发现床上的男人半点儿睡意都没有，黑眸一眨不眨地盯着她，眼底漾着浅浅的光。

叶晚晚决定换一个方法："那不然我讲故事给你听？"

颜沉继续点头："你讲。"

叶晚晚一时半会儿也想不起来自己小时候听过哪些故事，想了半天，就想起了个《灰姑娘》。

她又低头看了眼床上的男人。

五官俊美得不像话，偏偏气质又那么冷，表情总是淡漠又冷然的，叶晚晚记得曾经在微博上看见过，有粉丝形容他是冷面杀神。

给冷面杀神讲《灰姑娘》当睡前故事……

算了算了，凑合着听吧。

说不准她家沉沉内心深处其实藏着一颗少男心呢。

"在很久很久以前，有一位长得很漂亮的女孩儿，她……"

毕竟时间太久，故事的具体细节她已经记不清了，只记得大致的剧情走向。

叶晚晚大概是有些困了，一边念一边打着哈欠："王子最后通过仙度瑞拉遗落的那只水晶鞋成功找到了她，并向她求婚，两个人……"

到最后，她早就耷拉着的眼皮子终于彻底阖上，小脑袋也从一点一点昏昏欲睡的状态，直接啪叽倒了下去。

"晚晚？"

"……"

少女睡着时很安静，一动不动，只有背部随着呼吸在小幅度地起伏着。

颜沉往她那边靠近了些，在这样的距离下，他甚至可以看见少女脸上那细小的白色绒毛。

一个说要哄他睡觉的人，自己倒是先睡着了。

颜沉弯了下嘴角，有点想笑，又有些无奈。

他掀开被子，动作很轻地从床上起身，双手抱起少女的身体，把她抱回了自己房间。

"晚安。"他俯身亲亲她的嘴角，然后掖好被子，再轻轻关上门。

颜沉重新在床上躺下。

他维持着先前那个侧着身的姿势，伸出指尖触碰了一下刚刚少女趴过的位置，上面似乎还残留着她的温度。

以及淡淡的体香。

他闭上眼，脑海里浮现少女恬静的睡颜，她轻柔温和的嗓音似乎又在耳边响起。

一夜好眠。

节目组的惩罚为期一天，到了第二天，其他人也没理由让池糖那组继续负责煮饭，只好开始自力更生。

大家约定好每对组合每天轮流负责煮饭，叶晚晚猜拳输了，所以就轮到了第一个，也就是今天。

早餐还比较好解决，午饭却是个大麻烦。

叶晚晚一边上网查着菜谱，一边问池糖一些基础的问题，例如"先开火还是先放油""少许的盐到底是多少"等等。

在池大厨面无表情的指导下，一盘炒焦了的西红柿炒蛋被端上了桌。

看着眼前这盘黑暗料理，众人都心生恐惧，面色铁青。

这玩意儿……吃了不会中毒吧？

叶晚晚手里握着菜刀，微笑："你们这是什么表情？"

其他人："……"

天了噜，"娱乐圈初恋"竟然拿着菜刀威胁人，害怕。

小屋的厨房并不算大，清新的田园风设计，暖色调的装修，显得十分温馨。

八个人只吃一盘炒煳了的西红柿炒蛋是不可能的，于是叶晚晚继续开始奋斗，按照池糖的指示一步步操作。

锅里的油炸得刺啦刺啦响，她左手举着锅盖挡在身前，右手拿着锅铲小心翼翼地把菜进行翻炒。

油往上溅起，她被吓了一跳，下意识往后退了一步。

后背猛地撞上什么东西，结实又带着柔软的触感。

伴随着一道轻微的吸气声，叶晚晚回过头，先是看见男人紧绷的下颚线条，然后视线往下移，看见菜板上那一滴触目惊心的红色时，瞳孔骤然放大。

男人正垂眸看着自己的左手，有鲜红的液体顺着手掌往下流淌，滴落在台面上，开出一朵朵妖冶的小血花。

注意到少女投来的目光，他侧过头，对上一双萦绕着水雾的眼眸。

颜沉安抚她："我没事。"

叶晚晚置若罔闻，一个大跨步走过去，拉起他的左手腕，刀划出的伤口并不深，破皮的程度，却有点长，几乎横穿了整个手掌心。

原本汇聚在眼眶里的泪水立马就落下来了。

"呜呜呜沉沉，对不起，都是我不好……"

她哭得伤心欲绝，悲痛万分。

这架势看起来好像他不是只破了道口子，跟整只胳膊都没了似的。

"哭什么。"颜沉抬起右手，轻轻拍了拍她的脑袋。

少女的眼泪水像止不住的水龙头，不停地往下掉，看得他又心疼又无奈。

叶晚晚继续哭："呜呜呜呜！你知不知道你这双手有多宝贵？这可是创下了电竞圈全胜神话的手啊！"

颜沉温声哄她："没关系，我已经退役了。"

叶晚晚顶着一双通红的兔子眼，倔强地说："可你还能在游戏里称霸江湖！"

"反正你的手不能伤着——"她又看了眼那只还在从伤口往外渗出血珠的手，然后抬起头，对上男人那张俊美的面容，盯着他那双漆黑的桃花眼，又补充一句，"脸更不能伤着。嗯，全身上下都不能受伤。"

发生这样的意外节目组也没有想到，赶紧带着颜沉去清洗伤口然后包扎了一下。

叶晚晚哭得鼻尖都红了，眼睛里的水汽还没完全散去，睫毛上还挂着几颗泪珠。

她盯着男人缠着白色绷带的手掌，抽抽噎噎地问："沉沉，你疼不疼？"

熟悉的气息骤然靠近，俊脸在眼前放大。

颜沉俯下身，温柔地吻去她眼睫上残余的泪水，放低了嗓音："别哭。本来不疼，你一哭我就心疼了。"

颜沉伤得并不算重，但叶晚晚死活不肯再让他做事，午饭最后由林氏夫妇那组接手，大家总算是填饱了肚子。

钱用得很快，没几天他们的家当就见了底，又到了需要出门接任务的时候。

这一天刚好下了场雪，落了满地的银白。

雪铺满了整个院子，他们出门时，天空还在往下飘着小雪。

月老镇最为有名的是它镇中央的月老广场，也是电影里男女主角定情的地方。

上一次没机会过来，这次叶晚晚想过去看一看这个月老广场到底长什么样。

他们出门没有撑伞，雪花纷纷扬扬地洒落在发间，在乌黑的发丝上点缀着雪白，远远看过去，倒是有几分暮雪白头的感觉。

广场上的人不多，中央有一座大概是月老的石雕像，上面也被铺上了白色。

叶晚晚没走几步，手臂忽地传来一股拉力，她顺势扑进了男人的怀里。

抬起头，她眨了几下眼："怎么了？"

颜沉伸手拍去肩上的雪，回眸看了眼不远处正在打雪仗的小孩儿，对面前的少女淡淡道："没事，走吧。"

叶晚晚之前打听到月老镇有一个传说。

相传只要情侣在月老像前接吻，月老便会亲自为他们系上红线，一辈子也不会断开。

来到广场上，经过月老像时，叶晚晚拉着男人的手停住脚步。

颜沉转过身，看着突然停下脚步的少女，疑惑地低下眼。

在这一刹那，胸前的衣料忽地被一只纤细的手拽住，往下拉，他被迫弯下腰。

一个毫无征兆，又突如其来的吻，轻轻落在了他唇上。

她的唇瓣柔软，又有些微凉。

她闭着眼，长睫还在轻颤着，抓着他衣领的力道渐渐放松，最后改成了用双手搂住他的脖颈。

颜沉愣了一秒，很快回过神，扣住叶晚晚的后脑把她往自己怀里带，舌尖抵开她的唇缝，加深了这个吻。

这是叶晚晚上节目这么多天来，第一次主动吻他。

虽然不知道具体原因是什么，但他懒得去细想，并不想错过这个难得的吻。

呼出的热气打在对方冰凉的脸上，微微麻麻的痒，裸露在外的皮肤冰冷，体温却在渐渐升高。

唇齿间的紧密纠缠，暧昧又缱绻。

在松开的那一瞬间，有两道声音重叠在一起。

"我爱你。"

他们这一次找到的任务是堆雪人，还有为一家商铺打工，总共赚了二百五十元的生活费。再加上其他人的，他们这一次撑到拍摄结束那天应该是没问题了。

在这段时间里，叶晚晚的厨艺也有了明显的提升，至少她炒出来的菜终于不用被当作黑暗料理了。

其中最大的功臣莫过于负责教学的池糖，以及负责试吃的颜沉。

在某一天夜里，顾文泽忽然提议要看恐怖片。

男生们对此自然都没有意见。

女生这边，叶晚晚不怕鬼，倒是也无所谓。谢芝和林轻雨犹豫了一下，看大家都留下了，心想他们这么多人，也就不怕了。

至于剩下一人——

池糖一脸冷漠："我要上楼了。"

叶覆冰一把抓住她纤细的手腕，力度很轻，但还是使她停住了脚步。

池糖微蹙起眉毛，板着一张脸看着他。

叶覆冰狭长的眼眸微眯，嘴角似笑非笑，用散漫的口吻说："你知道恐怖片里落单的人会怎么样吗？"

池糖没吭声。

叶覆冰继续说："第一个见到鬼的，总是落单的人。"

"……"

为了制造气氛，窗帘已经被拉上，灯光也只留了一盏小小的台灯。

昏暗的光线里，池糖的面容藏在黑暗里看不真切，只有紧抿的唇线是清晰的。

她似乎被说动了，又似乎懒得再废话，默不作声地在叶覆冰旁边的空位坐下。

见此，男人露出满意的笑。

挂在墙上的液晶屏幕开始放映影片，恐怖森然的背景音乐响了起来。

叶晚晚靠在颜沉怀里，在看见里面那被撕成一块块碎肉的尸体时，身体抖了一下。

颜沉搂紧她，轻声问："怕？"

叶晚晚其实只是单纯觉得恶心，害怕的情绪倒是没什么。

不过想了想，好像正常女孩子在看见这一幕时应该都是会怕的，她花了三秒钟酝酿了一下感情，娇滴滴地说："嗯，人家好害怕，沉沉要保护我。"

"……"

后面还有几幕更恐怖的画面，屋内已经响起了谢芝和林轻雨此起彼伏的尖叫声。

叶晚晚正看得津津有味，忽然感觉耳边有温热的气息靠近。

他们已经换了个姿势，男人双手环在她的腰间，下巴抵在她肩上，在她耳边暧昧地低语："你怎么不叫？嗯？"

"……"

虽然知道他指的是什么，但这番话听起来也太容易令人想歪了吧！

叶晚晚最后还是配合地喊了几嗓子，但和其他两位女生那发自内心撕心裂肺的尖叫比起来，明显敷衍多了。

颜沉也没拆穿她，捏了捏她的耳垂，陪她继续看。

在临近结束时，影片引来了高潮时刻。

诡异的音乐伴随着令人害怕的东西一起出现，饶是叶晚晚都看得有点浑身发毛，搭在男人裤腿上的手指轻微蜷缩了一下。

下一秒，一个温热的大手覆盖上来，紧紧握住了她。

"别怕，我在。"

大厅的灯重新打开，光亮驱散了恐惧。

叶晚晚微眯了下眼睛，等适应了光线后，目光下意识往周围看了一圈。

谢芝手里抱着一个抱枕，脸上还是一副后怕的表情，林轻雨缩在林归怀里，面色看上去还好。

视线移到最角落时，她顿住了。

池糖半坐在叶覆冰的腿上，双手搂着他的脖子，把脸埋进男人的颈窝，身体还在小幅度地轻颤着。

男人用手安抚似的拍了拍她的背，浅色的眼眸里情绪复杂，像是愉悦中又带着些许的后悔。

池糖竟然怕鬼这件事，还是给在座几人带来了不小的震惊。

毕竟这姑娘每天都瘫着一张脸，性子那么冷，和萝莉的外表完全不符，谁也没想到她竟然会有这么一个小女生的弱点。

这部恐怖片带来的后遗症一直持续到了第二天。

叶晚晚看着餐桌上摆满的绿色，全是素菜，连一丁点肉末都没有。

她忍不住问："怎么没肉？"

池糖抬起头，面无表情地看了她一眼。

叶晚晚："……"

她很快就联想到了昨晚那部电影，那恶心的碎肉又重现在脑海里，她一下子就对肉失去了兴致。

时间过得很快，转眼间十四天的拍摄就到了尾声。

结束的那天，大家看着剩下的那点儿生活费，想着这可是他们辛辛苦苦赚来的血汗钱，可不能便宜了节目组，于是去镇里买了一堆啤酒零食回来，准备在小屋里开一个"轰趴"。

屋里的气氛热闹得不行。

叶覆冰拿着酒瓶在跟颜沉拼酒，这几天他找颜沉单挑过好几回游戏，每次都被虐惨，一直想找机会在别的方面打败他。

叶晚晚手里也开了一听啤酒，一边靠在沙发上看电视，一边和几位女生聊聊天。

"咦，糖糖你不喝吗？"见池糖滴酒不沾，叶晚晚便随口问了句。

"不喜欢喝。"

池糖顿了一下，才淡淡地回答道。表情微微有些僵硬，像是想起了什么不好的回忆。

那边的叶覆冰低低笑了声。

他看了这姑娘几眼，浅色的眼眸似笑非笑，片刻后收回视线，继续和颜沉拼酒。

叶晚晚其实对于颜沉的酒量不是很了解，之前战队庆祝胜利时他喝得就不多，自然也没有醉，她也不知道他到底能喝多少。

但是看那两人一瓶接一瓶的，叶晚晚还是觉得心惊肉跳，连忙过去阻止。

手中的酒瓶被一只白皙的手夺走，颜沉顺着这只胳膊侧过头，垂下眼眸，漆黑的桃花眼微微眯起："嗯？"

叶晚晚皱着眉毛说："差不多就行了，别喝这么多。"

颜沉又歪头看了眼旁边的叶覆冰，男人一手拿着酒瓶，一手托着腮，懒洋洋地看着他们。

他对少女点了点头，唇边勾起一个浅笑："好，不喝了。"

他看着叶晚晚，说出的话却是对叶覆冰说的："我女朋友不让我喝了，就算我输了吧。"

"……"

叶覆冰握住酒瓶的那只手用了点儿力，手背上青筋凸起，皮笑肉不笑道：

"行。"

看着那两人的背影消失在楼梯的拐角，叶覆冰收回视线，把酒瓶里剩下的液体一饮而尽，然后随意地将酒瓶扔到一旁。

他抬手用拇指抹了下嘴角，弯腰拎起一瓶新的，视野里忽然多出了一截纤细的小腿。

他愣了片刻，视线顺着这截小腿往上，看见了池糖那张精致却冷淡的脸。

她沉默地看着他。

过了好久，她才轻轻说："别喝了，叶覆冰。"

回到 A 市以后，没多久就临近春节了。

她和颜沉老家不在同一个城市，过年自然是分开的，送走了亲爱的男朋友以后，叶晚晚也收拾好行李回了叶家老宅。

路上，叶晚晚总觉得好像有人在跟着自己，回头查看时，又一切正常。

如果是普通人可能就会以为是自己的错觉了，但叶晚晚在娱乐圈混这么久，一猜多半是有狗仔在跟踪她。

甩也甩不掉，叶晚晚想着反正自己只是回家过个年，也就没在意了。

春节期间，刚好《甜蜜小屋》的第一期也快出来了。

在正式播出之前，它还有一个先导片，是去参与的嘉宾家里进行采访的视频。

为了制造神秘感和期待感，嘉宾阵容一直没有公布，网友们怀着好奇和八卦之心点开视频，期待着这一次的嘉宾会有哪些。

伴随着轻快的 BGM 响起，最开始出现的画面是从高空俯拍的城市风景，然后镜头拉近，来到一个环境幽静雅致的别墅小区里。

左下角有一行字：

A 市叶晚晚家。

镜头对准一扇白漆木门，门铃响了几声，很快就被打开。

一张俊美冷酷的脸出现在镜头前。

男人穿着黑色大衣，表情很冷漠，漆黑的眼眸里没什么波澜，因为身高问题，需要垂眸看着他们，显得压迫感十足。

导演组："……"

观众看到这里，一下子就炸了。

【沉哥好帅啊啊啊！！！】

【上面不是说这是叶晚晚家吗？是我瞎了？】

【啊啊啊第一对嘉宾就是神仙夫妇，这节目我追定了！】

【他们在一起才多久啊，这就同居了？】

诡异的沉默持续了十秒。

颜沉微微皱起眉，淡声问："有事？"

导演蒙了片刻，指了指他们身上贴着的《甜蜜小屋》的 logo，把情况解释了一下。

"哦。"颜沉应了声，然后侧开身体，让他们进来。

楼梯传来踢踢踏踏的脚步声，叶晚晚穿着毛绒睡衣，胸前有一个可爱的兔子图案，脚上踩着同款拖鞋，头发有点乱，看见客厅里的人也没什么反应，打了个大大的哈欠，一副没睡醒的模样。

导演试探地问："你们这是……同居了吗？"

叶晚晚揉着惺忪的睡眼，脑袋小幅度地摇了摇，声音软绵绵的："没啊，他就是来给我送个早餐。"

说完，颜沉配合地把手中的早餐放在桌上，镜头还给了个带着马赛克的特写。

"……"

【遇到大清早愿意为你买早餐的男人，那就嫁了吧！！！】

【我酸了，我男朋友就从来不会为我买早餐，更别提还特地送到我家来QAQ】

【呜呜呜 Chen 神真是绝世好男友！】

【身材好颜值高，游戏技术贼 6，对女朋友还这么温柔体贴，这样的男朋友什么时候才能属于我！】

【回楼上，梦里。】

叶晚晚在沙发上歪歪扭扭地坐下，顺手拿了个抱枕抱在怀里，脑袋搁在颜沉的肩膀上，眼皮子半耷拉着，看这架势估计随时能睡过去。

颜沉侧头问她："洗漱了没？"

叶晚晚点了点头，用小奶音"嗯"了一声。

颜沉把打包好的粥从袋子里拿出来，掀开盖子，白色的热气在镜头前袅袅升起。他拿起勺子舀了一勺，放到嘴边吹了吹气，再递到叶晚晚面前。

叶晚晚"啊呜"一口，乖乖吃了进去。

然后他就重复这个动作，来来回回吹气喂食，一碗粥很快就见了底。

他们就这么旁若无人地撒着狗粮，相比起导演组的齐齐沉默，弹幕可就热闹多了。

　　【天啊我不行了，大早上就磕糖磕到眩晕！】

　　【呜呜呜呜怎么会这么甜这么温馨，年纪轻轻我就得了糖尿病，嘤。】

　　【看看沉哥这熟练又自然的动作，平时肯定没少干这事！】

　　【真矫情啊，多大个人了吃饭还要别人喂。】

　　【楼上肯定是单身狗吧，不喜欢看就自觉点叉，别没事来找不痛快！】

　　叶晚晚吃到一半，大脑意识终于从没睡醒的混沌状态中清醒了一点儿。

　　她看着已经喂到嘴边的那勺粥，没像之前那样立刻吞进嘴里，而是睁着一双乌溜溜的大眼睛环视了一圈，视线从面前的导演，再到旁边摄像小哥扛着的机器，最后又回到颜沉脸上。

　　想起这还是在录节目，叶晚晚忽然就有些不好意思了。

　　"要不还是我自己来吧？"见男人朝自己微微挑了下眉，她继续说，"不然这段播出去，网友们看见肯定要说我的……"

　　【你知道就好，网友冷漠脸.jpg】

　　【姐妹你现在才想起来是不是太晚了点？我们都快吃狗粮吃到撑了！】

　　颜沉倒是不以为意，朝几乎快要空了的碗抬了抬下巴，淡淡道："喂都喂了。"

　　叶晚晚一看也是，于是更心安理得地享受起自家男友的喂食服务。

　　用早餐这段时间是快进的，等她吃完，采访便正式开始。

　　因为是单人采访，颜沉拎着早餐残余的垃圾就往门口走："我先回去了。"

　　叶晚晚："半个小时后过来找我啊。"

　　颜沉："好。"

　　导演："要不然就别让他回去了吧，这跑来跑去的多麻烦，反正采访的内容也不用保密，在旁边听着也没事。"

　　叶晚晚笑了一下："没事没事，一点儿都不麻烦。"

　　导演："？"

　　然后他们就看见，男人单手插兜走出去，顺手把垃圾扔进路边的垃圾桶里，再径直走向对面的那栋别墅，抬手输入密码，开门，关门。

　　"？？？"

　　看着那道挺拔高大的背影消失在那扇门后，节目组这边蒙了，网友也蒙了。

叶晚晚最近有点郁闷。

继她和叶覆冰的兄妹关系不小心曝光以后，她叶家大小姐的身份也跟着被曝光了。

就是她回叶家老宅的那天，叶云光出来和她来了个父女间的温馨拥抱，却刚好被那时候跟踪她的狗仔拍下照片，公布了出去。

叶云光上过那么多回财经杂志，所有人都知道这位是商界赫赫有名的大佬。虽然叶晚晚和叶云光都姓叶，但以前从来没人敢把这两人放在一块比较过。

毕竟没人提过，这谁能联想得到啊！

身份一曝光，叶晚晚的片约剧本多到看都看不完。

不过她却通通拒绝了。明面上的理由是想要休息一段时间，实际上她只是想过过二人世界。

春节过完没多久，刚好是颜老爷子的寿辰。

不是什么大寿，便没有办酒席，只是家人之间小聚了一下。

叶晚晚也去了。

她和颜沉手挽手来到那座古朴典雅的四合院前，一进门，就看见一个眼熟的女人——

红唇大波浪，黑色鱼尾裙。

人物特征十分鲜明。

叶晚晚在脑海里搜寻了一下这号人物，很快想起来她好像是叫文娅，之前和颜沉相过一次亲。

文娅只是跟着父亲一起过来登门送寿礼的，没想到会在这里碰见叶晚晚。看着门外两个人紧紧挽在一起的胳膊，她有点不太愉快地撇了下嘴。

一起进了屋，在给颜老爷子送完祝福和礼物后，文娅露出一个乖巧的笑，看了叶晚晚一眼，拐弯抹角地对颜鸿说："这就是颜叔叔未过门的儿媳妇吗？听说是演员，长得果然漂亮呢，难怪把颜少迷得神魂颠倒。"

话里的实际内涵就是在讽刺叶晚晚是个狐狸精。

文家之前就有想和颜家联姻的意愿，本来对方给了次相亲的机会让他们试试，但没过多久就传来消息说他们儿子有了心仪的对象。

如果是其他贵门大小姐也就算了，但区区一个戏子，哪里比她好了？文娅很不服气。

颜鸿对她这番话却没什么反应，只是顺着应了句："可不是嘛。"

"……"

文娅等了几秒，却发现没有下文了。

不对吧？按理说以颜家的条件，是不可能会接受一个娱乐圈的女人啊！

她又把目光投向一旁的颜夫人。

上流社会的圈子里，谁都知道颜夫人是位从小被教育得十分完美优雅的名门贵女，她是不可能允许这样一个女人进家门的。

在她期待的眼神下，颜夫人果然往叶晚晚那边走了。

叶晚晚这会儿还在和颜沉小声聊天，她身高不够，需要踮起脚才能凑到他耳边："哎，你看那边，有个美女——"

"嗯？"颜沉在听见前半句时就顺势看了过去，然后腰间的肉就被一只小手掐了一下，力度并不重，倒像是挠痒痒。

他捉住她的手，重新低下头，看见少女杏眼圆睁气鼓鼓的模样。

他挑起眉问："怎么了？"

叶晚晚瞪着他，咬牙切齿："美女好看吗？"

颜沉盯着她的神情打量片刻，忽地勾起唇："吃醋了？"

"……"

叶晚晚双手抱胸，继续抬起下巴瞪着他，没吭声。

颜沉轻笑了一声，凑近她耳边："美女没看见，不过仙女倒是看见一个，就在我面前。"

他的声线很低，带着迷人的磁性，若有似无地撩拨着她的心弦。

叶晚晚脸红了一秒，双肩忽然被他的大手按住，然后被带着转了个身。

男人继续在她耳边说："我妈过来了。"

"……"

叶晚晚顿时从害羞变成了紧张。

她之前只和颜鸿在晚宴上见过一面，这还是第一次遇上颜夫人。

看着那位美妇人一步一步朝自己走来，而且还从包里掏出来一支钢笔时，叶晚晚心想，要来了吗，那种豪门必备的戏码，给你一千万支票离开我儿子什么的……

"叶晚晚是吧。"颜夫人停在她面前。

叶晚晚保持着尴尬而不失礼貌的微笑："阿姨好。"

颜夫人目光灼灼地盯着她，半晌，开了口："你能不能，给阿姨签个名？"

叶晚晚："？？？"

屋内正观察着这边动静的文娅："？？？"

这谜之剧情走向谁也没有预料到，倒是旁边的颜沉低低笑了声："妈，不着急，以后多的是机会签。"

颜夫人想了想，也有道理，便把钢笔收了回去。

"……"

文娅他们自然没有留下用餐，在临走前，叶晚晚喊住了她。

文娅回过头，语气不善："什么事？"

叶晚晚微笑着问："文小姐平时喜欢刷微博吗？"

文娅一脸不屑："那种无聊的事我才没兴趣。"

叶晚晚继续朝她笑："我建议你可以去看一看，免得像现在这么——"她顿了顿，吐出那四个字，"孤陋寡闻。"

文娅的脸色一黑，扭头就走。

等坐上了车后，她想着叶晚晚那句话，鬼使神差地下载了一个微博。

甚至不用她特地去搜，首页推送的就是跟叶晚晚相关的——

【娱乐圈初恋真实身份曝光，竟是叶氏集团大小姐！】

文娅脸色唰地变得惨白，差点没晕过去。

叶晚晚身份曝光，这件事在网络上沸腾了好一段时间。

她这段时间不接新戏，也没有任何通告，粉丝全在她微博底下哭诉。

【女神你快回来啊啊啊！一日不见如隔三秋，你知道我们多想你吗！你是不是被逼着回去继承家业了？！！】

【呜呜呜晚晚小仙女，你还记得大明湖畔的叶子们吗？】

【仙女姐姐，请问你这段时间是回到天宫了吗？还会下凡来看我们吗？】

叶晚晚哭笑不得，赶紧发了一条微博。

【夜晚 V：没回天宫，我要在凡间谈恋爱 [图片]】

附图是她和颜沉十指相扣的照片。

【这碗猝不及防的狗粮，我干了，你们随意！】

【今天又是为神仙爱情哭泣的一天，晚晚和沉哥一定要好好的啊！】

【话说晚晚是叶氏大小姐，那咱们沉哥这算不算"嫁"入豪门了哈哈哈哈哈哈！】

有人提出这点后，粉丝都觉得好玩，总拿这个梗打趣。

然而玩笑开着开着，他们就开不下去了。

半年后，有消息流露出来，叶氏集团将要和言文集团——联姻！

这两字无疑给众粉丝胸口来了重重一击。

据说叶董事长打算把自己的女儿嫁给言文集团的大少爷。

那个大少爷神秘得很，从来没在公开场合亮相过，网友都传言他长相奇丑，所以才不露面。

难道沉晚夫妇的神仙爱情，最终也败给了现实吗？

而且他们的女神还要被迫嫁给一个长相奇丑的大少爷？？？

不！他们不接受！！！

在万千粉丝集体痛哭中，终于还是迎来了婚礼那天。

那是一个晴天。

叶晚晚穿着一袭带着古风元素的红色婚纱，脑袋上还披了层薄薄的红纱，像是模仿古代新娘头上的红盖头。

她紧张地坐在床上，等待着即将来迎娶她的新郎。

门外传来了动静——

"里面几位美若天仙、沉鱼落雁、闭月羞花的小姐姐，行行好，开个门成不？"

是周宇星的声音。

舒心作为伴娘，堵在门口对外面喊："光用嘴巴说可没意思啊。"

语毕，就见门缝里被塞进来一个又一个的红包，而且个个都鼓鼓囊囊的。

除了红包，新郎和伴郎也被逼着做了好几个折磨人的游戏，才终于被放了进去。

门开的那一瞬间。

叶晚晚抬起眸，看向门口穿着黑色西装的男人，嘴角不可抑止地弯起一个灿烂无比的笑容。

笑意从嘴角蔓延，在眼中弥漫，甚至连眉梢都仿佛带着笑。

那是只有见到最心爱的人时，才会不由自主地，发自内心露出来的笑。

她今天的妆是用了心的，妆面为了衬这身大红喜服，也是以红色为主。

眼皮上扫着淡淡珠光作为提亮，眼尾用红色眼影加深，眼线微微上扬，整张脸褪去了一贯的清纯，添了几分美艳。

叶晚晚仰着头，看着那位面容俊美的男人，软着嗓音说："沉沉，我等你好久啦。"

颜沉垂眸看着少女身上这袭红色嫁衣，只觉得喉咙微痒，喉结上下滚动了几下。

媒体都说叶晚晚最配白色。

那么干净的颜色穿在她身上，纯得像个不染世俗尘埃的仙女，令无数人为之心动。

可自从那次去剧组探班，见过了她穿红色戏服的模样时，颜沉就觉得，她其实更适合红色。

鲜艳的红色婚纱，几乎要和身下的红色床单融为一体。

婚纱的胸口和裙摆都绣着精致繁复的花纹，把她裸露在外的皮肤衬得更为白皙，漂亮的锁骨，优美的天鹅颈，再往上，是一张又艳又纯的脸蛋。

她像个撩拨人心的妖精。

而他，心甘情愿地，为她痴狂。

生或死，全凭她的一颦一笑。

鞋子被伴娘团藏得很隐蔽。

在叶晚晚疯狂使眼色的提醒下，他们终于在气球里找到了鞋子。

那是一双漂亮的红色高跟鞋，鞋尖上镶嵌着光芒炫目的红水晶。

颜沉拎着那双鞋走到叶晚晚面前，单膝跪下，抬起她的脚为她穿上。

从叶晚晚这个角度，能看见男人纤长浓密的睫毛，薄唇微微扬着，带着令她心醉的弧度。

她忽然想起了一年前，他曾敲开过她的家门，拎着她的高跟鞋对她说："灰姑娘，你的水晶鞋忘了。"

而现在，他亲自为她穿上了水晶鞋。

颜沉站起身，看着少女羞红的脸颊，漆黑的桃花眼里漾着温柔的光。

他的双臂揽过少女的腰肢下方和膝弯，打横把她抱了起来，然后低头吻上了她的额头。

他用带笑的嗓音说："我的仙度瑞拉，我的小仙女——我来娶你了。"

无数带着礼花的豪车一齐开往酒店，在路上吸引了无数人的注目。

婚礼的规模很大，除了娱乐圈和电竞圈的人之外，还有很多叶家和颜家商业上来往的朋友，堪称是一场世纪婚礼也不为过。

各大媒体自然是倾巢而出，势必要拍出一个大新闻，然而来了门口却被拦在了外面。

但他们还是竭尽所能，想方设法地混了进去。在新郎的照片曝光后，网络上又是一场爆炸。

说好的言文集团大少爷长相奇丑无比呢，上面这个帅得惊为天人的男神是谁？！

而且这人怎么和 Chen 神长得那么相似……不对！这根本就是一个人！

传言误人啊！！！

微博上一片热闹，婚礼现场也一片人声鼎沸。

按照流程他们交换完对戒，新郎亲吻新娘。

叶晚晚闭上眼，熟悉的气息骤然靠近，淡淡的薄荷香，萦绕在鼻尖。

唇瓣被柔软的东西触碰，他这个吻很轻柔，像是在对待什么世间最珍贵的宝藏。

在这一天，这一刻，这一秒钟。

她的愿望终于也实现了。

——我们错过了青春，绝不会再错过余生。

在婚后第二年的时候，叶晚晚怀了小颜夜。

这个名字是两边家长翻了《诗经》《楚辞》等文学作品，取出了无数个名字后都不满意，最终决定把他们二人的姓合在一起，加上出生时间是在深夜，这才有了"颜夜"这个名字。

虽然不是特别走心，寓意也很普通，但听着还是蛮好听的，而且男女都可以用，最终就这么定下来了。

叶晚晚："……"你们这么敷衍真的好吗？

不过想了想，据说她当年的名字也是这么取出来的，她爸取名就这个德行，她有什么办法，还不是只能被动接受。

颜沉倒是对此没什么异议，并且还颇为满意。

叶晚晚挺好奇的："你喜欢这个名字？"

"嗯。"颜沉搂着她的腰，下巴轻轻压在她的肩膀上，柔软的发丝蹭着她的脖颈皮肤，有些微微的痒。

他说："只要姓颜，叫什么都可以。"

叶晚晚："……"

叶晚晚往旁边偏了偏头，把他的脑袋从自己肩上推开，转过身，漂亮的杏眼直勾勾盯着他，弯唇笑了起来，故意逗她："那要是不姓颜呢？"

颜沉神情依旧淡定，说："叫叶颜也没问题。"

叶晚晚："……"行吧。

看来是只要名字里带上了他的姓，他就觉得 OK。

怀孕到坐月子的这段时间，大概是叶晚晚出生以来过得最悠闲轻松的时光了，什么事都不用自己做。想吃的想喝的，只要一句话，就会有人送上来。

唯一不好的，大概是自由受到了限制。

自从结婚以后，叶晚晚工作也接得少了。

去年金导的那部电影《双面》上映，第一天票房就创了新高，网上的讨论度也很高，基本上是金奖预定了。

大家对此也并不意外，毕竟金导导演的电影，有哪一部是不爆的呢？

就连叶晚晚也因此得到了最佳女主角的提名，虽然最后没能拿奖，但对她而言，已经是很大的进步了。

只不过在此之后，叶晚晚就处于半隐退的状态，只拍拍广告和录制一些综艺，粉丝都在哭号，却也没有办法挽回女神的心。

其实叶晚晚也挺不好意思的。毕竟是新婚，她想天天和颜沉待在一块，而拍摄电影电视剧花费的时间又长，一去就是好几个月，她实在不想刚结婚就过上异地的生活。

但叶晚晚一向很宠粉，所以也经常上线微博营业，发发日常和自拍什么的。偶尔的时候，她还会开直播打游戏。

是的，没错——她直播打游戏。

这是在她怀孕了之后才开始的，因为怕动了胎气，她出门的次数也受到了限制，并且不能去太远的地方，每次都只在附近遛遛弯儿就回来了。

在家她又不喜欢看剧，翻来翻去都是那几张熟悉的脸，特别每次看叶覆冰的剧时，她总会觉得特别出戏。

思来想去，还是"王者"最有意思了。

之前有颜大佬和星辰战队几个小朋友带着，她还拿了几个赛季的王者印记，现在赛季更新，她又从王者掉回了钻石。

直播的时候，有一条金光闪闪的 ID 显示进入直播间，还刷了好多个礼物。

【Star：嫂子，你怎么一个人在这儿打游戏，沉哥呢？】

叶晚晚抽空看了眼电脑，笑着回复："他要工作，赚钱养家呀。"

颜沉走后，周宇星继承了他的职位，刚开始还有些不适应，在一段时间的磨合后，现在也有了身为队长的担当，比以前更加成熟了不少。

今天是战队的休息日，周宇星就拉着她双排了几局，两个人名气都很大，引来了不少粉丝观看，直播间人数都是几百万出头。

"快上快上，开大——"

"漂亮，双杀！"

颜沉回来的时候，就看见叶晚晚身上裹着一件羊绒毯子，窝在他的电竞椅上打游戏，桌上的摄像头直直对着她，她却全程头也不抬。

恋恋
晚风沉

这会儿大概是在团战，神情也很激动，嘴里还念念有词。

颜沉抬脚走过去，站在她身侧，一边扯了扯西装的领带，一边垂下眸，注视着游戏的画面。等她屏幕黑下去的那刻，他拉着电竞椅转了一圈。

叶晚晚："？"

叶晚晚一脸茫然，有点没反应过来，仰着脑袋看着站在自己身前的男人。

黑色的西装，里面的衬衫领口被扯松，露出半截锁骨，颈部一直到下颚的线条流畅干净，五官俊美，漆黑的桃花眼望着她时带着一点笑意。

尽管在一起这么久了，叶晚晚还是经常被颜沉的美色诱惑到，感受着嘴里唾液分泌速度的加快，她一边咽口水，一边在心底暗骂自己不争气。

"你回来啦。"

"嗯，"颜沉应了一声，微微歪了歪头，"你是不是忘记了什么？"

叶晚晚一句"什么"还没来得及说出口，面前的男人倏地俯下身靠近过来，清清凉凉的薄荷味萦绕在鼻尖，是他身上一贯的味道。

微凉又柔软的东西覆在唇上。

叶晚晚愣了几秒，反应了过来，闭着眼回应他这个吻。

他们一直有一个习惯，每天颜沉出门前或者回家，叶晚晚都会给他一个吻。今天大概是打游戏太嗨了，一不小心忘记了。

等叶晚晚再转回去的时候，直播间的弹幕已经彻底换了一轮，全在质问她刚刚背对着他们在干吗呢，是不是在做什么少儿不宜的事情。

叶晚晚红着耳朵，绷着表情，假装手滑地关闭了摄像头和麦克风。

身侧传来男人轻微的叹息，颜沉瞥了一眼她微微隆起的肚子，神情无波无澜，声音却似乎很遗憾的样子："我倒是想。"

叶晚晚："……"

叶晚晚朝他翻了个白眼，游戏里的英雄人物已经复活，她又开始低头操作起来。

其实叶晚晚现在的游戏技术已经高了不少，单排上王者不成问题。毕竟身边那么多大佬，再加上还有颜沉的独家指导，她要是再玩不好，那得手残到什么地步啊。

"在和周宇星双排？"颜沉看见了某个熟悉的昵称。

"嗯。"叶晚晚点头。

"怎么不叫我？"

男人的语气听上去有一些不爽。

叶晚晚："快到年底了，最近公司不是很忙吗，你哪有空陪我打游戏啊。"

颜沉："有空。"他继续说，"只要是陪你，我永远都有空。"

他嗓音很低，磁性又迷人，特别是淡漠着一张脸说这种情话的时候，叶晚晚觉得心里仿佛有什么东西化掉了。

这段时间叶晚晚一直在努力上分，终于在她怀孕到三十五周时，踏上了荣耀的行列。

叶晚晚第一时间就把这个好消息告诉了颜沉。

看见男人似笑非笑的神情，若有所指地感叹了句"上荣耀啊"，叶晚晚突然反应过来什么，脸蛋瞬间爆红。

其实她突然想把段位打上去也没什么特别的原因，就是想离颜沉近一点，不管是在游戏里，还是现实生活中，她都希望自己是可以和他并肩的人。

那天晚上，叶晚晚久违地和颜沉来了一场双排。

颜沉拿他当初的成名英雄李白，叶晚晚则是王昭君，在攻敌方高地时，他们这边的队友因为前期太顺风，浪死在敌人家门口。

颜沉丝血用一技能逃脱，叶晚晚预判敌方走位放了二技能冰冻，掩护李白脱离战场。

叶晚晚忽然笑了起来："沉沉，你看——"

她轻声说："终于不再是你一味地保护我，我现在也有能力守护你了。"

游戏里，敌方水晶绚烂地炸开，无数碎片散落，跳出大大的"胜利"字样。窗外，瑰丽的焰火从地面升起，在夜空中绽放，把黑夜渲染得如同白昼。

叶晚晚听见身边的男人低声道："新年快乐，我爱你。"

小颜夜是个很乖的小朋友，在妈妈肚子里的时候就能看得出来，基本上不踢不闹，安安静静地待在里面，让叶晚晚怀孕期间少吃了不少苦头。

唯独出生的时候不太顺利，最后选择了剖腹产。

在医院住了半个月，叶晚晚被颜沉接回了家里静养。

他们婚后定居了在 B 市，叶氏集团在这边也有开了子公司，所以叶云光也经常到这边来看她。

颜沉的父母全都对她疼爱有加，尤其是颜夫人，大概是因为同是女人，体会过分娩的痛苦，对她的心疼也就更多一层。

坐月子期间，各种补品像是不要钱一样，营养鸡汤也是变着花样给她熬，甚至还是颜夫人在请教了专业厨师后，亲自动的手。

"晚晚啊，你一定要多吃一点儿，你看看你，都瘦了。"颜夫人手里端着精致的瓷碗，拿着一个勺子，正在往她嘴里喂汤。

叶晚晚已经喝到撑，但又不好拒绝，只能把求助的目光投向旁边的男人。

颜沉在宣布退役以后，就进了公司跟颜鸿学着管理。起初公司的人对这位空降的上司还挺不服气，但是短短两年时间，颜沉凭借自身的实力已经拿到好几个大项目，也算是让大家对这位年轻的总裁另眼相看。

也正是因此，公司里也有一群觊觎他的小妖精。

不过自从叶晚晚怀孕后，颜沉就把部分工作交接给了其他手下，只有一些重要文件会亲自过目，去公司的次数并不多，那群小妖精每天打扮得花枝招展，却始终见不到人，白费劲儿。

在叶晚晚预产期将近时，颜沉还直接把办公地点挪到了家里，时时刻刻陪伴着她，算得上是二十四孝贴心好老公了。

此时，这位好老公接收到她的求助目光，目光淡淡地瞥过来，看见自家小娇妻那明显圆润了不少的脸蛋，眉梢挑了挑。

"妈，你就别睁眼说瞎话了好吗？"

"……"

"……"

一句话，成功地得罪了家里最不能惹的两位女性。

颜夜是个男孩子，却生得粉雕玉琢，精致得像个陶瓷娃娃，结合了爸爸妈妈的优点，一双漆黑的大眼睛漂亮动人，睫毛也长，像个小睫毛精。

性格倒是遗传了爸爸多一点儿，安静乖巧，不是特别爱说话。

在这个最为顽皮的年龄，别人家的小朋友各种"作天作地"到处捣蛋，小颜夜则不同，从来不哭不闹。

身为全幼儿园最酷的崽，颜夜一向很受欢迎，到了小学，魅力更是不减反增。

叶晚晚看着自家儿子的脸，一边忍不住伸手去掐，一边感叹："这长大了以后，得祸害多少小姑娘啊。"

颜沉手里拿着颜夜的蜘蛛侠联名款小书包，正在检查作业，无意间发现一张粉色的爱心卡片，看见上面用稚嫩的字眼和拼音加在一起写出来的内容，面无表情："不用以后。"

现在就可以开始祸害班里的小姑娘了。

面对爸爸妈妈的联合质问，小颜夜表情淡定，奶声奶气地解释："是她硬要塞给我的，我不要她就哭，妈妈说过不可以让女孩子掉眼泪。"

叶晚晚和颜沉对望一眼，挑了挑眉，没说话。

生完颜夜之后，叶晚晚也恢复了拍戏的工作，为了避免没时间陪儿子，她有时候会带着小颜夜一起上亲子节目。

颜夜每次在家里电视上看见妈妈的脸都会很开心，这次自己也上镜了，难得露出激动的神色，一个片段反反复复观看了无数遍。

叶晚晚看他这样，还笑了句："怎么这么自恋，看几遍了还没看够？"

小颜夜不甘示弱地反驳："妈妈不也是，爸爸拿冠军的比赛视频看了那么多次，还不是一直看。"

叶晚晚："……"

叶晚晚本来想跟他说这两者性质不同，但想了想自己跟孩子较什么劲，便顺着他的话承认了。

本来看小颜夜这么喜欢在电视上露脸，叶晚晚还以为他长大了可能会跟自己一样也想进娱乐圈发展，没想到却不是。

小颜夜一本正经地宣布："我要成为一名电竞职业选手！"

叶晚晚："像爸爸那样的？"

小颜夜坚定道："对！"

问及原因，颜夜小朋友眨巴着一双乌溜溜的大眼睛，一脸认真："因为爸爸就是这样娶到了妈妈，妈妈是仙女，夜夜以后也想娶小仙女。"